U0939427

先秦文学演变史

The Evolution History of Pre-qin Literature

木斋◎著

人民出版社

目录

绪 论

一、中国文学史及中国文学的起源

“中国文学史”有三个关键词：中国、文学、史。首先，就民族的范畴而言，中国文学史的研究对象主要是中国的而非外国的，华夏民族的传统的而非其他民族的文学史，这是不言自明的。中国文学的起源及其演变历程，有其自身独特的规律，需要置放于华夏民族独特的历史背景之中加以考察。其次，中国文学史的研究对象是文学，而非古往今来的一切文字。它有别于语言的、训诂的、音乐的、政治的、意识形态的诸多学科的专门研究，但文学作品中涉及的语言文字、音乐等诸多学科，是文学研究的相关基础，需要给予相应的关注。同时，对所有相关学科的关注和研究，其目的都在于解决文学史的问题。再次，是对“史”的认知。既然是文学史，其中就应该包括这样的含义：它应该包括历时性的研究，而非仅仅是共时性的研究，应该将思考和研究的中心指向文学史的起源、演变的历时性关系，而非仅仅研究零散的、孤立的文学作品。换言之，需要将文学史视为一个前后联系的有机的整体，而非孤立的、静止的、局部的片段的总和。

迄今为止的任何一部文学史，无不是一个多世纪以来，陈陈相因、层累积淀出来的对文学历史的解读，鲜有撰写者能真正从作品出发，从原典出发，从对文学史纵横交错的深入研究出发，来做出对文学史起源和流衍的解读。因而，中国文学的起源，如同词体的起源、五言诗的起源等一样，迄今为止仍然是一个斯芬克斯之谜。

迄今为止，关于中国文学的起源，有两种近乎定论的权威说法和写法：就文学体裁而言，近乎定论的意见，几乎都是说诗歌先于散文。这种说法似乎主要与文学艺术源于劳动、源于民间的理论有关，该理论具有双向的理论来源。一方面，其来自中国的文化传统。如《淮南子·道应训》“今夫举大木者，前呼‘邪许’，后亦应之，此举重劝力之歌也”，可视为后来“杭育”说的先声；班固、何休出于儒家民本思想编造，朱熹光大张扬之“采诗”说、民歌说等，皆为胡适以来民间说之宗祖。另一方面，源于苏联意识形态以及更早的“劳动创造人”等的理论。而这些外来学说又同华夏民族长期以来儒家出于民本思想的需要所持的采诗说、汉乐府民间说等说法相互呼应，相互之间循环论证。

将神话视为中国文学的起源，则是中国文学史写作的惯例——在理论上，诗歌被视为中国文学最早的体裁；而实际的文学史写作，往往是以神话为开篇。如：“神话的起源正如诗歌的起源，是文学最早的源头。”[①] 诗歌起源和神话起源这两种说法的来源看似有别，实则同本同源。在中国学者中，鲁迅最早借助现代的“神话”观念讲述中国文学史的起源，其《中国小说史略》第二篇《神话与传说》云：“神话不特为宗教之萌芽，美术所由起，且实为文章之渊源。”“街谈巷语自生于民间，固非一谁某之所独造也，探其本根，则亦犹他民族然，在于神话与传说。”[②] 鲁迅之后，将中国文学的源头归自神话，已成为一种中国现代学术的新传统而为众多学者所接受。

如上所述，这两种说法，几乎都主要发端于一个多世纪以来新兴的意识形态观念，同时，也和中国本土原有的儒家思想，特别是儒家民本思想异曲同工。但这两种说法，本身就是一个无法圆通的悖论：既然认为诗歌为文学的起源，就不应该以神话为文学的起源。迄今为止所能见到的中国最早的文献史料，罕见中国上古以诗歌写作神话——中国文字的特点以及上古时代甲骨文、金文的书写形式和传播方式，从根本上制约了神话文学的写作，华夏民族上古时代渐次形成的广义上的儒家文化，则更从文化层面制约了神话文学的写作、接受与传播。

尧舜禹汤文武的儒家道统，如果基本可信的话，那么华夏民族在民族文化的发生阶段，就基本奠定了以人为本而非以神为本、以现世为本而非以冥界为

① 林庚：《中国文学简史》，北京大学出版社 1995 年版，第 4 页。

② 鲁迅：《中国小说史略》，人民文学出版社 1976 年版，第 7 页。

本的民族文化特征。这一民族文化特质必定衍生出：重视现世的人伦关系，重视记载历史。宗庙祭祀、祈祷神灵，都是为了现世的存在。中国文学的起源，必定也应该主要以上述方面作为主要的书写内容。而这些内容本身，决定着中国文学在发生时期，理应是散文的而非诗歌的，理应是写实的而非想象的，理应是记载现世日常必需的应用文字，记载重要的政治文诰，记载对于祖宗神灵的祈祷等。这些理应是中国文学在发生时期主要的书写内容。

当下文学史以神话作为开端，主要是采用《山海经》《淮南子》等后来之文献，是以写作题材所显示的所谓远古内容替代了写作时间，是以想象替代了中国文学史发生的时间次序。其中少量认为出自《诗经》雅颂的关于禹的部分，出自《尚书·百刑》（成于西周）的上帝、蚩尤故事，楚辞《天问》等中的后羿射日故事等，都不能说明中国文学最早的题材是神话故事。

总之，不论是诗歌早于散文之说，还是神话为中国文学之起源的说法，都主要是基于意识形态的推断，这是一个时代的集体误区，并无实在之根据，也无法在历史文献中得到验测。

笔者的研究表明，诗歌的产生与两大文学艺术类型——音乐和散文密切相关。两者之间，应该是先与散文有关，诗的因素是在甲骨文的反复记录和书写中萌生的，以后到周公制礼作乐的时代，音乐的音律节奏引导了这种原本从散文文体中孕育出来的诗歌雏形，从而形成了中国最早的诗歌。但无论是甲骨文还是礼乐制度，皆为王廷文化的重要组成，与所谓下层民众并无关系。

二、中国散文概说

中国散文既是一个与世界文学相通的概念，指的是和诗歌相互区别的文学体裁，又是一个中国独有的文学范畴，指的是和骈文对立的概念。之所以为中国所独有，既是由中国语言文字一字一音的特质所决定，同时，又是由中国漫长的文学史演变历程所奠定的：汉语言文字的特殊性——一字一音，音分平仄，为文学写作的律化、骈化提供了可能性和语言文字方面的基础，而漫长的文学史演变历程，正是一个由散而骈，由骈而律，由骈由律而解放为散，散中

有骈，骈中有散的演变过程。有学者认为：

> 吾国文学就文体而论，可分为六时代：一曰：骈散未分之时代，自虞夏以至秦汉之际是也；二曰：骈文渐成时代，两汉是也；三曰：骈文渐盛时代，汉魏之际是也；四曰：骈文极盛时代，六朝初唐之际是也；五曰：古文极盛时代，唐韩柳、宋六家之时代是也；六曰：八股文极盛时代，明清之世是也。自无骈散之分以至于有骈散之分，以至于骈散互相角胜，以至于变而为四六，再变而为八股，散文虽欲纯乎散，而不能不受骈之影响。骈文虽欲纯乎骈，而亦不能不受散文之影响。①

这里的散文，指的就是中国特有的、与骈文相互对立的文体概念。二马并驰而为骈，许慎《说文》："驾二马为骈"；俪，相并，对偶，如俪词、俪句、俪辞（对偶的文辞，亦作"丽辞"），刘勰："俪采于百句之中，争价于一字之奇。"骈俪并文，而为骈俪，故骈俪文以常用对偶文句、声律工整、辞藻华丽为特征。

骈俪文体并非中国文化与生而来，如同民国时期史学家陈柱所云，两汉之前，乃为骈散未分之时代。但其论说为自虞夏以至秦汉，这是不准确的。殷商时代之前是没有文字（指的是可以连缀成章表达完整意思的狭义的文字，而非刻画符号）的，也就自然没有所谓骈散之别。诗三百多为散句，至屈原楚辞而为骈俪之滥觞，楚辞一变而为汉赋，汉赋专门以追求骈俪为旨归，至汉魏之际的建安时代，实则是由两汉大赋向骈散兼用的一次回归。诗中的五言诗体形式的诞生，以及三曹七子的文赋，都不是仅以追求骈文俪句为旨归的，而是慷慨之气充盈，因此才会被称为"建安风骨"。至六朝初唐时代，骈文再次大盛，这是合于历史真实的；至唐宋八大家时代，再次实现对散文化的回归。由此可知，从先秦到唐宋，实际上是经历了一个骈散之间不断反复的历程。

骈，体现了散文文体对于美的追求；散，体现了对于文学的思想情感内涵的承载。散，是口语化的自然体现；骈，是中国文学超越口语的必然追求。

---

① 陈柱：《中国散文史》，商务印书馆 1998 年版，第 1 页。

三、先秦诗歌与散文

从诗歌与散文的关系角度来看，先秦文学大体可以粗略地分为三个时期：从甲骨文到《尚书》的出现，可以视为先秦文学的第一阶段，即先秦文学的滥觞时期；从西周早期的“诗”出现，则可以视为是先秦文学也是中国文学的起源阶段，《周颂》—《大雅》—《小雅》—十五《国风》，正是这一阶段演变历程的完整展现，此为先秦文学的第二阶段；以孔子作《春秋》为界碑，则开始了从诗歌向散文回归的阶段，也就是先秦文学的第三阶段。

从这三个阶段的清晰分界来看，先秦文学具有其他时代文学所不具备的特点：第一，诗三百之前的文学滥觞时期，并无诗歌存在的当时性文献记载，即先秦文学的第一阶段无诗。第二，从西周开端的前1045年起，周公开始作《周颂·清庙》等祭祀文，从而开始了由散文向乐歌—诗歌的转型，散文同时渐次缺席——《尚书》中可信的早期篇章与《周颂》《大雅》的早期篇章约略同时，显示了由散文向歌诗嬗变的衔接时段特点。《周易》的产生时间不明，故不论。第三，以孔子作《春秋》为标志的第三阶段，就整体性质而言，是对散文的回归，史传文学、诸子散文、辞赋文体依次出现。当然，第三阶段在整体属于散文性质的同时，也必然地含纳了第二阶段的诗歌属性。具体表现在：从《春秋左氏传》到《老子》《庄子》《荀子》，越来越浓郁的诗化表达方式，以及屈原《楚辞》的诗化辞赋的出现，可以视为是对前两大阶段艺术特点进行整合的结果。但归根结底，它们在本质意义上仍属于大的散文体裁，后人将其称之为诗，已经是一种新的诗体范畴含义了。

第一编

中国文学的起源

第一章
甲骨文与中国散文的起源

第一节　概说

从原始的文字记事阶段的殷商甲骨文和青铜器铭文，到西周时代发生第一次飞跃——礼乐制度的兴起，造就了中国文化和中国文学的极大发展；到春秋而一变——《左传》之记史，《论语》之记言；至战国为“古今一大变革之会”（王夫之语），中国文学首次出现系统之论著，由墨子之质朴无文，到孟子之纵横捭阖，《老子》之深邃而自成体系，再到《庄子》之汪洋恣肆，“以谬悠之说，荒唐之言，无端涯之辞”达到“独与天地精神往来”的艺术境界。以上，正是先秦散文由起源发生到演变飞跃的概要历程。

中国之文字，当下已经有的确实史料，开始于甲骨文。甲骨文，指刻于商周甲骨之文。当下出土的主要为安阳殷墟以及西周初期周原的甲骨文。甲骨文不仅仅是华夏民族最早的文字，而且是当下所能见到的中国最早的历史文献，[①] 同时也是最早的华夏民族的散文。

---

① 中国商代和西周早期以龟甲、兽骨为载体的文献，是已知汉语文献的最早形态。刻在甲骨上的文字曾称为契文、甲骨刻辞、卜辞、龟版文、殷墟文字等，现通称甲骨文。商周帝王凡事都要用龟甲（以龟腹甲为常见）或兽骨（以牛肩胛骨为常见）进行占卜，然后把占卜的有关事情（如占卜时间、占卜者、占问内容、视兆结果、验证情况等）刻在甲骨上，并作为档案材料由王室史官保存（可参见甲骨档案）。除占卜刻辞外，甲骨文献中还有少数记事刻辞。甲骨文献的内容涉及当时天文、历法、气象、地理、方国、世系、家族、人物、职官、征伐、刑狱、农业、畜牧、田猎、交通、宗教、祭祀、疾病、生育、人文、灾祸。记载盘庚迁殷至纣王间二百七十年之卜辞，为最早之书迹。殷商有三大特色，即信史、饮酒及敬鬼神；也因为如此，这些决定渔捞、征伐、农业诸多事情的龟甲，才能在后世重见天日，成为研究中国文字重要的资料。

从甲骨文、金文到竹帛文字，是中国早期文字、文章的发生历程，也是中国散文的发生历程。其中特别值得指出的，是文字媒介的演变从根本上制约和决定了文字、文章、散文、文学的演变历程。

一向所说的从夏代开始有文字，或是更早的黄帝时代仓颉造字，都仅仅是一种传说，并无实证。文字学家陈梦家先生对此论证甚为详切：

认为“仓”是“商”的声同相假，商契就是仓颉：《尔雅》《释鸟》“仓庚商庚”，《夏小正》“仓庚者商庚也”，可证“仓”“商”声同相假，而古音“颉”和“契”又非常相近。因为汉字为商人所造，而契不仅仅是商的古王，更因为契字的本意是契刻——最早的文字是契刻于甲骨上的，因此，才有仓颉造字之说。总之，最早的文字是商人契于龟甲的卜辞。①

或许有人会说，甲骨文字尚未进入到文学的层面。这就需要对文学进行界说。

概括而言，文学有狭义、广义之不同：狭义而言，文学为诉之于审美、情感的语言艺术；广义而言，则为一切文献述作之总称，如钱基博先生所界说：“则述作之总称也”。②就中国文学史的演变历程而言，文学乃先为广义，而后逐渐走向狭义。

文的本意来自于织。《易·系辞传》：“文相织，故曰文。”《说文·文部》：“文错画，象交文。”后来演变成为“文者，会集众采以成锦绣，会集众字以成辞意，如文绣然。”③“所谓文者，盖复杂而有组织，美丽而适娱悦者也。”④如同“文”字本身有演变过程、引申之义，文学在中国历史文化之中也经历着由广义而狭义，由“文献述作之总称”而“美丽而适娱悦者”的演变历程。甲骨文中的某些文字，已经具备了“会集众字以成辞意”的特征，并具有一定的审美意义，理应视为文学的，或说是先秦散文和诗歌的雏形。

根据当下相关的出土文物资料，中国社会科学院考古研究所编著《中国考古学夏商卷》，所载《藁城台西商代遗址》显示，在商代早中期（或更早，但都

① 陈梦家：《中国文字学》，中华书局 2011 年版，第 11—12 页。

② 钱基博：《中国文学史》，中华书局 1993 年版，第 3 页。

③《释名·释言语》。

④ 钱基博：《中国文学史》，中华书局 1993 年版，第 3 页。

不会影响本书所论的狭义的文字产生的时间以及对文学、文献产生时间的影响）已发现刻画符号，如在郑州商城出土的大口尊、盆、豆等陶器上，均发现有刻画符号。一般一器一个符号，个别的刻有相同的两个符号，或者两个符号的合文，已经发现的刻符有 30 多种。①关于这些符号的意义，有学者认为是记录“陶器容量的符号”。②其中，“在大口尊口沿所刻有的有些图像，则很可能是象形文字。”“商代早中期的文字资料，还见于河北藁城台西遗址。在该遗址的 70 多件陶器上，发现了文字和符号。”③其中止、刀、矢、戈等字，与殷墟甲骨文相似。④

从该作所附图《郑州商城与藁（音高，上声）城台西遗址出土的文字与符号》来看，河北藁城台西出土的 4 处刻画符号和河北藁城所出土的文字，显然有刻画符号和文字的不同，虽然这些刻画符号“与殷墟甲骨文属于同一个系统”，但明显属于华夏文字的早期雏形，尚处于图画形态。

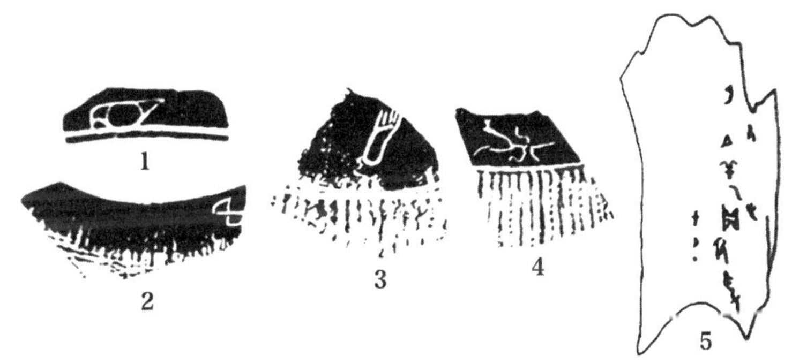

图 1　郑州商城与藁城台西遗址出土的文字与符号

1. 目（台西 510：0957）2. 五（台西 T13：083）3. 止（台西 T10：0119）
4. 逆（台西 T11：016）5. 刻字肋骨（郑州商城出土）

图 1 中的 1 为“目”，与甲骨文一期中“目”的四种写法中的第一种近似，但也不同。

图 1 中的 2 为“五”，与后来殷墟甲骨文相同，可以看到早期文字与甲

① 裴明相：《郑州商代陶文试释》，《河洛文明论文集》，中州古籍出版社 1993 年版。

② 安金槐：《商代粮食的器量》，《农业考古》1984 年第 2 期。

③ 河北省文物研究所：《藁城台西商代遗址》，文物出版社 1985 年版，第 90—99 页，图 57、58。

④ 中国社会科学院考古研究所编著：《中国考古学·夏商卷》，中国社会科学出版社 2003 年版，第 424—425 页。

骨文的联系。

图 1 中的 3 为“止”，为一个脚印，明显为图画，而殷墟甲骨文的“止”字，为古“趾”字，象脚，有指和掌形，本意是人的脚。《说文》：“止，下基也。象草木出有址，故以址为足。”殷墟甲骨文从一期到四期“止”的四种不同写法，均已成为抽象表意的文字。分别为：[illegible]（1 期）[illegible]（3 期）[illegible]（4 期）[illegible]（4 期）

图 1 中的 4 为“逆”，这是一个表达抽象含义的字，但仍能看出藁城刻画河流的符号与殷墟甲骨文的表意文字的不同。

有关中国文字的开始，自古至今，争论甚大。有学者认为夏代开始就有文字；也有学者认为更早，要往前推到图画文字，譬如前文所引的出土文物中的以脚印代表“止”字等；还有学者更进一步上溯到上古，以结绳记事为中国文字之起源发端。之所以争辩不清，主要是争论双方不是用同一个界说标准。文字有广义狭义之不同，有起源与发生开端之不同。如果说是广义的起源，则结绳记事有关，图画文字有关，刻画符号有关，周易占卜有关。但这些均非文字本身，而是广义的文字起源。广义的文字，可以采用《辞源》对文字界说的第一个义项；狭义的文字，则需要重新界说。《辞源》对“文字”界说为例，主要有两个义项：

1. 语言的书写符号；2. 连缀而成的文章。①

但这两个义项，似乎都还不能作为我们想要追究文字发生点这一使命的权衡标准。前者过宽，如前文所引商代早中期的四个图画文字，以脚印作为“止”字，虽然是典型的画图表意，但也似乎可以视为一种语言的书写符号；以河流的正反走向代表“逆”，则初步具备表意的特质；再进一步，“目”“五”两字，均已经和后来的文字极为相似。但这些单独出现的表意符号，无论怎样接近后来文字的雏形，它们均非我们所要寻求的用诸多字来表达完整含义这样人类特有的功能。后者过窄，因为文章也可以有狭义广义之分。广义而言，一切表达出人类思想的连缀文字皆可以称之为“文章”。狭义而言，文章在规模上较大，在表达思想上较为复杂，在应用场合上较为正式、庄重。譬如我们常

① 《辞源》，第 1357 页，“文字”条。

用“庙堂文章”和宋元之后的“小品”相对，来指认散文体的不同样式和阶段；我们平日三言两语的日记文字和便条文字，一般来说，不称其为“文章”，但它们确乎为“文字”。同此，甲骨文文字，我们也不便称其为文章，但它们确乎为文字、文献。

因此，可以为“文字”重新界说：所谓文字，简单来说，就是“连缀字以成文”。文的含义较文章更为广泛，这里，“文”或是“文学”的界说，可以重回“则述作之总称也”[①]的表述。文字可以独立地表达一个完整的思想，而前举的四个单独的字（如果将图画文字也称之为字的话），并没有连缀以成为文，这就还没有达到文字的发生发展阶段。

如果以“连缀字以成文”作为“文字”产生的标准，则发生于武丁时代的甲骨文文献，基本上就是中国文字的发生，同时，也是中国最早文献的发生以及中国文学的起源。这不仅是根据前文所征引的出土文物的对比，同时也是根据如下方面得出的判断：甲骨文尚处于文字发明的探索时期，其中包括一字多样写法，如“舌”字，根据董作宾所掌握的甲骨文字，就有12种之多。

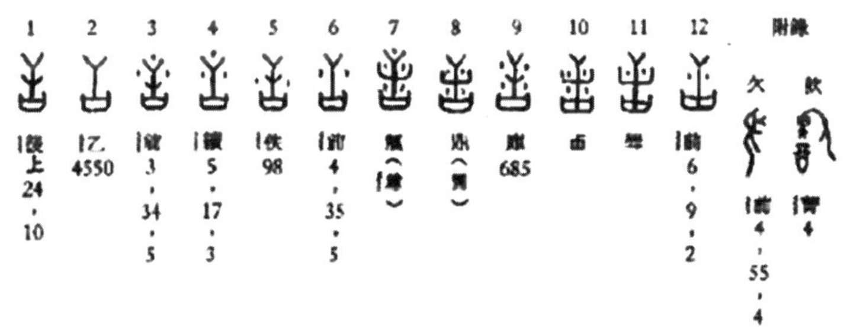

图2　甲骨文“舌”字的12种写法[②]

根据董作宾先生的分析，甲骨文舌字的12种写法，除了1、2种小异，其余3—12十体，两旁均有差异，示舌上有水、舌下有口、舌在口中等。占卜制度的确立，贞人群体占卜记录历史的确立，政治、宗教等的需要，可能会极大地刺激了文字记载的需要，从而发生了中国文字、文献、文学凿空鸿蒙从无到有的历程。换言之，当下其他地区所出土的甲骨残字，一鳞半爪，均只能是中

① 钱基博：《中国文学史》，中华书局1993年版，第3页。

② 《董作宾先生文集》，艺文印书馆印行，第794页。

国文字史、文献史、文学史江河发轫之前的涓涓溪流而非江河本身；武丁时代之前之于文字的暗中摸索历程，似应为渐变的历程，武丁时代则为质变的飞跃。

武丁时代，甲骨文中开始出现文学因素：其中或有重复，形成一种重复美，构成诗歌因素。如“癸卯卜：今日雨？其自西来雨？其自东来雨？其自北来雨？其自南来雨？”①占卜者和刻写甲骨者如此处理，不一定是为了诗意的韵律节奏，而仅仅是面对四个方向占卜是否有雨的自然记录，却自然形成了每句只变换一下方位的重复节奏美，与后来《江南可采莲》“鱼戏莲叶东，鱼戏莲叶西，鱼戏莲叶南，鱼戏莲叶北”有异曲同工之美；又如“自今辛至于来辛又大雨？自今辛至于来辛亡大雨？”②则是对占卜正反定否的自然记录，却偶然保持了两句之间的对仗之美。这一点，也正解释了中国文言文的由来，同时见证了中国文言文自其起源发生之日起的演变历程。

关于甲骨文在中国文学起源中的地位和作用，既不能高估——因为不论是在中国的文字史还是文学史中，甲骨文均处于开辟鸿蒙、从无到有、筚路蓝缕的历史阶段，但也不能低估。研究和学习中国文学史的起源发生，很多人虽然谈及甲骨金文，但仍然从神话和民间的起源谈起，而无视甲骨文文献的存在。放着最为可信的最早的文字、文献记载而不研究，反而以后人所作的神话和传说中的所谓上古诗歌作为文学的起源，这是不对的。甲骨文文献所显示出来的文学因素，既是粗糙的、无序的、胚胎的，但又是极为宝贵的、自然的、美妙的，它们在应用的、功利的、历史的记载中，放射出了文学审美的异彩，播种了后来文学的、诗歌的种子。

第二节　青铜器金文中的散文

中国的青铜器时代，有学者概括为“从公元前2000年以前，一直持续到

① 郭沫若：《卜辞通纂》，第375片。

② 《甲骨文合集》，第30048片。

公元前500年”，[1] 这意味着中国青铜器时代一直持续到诗三百的写作史接近完成的时代。[2] 但诗三百的书写工具，不会是青铜器和金文，而应该是竹帛。同此，从《尚书》之后的文学作品，主要的载体也应是竹帛。这种状况，一直持续到东汉蔡伦造纸，才发生另外一次文学书写和传播方式的革命。

图 3　青铜器上的金文书写

两次书写和传播方式的革命，都带来了文学从形式到内容的巨大革命。后者成为奠定建安新兴五言诗体飞跃的条件之一，双音节词开始在文学文体之中大量涌现，随之也带来东汉后期之后文赋写作方式的变革；而竹帛代替甲骨、青铜成为书写主要载体的变革，则带来中国文学、文献、文字书写形式和写法的第一次革命，才开始有了真正意义上的文学发生。

青铜器的金文书写，比之甲骨文的文章形式有所进步。甲骨文并无文章书写的意识，因此，一片甲骨中会有多次时间的不同书写，一片甲骨之中的诸多片段也不一定具有内在的关联，它是一种松散的刻写文字。而商末周初的金文，则明显具有由松散随意的文字刻写符号而向文章书写转型的痕迹，金文时代的文字已经和两周时代的散文篇章没有大的区别。

图 3 所引金文，为周夷王时代制作，时代较晚，自然成熟。再向前追述，《续古文苑》记载的周公时代的钟铭，也已经完全是文章笔法和结构。

---

① 张光直：《中国青铜器时代》，三联书店 2013 年版，第 12 页。

② 笔者认为，诗三百的写作时间大略为：公元前 1045 年左右—约前 600 年左右。

第二章
周公制礼作乐与先秦文学的发轫

第一节　概说：关于周公制礼作乐之变革

任何一个重要文学现象的出现，都有着一个重要的政治制度变革、文化史变革的伟大背景。反过来讲，在中国源远流长的历史长河中，任何一个重要的政治制度变革，也都必然地带来了伟大的文化现象的诞生，带来了伟大的文学作品的诞生，带来了伟大的历史人物和伟大文学家的诞生。

王国维《殷商制度论》开篇即言："中国政治与文化之变革，莫剧于殷周之际。"①此可视为王国维有关殷周制度变革之总纲，可谓振聋发聩、发人深省。

有学者说："近来更听说，有国外学者相信，商周之间有一场礼制革命"，"其实这并不可靠"。"那些'礼'的仪式和规则，不会是由周公这样的几个天才想象出来的，而是继承了殷商时代旧传统的，这大概没有问题。像《礼记·礼运》中历数各代帝王，禹、汤、文、武，就说他们'未有不谨于礼者也'。不过，真正成熟的礼制，恐怕真的是在西周成王、周公的时代才成立。"②一方面在总体上断定"商周之间有一场礼制革命"并不可靠，另一方面，又不得不承认"真正成熟的礼制，恐怕真的是在西周成王、周公的时代才成立"，显示了当代学者对于中国礼乐制度、宗法封建制度确立时间认识的不确定性。

---

① 王国维：《殷周制度论》，《王国维文集》，中国文史出版社 2007 年版，第 312 页。

② 葛兆光：《中国思想史》，复旦大学出版社 2010 年版，第 34—35 页。

之所以不能确定，主要是由于认为“那些‘礼’的仪式和规则，不会是由周公这样的几个天才想象出来的”，这多少与一个世纪以来对传统英雄史观进行革命的新观念有关，同时，更与“继承了殷商时代旧传统的”的认知相关。其实，任何一种新兴制度的建立，决不会是凭空而来，一定会与本民族的历史文化有着千丝万缕的联系，一定是由涓涓溪流而为汪洋江河，但那汪洋江河却也并非那涓涓溪流本身。就周之于商的变革，《诗经·大雅·文王》所说最为精辟：“周虽旧邦，其命维新。”新与旧，乃为辩证的统一。

王国维在《殷周制度论》中提出：周人制度之大异于商者，一曰立子立嫡制，由是而生宗法及丧服之制，并由是而有封建子弟之制，君天子臣诸侯之制。①

对此，梁启超给予更为详切明晰之阐发：

> 后儒多言封建为唐虞以来所有，其实非也。夏殷以前所谓诸侯、皆邃古自然发生之部落，非天子所能建之能废之。真封建自周公始，武王克殷，广封先王之后（《史记》），不过承认旧部落而已。及“周公悼二叔之不咸，乃众建亲贤，以屏藩周。”（《左传·僖公二十四年》）……盖一面承认旧有之部落，而以新封诸国参错其间，实际上旧部落多为新建国之“附庸”。……中央则以朝觐巡狩会同等制度以保主属的关系，而诸国之间，复有朝聘会过等制度以常保联络。②

以此来看，中国形成所谓中央王朝而下封建诸侯国的封建制度，开始于西周成王周公时代。在这个历史时期，伴随政治制度的革命，同时发生了以“礼乐”为中心的礼制变革、音乐变革、诗歌变革、文学变革、文化习尚变革等近乎全方位的历史性革命。周公作为历史人物的出现，他的礼乐制度的成功推出和实现，也是一种历史的必然产物，是顺应历史发展的顺势而为；同时，周公也是这个时代伟大的政治家，是儒家政治体制及儒家思想的奠基人，是儒家教育史的奠基者，是这个时代的伟大的散文家，也是中国诗歌的最早创造者。

之所以会出现如此之多的创造和发端，其中的主要原因是：西周王国刚刚

① 王国维：《殷周制度论》，《王国维文集》，中国文史出版社 2007 年版，第 313 页。

② 梁启超：《梁启超论先秦政治思想史》，商务印书馆 2012 年版，第 49 页。

建立，西周氏族部落原本一直处于被压抑的状态，在长时期的政治压抑中，逐渐形成了后来称之为儒家思想的本氏族的哲学思想。这一点，在诗三百、《尚书》《周易》等一批中国最早的典籍中，对有周的儒家文化形成历程，由不窋到公刘到文王，具有明确的记载。而周公本人，更是集中前辈文化传统之大成，所以，一旦实现了政治上的摄政，便将这种原本就渐次积累而成的儒家传统一变而为有周王国的国家哲学，礼乐制度和学在官府的儒家教育体制，也就水到渠成地加以实施。

礼乐制度从周公摄政开始实施。礼乐制度的实施，客观上需要贵族及其子弟掌握礼乐文化，也就是说，政治建设向教育提出了需要，这就从根本上决定了中国的早期教育依附于政治和国家哲学。中国此一时期精神文化领域的诸多学科，尚处于彼此依赖、互为表里的历史阶段。中国教育史的发生，与语言文字史、诗歌史、音乐史等诸多学科有着互为因果的关系。在文字载体方面，西周初期发生了由竹简文字向甲骨文文字变革的革命——在西周建国之前的殷商中后期，主要从武丁时代开始，是甲骨文的创造时代，完成了此前以画图表意的图形文字向能完整表达思想的甲骨文文化和青铜文化的转型，但甲骨文和青铜器铸刻的文字，都不能成为书册，所以在西周初期，完成了以竹简文字取代甲骨文文字的变革。① 文字载体的变革，带来了中国书籍文化的诞生，从而对传授礼乐制度的高等教育提出了需求，也提供了语言文字的载体。

中国文字产生于甲骨文和青铜器文字，两者作为文字载体具有很高的书写难度，从而造成了书写文体文言文的形成。文言文和日常口语具有极大的区别，具有高度精炼以及难懂、难学的特点，没有经过长时间的教育和训练，难以阅读和写作。这一点，从根本上决定了教育的贵族阶层的垄断性，也造成了中国社会在相当长的历史时期内，只有经过特殊教育训练的少数贵族阶层人物具有文学、文章的写作能力。

中国历史学、文学史、诗歌史、音乐史都从这个时期发端发轫：由于礼乐制度的建设需要，也由于竹简之取代甲骨和青铜器作为文字之载体的变革，西周初期，开始有了记载有周政治历史文化的书册，即《尚书》——“尚书”的

① 参见木斋相关论文，分别载于《安徽师范大学学报》2014 年第 4 期和《山西大学学报》2015 年第 1 期。

本意，就是上古之书，也就是第一本书的意思；由于需要对上古渐次形成的大儒家文化（是一个大的文化范畴，其中容纳道家哲学等先秦哲学思想）进行哲学层面的概括性总结和表达，遂有《周易》的产生；由于以祭祀祖先作为礼乐制度的本质体现，遂有周公、召公、成王等最高统治者亲自撰写的文字，并且需要将这些文字配乐演奏和歌舞，遂有诗歌的产生，并创造了诗歌的文学体裁，以后，随着日月的迁移，作品渐多，传播并且编辑成为诗集，便于教学使用，遂有《诗经》的编辑和传播；由于礼仪制度渐次繁复，也同样出于教育和传播的需要，遂有《礼记》的传世；礼乐制度中，音乐的作用非同凡响，是礼乐制度不可或缺的中和媒介，而音乐教育和文字教育、文学教育相比，更为具有专业知识、专业技能的特质，遂有《乐经》；到了春秋后期，更有孔子写作了《春秋》，成为以儒家思想撰写历史的典范。以上，诗、书、礼、乐、易、春秋，分别代表了中国历史文化发端时期的六种文化；六部经典，也就是两周时代的贵族子弟接受教育特别是高等教育的六部教材，因此，被概括称之为“六经”。

关于周公制礼作乐的创制，《论语》《左传》等先秦典籍中都有清晰记载。《论语·为政》：“殷因于夏礼，所损益可知也；周因于殷礼，所损益可知也；其或继周者，虽百世可知也。”①正回答了夏商周因革的问题。有人说：周公是孔子塑造出来的人物，其实，孔子对周公的记载和追述，远远还不能复原周公伟大的原貌。如果说，尧舜禹以及三代之前的先贤事迹主要是孟子及其之后的塑造，那么对于作为华夏儒家文化奠基的周公时代，我们还远远没有真正认识清楚。但毕竟，周公及其制礼作乐的伟大时代，有着六经代表的儒家经典以竹帛为载体的真实记载，留给后人不断发掘的空间。

或许有人会说：礼乐并称，礼何以必须有待于乐？乐何以依附于礼？华夏民族，自生民之初，渐次形成礼仪之邦，重视人伦关系，“人而无礼，虽能言，不亦禽兽之心乎？”“是故圣人作，以礼以教人，使人有利，知自别于禽兽。”②儒家思想的起源发生在礼仪的外形下渐次酝酿形成。礼使人有别，乐使人相和，礼乐在对立中实现完美的统一。乐则需要歌，有歌方能实现音乐的人伦教化的宗旨。因此，周公制礼作乐的政治行为客观上向文学提出了需要，而由于

① 《论语注疏》，《十三经注疏》下，上海古籍出版社影印阮刻本，第2463页。

② 《礼记》，中华书局2007年版，第6页。

制礼作乐需要高层次的文化人才，这就向教育提出了要求。诗由原先在甲骨文、金文等散文形态中，蜕变而为“歌”，从而成为诗歌。因此，我们也可以说，音乐是中国诗歌的另一源头。

第二节 《尚书》：中国书文化之始

《尚书》，即上古之书，主要记载了夏商周的训命和言论，是我国现存最早的散文总集。全书二十八篇，包括虞书、夏书各两篇，周书十九篇。一般认为虞书、夏书为春秋、战国时代后人之作。也有人认为是周公、孔子所作。典、谟、训、诰、誓、命为《尚书》中的六种文体。典，记述帝王言行，以作后代常法，如《尧典》；谟，记述君臣谋议国事，如《皋陶谟》；训，记述训导言词，如《伊训》；诰，施政文告，如《汤诰》；誓，临战勉励将士的誓词，如《牧誓》；命，帝王的诏令，如《顾命》。

《尚书》在先秦时代称之为“书”，到西汉时代被称之为“尚书”。司马迁《史记·武帝本纪》：“学者多称五帝，尚矣。然《尚书》独载尧以来。”《孔子世家》：“孔子之时，周室微而礼乐废，诗书缺，追迹三代之礼，序书传，上纪之际，下至秦穆，编次其事。”《尚书》不排除为孔子所编定。《论语》中明言《尚书》、引用《尚书》而不言《尚书》、据《尚书》为说的分别为2条、5条和7条，可知孔子和《尚书》之间的密切关系。

《尚书》亦称《书经》，是所谓“《诗》《书》《礼》《乐》《易》《春秋》”儒家六经之一。[①]《尚书》的出现是中国文化史、中国文学史的一个里程碑，它标志了中国由刻之于甲骨、青铜器等的甲骨文时代、青铜器时代向竹帛时代的转型，标志了载于竹帛纸张的诗书文化的真正发端。

许慎《说文解字叙》：“著于竹帛为之书”。许慎对“书”的这一记载和诠释，意义重大。

东汉许慎的这一解释，除了对于《尚书》本身认识的文献价值之外，更为

① 《乐》无传，因称五经。

重要的是，他揭橥了一个关于中国文学起源发生的重大线索：中国文字在商周之际，主要还是以甲骨文、金文为书写形式，“著于竹帛为之书”清晰指明了：华夏民族将最早著于竹帛的文字称之为“书”，它清晰地说明了中国的竹帛文化开始于《书》，书和竹帛之间的关系是：竹帛为载体，书为竹帛的产物。两者之间为血肉相连之同一生命体，有竹帛取代青铜，方能有书，竹帛的刻写文字，连同竹帛作为文字载体，连同西周制礼作乐制度本身带来的丰富思想内容，造就了“书”这种文化形式的必然产生。反之，也可以说，书籍这一由众多文字建构而成、表达比较丰富内容，由此需要一定厚度的简册尺籍文化形式，①必定不能由甲骨、青铜器等载体实现。

许慎的这一记载，同时从侧面说明了《尚书》就是中国最早的书籍。原来“书”只是简册的代称，可以泛指所有的书籍，《尚书》在西汉初期只称《书》，②到司马迁《史记·五帝本纪》才称作《尚书》：“学者多称五帝，尚矣。然尚书独载尧以来，而百家言黄帝，其文不雅驯，荐绅先生难言之。”③

竹帛书写形式应当开始于殷末周初。当下能见到的竹简，基本上是战国时期之后的。《墨子·明鬼》即云：“古者圣王必以鬼神为有，其务鬼神厚矣……又恐后世子孙不能知也，故书之竹帛，传遗后世子孙。”④《墨子》的记载透露出竹帛的产生时间远远早于墨子所处的春秋时代，而且，就其动机和书写内容来说，与鬼神有关。

殷商敬奉鬼神最为典型，“古者圣王必以鬼神为其务”者，非殷商莫属。《尚书·多士》称：“惟殷先人有册有典”，是说商代始有典册文书，因此，大抵可以说，《书》《诗》几乎在同一个时期先后联袂而生，并且是伴随着竹简文化对于甲骨文化和青铜文化的取代而产生的。《尚书》，可以理解为“上古的史书”，或“上古帝王之书”。相传先秦时代记载上古历史的《书》有几千篇，孔子为了教学的方便，删为百篇之数。

---

① 书籍也称“尺籍”。《史记·冯唐传》：“夫士卒盡家人子，起田中从军，安知尺籍伍符。”

② 《论语·为政》：“《书》云：‘孝乎惟孝。’”可证先秦时代“书”即为《尚书》，正如以后“诗”即为《诗经》。

③ 司马迁：《史记》，中华书局 1982 年版，第 46 页。司马迁《五帝本纪》所载黄帝、尧舜事，多从《尚书》而来。

④ 《墨子》，中华书局 2007 年版，第 124 页。

《尚书》的产生时间，大抵应在商末到西周初年，这一点需要和竹帛书写形式的产生和流行起始时间随后一并讨论。殷墟甲骨文中的“册”“典”两字均系与竹简相关之字，而甲骨文、金文的载体形式都是不能成为简册书籍的。这一点，约略可以证明竹简产生时间在殷商后期而远远早于春秋战国时期，再从《尚书》《诗经》等较早的竹帛文字的书籍的内容来看，则可进一步确认中国书文化的产生正与周公制礼作乐的时间相互伴随。

《今文尚书》和《古文尚书》之别：秦皇燔书，《尚书》由博士伏生传下，用当时文字写下，为今文尚书，二十八篇。汉武末年，鲁共王拆除孔子住宅，发现用秦汉之前古文字书写的《尚书》，因称“古文尚书”。司马迁曾从孔安国学过《古文尚书》。东晋梅赜献《孔传古文尚书》，号称为当年孔安国得自孔壁后加以注释整理的本子，成为后来官方流行的版本。南北宋之交就有学者开始指出其为伪作，其中诸多篇章不都是佶屈聱牙，多有文从字顺者，到康熙时候阎若璩《古文尚书疏证》，详列一百多条证据，后虽有学者反驳，已经不能改变《古文尚书》是伪书的事实。

“诗言志，歌咏言，声依咏，律和声”，这是出自《尚书·尧典》中著名的一段论述，被称为中国诗论的开山之作。《尚书》是传统的五经之一，记载了中国上古的历史，其中很多篇章保留了原始的政治公文面貌。如果《尚书》中的这一段记载属实，其确为尧所说的话语，则不但为当下所能见到的最早的关于诗与歌的开山之论，也证明了尧时已经有乐官制度的存在，同时也证明了中国最早的散文在尧舜时代就已经产生，故不可不单独为之辨析。《尚书·尧典》此一段被称为中国诗论开山之作的片段，其前后文如下：

> 帝曰：“夔，命汝典乐，教胄子。直而温，宽而栗，刚而无虐，简而无傲。诗言志，歌咏言，声依咏，律和声。八音克谐，无相夺伦，神人以和。”夔曰：“吁！予击石拊石，百兽率舞。”①

其真实性并未见前代学者质疑，但其是否为尧舜时代之真实历史，仍可值得怀疑。正如相关研究学者所说：“先秦旧籍一般都经过了汉人的传习和整理……《尧典》一篇也有汉人的事实掺杂其中，一般认为其主体成于春秋孔子的时代，

① 慕平译注：《尚书》，中华书局2009年版，第30页。

是没有问题的。”[①]“《书》之较古者，如《尧典》《禹贡》等，决为后人所作，然亦可见其时之人所谓尧舜禹者如何，究有用也。”[②]若此条资料为后人之所追述，所谓历史，乃为当代史。

不能说《尚书》所载全不可信，但也不能说所有的记载都可信，可信与否，要看是否吻合于当时之历史，以及与其他文献记载当时之语言、文化、制度之吻合程度等。此段资料之不可信处，大体有如下几点：

1. 此段资料源于舜分别任命禹为司空，命弃为后稷“播时百谷”，“汝作司徒，敬敷无教在宽”，命皋陶作士，命伯益作掌管山泽之虞，命伯夷作秩宗，“典朕三礼”，命夔典乐，教习胄子。这种大段历史细节的铺排，从写作方法上来说，不仅不是佶屈聱牙，而且是一气呵成，颇类小说，颇多细节，应非历史之真实记载，而多想象虚构之辞。至于司空、司徒、秩宗、乐正、士等官职名称是否在虞舜时代就有，尧舜时代的禅让政治是否有如此等级分明、分工明晰的政治制度，这些需要由历史学家研究。《国语・鲁语上》：“弃为司徒而民辑。”《国语・周语上》也有相应记载，但《国语》仍嫌为晚，其与《尚书・尧典》之所同出亦未可知。

2. 其中人物多有错谬：弃，后稷，远在禹后，但《尧典》安排成为与禹同时为官，说明是杂取了不同的神话材料相缀成文；而皋陶原为神话人物，顾颉刚等《尚书校释译论・尧典》从语音上论证了“皋”为发语词，陶即“尧”，皋陶即“阿尧”，说明皋陶是尧分化出来的神名。可备一说。同时，在其他文献中，并未有确证证明尧舜之时已经有“典乐”之乐官来教胄子，这些倒像是孔子时代的文化现象。

3. “诗言志，歌咏言，声依咏，律和声”的表述，凝练而精准，试对比孔子对诗的表述，不论是“兴观群怨”说，“迩之事父，远之事君，多识于鸟兽草木之名”之说，还是“兴于诗，立于礼，成于乐”之说，抑或是“诵诗三百，授之以政，不达；使于四方而不能专对，亦奚以为”之说，都还是对诗歌本质的功利化和感性化认知，全都不如一句“诗言志，歌咏言”更为概括、更为凝练、更为深入地表达了先秦两汉时代对于诗歌之本质特征的认知。从

① 慕平译注：《尚书》，中华书局 2009 年版，第 1 页。

② 吕思勉：《先秦史》，上海古籍出版社 2005 年版，第 9 页。

事物发展由感性而理性，由局部而总体的规律而言，所谓《尚书·尧典》中“诗言志”的这一段论述，大抵应在孔子的时代，甚或是在晚于孔子的时代写作的。①

再从春秋时代赋诗言志的演变历程来看，史书记载的最早一次赋诗言志，于鲁僖公二十三年（前637年）发生在秦穆公与晋公子重耳之间，期间每赋一诗，赵衰即子余都会对赋诗之义进行详细的解释，这大约是“赋诗言志”之风初行阶段，当与“既歌而语”的古礼仪式有某种关联。到鲁文公十三年（前614年），季文子与郑子家赋诗言志，“以微言相感”已成为外交场合赋诗言志的显著特征。至鲁襄公时代，赋诗言志频频发生于外交聘问场合。襄公二十七年（前546年），郑伯享赵孟于垂陇，赵文子（赵武）提出参加宴享的七子“请皆赋以卒君贶，武亦以观七子之志”。卒享之后，赵武告叔向曰：“伯有将为戮矣。《诗》以言志，志诬其上，而公怨之。”② 襄公二十七年，即公元前546年，已经进入到孔子时代。“诗言志”正应该是对这一时代赋诗言志演变的概括性总结。

4. 此外，《尧典》中的这一大段，分别写皋陶、伯益、伯夷等人的谦逊退让，似乎夏商周之前时代是“天下为公”时代，人们真的是对统治天下的位置弃若敝屣，而《晋书·束皙传》引《竹书纪年》记载的却是伯益与启争位而被启杀：“益干启位，启杀之。”

5. 综上所述，可知《尚书》中的“诗言志”段落，写作时代甚晚，舜命夔为典乐等相关记载并不可靠，极有可能是后代根据当时的儒家礼乐制度对前代的塑造。”果若如此，则中国音乐的起源发生，特别是和诗结为一体之乐歌的产生，就不太可能更早。换言之，诗起源于歌的发生，理应晚于散文。

---

① 王小盾将孔子的诗学主张概括为五个命题，即关于诗与志之关系的“诗亡离志”说，关于诗与言之关系的“不学诗无以言”说，关于社会功能的“兴观群怨”说，关于《诗》之内容特点的“思无邪”说，关于教学内容及顺序的“立于礼成于乐”说。这些命题产生于周代礼乐制度走向瓦解的时代。参见王小盾为马银琴著《周秦时代诗的传播史》所作序，社会科学文献出版社2011年版，序第3页。

② 杨伯峻编著：《春秋左传注》，中华书局1990年版，第1134—1135页。

第二编 诗三百的演变过程

第三章
散文向歌的转型：《诗经·周颂》

第一节 《诗经》概说

按照传统的界说：“《诗经》，是中国最早的一部诗歌总集”，收录了从西周早期（一说殷商时代）到公元前六世纪约五百年的诗歌作品305篇，① 因称之为诗三百。诗三百皆为配乐的歌诗，② 以其音乐品类不同，而分为《风》《雅》《颂》。

“中国最早的一部诗歌总集”，这一界说显然是需要修正的：《诗经》，首先是诗，还是经？这里的经，其含义并非是经典的经？而是政治的、哲学的、历史的诸多含义的同一。诗经首先是经，是西周礼乐制度的重要组成，它由礼乐制度而兴盛，并伴随礼乐制度衰落而消亡。它的产生、发展，始终是两周王庭与诸侯文化的产物，伴随着两周政治制度的演变而演变，其写作之目的、性质、功用也同样伴随时代的变化而演变：

1.《周颂·清庙之什》为诗三百的开山之作，其写作时间为西周建立王朝之初，为周公写作祭祀祖先之祭辞，清庙十篇尚为散文体裁；

2. 以《周颂·臣工之什》为标志，扩展为对当时政治的记载，诗三百的功能由祭祀而扩展为对当下史的记载，其中《振鹭》以下数篇，连续记载微子来

① 另有《小雅》中六篇为笙诗，有目无诗，有声无辞，共计311篇。

② 另一说认为诗三百中的变风变雅之作为不入乐之作：“钟鼓之诗曰：以雅以南。子曰：雅颂各得其所。夫二南也，豳之七月也，小雅正十六篇，大雅正十八篇，颂也，诗之入乐者也。邶以下十二国之附于二南之后，而谓之风；鸱枭以下六篇之附于豳而亦谓之豳，六月以下五十八篇之附于小雅，民劳以下十三篇之附于大雅而谓之变雅；诗之不入乐者也。”顾炎武《日知录·诗有入乐不入乐之分》。

朝助祭的政治事件；

3. 以《大雅·文王》篇为标志，进一步扩展为“上述祖考之美”，即对有周历史和对先祖历史的赞美诗篇章，叙事歌诗及长篇诵诗的分章形式得以创立；

4. 以《大雅·荡之什》为标志，诗三百由“歌”而为“诗”，开始出现“诗”这一语词概念，由“诵歌”而为“刺诗”，这是西周由前期的兴盛而转向衰落的折射和反应，为以后“诗者，持也”的儒家怨刺教化的诗学理论奠定了诗歌写作的原典基础；

5. 以《小雅·鹿鸣》为标志，诗三百进入到以王室重臣记载战事、宣扬赫赫武功，诗三百再次由刺诗而为颂歌，这是宣王中兴时代政治的折射和反应。诗三百经历了一个由诵歌而刺诗再回归颂歌的完整周期，诗三百的写作方法也实现了第一次的巨大飞跃，情景交融、比兴手法等自我抒情模式得以创制。其中展示自我襟怀的写作方式，可以视为是诗三百写作史中的一次解放运动。“吉甫作诵，穆如春风”在诗篇之中作者署名的方式，则可视为这一思想解放的必然结果；

6. 从《国风·秦风》开始，诸侯可以写作诗三百作品了，这是平王东迁、王室衰微的时代折射和表现。其中首篇《车粼》写作于西周后期宣王时代，大约为秦国之始封为大夫，乃效西周王室之雅，歌颂受封之快乐，可以视为十五《国风》之始，也显示了秦国“彼可取而代之”的雄心；

7. 以《国风·周南》为标志，诗三百开始了“国风好色而不淫”的以男女恋情比兴政治、记载历史的阶段，是两周“礼崩乐坏”、世风日下的时代折射和反应。

从以上对诗三百写作历程的鸟瞰来看，《诗经》并非是一个在整体意义上具有共时性的历史现象，而是两周礼乐制度及历史文化的重要组成，它在儒家礼乐制度的完善、演变、衰落中完成了自身的演变和转型，也同时完成了由经而歌，由歌而诗，由散文而诗歌的完整历程。因此，将一部演变之中的《诗经》定义为“中国最早的一部诗歌总集”，显然是不够准确、不够全面的。

或者可以尝试作这样的界说：《诗经》是两周礼乐制度的产物，是两周儒家礼乐政治制度的经典文献总集，并在其漫长岁月的写作和传播之中完成了由儒家文献而向文学的转型，由经而向诗的完成；同时，诗三百也是中国的第一部诗歌总集，在儒家政治、哲学、历史文献的创制中，完成了中国诗歌体裁的创制。

进一步而言：就诗与史的关系而言，《诗经》是史的诗，是诗的史。它是以诗歌形式记载历史，是在记载历史中探索出了诗的写作方式；就诗与歌的关系而言，有诗、歌有别之说：有学者研究认为，诗人作刺之前，主要是乐歌的时代，正风、正雅之作，皆为乐歌歌文、歌诗，后来才有诗的概念。《史记·周本纪》："懿王之时，王室遂衰，诗人作刺。"[①]认为仪式乐歌无疑构成了诗文的最早内容；而诗多为讽刺怨刺之辞，《文心雕龙·明诗》"诗者，持也，持人性情"，寺的本有规正、法度的意思。大抵宣王之际，诗与歌合流，如《大雅·崧高》："吉甫作诵，其诗孔硕。其风肆好，以赠申伯。"《汉书·匈奴传》："懿王时，王室遂衰，……中国被其苦，诗人始作，疾而歌之：'靡室靡家，猃狁之故。'"则诗不仅仅是怨刺，颂也在其中。《周颂》最早主要是西周制礼作乐的礼仪乐歌；《大雅》早期主要为有周历史的史诗乐歌；《小雅》主体部分为西周后期（宣王、幽王时期）周王室的战争乐歌和政治刺诗；《二南》《国风》主体部分为东周时代诸侯国的诗歌作品。总体而言，诗三百为中国诗歌的开山之作，标志了中国诗歌从先秦甲骨文、金文的散文书写开始了诗歌的写作方式。

不仅仅《诗经》不是一个共时性的板块，其写作手法也是在漫长历史岁月之中渐次演变形成的。赋比兴被认为是诗三百主要的写作手法。"赋者，铺陈其事而直言之者也"；"比者，以彼物比此物也"；"兴者，先言它物而引起所咏之词也"。[②]赋比兴是一个逐渐形成的过程，经历了单纯赋（《周颂》言志诉说）—偶然比兴（《大雅》）—情景交融（《小雅》）的历程。

如前所述，诗三百产生于散文和音乐。最早的诗作，主要为《周颂》中的《清庙》《维清》《时迈》等篇章，尚无韵脚，也无整齐的句式，还不会使用分章的乐章形式。诗歌的重要因素是在诗歌写作的创作实践之中逐渐摸索得到的。经历了：无韵—有韵—复杂的用韵形式；无章（《周颂》）—有章但仅为散文分

① 懿王为周室第7代王：武王—成王—康王—昭王—穆王—共王—懿王—孝王—夷王—厉王—共伯和—宣王—幽王。

② 朱熹集注：《诗集传》，上海古籍出版社1980年版，第1、3页。

章（《大雅》）—乐章（《小雅》之后）；散文句式（《周颂》）—出现四言作为主体句式（《大雅》）—整齐四言（《小雅》之后）。

诗三百的作者署名：诗三百皆为无署名之作，但根据诸多方面的研究，诗三百基本为两周时期的贵族作品。诗三百的作品并非均匀出现在两周的八百多年时间中：西周早期的制礼作乐时期的作品，以周公、成王、召公为主要制作者；宣王时期到幽王时期的作品，尹吉甫、南仲、芮伯、寺人披等为其中的有记载可查的作者；东周之后特别是春秋之后的作品，庄姜、许穆夫人、宋桓夫人等为有据可查的诗作者。

诗三百的传播与四家诗：根据《史记》等记载，秦火之后，有齐、鲁、韩、毛四家诗，齐诗之传始自齐人辕固生，汉景帝时候立为博士；鲁诗之传始自鲁人申培，文帝时候立为博士；韩诗之传始自燕人韩婴，其学可以追溯自子夏，文帝时候立为博士；毛诗因赵人毛苌所传而得名，赵国毛亨为大毛公，毛苌为小毛公。东汉之后，《诗三家义集疏》失传，马融作《毛诗注》，郑玄作《毛诗笺》。班固有“又有毛公之学，自谓子夏所传，未得立”的记载，四家诗具有同源所出的倾向，正所谓“异流同源”。诗三百逐渐成为春秋时代政治外交、儒家教化的重要原典教材。史书中记载的最早一次赋诗言志，于鲁僖公二十三年（前637年）发生在秦穆公与晋公子重耳之间的赋诗言志，可以视为开始进入到诗三百的传播史阶段。传播史中的诗三百，被经典化、儒家化、比兴化，很多作品不再是原创中的本意。由于在这个时期，诗三百的写作史尚未完成，特别是《国风》的写作方兴未艾，因此，传播史的比兴势必会深入影响到《国风》的写作方式。

如前所述，秦火之后，正因为《诗经》作为先秦士人的必读书目，具有广泛影响力，所以较之于其他典籍被更完整地保存了下来。到了汉初，诗成为经，分为古文与今文两派，传诗者共有四家，即鲁、齐、韩、毛四家诗。其中前三家诗为今文学派，在汉武帝时皆立于学官，为博士，但后世却均失传。毛诗为古文学派，是四家诗中唯一未立于学官而仅是私相传授的。毛诗在汉初传承多年，后经东汉末年郑玄以毛诗为本，兼采三家而为《毛诗传笺》，唐人孔颖达等为郑笺作疏，著《毛诗正义》，采用疏不破注的原则，综合了汉以来的《诗经》研究成果，尤其是南北朝的南北诗经学之争的成果，巩固了毛诗郑笺的地位。南宋之后，朱熹《诗集传》影响深远，清代后期王先谦集各家大成，著《诗三家义集疏》，可称得上是三家诗的定本。故本书主要以此书作为诗三百部分的主要底本进行研究，译文皆为笔者所译。

第二节　《周颂》：由文向歌的历程

中国最早的一首诗或是一组诗作是什么？《周颂》31 篇是《诗经》中最早的作品，也是中国诗歌的滥觞。诗三百中最早的作品，源自周公制礼作乐，具体来说，是从武王克殷之后祭祀祖先的宗庙仪式之中开始，而大兴于制礼作乐的需要。《周颂》之作，体现了中国文学由散文向诗歌的转型，这一转型，既体现在由甲骨文、金文、《尚书》的散文体式向诗三百的诗歌体的转型，也体现在诗三百内部由文向歌的转型——在《周颂》的早期作品之中，同样还是文，但已经是异常精炼的文，是准诗歌并且配乐歌颂之文，是中国诗歌诞生之初的最早的混合诗歌的散文，是混合散文的诗歌。

正如许慎《说文解字叙》所说："著于竹帛为之书"，《尚书》标志了竹帛文字的开端，也标志着中国文学史、散文史在书文文化意义上的开端，同时证明了"书"这个概念，原本是对一本具体的书的命名——由此证明了《尚书》是最早的书；《诗经》的"诗"字也证明了诗三百就是最早的诗。诗三百之前无诗，甲骨文中并无"诗"这个字，甲骨文和殷商青铜器铭文之中皆无"诗"字。诗这种文学体裁是在诗三百写作史漫长岁月之中，逐渐从散文文体中锤炼出来，也是从音乐乐歌的节奏旋律之中演变出来的。诗三百在被孔子编辑成为书之后，因为原本即为"经"，而且为六经之中最为重要的"经"，作为儒家之经典，因此定型而为《诗经》这个专有名词。诗三百同样为书，但却不以"书"命名，正说明诗三百成书之晚于《尚书》，在春秋时代，书已经不止《尚书》一部，诗三百也就不必称之为"诗经书"或是"诗书"。

诗三百不仅仅是中国文学史之第一部诗歌总集，而且，也是中国诗歌从无到有的开山之作。那么，又是哪一篇或是哪一组诗作是这三百篇之中的开山作品呢？我们先要知道何人是对诗三百最早进行研究的。《诗》自夫子录为三百

篇，以授子夏；子夏取其义著之于《序》，数传而至于大毛公作《训诂传》。小毛公承其学，故名其诗曰《毛诗》。汉初，诗别有齐、鲁、韩三家，其说往往与毛异。[①]而对诗三百最早的研究和阐发是四家诗，四家诗之中又以《毛诗》为最早，最为接近诗三百的本来面目。当然，《毛诗》之说，还需要参酌，其余三家诗以及诗三百作品加以比对才研究。《毛诗》的解释虽然大体正确，但细微之处尚需商榷，可从当时诸多方面的因素整合考量，来确定诗三百最早作品的次序：

《周颂》之中的前十篇，即《清庙之什》中的作品，大都被《毛诗》解释为周公制礼作乐的祭祀祖先之作，是诗三百中最早的作品。譬如《周颂·清庙》,《毛序》:“《清庙》，祀文王也。周公既成洛邑，朝诸侯，率以祀文王焉。”《笺》:“清庙者，祭有清明之德之宫也，谓祭文王也。……成洛邑，居摄五年时。”[②]《维天之命》,《毛序》:“太平告文王也。”《笺》:“告太平者，居摄五年之末也。”[③]《烈文》,《毛序》:“成王即政，诸侯助祭也。”[④]可知，根据毛诗郑笺所载，诗三百最早作品大抵可以清理出来的写作次序：周公摄政五年，营造洛邑完成，岁末祭祀文王，因有《周颂》之《清庙》《维天之命》《天作》等篇什；翌年，有《大雅》之《文王》等篇什；再翌年，有“成王将亲政，召公献《公刘》《泂酌》《卷阿》以戒成王”，以及诸侯所作《烈文》等篇什。

以上《毛序》所载，基本正确，细微处尚需辨析，实则最早篇章并非“成洛邑，居摄五年时”所作，而是武王伐纣成功之后周公所作。

从《清庙之什》的内容、性质、写法诸多方面的因素来看，毛公将其阐释为周公制礼作乐期间的作品，这是大体不错的。需要考量的问题是，毛公认为其具体的写作时间是“周公既成洛邑，朝诸侯，率以祀文王焉”，也就是说，如果毛公此说成立，中国最早的一组诗歌产生于周公摄政五年。但根据毛公等四家诗一致的公认说法，诗三百之中认为周公所作之作品，数量相当之多，而周公在摄政七年返政成王之后不久就病逝，在短暂的数年之间，周公不仅完成

---

① 黄焯撰：《毛诗郑笺平议》，上海古籍出版社 1985 年版，序，第 1 页。

② （清）王先谦撰，吴格点校：《诗三家义集疏》，中华书局 1987 年版，第 999 页。

③ 同上书，第 1002 页。

④ 同上书，第 1005 页。

了从无到有的飞跃，而且实现了从文到歌，从歌到诗，从无韵到有韵，从无节奏之文到精美之节奏，从无章到有章，从散文段落章节到歌诗复沓节奏之章节等多方面的飞跃，从情理上不能说通。那么，是否这一组作品写作时间更早一些呢？

试看作品之分析：《周颂》共计三十一篇，约占《诗经》的十分之一，分为"清庙之什""臣工之什""闵予小子之什"三大部分。其中《清庙之什》主要为周公及诸侯之作，亦为中国最早的诗歌作品，或说是中国诗歌的开山之作。

《清庙之什》之一《清庙》：

於（音屋，赞美）穆清庙，肃雍显相，济济多士。秉文之德，对越在天。骏奔走在庙，不显不承，无射（音亦，厌）于人斯。

译文：啊，庄严肃穆的清庙，雍容端肃的助祭，人才济济的士子。秉承文王的美德，颂扬对越于云霄。啊，疾趋奔走于宗庙，伟大的光显和继承，不再有什么烦恼。

《清庙之什》之二《维天之命》：

维天之命，於穆不已。於乎不显，文王之德之纯。（无韵）假以溢我，我其收之。骏惠我文王，曾孙笃之。（幽觉通韵）

译文：啊，上天的命令，美好而不停。啊，这伟大的光明，是文王美德的彰显。我要借我文王的美德，继承文王的美德。快来敬谢那伟大的文王，表达孙辈永远的忠诚。

《清庙之什》之三《维清》：

维清缉熙，文王之典。肇禋（音因，开始祭祀），（真部）迄用有成，维周之祯。（耕部）

译文：唯有清明才有光明，那文王的典章呀，正是清明。祭祀开始，直到功业的告成！这是有周的祥祯。

《清庙之什》之五《天作》：

天作高山，大王荒之。彼作矣，文王康之。彼徂矣，岐有夷之行，子孙保之。（阳部）[1]

---

① 王力：《诗经韵读》，中国人民大学出版社 2012 年版，348 页。

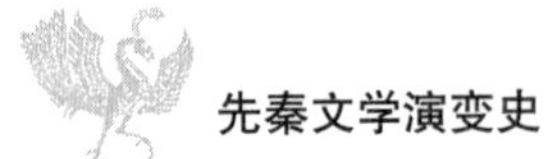

译文：天诞生了高山，大王开垦了高山。大王经营它，文王安定它，他们到达它。于是，岐山有了平坦之路，子子孙孙保护它。

以上从《清庙之什》选择前一二三五篇，不难看出，这些篇什具有基本一致的风范：第一，篇章简短，依次为八句、八句、五句、七句，最短的一篇《维清》仅有十八字，距离商周时期金文的篇幅和写法并不遥远。第二，与散文差异不大，如《清庙》并无韵脚，分别为：庙、相、士、德、天、庙、承、斯。按照六朝时代所谓“有韵为文，无韵为笔”的界分，尚不能进入到“文”的行列；《维天之命》《维清》等，时或有韵，时或无韵，也同样是散文写法。此外，在《维清》五句的构成之中，有四句为四言句式，一句两字构成，从而形成诗的律动节奏。但这些还都可以在商周甲骨文、金文之中发现，属于在散文题材之中诗律的偶然碰撞；《天作》一首，三次使用“之”字，可以说，“之”字是中国古典诗歌最早采用的韵脚，大概由于虚词之字是必用之虚词，从而开启了古人的押韵概念。第三，感叹词采用“矣”“斯”等，尚未形成《风》诗中的“兮”的抒情句式。这一点留待后论。第四，再扩展到《清庙之什》十篇的语汇出现频率来看，“天”“庙”“王”“周”等祭祀有周先祖用语出现较多，而根据王的不同称号，以及与作者的对应关系，也可以大略知道这些诗作的产生时间：“於穆清庙”“对越在天”“骏奔走在庙”（清庙）；“维天之命”“文王之德之纯”“骏惠我文王”（维天之命）；“文王之典”“肇禋”“维周之祯”（维清）；“於乎前王不忘”（烈文）；“天作高山，大王荒之。”“文王康之”（天作）；“昊天有成命，二后受之，成王不敢康”（昊天有成命）；“维天其右之，仪式刑文王之典”“伊嘏文王”“畏天之威”（我将）；“时迈其邦，昊天其子之。实右序有周。”“肆于时夏，允王保之”（时迈）；“执竞武王”“不显成康，上帝是皇。自彼成康，奄有四方。”（执竞）；“思文后稷，克配彼天。”“陈常于时夏”（思文）。

由以上诗句的摘录，可知：第一，“清庙之什”十篇的宗庙祭祀的性质；第二，就其写作时间来说，从《清庙》至《时迈》八篇，皆应为周公时代作品，主题为祭祀文王、武王先祖。其中前五篇为祭祀文王，《昊天有成命》提及“成王”，“成王不敢康”周公还政成王之后代成王祭祀天地先祖；第三，此八篇主体应为周公之作：《维天之命》：“假以溢我，我其收之。骏惠我文王，曾孙笃之。”“假以溢我，我其收之”，此处两处“我”，均应为第一人称

“我”，应为周公，其中《清庙之什》之二《维天之命》，应该是周公以成王语气，为成王代笔所作：“骏惠我文王，曾孙笃之”，文王为成王祖父，正为吻合；第四，《执竞》篇出现了“成康”字样，或为康王时期之后的作品，乃为其中的特殊案例①：“不显成康，上帝是皇。自彼成康，奄有四方”。其作韵脚细密，全诗十四句，十一句有韵，分别为：王、康、皇、康、方、喤、将、穰（8韵）；以下换韵：简、反、反（3韵），这充分显示了中国诗歌由散文语句而向诗歌语句演变的特征。另“成康”乃为一个词，如同后来之小康，康王之“康”，是否来源于此，可存疑待考。

诗三百的产生时间，需要将《风》《雅》《颂》拆分来看，首先是《颂》诗四十篇，但要剔除《商颂》五篇、《鲁颂》四篇，而保留《周颂》三十一篇。其次，《大雅》中追溯有周历史的篇章，如前所述，为周公时代之作，仅次于《周颂》中的部分作品。此外，《风》诗中还有周公时代的作品。其中《豳风》应该是《国风》最早的诗篇，而且应主要是周公所作，或说是以周公为中心的诗歌写作。《豳风·东山》也被《毛诗》认为是周公早期之作。详论参见后文《豳风》部分的分析。

第三节　首次出现比兴：微子来访主题的系列篇章

《臣工之什》十首。其中《臣工》《噫嘻》两首角度已由上天先祖转向臣工政事，主题由“清庙祭祀”而为“播厥百谷”。

《臣工之什》之一《臣工》：

嗟嗟臣工，敬尔在公。王釐尔成，来咨来茹。嗟嗟保介，维莫之春，亦又何求？如何新畬？（音于，耕未三年为新，耕过三年为畬）於皇来牟，将受厥明。明昭上帝，迄用康年。命我众人，庤（音质，储备）乃钱镈（音減伯，农具），奄观铚艾。

译文：唉唉，臣子卿士，敬谨你们在公贤能。我王吉祥你们的收成，来询

① 但也尚不能证明为成康之后的作品，或为偶用之巧合，颇类今言所说之小康。

问，来度称。唉唉，来吉祥你们的收成，在这美好的暮春。还有什么祈求呢？怎样对新田旧田耕耘？好美啊天赐的麦子，秋天将有好收成。光明无比的上帝，赐我丰收好年景。命我众人，准备好农具，察看镰刀割麦收成。

此诗除了开头两句“嗟嗟臣工，敬尔在公”有韵之外，其余大段文字无韵，彰显了此一篇虽然进入到第二个之什，但其写作时间，应该是在第一个时期之中，也就是尚未学会用韵的历史阶段。“嗟嗟臣工，敬尔在公。王釐尔成，来咨来茹。”起首四句，显然是代王立言、代王向臣工训示，正吻合于周公摄政的身份。“嗟嗟保介，维莫之春，亦又何求？如何新畬？”承接的诗句，显示了该作应为暮春之际籍田活动的内容，代臣工和农人向上帝祈祷“康年”。从语气来说，亦应为周公之作。

《臣工之什》之二《噫嘻》：

噫嘻成王，既昭假尔。率时农夫，播厥百谷。骏发尔私，终三十里。亦服尔耕，十千维耦。

译文：啊啊！成王，既经招请了您，那就请您统帅百姓！统帅百姓，播种百谷耕耘！快来开发你们的私田三十里，勉力公田，那千万人并肩的耦耕！

此诗延续着散文体式的写作方式，仍然是全篇无韵写法，这充分说明，诗三百早期之作尚未将诗歌需要押韵的文体特征升华为理性的认知，也充分说明，诗三百正是中国诗歌的开山之作。

就本诗作者而言，如果说前篇作者之代王训诫臣工的重臣身份虽然无疑，但是否为周公尚需论证的话，此篇的延续就进一步证明了这一写作者就是周公无疑。此篇不仅仅延续代王立言的立场和话语，而且直接点明代王训诫之王为成王：“噫嘻成王，既昭假尔”，周公正是唯一可以直呼其名而可以训诫之人。则此一篇连同前篇，皆可以直接署名周公矣。此诗同时说明了周公时代对农事的重视以及农耕的体制制度，私田三十里，其余为公田，公田则采用耦耕方式。在艺术形式方面，可以以此数首为标志，看出在《大雅》的形态之中，在周公自身的诗体写作中，逐渐形成了以四字为主体的句式形态，篇幅并不以长篇为追求。

《臣工之什》之三《振鹭》：

振鹭于飞，于彼西雝。我客戾止，亦有斯容。在彼无恶，在此无斁。庶几夙夜，以永终誉。

译文：成群的白鹭飞舞在那西雝，我的客人来到了西雝，他也有白鹭一般的高洁颜容。他在彼国受人爱戴，在此国也会受到欢迎。早晚勤勉的他，会保持着美誉始终。

《振鹭》《有瞽》《有客》三章，应为接待微子之作，作者也应为周公。韵律或有或无，渐次有韵。前后两首，皆为八句，皆为精练佳篇。前首妙在赋体，在直白陈说中而有趣味，有画面，颇类似原始的抽象艺术；此首则妙在起兴。全诗背景可与《有客》参照阅读，均应为《毛序》所云《有客》"微子来见祖庙也"之作。《笺》："成王既黜殷，命杀武庚，命微子代殷，后既受命来朝而见也。"

《振鹭》的写作意义：在于在诗三百的写作时间的坐标上，首次出现了比兴的手法："振鹭于飞，于彼西雝。"以"振鹭于飞，于彼西雝"来兴起"我客戾止，亦有斯容"。比兴手法应是在诗歌反复写作中逐渐摸索出来的写作方式，以后的盛行可能会与诗三百传播史的比兴诠释有关，诗三百传播将爱情诗比兴附会为政治以及其他社会关系，反转过来推动了比兴手法的发展。当下的这次偶然使用，在于将客人（应为微子）的到来（戾止），与"振鹭于飞"的"斯容"加以比喻，带有早期通过比喻来将主体客体化途径的清晰印痕；其次，《振鹭》的用韵显示出了有意用韵的痕迹，如西雝，斯容；无斁，终誉，以换韵方式来形成完整的韵律节奏。

此外，《臣工之什》之五《有瞽》、之六《潜》、之九《有客》，皆应与此次招待微子有关。

先看《有瞽》：

有瞽有瞽，在周之庭。设业设虡（音居，木架），崇牙树羽。应田县（悬）鼓，鞉（音陶，摇鼓）磬柷（音柱，始乐）圉（止乐）。既备既奏，萧管备举。喤喤厥声，肃雍和鸣，先祖是听。我客戾止，永观厥成。

译文：瞽师啊，乐师，在我大周的乐庭！架起大版和木架！架起悬挂钟磬的崇牙！架起崇牙上五彩的鸟羽！小鼓、大鼓高高悬挂起！摇鼓石磬吧！那左右击打的柷呀！发出始奏音，那状如伏虎的圉呀！发出结束音！乐器和歌手齐备了，箫管也都一齐奏鸣！洪亮悠扬的乐曲呀！在舒缓和谐的音律中和

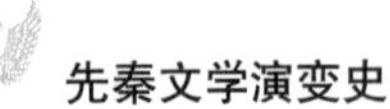

声，——演奏奉献给先祖来听。我们的客人来到了！久久地欣赏——一直到人散曲终。

此诗应为诗三百中描绘西周音乐的第一篇，《毛序》：“《有瞽》，始作乐而合乎祖也。”《笺》：“王者始定，制礼功成。‘作乐合成’者，大合诸乐而奏之。”此诗的写作背景，应与《有客》《振鹭》并读，诗中所说的“我客戾止”与《振鹭》同，同是周公为微子到来作准备的诗作之一。

按照《周颂》次序，恰恰到了《有瞽》一首，《诗经》的写作方式具有了明显的飞跃，诗歌的韵律节奏明显地从散文化而向诗歌化转型。这一点，正与此前所论的《周颂》经历了由散文而转向诗歌的历程，由配乐诵文到配乐歌唱的歌文，再到配乐歌唱的歌诗的历程。其中周公制礼作乐的音乐配乐，乃为其转型的摇篮和催生剂。亦可说明，周公制礼作乐并非开始时都具备，而是渐次由制礼而作乐，而歌唱的过程。微子的到访，或为这种音乐体制的形式，起到了助推作用。

《臣工之什》之六《潜》，全诗仅有六句，为诗三百之中的短篇：

猗与漆沮，潜（水中柴堆）有多鱼。有鳣（音沾，鲤鱼）有鲔（音伟，鲟鱼），鲦鲿鰋（音掩）鲤。以享以祀，以介景福。

译文：多好呀，那岐山下的漆水沮水，水中的捕鱼工具潜中已经捕到很多的鱼。有鳣鱼、鲔鱼，还有鲦鱼、鲿鱼、鰋鱼、鲤鱼，把它们用来祭祀祖先，用来祈求更大的福气。

值得关注之外有三：其一，是涉及漆水、沮水两河水之名，均在岐山脚下，证实了《周颂》之所创作之地；其二，是“以享以祀”的句式，此一句就是“享祀”两个字而已，通过两个“以”字虚词连接。这其实是诗歌写作方式与散文方式连接的桥梁，有了这种方式，就不论要表达怎样非诗体的内容，都可以实现诗歌的节奏要求；其三，此诗写六种鱼，却是两种写法：“有鳣有鲔，鲦鲿鰋鲤”，前两种通过“有”字连接，后四种纯用鱼名铺叙，对以后譬如叠字写法等有所开启。

《臣工之什》之九《有客》：

有客有客，亦白其马。有萋有且（音拘，盛，多），敦（音堆，敦琢，装饰）琢其旅。有客宿宿，有客信信。言授之絷，以絷其马。薄言追之，左右绥之。既有淫威，降福孔夷。

译文：客人终于来到了，白马驾着车乘，文采而壮盛，装饰着他的随从。挽留客人住了一宿又一宿，挽留客人住了一信（两夜）又一信，我为他用拴马索拴马，不让他走，他走了我又去追他，左右想办法安定他。既用大德来待客，上天降下的福报多又大。

《振鹭》写对“有客”（微子）到来的期待与对有客的赞美；《有瞽》写为迎接客人的音乐准备；《潜》写为迎接客人的酒宴准备；《有客》则是客人来后的情形。此四篇是一个系列。《有客》写作手法的突破，是尝试性地采用了描写的方法：全诗除了结尾两句“既有淫威，降福孔夷”为纯粹议论赋体之外，其余篇幅（八句）均为描写和叙事，写得非常生动、形象、有趣，为以后叙事文学的奠基，所谓“指事造形”之类是也。①

《臣工之什》还可以提及的有之四《丰年》（原文略），《毛序》：“《丰年》，秋冬报也。”《笺》：“报者，谓尝也，蒸尝。”描写丰收之年蒸尝祭祀，颇类先农坛、地坛的祭祀活动；《丰年》者，农业之事。

《臣工之什》之八《载见》：

载见辟王，曰求厥章。龙旂阳阳，和铃央央。鞗革有鸧，休有烈光。率见昭考，以孝以享。

《毛序》：“诸侯始见乎武王庙也。”《笺》：“诸侯始见君王，谓见成王也。”此诗值得关注之处有二：其一，全诗十四句，前八句同韵，其中七句用韵细密，其写作时间理应略后；其二，“龙旂阳阳，和铃央央。鞗革有鸧，休有烈光”四句，承接《有客》的描写方式而来，通过描写达到了生动形象。

第四节　成王之作：《闵予小子之什》的作者及其写作

《闵予小子之什》十一篇，这是《周颂》中的最后一组诗作，从其内容、

① 此前笔者曾怀疑司马迁所载微子过殷墟之作，当下根据《有客》三篇的研究，则微子之作具有一定的可信性了。只不过微子虽为殷人，其作则在周公等开始有大量的诗作，而微子又有亲身接触、接受这些诗歌礼乐的经历，途径朝歌或是安阳王陵，感触而发，就有了诗歌史和个人经历的双重根基。

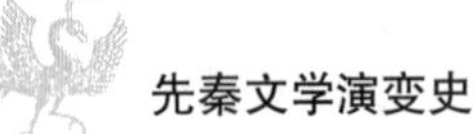

语气、称谓诸多方面考察，应该主要是成王之作。

《闵予小子之什》之一《闵予小子》：

闵予小子，遭家不造，嬛嬛（音穷）在疚。於乎皇考，永世克孝。念兹皇祖，陟降庭止。维予小子，夙夜敬止。於乎皇王，继序思不忘。

译文：可怜我小子，遭遇家中不幸，孤独而忧伤，嬛嬛孤独。伟大的皇考，我们会永世尽孝！每每想到伟大的皇考皇祖，升降在天庭，只有我小子一人，夙夜恭谨。哦！伟大的皇王，我会继承大业永思不忘！

《毛序》："《闵予小子》，嗣王朝于庙也。"《笺》："嗣王者，谓成王也。除武王之丧，将始继政，朝于庙也。"毛诗郑笺，在此篇上珠联璧合，就诗作而言，亦极其吻合于成王将始继政的背景。此诗值得关注之处：以第一人称的"小子"自称，完全吻合于成王面对皇考先祖的心境，反之，对比此前周公之作，更见周公之作和成王之作的不同；其二，此诗基本不用韵，或说是没有有意用韵的意识，与《清庙》略似，其水准显然不如周公之作。

《闵予小子之什》之二《访落》：

访予落止（落，开始；止，语助词；拜访群臣，请教谋政之始），率时昭考。於乎悠哉，朕未有艾。将予就之，继犹判涣。维予小子，未堪家多难。绍庭上下，陟降厥家。休矣皇考，以保明其身。

译文：谋政怎样开始？一切要遵循先王旧章。呜呼，一切都这么遥远！我还年幼无知，只能勉为其难，继承王位，随后的国家治理仍然散漫艰难。我小子无知，未堪担负起治国重担，神灵在朝廷升降，臣子的升降归我家定谳。伟大呀！伟大的皇考，请保佑我到永远！

《毛序》："《访落》，嗣王谋于庙也。"《笺》："谋者，谋政事也。"从此诗的内容、语气、用语来看，无不吻合于成王"小子"初登王位的心境和情态。此诗值得关注之处：其一，口吻、心态、用语等完全吻合于初登王位的成王，前篇两次自称"小子"，此篇"朕"与"小子"兼用，"小子"在诗三百中，迄今为止，乃为成王自称之专用语。前篇当为登基之前或是初登王基，后者则是登基之后谋政之始；其二，前诗写得抽象乏味，后者较为具体可观；其三，前者基本无韵，后者数次用韵，如：哉、艾，涣、难，下、家等。

《闵予小子之什》之三《敬之》：

敬之敬之，天维显思，命不易哉。无曰高高在上。陟降厥士，日监在兹。维予小子，不聪敬止？日就月将，学有缉熙于光明。佛（音碧，辅佐）时（是）仔肩（责任），示我显德行。

译文：谨慎虔敬虔敬谨慎，天道善恶明显，秉承天命并非易事呀！不要说天命高高在上，天道陟降巡查，每日每时都在此监护。我小子一人，怎可不聪于虔敬？日有成就、月有奉行，积累学习、日积月累达于光明？天道辅佐我担当责任，指点我显示德行。

《毛序》："敬之，群臣进戒嗣王也。"方玉润《诗经原始》："《敬之》，成王自箴也。"方玉润才学甚好，可惜为民歌说所惑，其云诗三百，多不中的，此篇所说则甚为准确，"成王自箴"可为《敬之》定谳。此篇特点：其一，语气谦恭，一如前篇。"敬之敬之"至"日监在兹"6句，似为一体，似为群臣进戒语。"维予小子"以下6句，则明确为嗣王自称语无疑。但仔细掂量，前后两大部分，实为一气而下，虽有转折，仍为一体。

《闵予小子之什》之四《小毖》：

予其惩而毖后患！莫予荓（音平，群）蜂，自求辛螫（音遮，辛辣疼）。肇允彼桃虫，拼飞维鸟。未堪家多难，予又集于蓼。

译文：我要惩前毖后，警戒后患，我不要挑动群蜂，自找蜂蜇。开始我还相信那桃虫，翻飞就是一只飞鸟，哪里想到它不堪重任，重落在蓼草之中。

《毛序》："《小毖》，嗣王求助也。""嗣王"为成王之专指，故《笺》："成王求忠臣早辅助己为政，以救患难。"此诗序笺完全准确，值得关注之处：其一，其自称为"予"，既非"小子"，也未用"朕"，而两次用"予"："予其惩而毖后患""予又集于蓼"，则本篇应为成王之自箴体，或比自箴体还要个人化、私人化的类似写给自己看的备忘录；其二，全诗采用整体的比喻手法，比喻是三个，一是荓蜂，群蜂之喻；二是桃虫变成飞鸟；三是自己"集于蓼"。而三个比喻又是一致的。此篇应是未经世事的成王进入到艰险的政坛之后感受到难以言说的痛苦，因此，连用三喻来倾诉自身的体会。

《闵予小子之什》之五《载芟》，此一篇较长，共31句：

载芟（音山，除草）载柞（音则，伐树），其耕泽泽。千耦其耘，徂隰

（音习，湿地）徂畛（田界）。侯主侯伯，侯亚侯旅，侯彊（国君手下强壮的奴隶）侯以（侯与，帮忙者）。有嗿（音坦，吃饭声）其馌（音夜，送饭），思媚其妇，有依其士。有略其耜，俶（音处，开始）载南亩。播厥百谷，实函斯活。驿驿其达，有厌其杰。厌厌其苗，绵绵其麃（音标，禾苗末梢）。载获济济，有实其积，万亿及秭（亿万）。为酒为醴，烝畀（音必，晋献）祖妣，不洽百礼。有飶（音碧）其香，邦家之光。有椒（音骄）其馨，胡考之宁。匪且有且（音切三是，此），匪今斯今，振古如兹。

译文：除草伐木，开垦春耕，成千人耦耕，从新开垦的湿地到往日的田埂。国君和世子来了，国君次子和其余公子们也都来了，还有国君那些强壮的奴隶也都来助耕。有送饭声，伴随着吃饭声，有人在讨好送饭女，有人羡慕那参与耕作的士，用锋利的耒耜，开犁在向阳的田陇。播种下各种各样的种子，饱满的种子禾苗能破土而生。你看那嫩芽破土而出了，络绎奔会，快乐地在阳光下闪耀，美丽茁长的苗叶，细密绵绵的叶梢。秋天的收割果实丰硕，粮食在原野露天堆积，多到万亿而达亿亿。制作成为清酒和甜酒，奉献给先祖先妣，和谐而成百礼。饭菜的馨香，是邦家的荣光；澧酒的馨香，增添了老者的寿康，不料有此竟如此，不料有今竟如今。从古而今，无不如斯。

《毛序》："《载芟》，春籍田而祈社稷也。"风格与《七月》《臣工》等篇章相近，应为周公之作（《七月》为周公之作，参见后文）。其中"播厥百谷"，与《臣工》用语同，"有嗿其馌"，其"馌"字用语与《七月》"馌彼南亩"同，"烝畀祖妣，以洽百礼"与周公制礼作乐精神同，此外，其用韵较为熟练，如"烝畀祖妣，以洽百礼""有椒其馨，胡考之宁"。还有，出现"匪且有且，匪今斯今，振古如斯"这样富于哲理的诗句，"不料有此而竟如此，不料有今而竟如今，自古至今皆如此"这是何等美妙的诗句，这是何等深邃的哲理！

《闵予小子之什》之六《良耜》，注意《良耜》中的很多诗句与《载芟》相似："畟畟良耜，俶载南亩。播厥百谷，实函斯活。……"明显看出前后习惯写法的反复出现。《七月》而在《豳》，《载芟》《良耜》则在《颂》，其中原因尚需研究。

《闵予小子之什》之七《丝衣》：

丝衣其紑（音fóu，鲜洁貌），载（同戴）弁（皮帽）俅俅（恭顺貌）。自堂徂基，自羊徂牛，鼐（音奈，大鼎）鼎及鼒（音兹，小鼎），兕觥其觩，旨酒思柔。不吴不敖，胡考之休。

译文：丝织的祭服光洁而鲜亮，戴上皮帽恭顺好模样。自堂上而到台阶，自台阶而到堂上，从羊到牛，从牛到羊，从大鼎到小鼎，犀牛角制作的酒器擦亮，美酒飘漾着柔和的馨香。不喧哗也不傲慢，福寿无疆，福寿无疆！

《闵予小子之什》之十《赉》：

文王既勤止，我应受之。敷时绎思，我徂维求定。时周之命，於绎思。

译文：文王勤劳创业，我应继承。布陈恩泽，络绎不绝，我去继承。我去伐纣以求天下安定，这是上天给予有周的使命。啊！我应该绵延不断去继承。

《毛序》："《赉》，大封于庙也。赉，予也，言所以锡予善人也。"《笺》："武王伐纣时封诸臣有功者。"赉（音赖，赏赐），武王赏赐群臣。从以上《酌》《桓》到《赉》，连续以武王为中心的写作，可知，诗三百虽然在风雅颂四诗的编排上基本为倒叙次序，但在每一分类的内部，却基本上是正叙的时间次序，是有规律可循的，有写作背景的次序可以依循的。

《闵予小子之什》之十一《般》：

於皇时周，陟其高山，嶞山乔岳。允犹翕河，敷天之下，裒时之对，时周之命。

译文：啊！伟大的是周朝，登临四岳高山，还有小山大山，允水犹水流入黄河。普天之下，群神聚集配祭，是大周接收到了天命。

《般》写周成王的快乐，故称般。① 由此进一步坐实前文之推断，即诗三百内部基本的时间次序。

以上《周颂》共三十一篇，其中《清庙之什》十篇，主要是周公所作祭祀祖先的颂赞之词，原本是无韵无章的散文，以后配上音乐歌唱，从而成为配乐的歌文。《臣工之什》十篇，著作者仍然是以周公为主，其中的主题除了赞颂先祖的宗庙之词之外，写作有孟春祈谷于上帝的《噫嘻》；有歌唱丰收的《丰

① 周振甫译注：《诗经译注》，中华书局2002年版，第492页。

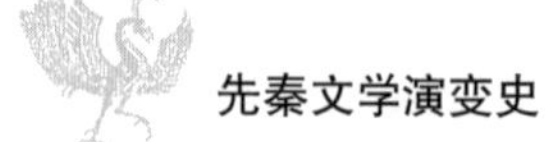

年》；有接待客人的诗作《振鹭》；有描绘音乐演出的《有瞽》，所谓礼乐制度的乐舞，可能后于祭天活动而随着对于客人的接待而渐次出现；《潜》描写的各种鱼类，也是这一组接待客人的篇章之一；此外，还有《有客》，更是直接描写待客。这些作品就其主题而言，与《周颂》总题，特别是与一向所说的周颂主要为宗庙祭祀的诗章不完全吻合，之所以列在《周颂》之中，应该是因为这些作品同为周公所作，是诗三百的早期作品，同时，也是有周的当代史，列在《周颂》之中是可以兼容的。

《闵予小子》十一篇，主要作者则已经由周公转为成王，转为召公，当然，其中还掺杂着周公的作品。《闵予小子》《访落》《敬之》《小毖》前四篇为成王之作，《载芟》《良耜》则带有浓郁的《七月》诗作的影响，为周公之作，也有可能是受周公影响而作。此后，以武王为中心的数篇《酌》《桓》《赉》连同歌颂成王的《般》，作为《周颂》最后的一篇，其写作时间稍后，其作者待考。

结论：《周颂》原本是祭祀歌颂有周祖先的诵文、歌文，渐次扩展演变为以周公、成王为中心的王室政务外交庆祝丰年等类活动的歌唱乐歌，周公为中国诗歌的最早奠基人，并进而影响到成王、召公的乐歌写作。诗三百以及中国诗歌写作经历了由散文而转向诗歌的历程，由配乐诵文到配乐歌唱的歌文，再到配乐歌唱的歌诗的历程。周公制礼作乐的音乐配乐，乃为其转型的摇篮和催生剂。其中微子的到访，为这种音乐体制的建树完备，起到了助推作用。

根据《毛诗》记载，诗三百最早的一些作品，主要在《周颂》和《豳风》之中。那么，两者之间又是什么样的写作次序呢？从整体来看，不论是写作内容、写作风格、写作目的、作品性质来看，《周颂》是西周建国之后祭祀祖先之作，而《豳风》更多带有记载周公个人政治生活的痕迹，显然应该是《周颂》在先而《豳风》在后。

事实上，早在武王伐纣之前，《尚书》之中的早期篇章即都有周公所作的记载，如《牧誓》等。周公实为当时最为伟大的政治家和文学家，同时，也是当时最伟大的诗人，同时是华夏儒家思想的奠基人。韩愈认为尧舜禹汤文武、周公、孔子。这样的道统，其实周公乃为实际的奠基人。唐之前一直主祀周公，孔子配享，到唐玄宗不能容忍武王死后周公摄政，才开始改为以孔子为主祀，撤出了周公，改变或说是歪曲了历史的真实面目。

综上所述，诗三百中最早的作品，源自周公制礼作乐，具体来说，是从武王克殷之后祭祀祖先的宗庙仪式之中开始，而大兴于制礼作乐的需要。中国诗歌最早的一组诗作，应该是《周颂》之中五篇无韵之作，《清庙》可以视为最早的篇章，而《豳风·东山》之作则显示了诗歌在周公的手中得到了长足的飞跃。

西周礼乐制度的由来渊源有自，是一个渐进发生的过程。史称文王"礼下贤者，日中不暇时以待士，士以此多归之"，所谓"周公治化之尚文，可知也"。然则周代文学之盛，殆基于周初矣。有周先祖，特别是文王时代，以弱小的邦国，率领所谓万邦小国作为一种政治存在，其艰难困苦可知。"文王率殷之叛国以事纣，唯知时也"（左传襄公四年），所谓知时，正是一切能够使得自身能够发展起来、壮大起来的规律。殷人敬事鬼神，《礼记·表记》："殷人尊神，率民以事神，先鬼而后礼，先罚而后赏"；周人则实行敬天保民的国策，注重礼仪教化，"周虽旧邦，其命维新"。西周不仅仅是一次改朝换代，更是一次政治制度和思想史的革命，从而奠定了华夏民族儒家思想的主体思想和政治根基。而这一演变，文王奠基，到武王克商之后，开始成为国家意旨，再到周公营建洛阳之后，更推向了定型化的政治制度。

《周颂》中排在前面的数篇无韵之作，正说明了斯时尚未有诗歌的概念，还仅仅是用散文句子来纪录祭祀先祖宗庙时候的内容，是散文的诵文、歌文。在经历多次的散文化之后，由于需要配乐歌唱，逐渐影响、启发带动了诵文、歌文向歌诗的演变。由此，开始有了《周颂》诗中的押韵歌诗的出现，但仍然未有诗歌的节奏，也尚未出现诗歌的乐章形式。因此，中国诗歌的起源，首先与西周早期的制礼作乐有关，是儒家政治体制的产物，这一点，深刻影响了诗三百的儒家政治属性；其次，来自于散文体的歌文写作，中国诗歌来源于远古散文的漫长书写经验；再次，来自于音乐歌舞的影响，从而由歌文演变为歌诗，由歌诗演变为诗歌。概括而言，制礼作乐需要歌唱的配合，这样，已经积累了相当漫长时间的散文写作中的诗歌因素，就从依附于散文的诗独立出来成为独立的文体。说是独立出来，其实在中国诗歌起源发生的这个相当漫长的历

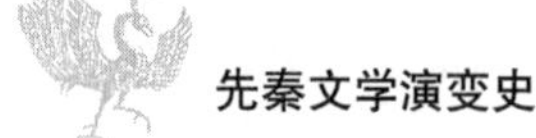

史时期中，诗不仅仅依附于歌，依附于音乐，还依附于散文的文体。在诗三百时期，更具有散文的特性。

文—歌—诗—诗歌，诗三百从周公时代到宣王时代，大体经历了这样的过程。

第四章
由史诗而记载当下史：《大雅》早期作品的演变过程

第一节　概说

《风》《雅》《颂》并称，三者之间是什么关系？《大雅》《小雅》之间是什么关系？《大雅》作品之间又是什么关系？它们之间具有写作时间方面的顺延性么？如果有写作时间方面的延续性，它们之间应该是什么样的关系？如果具有时间、时期、时代次序，在写作内容方面会有什么样的不同变化？同此，在写作手法包括乐章、语言、结构、赋比兴表现手法方面会有什么相应的变化？欲要论证这一系列的问题，无疑不是一篇论文的篇幅所能完成的，也不是一本书的容量所能阐发清晰的。

在此前的拙文中，笔者已经阐发了这样的观点：《周颂》是中国诗歌的开山之作。《周颂》是周公制礼作乐的产物，中国诗歌伴随着周公制礼作乐的政治活动而诞生，是由无韵之散文而为歌，而为歌诗，而为诗歌，因此，也由散漫无章之祭祀文字而逐渐追随音乐的节奏和规律，蜕变而为歌诗，而为拥有乐章的歌诗。但这一变化是一个漫长的演变历程，在经历由无章节之散漫文字到有音乐节奏的乐章之间，经历了一个时期的过渡，那就是《大雅》早期作品中的散文段落式的章节划分形式。

概括而言，诗三百以《风》《雅》《颂》为次序，但这并非其真实的写作史之次序，而为传播史之编辑后的次序。真实的写作次序，应是《周颂》为先，《大雅》《小雅》次之，《风》诗为后（十五《国风》中也有个别篇章为早期周公之作，

如《豳风》等）。《颂》诗主体为郊庙祭祀之乐诗，间杂有周初期的一些政治外交大事件的记载，《大雅》为《周颂》的延续，其肇始为有周先祖之史诗，延伸则为京畿地区之乐诗，而为《小雅》；十五《国风》则为地方诸侯乐诗。分而言之，《风》《雅》《颂》三者发端皆为周公之所作也。

《颂》，是王室宗庙祭祀乐舞的诵诗和乐歌；雅者，正也，是以中原正声为基础的王室朝廷音乐。从《颂》到《雅》是一个政治等级下移的过程。从《雅》《颂》作品的实际情况来看，《周颂》中只有开篇的《清庙之什》等少数篇章属于"王室宗庙祭祀乐舞的诵诗和乐歌"这一界说，以后《臣工之什》等篇章，皆为周公成王时代的政治、农业、政务等活动的纪录。其中有关微子的若干篇章，应是微子前来参加助祭的纪实，也并非祭祀本身的诵诗内容，这样，就与后面的大雅中的内容相似，从而实现了周颂和大雅早期作品的链接。

《大雅》的内容有几类：第一类是《文王之什》（包括《生民之什》其一的《生民》，其六的《公刘》），共计十二篇，为歌颂有周祖先的史诗；第二类是以《凫鹥》等代表的祭祀活动的纪实；第三类是《荡之什》之后的篇章，主要为厉王、宣王时期的作品，尹吉甫为其代表。可以大体说，《大雅》的作品主要产生于从西周前期到宣王时期，为西周的王室贵族作品。

《大雅》作品的艺术特点：由《周颂》而《大雅》，经历了由短小而长篇的历程。《周颂》的写作期间，由于是刚刚经历由散文体的诵文、向诵诗、乐歌的转型，尚属开辟鸿蒙，混沌初开，文字书写的能力极为古拙；《大雅》期间，文字表达能力经历反复的实践，声色渐开，各种文学写作方法在实践之中渐次得到总结和有意识的运用，诗三百由此经历了由散而诗、由应用文而文学的历程，由不分章而分章的历程，由直白空泛诉说而向细节、对话、描写进化，由赋而有意识比兴，由文字艰涩而向疏朗清新等多方面的变化历程。

第二节　诗三百中首次出现场景描写：《大雅》史诗写法的演进

《大雅》共计三十篇，以《文王之什》开篇，基本为有周历史的史诗写作，由于篇幅增长，开始分章写作，但还属于散文体的分章，而非后来的乐章；四言句式作为基本句式已经形成，文字虽然比《周颂》疏朗，但仍然较为艰涩。先看其中《文王之什》之一《文王》：

文王在上，於（音屋）昭在天。周虽旧邦，其命维新。有周不显，帝命不时。文王陟降，在帝左右。

亹亹（音伟，勉力）文王，令闻不已。陈锡哉周，侯文王孙子。文王孙子，本支百世。凡周之士，不显亦世。

世之不显，厥犹翼翼。思皇多士，生此王国。王国克生，维周之桢。济济多士，文王以宁。

穆穆文王，於缉熙敬止。假哉天命，有商孙子。商之孙子，其丽不亿。上帝既命，侯于周服。

侯服于周，天命靡常。殷士肤敏，祼（音灌，用酒祭祖）将（行）于京。厥作祼将，常服黼冔（音抚许，殷商的礼服礼帽）。王之荩臣（音近，忠臣），无念尔祖。

无念尔祖，聿修厥德。永言配命，自求多福。殷之未丧师，克配上帝。宜鉴于殷，骏命不易。

命之不易，无遏尔躬。宣召义问，有虞殷自天。上天之载，无声无臭。仪刑文王，万邦作孚。

译文：文王神灵在天，光明天上显现。有周虽是旧邦，承受天命新宰。周朝光明显耀，上命应时而降。文王神灵升降，升降上帝两旁。勤勉的文王，美好的声望没有止境；上帝厚赐周朝，厚赐文王子孙。文王子孙后代，本宗支子相传百世。凡是有周士子，皆能光耀传世。有周士子光耀照世，是由于他们为有周小心翼翼地谋划。有如此众多的才俊士子，产生在有周王国。他们在王国中诞生，他们是有周的干桢。依靠着济济多士，文王的神灵得以安宁。伟大的文王，啊！光明而虔敬。伟大的天命，也给予了有商的子孙。殷商的子子孙孙啊，何止千万成亿。上帝既然有命，命你们臣服于有周为臣子。殷人臣服于周朝，天命无常不定。殷商的士子机敏，在周京用酒祭祖相称。

朱熹谓《文王》一篇：“《吕氏春秋》引此诗，以为周公所作。味其词意，

信非周公不能作也。”[①]《毛序》：“《文王》，文王受命作周也。”《笺》：“受天命而王天下，制立周邦。”文王受命作周，制立周邦，为周邦的奠基者，故宜为大雅之首也。

文王既为周邦之首，自当为《大雅》之首，故文王神灵在上，光耀于天。文王陟降，在天帝身旁。殷周“残民事神”，西周则“敬天保民”，[②]“事鬼神而远之”，[③]但毕竟“敬天”“事鬼神”，这正是与殷周的承续，也是上古时代一以贯之的承续，但本质却在于对文王等开国君主的赞美，在于现世。《周颂》是对先祖的祭祀之文，《大雅》则是对有周历史的记载和歌颂。首篇《文王》，是从有周的奠基者文王开始歌颂。

全诗的艺术性也对颂诗发生了质的飞跃，首先，是由散漫无章的散文章句一变而为较为整齐的四言八句一个章节的诗体形式。其次，在全篇的层次上，层次感甚为分明。以前四章为例，首章重在阐发“周虽旧邦，其命维新”，也就是有周是受到上帝垂顾的，说明上帝对文王的垂顾而文王在上帝左右的关系；第二章自然推衍到上帝天命对文王家族子孙的垂顾；第三章推衍到血缘之外的士在有周的兴盛对周王朝的伟大作用：“思皇多士，生此王国”；第四章再推衍到有周对殷商后裔的怀柔政策：“常服黼冔，王之荩臣”。再次，每章之间，又常常用顶针写法，从而使得全篇结构紧凑，有一气呵成之感。

《文王》之后的《大明》一篇，则由文王而上溯文王父母王季、太任，下启武王、尚父。中间的主线则仍然是对神对天的敬畏。《文王之什》之二《大明》诗作如下：

明明在下，赫赫在上。天难忱斯，不易维王。天位殷适（嫡），使不挟四方。

挚仲氏任，自彼殷商，来嫁于周，曰嫔于京。乃及王季，维德之行。大（太）任有身，生此文王。

维此文王，小心翼翼。昭事上帝，聿怀多福。厥德不回，以受方国。

① 朱熹集注：《诗集传》，上海古籍出版社1958年版，第177页。

② 郭宝钧：《中国青铜器时代》，科学出版社1957年版。

③ 参见《礼记·表记》。

天监在下，有命既集。文王初载，天作之合。在洽之阳，在渭之涘。

文王嘉止，大邦有子。大邦有子，伣（音欠，像是）天之妹。文定厥祥，亲迎于渭。造舟为梁，不显其光。

有命自天，命此文王。于周于京，缵女维莘。长子维行，生子武王。保右命尔，燮伐大商。

殷商之旅，其会如林。矢于牧野，维予侯兴。上帝临汝，无贰尔心。

牧野洋洋，檀车煌煌，驷騵彭彭。维师尚父，时维鹰扬。凉彼武王，肆伐大商，会朝清明。

译文：显著德行在下，赫赫神灵在上；天意难以琢磨，难以担当者王。天意属意于殷，使命不达四方。挚国有女太任，挚国从属殷商。挚国嫁到有周，要做周京新娘。嫁给有周王季，王季德行传扬。太任有了身孕，诞下周文王。正是有周文王，如此翼翼小心。勤勉奉侍上帝，获取众多福音，从不违背道德，深获众国采信。上天洞悉下界，命运成就周国。文王初载时刻，天地阴阳好合。在那洽水北面，在那渭水岸坡。文王婚典齐备，新人大邦新娘。来自大邦新娘，来自遥远天上。婚礼占卜吉祥，文王亲迎渭阳。联接舟船桥梁，显耀圣洁荣光。天命自天而降，天命达于文王。改号周邑为京，继娶莘国新娘。长子先故德行，次子武王传承。上天保佑武王，协调诸国伐商。殷商军旅强壮，旗帜如林飘扬。周军陈列牧野，展现新兴力量。上帝照耀俯临，周军一体，没有贰心。牧野地势宽广，檀木战车煌煌，驷马威武雄壮。更有尚父吕望，一似雄鹰飞翔。辅佐伟大武王，疾驰讨伐殷商。四方会合朝见，终于清明天亮。

《文王之什》的前两篇，首篇《文王》起首："文王在上，於昭在天。周虽旧邦，其命维新"，第二篇《大明》起首："明明在下，赫赫在上。天意忱斯，不易维王。"首篇说"文王在上"，这是说文王的神灵在上，与上帝同在；此篇说"明明在下"，是说文王的道行是基础，因此才会赫赫在上。这里，我们不仅仅是看到了两篇之间的相对关系，可以清晰地看出两篇之间是一气贯下的关系，是连续写作，是一个史诗系列，以诗体的形式来歌颂和记载先祖的德行，这在诗歌的发轫时期是非常了不起的。

我们也会注意到，文王代表的先祖和天、上帝之间，是一而二、二而一的紧密关系，始终围绕两者之间的关系来展开。但天意不是随意给你的，而是需要不断的修行，不断的小心翼翼的努力，才能得到天意和天道。天意原先是给殷商的，但殷商未能和天道融为一体，而有周实现了这种关系。以下讲文王的婚姻，天作之合，正是指明即便是婚姻，也是天意的一部分，随后，陆续讲到武王的诞生和武王伐纣的场景。从“殷商之旅，其会如林。矢于牧野，维于侯兴”，到“牧野洋洋，檀车煌煌，驷騵彭彭。维师尚父，时维鹰扬”，场景雄伟，气势恢宏，开启后人具体场景描写的法式，而这种雄浑场景与前文女性婚配的场景相互映衬，也成为后来豪放婉约不同风格熔铸一体的滥觞。同时，其诗歌因素，明显显示了由无韵到有韵，由散文体式向诗歌体式渐变的痕迹。

既说文王、王季、太任、武王、尚父，家族及其功臣配飨，第三篇《绵》则再上溯周人初生阶段的古公亶父。《文王之什》之三《绵》(片段)：

绵绵瓜瓞。民之初生，自土沮漆。古公亶父，陶复陶穴，未有室家。

古公亶父，来朝走马，率西水浒，至于岐下。爰及姜女，聿来胥宇。

周原膴膴，堇荼如饴。爰始爰谋，爰契(音挈)我龟。曰止曰时，筑室于兹。

大意是说：小瓜长成大瓜，大瓜生下小瓜，瓜瓜相生，绵延不绝。周民初生时代，自杜水而到沮水，由沮水而到漆水。先祖古公亶父呀，旁穿陶复，直穿陶穴，他还没有落脚的家业。古公亶父，清晨骑马，沿着西面的水边，来到岐山脚下。于是与姜女一起，在这里考察居家。周原原野广袤肥沃，苦菜堇葵也觉甜美。于是，始谋而再谋，占卜而契刻于龟。于是，止于此地，筑室此地。

所谓“文王之兴，本由太王也”(《毛序》)。溯本追源，因此以“绵绵瓜瓞”来起兴。如果将《大雅》之前三篇，视为一个自然的写作次序，前两篇都还仅有赋陈史实以及描绘场面，此篇偶然出现比兴，却十分形象，且比体之“绵绵瓜瓞”与被比之“民之初生”以下，两者之间关系异常紧密，几乎是不得不比，不比则不能言明有周以来世代之绵延不绝，从而开启了后来《诗》之写作者的比兴途径。

《大雅》从《文王》始就开始采用分章体式，《文王之什》十篇，六十六章，四百一十四句。每篇平均六章多，字数方面平均每章41.4句。这个数据说明，《文王之什》就总体写作时间来看，虽然略晚于《周颂》，但仍然是诗三百较早的作品，应是周公后期或是稍晚一些的作品。《文王之什》十篇，虽然开始采用分章体式，但尚未形成真正意义上的音乐分章，还采用散文体式的段落式的分章。也就是说，之所以分章，是由于内容丰富，篇幅冗长，才有了分段分章的格式；再换言之，《大雅·文王》篇章之所以分章，而《周颂》全然不必分章，除了相互之间确实存在的写作时间先后的问题，同时也是由于两者性质不同、内容不同。《周颂》诗为郊庙祭祀之作，多为抽象歌颂论说，《大雅》主体部分为书写祖先宗族历史，是史诗性质之作，其中含有叙事诗成分，因此，内容丰富，篇幅冗长，势必要有段落章节的划分。

《绵》共计九章，每章六句，比较均衡，但首章的六句，是由两个三句组成，显示出偶句形式尚未进入到稳定时期。此外，《文王之什》中虽然主体为散文体式的段落分章，其中也开始有音乐歌诗重复、复沓式的分章的萌芽因素。前两篇《文王》《大明》尚无此种写法，完全只是平铺直叙的线形结构。到第三首《绵》开始偶然出现重复写法：叙述古公亶父的功业事迹，在叙说中由于需要连续性讲述故事情节，于是，开始采用连词“乃”字连续，这样就出现了不仅有一段四次采用同一个字的现象，同时开始出现三个段落连用一个字，结尾一章则连续使用“予曰有”三个相同的字。偶然采用重复的写法，在歌唱中必然显示其特殊的审美风范，以后的写作必然会从不自觉的偶然而走向自觉的必然。此诗还采用了连绵字写法：“绵绵瓜瓞”，一句之中重复写法：“陶复陶穴”，顶针写法：“乃立应门，应门将将”等多种写作手法，因此，该篇可以视为《大雅》中的名篇，也是诗三百从《颂》诗到《雅》诗散文化写法向诗歌化写法转型的枢纽之一。

《文王之什》之五《旱麓》，此诗值得关注的有两点，其一，是其共有六章，章节虽然不算少，但每章仅四句，可以视为最早的每章采用整齐的四句形式的标志；其二，全诗六章，其中有五章均有“岂弟君子”这一句，而且都在每章的第三句。这可以视为较早采用章、章之间重复句法，也可视为由散文化向诗歌化转型的标志之一。

《文王之什》之六《思齐》，专篇写作文王之母太任："思齐大任，文王之母。思媚周姜，京室之妇。大姒似徽音，则百斯男。"

《文王之什》之七《皇矣》，诗中隔一段而采用同样句式"帝谓文王"，是由于内容需要而采用重复写法，尚非有意为之。《皇矣》值得关注的：首先，是全篇几乎都是以上帝作为中心来写，因此，全篇可以视为是专门写作上帝与有周之间关系的专篇。其中的体现，首先是起首"皇矣上帝，临下有赫。监视四方，求民之莫"。片言居要，点明全篇是赞美上帝，特别是赞美上帝对有周的庇护；其次是上帝与文王的对话，这是非常值得关注的，此前较少在诗作之中采用对话方式，而在此篇中有着长篇的说话引用：帝谓文王："无然畔援，无然歆羡，诞先登于岸。"帝谓文王："予怀明德，不大张以色，不长夏以革。不识不知，顺帝之责。"帝谓文王："询尔仇方，同尔兄弟。以尔钩援，与尔临冲，以伐崇墉。"三次引述上帝对文王的话语，上帝对文王说："不要飞扬跋扈，不要羡慕贪婪，先登上高岸吧。"又说，"我眷念你显明的美德，不用声威怒色，不用夏棍鞭隔。就像是不识不知，依顺着上帝的法则。"又说，"征询好你的邻国，协调好你的兄弟之国，用你的铁钩，用你的冲车，来攻破崇国的城墉。"最后的结果是"四方以无拂"，平定了四方。在中国传统文化特别是早期经典的范畴中，这是极为罕见地描写和记载上帝对王的启示和话语。

《文王之什》之八《灵台》：

经始灵台，经之营之。庶民攻之，不日成之。经始勿亟（同急），庶民子来。

王在灵囿，麀鹿攸伏。麀鹿濯濯，白鸟翯翯（音贺，肥泽）。王在灵沼，於牣（音认，满）鱼跃。

虡（音句，直柱）业维枞（音聪，牙形），贲（音奔）鼓惟镛。於论（通抡）鼓钟，於乐辟雝。

於论鼓钟，於乐辟雝。鼍（音驼）鼓逢逢，矇（音蒙）瞍奏公。

译文：开始设计建造灵台，设计呀规划呀，庶民参与建设它，不几日就能成就它。初始经营勿要急，庶民如子孙一般参加啦！吾王出现在建设中的灵囿，母鹿驯顺。母鹿悠然，白鸟丰润。吾王出现在建设中的灵沼，灵沼满池的鱼儿跃出水面。木板横柱崇牙高耸，挂上贲鼓，挂上大钟。赞美呀，敲起大鼓，赞美呀，击打大钟，美呀，礼乐奏响在辟雝。赞美呀，击打大钟，赞美呀，礼乐奏响在辟雝！鳄鱼皮制作的鼍鼓，声音砰砰，乐师奏乐，奏雅曲终！

此一首特殊的意义，首先在于，此诗写作的事件是关于建设灵台、灵囿和灵沼，以及辟雝这些建筑。灵台、灵囿、灵沼和辟雝，一般解释为不同的建筑物，其实不然，此四个建筑名词，其实就是辟雝。所谓灵台、辟雝，广义而言，相当于后来的国子监，乃为一国文化教育之象征，之中心。庄子："不可内于灵台。"郭象注："灵台者，心也。"张衡《东京赋》曰："左制辟雝，右制灵台。"薛综注："司历纪候节气者曰灵台。"陈景云曰："汉武立明堂、辟雝、灵台，号三雍宫。"柳宗元曰："来游京师，观艺灵台。"周公时代所建灵台，当即为辟雝，乃为培养士子的集中所在之地。辟雝在水中环绕，因此有灵沼、灵囿等，灵沼、灵囿皆应为辟雝之依附建筑。因为是辟雝，礼乐集中之地，故有礼乐焉。

《文王之什》之十《文王有声》，也值得关注：

> 文王有声，遹骏有声。遹求厥宁，遹观厥成。文王烝哉！文王受命，有此武功。既伐于崇，作邑于丰。文王烝哉！……王后烝哉！……王后烝哉！……皇王烝哉！……皇王烝哉！……武王烝哉！……武王烝哉！"①

《文王有声》八章，每章五句，说明诗三百此后渐次形成的以整齐四言诗作为主体诗句形式的特点，并非一开始就有之，整齐的四言，此前有《旱麓》为最早，《文王有声》则为整齐五言诗之最早。此外，全诗八章，结尾均采用"烝哉"收束，颇类歌唱中的副歌。"烝"，美也，以"美哉""烝哉"分别赞美文王、王后、皇王、武王，既是内容的需要，同时也在内容需要的基础之上，探索出了章、章之间重复相同句式而形成复沓之美的音乐节奏的写法，为后来者之法则。

以下看《生民之什》，《生民之什》之一《生民》（选前三章）：

> 厥初生民，时为姜嫄。生民如何，克禋克祀。以弗无子，履帝武敏歆。攸介攸止，载振载夙。载生载育，时维后稷。

① （清）王先谦撰，吴格点校：《诗三家义集疏》，中华书局1987年版，第869—872页。

诞弥厥月，先生如达。不坼（不，语助词，坼，音彻，胞衣分裂）不副（胞衣分裂），无菑（灾）无害。以赫厥灵，上帝不宁。不康禋祀，居然生子。

诞寘之隘巷，牛羊腓（音肥，庇护）字（慈爱）之。诞寘之平林，会伐平林。诞寘之寒冰，鸟覆翼之。鸟乃去矣，后稷呱（音孤）矣。时覃（音勤）时訏（覃音勤，长，訏音许，大），厥声载路。

译文：天地鸿蒙，初有周民的时候，始祖是姜嫄的女子。姜嫄怎样生育周民？有隆重的祭天典礼。养育后代怎能无子呢？她为踩踏了上帝的脚印而快乐。于是，肚子隆起，胎儿在腹中胎动不已，姜嫄生下了男婴儿，这就是后稷。十月诞生足月，头生却像羊胎。胎衣破裂了，胎盘分离了，母子平安无灾无害，如此赫然的生灵，上帝却仍不能安宁。不安而去祭祀，居然所生的是儿子。将他置放在狭隘的陋巷，牛羊庇护他以慈祥；将他置放在平林，却巧遇到伐林人救护收养；将他置放在寒冰，鸟儿衣被他以翅膀。鸟儿飞去了，后稷才呱呱地哭了。这哭声是那么响亮，是如此的悠长，这哭声，弥漫在悠远在路上。

此一首，在前面十篇以文王为中心的周史颂歌基础之上，进一步追述有周更为远古的始祖，也就是后稷的诞生情况。这里，既有史诗一般的细节，也是神话一般的想象。诗歌从远古的原始女性社会的姜嫄踏迹而诞生后稷的故事说起，其中充满了生动的细节描写，作者写出了从怀孕到诞育，从诞育到历经磨难的艰辛历程。细节不仅仅是必要的，而且是关键性的因素，细节决定了真实，真实决定了读者的采信。

第一个层次，诗作先写孕育的历程："生民如何，克禋克祀。以弗无子，履帝武敏歆。"这是诞育历程中的第一个细节：姜嫄接受上天赐予之前的隆重的祭天典礼，从而为随后踏迹而孕做出铺垫。养育后代怎能无子呢？她为踩踏了上帝的脚印而快乐。于是，肚子隆起了，姜嫄受孕了，胎儿在腹中胎动不停。胎儿是谁？诗人没有先说，而是设为悬念，写到这里，方才揭示，这一胎儿是一个男婴，男婴是谁？这其实就是有周的祖先后稷，但诗人还是不说，仍留做悬念，等待合适的时机揭示谜底。

第二个层次，描写后稷诞生的苦难和天意的灵验，写后稷的种种苦难，而种种苦难，无不有自然万物神灵的护佑：连用三次“诞置之”来展延故事的情节：把后稷这个婴儿放到隘巷，有牛羊保护了他；放到平林中，正好有人伐木，将他收取；将他放到寒冰上，有大鸟飞来保护他，于是，后稷呱呱然而泣，后稷得到天的护佑，从苦难中得生。至此，诗人才揭示这位神话中的男婴主人公，他的名字正是后稷。此一段还有值得强调的，是细节手法的运用，细节是叙事文学非常重要的写作手法，《周颂》及《大雅》此前的诗作，基本还未有细节描写，此诗堪称之为较早的细节描写。

这一段神话史诗，情节曲折，富于悬念，细节逼真，场景如在眼前，富有感染力。这是周公在写作《周颂》连同《大雅·文王之什》数十篇作品之后的艺术升华，反之，也可以说，没有此前数十篇的写作基础，是难以完成这样的神话史诗构思的。因此，也同时可以验证当下诗三百其内部结构的写作时间次序。

《生民之什》之六《公刘》：

> 笃公刘，匪居匪康，乃埸（yì，田界）乃疆，乃积乃仓。乃裹糇粮，于橐于囊，思辑用光。弓矢斯张，干戈戚扬，爰方启行。

《毛序》云：“召康公戒成王也。成王将莅政，戒以民事，美公刘之厚于民而献是诗也。”《笺》：“公刘者，后稷之曾孙也。”朱熹、方玉润都肯定此说。赵逵夫认为，公元前1036年，成王七年，成王将亲政，召公献《公刘》《泂酌》《卷阿》以戒成王。[①] 从《公刘》诗的写作技巧来看：第一，用韵紧凑而成熟，除了每章起首的“笃公刘”的发语词之外，几乎每句用韵，而且韵的采用根据每章内容的表达需要变换，显示了较为成熟的用韵技巧；第二，同此，除了起首“笃公刘”之外，其余为整齐的四言句式，诵读起来铿锵上口；第三，所表达意思不足四言之句，用虚词填充，以便保持节奏的整齐；第四，采用分章的结构形式。此诗不仅分章，而且以“笃公刘”三字作为每章之首，就具有了复沓重叠之美，不仅使得全诗紧凑，而且突出了“公刘”的主题。从这些分析来看，应该晚于上述周公之作。

① 赵逵夫主编：《先秦文学编年史》（上），商务印书馆2010年版，第233页。

第三节　诗三百中首次出现音乐乐章：《大雅》中祭祀活动的纪实作品及其他

《大雅》从其第十二篇《行苇》开始，由此前的史诗之作转向了对祭祀活动的纪实写作，为后人了解西周时代制礼作乐的过程提供了宝贵的史料，同时，这些诗作本身也具有一定的文学价值和审美意义。

《生民之什》之二《行苇》[①]，值得关注的是，采用重复“或”字来陈述事情：“或肆之筵，或授之几”，“或献或酢”“或燔或炙”“或歌或咢”。(《尔雅》：“徒击鼓谓之咢，徒歌谓之谣。”）采用“或”字来表述同一时间空间而出现的诸多事件和行为，这是内容表达的需要，但却倒逼着文学表达方式的进步。《行苇》全诗八章，每句基本是四个字，只有“牛羊勿践履”为五个字，是因为这一句的意思不得不用五字来表达，总体来看比较整饬，可知已经是有意采用整齐四言的句式，可视为《旱麓》之接响。《生民之什》之三《既醉》，此篇值得关注的是重复写法和顶针写法的运用。“既醉以酒，既饱以德”“既醉以酒”，此为重复句法和章法；“君子有孝子，孝子不匮”，此为顶针写法。此篇八章，每章四句，不能看出，每章四句到六句较为整齐的章句结构，以及每句四言的句式形式，在成王时代已经基本形成。

《生民之什》之四《凫鹥》：

凫鹥（音衣，鸥鸟）在泾，公尸来燕来宁。尔酒既清，尔肴既馨。公尸燕饮，福禄来成。

凫鹥在沙，公尸来燕来宜。尔酒既多，尔肴既嘉。公尸燕饮，福禄来为。

凫鹥在渚，公尸来燕来处。尔酒既湑（湑，音叙，滤），尔肴伊脯（音府，肉干）。公尸燕饮，福禄来下。

凫鹥在潀（音中，水涯），公尸来燕来宗。既燕来宗，福禄攸降。公

① （清）王先谦撰，吴格点校：《诗三家义集疏》，中华书局1987年版，第884页。

尸燕饮，福禄来崇。

凫鹥在亹（音门，两岸对峙如门），公尸来止熏熏。旨酒欣欣，燔炙芬芬。公尸燕饮，无有后艰。

译文：野鸥聚集泾水，公尸来此燕饮安祥。你的美酒清澄，你的肴馔馨香。公尸人来此燕饮，福禄伴随从天降。野鸥聚集沙滩，公尸适宜来此饮宴。你的美酒清澄而多，你的肴馔嘉美而鲜。公尸来此燕饮，福禄来此翩翩。野鸥聚集水渚，公尸来饮来宴。美酒过滤澄清，肴馔嘉美而精。公尸来此燕饮，福禄来此频频。野鸥聚集水涯，公尸来宴敬宗。既然祭奠在宗，福禄天降其中。公尸在此燕饮，福禄来此重重。野鸥聚集峡门，公尸来饮熏熏。美酒过滤清新，燔炙气味芬芬。公尸来此燕饮，后人不再艰辛。

此诗描述成王之时，尸来燕也，美成王设礼而为尸燕。① 尸燕是在水边的一种祭祀活动，公尸，指的是由人来权当死去的先祖或是神来进行祭祀。祭祀之后，翌日设宴款待公尸，称之为“尸燕”。此诗即为一首表现饮宴公尸的诗作，也称之为“绎祭”。

此诗的章句结构非常有趣，全篇五章，每章六句，每句基本为四字，仅有每章的第二句为六个字，这是因为“公尸来燕”四个字作为主宾结构的主语，还需要两个字的空间作为谓语方能表达意思。

此诗最为鲜明的特点，是每章之间的重复和变化交错，全篇各章之间的句式基本重复，但在重复之中又有变化。其中前两个乐章，其中五句每句更改一字，“公尸燕饮”这一主题句不变。第三章与前两章基本相同，唯有第四句增添一个词的变化：“尔肴伊脯”。第四乐章则在三四句处变化：“既燕来宗，福禄攸降”。第五章则分别在三四句和结句变化，重复中有变化，变化中有不变，回环往复，甚为奇妙。

《生民之什》之七《泂酌》首章：“泂酌彼行潦，挹彼注兹，可以餴饎。岂弟君子，可以父母。”《毛序》云：“《泂酌》，召康公戒成王也。言皇天亲有德，享有道也。”《艺文类聚·职官部二杨雄〈博士箴〉》云：“公刘挹行潦而浊乱斯清，官操其业，士执其经。”……《盐铁论和亲篇》云：“政有不从之教，而事

① （清）王先谦撰，吴格点校：《诗三家义集疏》，中华书局 1987 年版，第 892 页。

无不化之民。诗云：‘酌彼行潦，挹彼注兹。’故公刘处戎狄，戎狄化之；大王去豳，豳民随之；周公修德，而越裳氏来。”……愚（王先谦）案：三家以诗为公刘作。盖以戎狄浊乱之区而公刘居之，譬如行潦可谓浊矣，公刘挹而注之，则浊者不浊，清者自清。由公刘居豳之后，别田而养，立学以教，法度简易，人民相安……据杨箴“官操其业，士执其经”之语，是周之学制权舆与公刘，故并有《行苇》习射养老之典。（903 页）

《生民之什》之八《卷阿》，《卷阿》中的“凤凰于飞，哕哕其羽”，以“凤凰于飞”比兴“王多吉士”。[①] 此诗有六章为五句，四章为六句，中间有三章连用“凤凰”起兴，而此三章连用“凤凰”起兴，之前出现“有冯有翼”“以引以翼”，可以见出作诗者之所以会想到采用凤凰起兴的原因，在于这种偶然引发的联想，从而促成了此后诗三百比兴传统的兴盛。

第四节　本章结论

将以上《大雅》早期的作品和《周颂》的开篇之作《清庙》对比：“於穆清庙，肃雍显相，济济多士。秉文之德，对越在天。骏奔走在庙，不显不承，无射于人斯。”不难看出：第一，《大雅》早期作品主题基本都是对有周先祖的历史记载和歌颂，由祭祀所用的祭文转向历史的记载和陈述，可以说是诗歌主题的一次飞跃；第二，由于记载历史，必然由抽象的顶礼膜拜而转向了写实，甚至出现一些细节描写和场景人物形象等，诗三百无疑更进一步由宗教、哲学、政治而转向了文学；第三，诗篇分章形式的出现，韵律节奏的演进，无疑使颂诗的散文化形式转向了诗歌的形式。再对比《小雅》宣王时期的作品《庭燎》“夜如何其？夜未央。庭燎之光。君子至止，鸾声将将”，不难看出，从《周颂》到《大雅》，再到《小雅》，单从章句的变化来看，从《周颂》早期作品的不分章，到《大雅》的散文化段落分章，再到《小雅》音乐歌诗形式的分章，诗三百章句形式的演变和进步也是异常惊人的：《周颂》之作，尚未有分

① （清）王先谦撰，吴格点校：《诗三家义集疏》，中华书局 1987 年版，第 907 页。

段、分章意识，每篇作品多为数句散文化句子而已，属于声色未开，尚未具备长篇写作的能力；到《大雅》早期之作，多为先祖颂歌，乃为史诗之作，遂有《文王》以下之长篇巨制，由于篇幅漫长，遂有分章需要，实为散文段落式的分章；再到《小雅》以《庭燎》为代表，不仅仅清晰出现三章规模体式，而且每章句子四句到六句之间，每句以四言为主，章章之间，重复复沓，歌唱舞蹈之节奏异常浓郁。这些后来诗三百的本质艺术特征的外形式，已经基本形成。因此，大体可以说，诗三百从《大雅》这个时期的作品开始逐步走向摆脱散文化写法的新路，《大雅》实为从《周颂》到《小雅》的中间链条。

再宏观鸟瞰诗三百从《周颂》到《大雅》再到《小雅》的历程，其演变的意义是非常伟大的。《周颂》完成了从无到有，开天辟地，实现了中国诗歌原本在散文中的萌芽状态到诗歌作品独立出现的飞跃性的历史使命；《大雅》完成了由初始阶段的不分章到分章写作的历史使命；《小雅》则完成了由散文性分章到吻合于歌唱的乐章式的分章方式。此外，三者之间，完成了由无韵（《周颂》早期之作）到有韵（《大雅》），由简单用韵到复杂用韵（《小雅》），由直说铺陈到比兴的飞跃，完成了由声色未开到长篇巨制，再到出现一些篇幅短小精炼优美的诗作的飞跃。

此外，值得关注的是比兴手法的渐次出现。赋比兴，一向被称之为诗三百的主要艺术手法，其实，诗三百内部也有赋和比兴的不同，从颂诗到大雅小雅，再到十五国风，是一个由散文赋体作为主体写作方式向以比兴这一诗歌美学发端象征作为主体的转变历程。何谓赋比兴？朱熹解释最为权威："赋者，直陈其事而直言之也；比者，以彼物比此物也；兴者，先言它物以引起所咏之词也。"概言之，赋，就是直接诉说，比兴，就是采用比喻起兴等文学手法。但赋比兴并非诗三百的共同艺术特征，而是有一个从无到有渐近的过程。《清庙之什》十篇，全为直陈其事的赋作；《臣工之什》十篇之第三篇《振鹭》起首"振鹭于飞，于彼西雝。我客戾止，亦有斯容。"韩说曰："西雝，文王之雍也。言文王之时，辟雝学士皆洁白之人也。"① 大体可信。此诗欲要赞扬"我客"，说当年文王之辟雝，学士皆洁白之人，就像是振鹭于飞。这里显然是采

---

① （清）王先谦撰，吴格点校：《诗三家义集疏》，中华书局 1987 年版，第 1023 页。

用了一个比喻，这是诗三百最早的比兴手法的出现，当然，这还仅仅是偶然出现。《周颂》之中比兴诗句，唯此一例。

《大雅·文王之什》十篇，没有比兴出现，《生民之什》的《生民》篇中首次出现比兴，“诞置之隘巷，牛羊腓字之。……诞置之寒冰，鸟翼覆之。”[①] 在直陈其事的空泛写作习惯之后，开始出现场景摹写，原因在于此一首题材的叙事性质和神话性质，自然会摹写后稷出生前后的具体场景。《凫鹥》值得关注，此一首五章，每章六句，这是最早出现的较为整饬的具有文学意义的乐章，而且同时出现较为明显的比兴手法。五章每句均以“凫鹥在”起首，[②] 最先具备回环往复之诗歌美，当为《大雅》中较为后期之作。

《卷阿》中的“凤凰于飞，哕哕其羽”，以“凤凰于飞”比兴“王多吉士”。[③] 此诗有六章为五句，四章为六句，中间有三章连用“凤凰”起兴，之前出现“有冯有翼”“以引以翼”，可见作诗者之所以会想到采用凤凰起兴的原因，在于这种偶然引发的联想，从而促成了此后诗三百比兴传统的兴盛。此一首当作于前一首《凫鹥》之前。

《桑柔》共十六章，八章八句，八章六句，其中仅有起首出现一次“菀彼桑柔”为比兴，尚未形成《凫鹥》的整齐的比兴章句。此诗《鲁》说认为是“周厉王好专利，芮良夫谏而不入，退赋《桑柔》之诗以讽”。《烝民》“吉甫作赋，穆如清风”，此诗明确注明为吉甫之作，《毛序》云：“尹吉甫美宣王也”，[④] 几乎是首次出现比兴的写法，但全篇比兴手法和整饬的乐章均尚未出现。

综观《大雅》，共4篇采用了比兴手法，1篇出现了场景描写的句子，可见，比兴手法在《大雅》期间，也还仅仅是偶然出现的产物。《大雅》之作的总体写作时间，从其写作内容、写作手法、篇章结构、用韵方式、《毛序》等前人记载的背景情况等诸多方面来看，晚于《周颂》而早于《小雅》，周公为其最早的作者，而止于宣王尹吉甫时代。

---

① （清）王先谦撰，吴格点校：《诗三家义集疏》，中华书局1987年版，第879页。

② 同上书，第892页。

③ 同上书，第907页。

④ 同上书，第907页。

第五章
《大雅》厉王、宣王早期的诗作

第一节　概说

从《大雅·生民之什》之九《民劳》开始，进入到诗三百写作的第二个大阶段——西周后期的诗写作。所谓后期，指的是厉王、宣王（前827—前781年）、幽王三个阶段。三个阶段中，以宣王时期为中心，作品质量最高；厉王时期篇章最少，质量不高，原本可以忽略不计，但由于其处于由诗三百发轫阶段的周公时代向后期的宣王时代的转型中间链条，因此，也需要单独设立一章加以分析；幽王时期作品数量不少，但总体质量不高。

这里派生出来其他的问题：首先，《民劳》一篇，是否可以作为厉王时期的开端？作为一个新的历史时期的开篇之作，缘何与作为早期诗作的《大雅·生民之什》同在一组十篇之中，而未能单独列出？这是由于诗三百的编辑，由于体制所限，十篇一个单元，有些超出篇章，可以更多为11篇等；其次，由于此一组的第九篇开始进入到西周后期之作，同时产生的另外问题，就是此前的篇章，由《卷阿》《泂酌》等篇章是否仍然归属于早期之作？由于《泂酌》《卷阿》已经有《毛序》记载的“邵康公戒成王也”，更兼《泂酌》《卷阿》的主题内容涉及礼乐教化，风格归类于西周早期之作为宜。因此，以《生民之什》之九的《民劳》作为西周晚期诗作开端，是接近历史原貌的。

第二节 《大雅》厉王时期的过渡性作品

《大雅·生民之什》之九《民劳》(选译两章):

民亦劳止，汔(音泣，求)可小康。惠此中国，以绥四方。无纵诡随(谲诈之人)，以谨无良。式遏寇虐，憯(音惨，乃)不畏明。柔远能迩，以定我王。

民亦劳止，汔可小安。惠此中国，国无有残。无纵诡随，以谨缱绻。式遏寇虐，无俾正反。王欲玉女，是用大谏。

译文：庶民劳苦到了极点了，刚刚求得小有安康。理应惠爱这些京师民众，以此来安定四方。不要放纵那些谲诈欺骗的小人，以此来遏止暴虐掠抢，也不必畏惧高明的贤者强梁。怀柔远近四方，以此来拱卫安定我王。

庶民劳苦到了极点了，刚刚求得小有安康。理应惠爱这些京师民众，以此来使国家没有后患。不要放纵那些谲诈欺骗的小人，以此来遏止奉迎成为祸患，以此来遏止暴虐掠夺，不要使政治局面变幻无常。王啊！我要玉成你，因此才用此大谏。

《毛序》:“《民劳》，召穆公刺厉王也。”《笺》:“厉王，成王七世孙也。时赋敛重数，人民劳苦，轻为奸宄(音鬼)，强凌弱，众暴寡，作寇害，故穆公以刺之。”此一首有着较为整齐的句式，句四字，章十句，全篇五十章，皆以“民亦劳止”起首咏叹，以下如“汔可”“惠此”等皆为反复使用的句式。从艺术形式而言，较西周早期之作，明显整饬了，但艺术性并无明显的提升，篇幅过长而诗味不足，有待宣王时期的飞跃。但此一首有明确的诗作者记载，这一点也是厉王时期诗作较为普遍的特点，值得关注。

《大雅·生民之什》之十《板》(选首章):

上帝板板，下民卒瘅(音但，疾病)。出话不然，为犹不远。靡圣管管，不实于亶。犹之未远，是用大谏。

译文：上帝行为反常，下民遭尽苦难。已经出口的好话不兑现，已经作出的行为没有远算。这个时代没有圣人可以依靠，没有忠信没有诚善。趁着其行未远，我动用了这次的大谏。

《毛序》：“《板》，凡伯刺厉王也。”《笺》：“凡伯，周同姓，周公之胤也，入为王卿士。”此诗全篇空泛议论，艺术上并无可圈可点之处，之所以列出讨论，全在于此诗被认为是有主名之作，被认为是凡伯刺厉王之作，而凡伯被认为是周公的后代，其身份是王之卿士。此外，此诗第一章结尾处的“犹之未远，是用大谏”，正衔接了此前一首的《民劳》的结句“是用大谏”。这种重复使用相同语句现象，有时候会是同一人在不同诗章之中的习惯性使用，有时候会是同时代的不同人相互影响，有时候会是后来人对于前代作品的学习和复用。此一首的情况似乎应该是同时代人的相互影响或是同一人所作。此一点也值得关注。

《大雅·荡之什》的前几篇仍然是厉王时期的作品，具体有几篇，可以查验之：《大雅·荡之什》之一《荡》（选首章）：

荡荡上帝，下民之辟。疾威上帝，其命多辟。天生烝民，其命匪谌（音臣，诚）。靡不有初，鲜克有终。

译文：法度败坏的上帝，就像是下民的山王。暴戾的上帝，他的命令多么荒唐。上天生下民众，而王的命令却不真诚。几乎人人都可以有一个不错的开始，却很少有人能自始至终。

《毛序》：“《荡》，召穆公伤周室大坏也。厉王无道，天下荡荡。无纲纪文章，故作是诗也。”此诗如同上面列举的两篇，仍然是全篇议论，全篇八章，每章八句，可知其长。本文之所以引述，是由于：首先，此一阶段的上帝，几乎都是丑恶的形象，如“荡荡上帝”“疾威上帝”等，充斥着对上帝的批判和揭露，正好与西周初期对上帝和天命的敬畏形成鲜明的反差。上帝，是与王一而二、二而一的存在，王暴虐则上帝也就成为荡荡疾威的上帝了。其次，“靡不有初，鲜克有终”，极富哲理，是此诗中的一个亮点。以后，在《左传》中被引用而更为彰显。

《大雅·荡之什》之二《抑》，全篇竟然达到十二章之多，每章八句、十句不等。长篇累牍，不见风云之色，令人困倦。其中略有可观之处分落各处，如“人亦有言，靡哲不愚。庶人之愚，亦职维疾。哲人之愚，亦维斯戾。”（当时人有这样的谚语，说是没有哪个哲人不愚蠢的。众人的愚蠢，是自身的原因，哲人的愚蠢，是由于犯罪刑罚的原因。）“夙兴夜寐，洒扫庭内”（早早起来深夜入睡，洒扫室内），“夙兴夜寐”成为至今仍然使用较广的成语，最早来源于此。“投我以桃，报我以李”，此两句成为后来风诗中的名篇，以此可以窥视诗三百前后之间的影响和启发。《毛序》：“《抑》，卫武公刺厉王也，亦以自警也。”《诗三家义集疏》：韩说：“卫武公刺王室，亦以自戒。计年九十有五，犹使人日颂是诗而不离于其侧。”

从前数篇来看，几乎每一篇都有诗作者的相关记载或是说法，这些作者分别是召穆公、凡伯、卫武公依次不等，每位作者都是王朝重臣，皆为当时王之辅佐大臣。由此可以知道，诗三百的作者不是一般人所能染指的，谁有权利写诗并能配之音乐歌唱，是每个朝代之重要文化事件。而能被入乐为诗，更是一个家族的终生荣耀。卫武公此诗虽然才艺平平，但却敝帚自珍，“计年九十有五，犹使人日颂是诗而不离于其侧”也，虽然有对其儒家思想的敬重之意外，也还含有对自己诗作能够入乐王室一份荣光的珍惜。

《大雅·荡之什》之三《桑柔》，此诗根据《毛序》所说，为“芮伯刺厉王也。”《诗三家义集疏》：鲁说曰：“昔周厉王好专利，芮良夫谏而王不入，退赋《桑柔》之诗以讽。言是大风也，必将有遂；是贪人也，必将败其类。王又不悟，故遂流于彘。”今山西霍县东北有彘城，即周厉王所奔。此诗艺术手法略无改观，但仍主要为喋喋不休之长篇议论，其中略可圈点之处，如“自西徂东，靡无定处”两句尚佳。

虽然如此，此诗的作者背景方面仍留下了宝贵的资料，乃为芮伯良夫所作，其背景是芮良夫谏厉王而不听，芮伯退而赋此诗以讽。这一背景不仅仅是提供了此一时期新的作者名单，而且提供了这一时期诗三百赋诗的典型背景，可供读者理解。周厉王（？—前 828 年）姬胡，姬姓，名胡，周夷王之子，西周第十位王，前 878 年—前 841 年在位。换言之，芮伯此诗当作于公元前 840 年左右，从而给予了一个时间的坐标。芮伯一般认为是大夫，因此，也可以视为是第一次由大夫写作诗歌，开创了大夫写作诗歌的先例。时间是公元前 840 年左右，写作背景是颂诗以讽，是以诗为谏，换言之，写诗是一种写给帝王的谏书，可以视为广义的散文，比之散文的不同则在于押韵和整齐的四言句而已。

《大雅·荡之什》之四《云汉》（选首章）：

倬（音桌，大）彼云汉，昭回于天。王曰：于乎，何辜今之人？天降丧乱，饥馑荐臻（接连来）。靡神不举，靡爱斯牲。圭壁既卒，宁莫我听。

译文：那广袤无垠的天河云汉，光芒在天际运转。王说：呜呼哀哉，今之人何辜？上天却降下这丧乱之灾，让饥馑接连而来。哪一座尊神我没有祭祀？哪一个牺牲我没有奉献？圭璧珍宝已经奉献完毕，上天却仍然没有感受到我的诚虔。

这显然是一首代替王向上天申诉的祷告之词。《毛序》："云汉，仍叔美宣王也。宣王承厉王之烈，内有拨乱之志，遇灾而俱，侧身修行，欲销之去。天下喜于王化复行，百姓见忧，故作是诗也。"《笺》："仍叔，周大夫也。《春秋》鲁桓公五年：'夏，天王使仍叔之子来聘。'烈，余也。"关于此诗作者的记载极有价值，是周大夫仍叔赞美宣王，或说是为宣王所写的祷词。

此一首，可以视为宣王时代的开篇，由此往前追述，厉王时期，仅仅有《大雅·生民之什》之最后两篇，连同《荡之什》起首三篇，共计5篇，不仅篇目稀少，而且艺术水准不高，仅仅是西周前后两大时期的过渡而已，其意义主要是起到承上启下的链接中转作用，同时，开启了诗三百诗作者由王、摄政王、辅佐重臣而向大夫赋诗的转型。

第三节 《大雅》宣王早期之作

从《大雅·荡之什》之五《崧高》开始，为宣王时期之作。可以一一验查，《大雅·荡之什》之五《崧高》（选三章）：

崧高维岳，骏极于天。维岳降神，生甫及申。维申及甫，维周之翰。四国于蕃，四方于宣。

亹亹（音伟）申伯，王瓒（音赞，勺子类的玉器）之事。于邑于谢，南国是式。王命召伯，定申伯之宅。登是南邦，世执其攻。

译文：山到极处而为名山，山到极点而能触天。只有名山而能降神，降生甫侯申伯相连。只有申伯和甫侯，将大周的屏障保全。四方诸国的藩篱呀，四

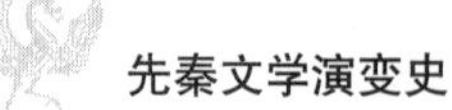

方诸侯的城垣。

勤勉的申伯呀，王使申伯办事，使他在谢地建邑，统治南方诸侯之国。王命令召伯，规划申伯的住宅，使他执掌南方诸国，世世代代攻传后世。

结尾一章：

申伯之德，柔慧且直。柔此万邦，闻于四国。吉甫作诵，其诗孔硕，其风肆好，以赠申伯。

译文：申伯的美德呀，正直惠美而柔和。用来安顺那万国，声誉闻达于四方侯国。吉甫写作了这一首颂诗，这一首诗作篇长体硕，这一首诗作清风肆好，用以赞美申伯。

这一首显然是宣王时期重臣尹吉甫所作，诗作是记载申伯的功业，赞美申伯的。《笺》："尹吉甫、申伯，皆周之卿士也。尹，官氏，申国名。"方玉润《诗经原始》："此诗与下篇《烝民》，同为尹吉甫赠送之作。一送申伯，一送仲山甫，以二臣位相亚，名相符，才德又相配，故于二臣之行也，特赠诗以美之。"

此诗值得关注之处，首先，这一首可以视为宣王时期著名诗人尹吉甫的开篇诗作，如前所述；其二，此一首可以视为是第一首赞美大臣的诗作。此前的赞美诗，主要是赞美上帝、赞美祖先、赞美周王，赞美大臣同僚的诗作，此前极为罕见。可以见出诗歌写作内容的渐次解放、写作对象的渐次下移；其三，最为值得关注的是，此一首第一次在诗作中标注了写作者的名字是吉甫，尹，为其官氏。这一点开启了后来写作者的署名方式，为研究者提供了宝贵的研究资料。

《大雅·荡之什》之六《烝民》（选三章）：

天生烝民，有物有则。民之秉彝，好是懿德。天监有周，昭假于下。保兹天子，生仲山甫。

仲山甫之德，柔嘉维则。令仪令色，小心翼翼。古训是式，威仪是力。天子是若，明命使赋。

译文：天诞生了众民，有事物就有了法则。众民秉持常规，爱好的是美德。上天监视有周，彰显于下面诸侯之国。保佑有周天子，诞生了仲山甫这样的英哲。

仲山甫的美德，柔和美好有准则。美好的礼仪美好的容色，小心翼翼人才难得。遵照古来的训士作为法则，一表威仪显示了他的力量。天子将他选择，明命他布泽于诸侯之国。

最后一章：

四牡骙骙（音葵葵，强壮），八鸾喈喈（音节，车铃声）。仲山甫徂齐，式遄（音船，速）其归。吉甫作诵，穆如清风。仲山甫永怀，以慰其心。

译文：四匹雄马真雄壮，八个銮铃响丁丁。仲山甫将出使齐国，诏令他速归朝廷。吉甫创作了这首颂诗，柔和肃穆如沐春风。仲山甫临行忧虑多，此诗用来安慰他好建功。

《毛序》："尹吉甫美宣王也，任贤使能，周室中兴焉。"方玉润《诗经原始》："《烝民》，送仲山甫诸城于齐，怀柔东诸侯也。"这是尹吉甫诗作的第二篇，全诗八章，每章八句，除了遇到有仲山甫之诗句，每句基本以四言为主。可以见到，四言诗为宣王尹吉甫时代诗三百的写作基本方式。

《大雅·荡之什》之七《韩奕》（选章）：

奕奕梁山，维禹甸（治理）之，有倬（音臬）其道。韩侯受命，王亲命之：缵（音纂，去声，继承）戎（你）祖考，无废朕命。夙夜匪解，虔共尔位，朕命不易。干（应为繁体，匡正）不庭方（方国），以佐戎辟（尔君）。

译文：巍峨高大的梁山，是大禹治理它，有了宽广的大路。韩侯接受王命，周王亲自命他："继承你先祖的事业，不要荒废朕的命令。夙兴夜寐不可懈怠，虔诚恭敬你的职守，朕的命令是不会改变的。匡正那些不来朝王的方国，用来辅佐尔君之正道。"

韩侯取妻，汾王之甥，蹶父（音绝，周朝的大夫）之子。韩侯迎止，于蹶之里。百两彭彭，八鸾锵锵，不显其光！诸娣从之，祁祁如云。韩侯顾之，烂其盈门。

译文：韩侯娶妻，娶的是汾王的外甥女，蹶父的女儿。韩侯亲自迎娶，迎亲迎到蹶父里。百辆彩车声彭彭，八个銮铃声锵锵，大显荣耀光芒。诸多娣女跟从，一如飞扬彩云。韩侯婚礼欢喜，灿烂光辉盈门。

韩侯为宣王时候大司马，此诗可以确认为宣王时代，或说是最早为宣王时代之作，可以视为尹吉甫诗作之第三篇。全篇六章，每章十二句，仍然以长篇议论叙说为特色，多用生僻字。

《大雅·荡之什》之八《江汉》(选章)：

江汉浮浮，武夫滔滔。匪安匪游，淮夷来求。既出我车，既设我旟(音于)。匪安匪舒，淮夷来铺。

译文：长江汉水浮浮浩瀚，武夫出征滔滔强悍。非为远游非是苟安，淮夷前来求援。我军车马已经出动，鸟图旗帜随风飘展。不求安逸不求舒适，怀柔淮夷四海平安。

江汉之浒，王命召虎：式僻四方，彻我疆土。匪疚匪棘，王国来极。于疆于理，至于南海。

王命召虎：来旬来宣。文武受命，召公维翰。无曰予小子，召公是似。肇敏戎公，尔锡尔祉。

译文：长江汉水之畔，我王命令召虎："设法开辟四方，发展我朝疆土。莫到有病救急，王国需要法辅。"治理疆界田地，直到南海疆土。

宣王命令召虎："巡视注意安抚。先祖授于天命，召公国家梁柱。不要自说小子，康公事业承续。勉励前行，建功立业，无边福泽赐汝。"

《毛序》："《江汉》，尹吉甫美宣王也。能兴衰平乱，命召公平淮夷。"《笺》："召公，召穆公也，名虎。"可以视为尹吉甫诗作的第四篇，其背景为记载宣王命召穆公伯虎去平定淮夷之乱。六经皆史，此一篇明显地显示了这一特征，将宣王对召虎的命令以四言诗的形式记载下来，为后来的历史研究和文学研究留下了宝贵的资料。其中"于疆于理，至于南海"甚为有趣。

《大雅·荡之什》之九《常武》(前两章)：

赫赫明明，王命卿士，南仲大祖，大师皇父。整我六师，以修我戎，既敬既戒，惠此南国！

王谓尹氏，命程伯休父，左右陈行，戒我师旅。率彼淮浦，省此徐土。不留不处，三事就绪。

此诗在读懂诗意之前，笔者尚不能翻译，因为，需要知道此诗的背景以及诗中出现的南仲大祖、大师皇父、程伯林父、尹氏这些称谓的情况。《毛序》："召穆公美宣王也。有常德以立武事，因以为戒然。"《笺》："戒者，王舒保作，匪绍匪游，徐方绎骚。”朱熹《诗集传》：“宣王自将以伐淮北之夷，而命卿士之谓南仲为大祖兼大师而字皇父者，整治其从行之六军，修其戎事，以除淮夷之乱，而惠此南方之国，诗人作此以美之。”[1] 愚意以为此处以朱熹解释较为接近，但还需要斟酌：尹氏，理应是尹吉甫，但程伯休父又是谁？

这些还仅仅是关于此诗的背景问题，关于此诗的作者，《毛序》认为是召穆公之作，但以笔者之见，应该是尹吉甫之作。理由当下仅有三条：其一，诗中称谓“尹氏”，“王谓尹氏，命程伯林氏”，称尹氏而非尹吉甫、也非官名等敬称，当为尹吉甫作诗自称尹氏；其二，王命中的人物较多：至少有南仲大祖、大师皇父、程伯休父等，此数人应该是参与出征徐方的统帅，尹氏不一定参加征伐，但却由王对尹氏来宣示，显示了尹氏的地位崇高。宣王之际的尹氏，则非尹吉甫莫属；其三，此诗的风格：内容方面对历史的记录，对当时重大事件的诗体纪录方式，以及遣词造句的语言风格、铺陈其事的诗体写法，均与前四篇尹吉甫之作吻合。因此，此诗可以视为尹吉甫诗作的第五篇。诗中涉及的南仲大祖、大师（太师）皇父、程伯休父，还都需要随后研究。

《大雅·荡之什》之十《瞻印》（同瞻仰，选一、三章）：

瞻印昊天，则我不惠。孔填不宁，降此大厉。邦靡有定，士民其瘵（音祭，生病）。蟊贼蟊疾，靡有夷届。罪罟不收，靡有夷瘳（音抽，病愈）。

译文：瞻仰那悠悠苍天，怎么就不对我施加恩惠呢？长时间的不太平，降下这动荡报应。国家没有安定，士民都在生病。禾苗也遭受虫病，没有尽头祸害不停。罪人入网网却不收，病人患病却不痊愈。

哲夫成城，哲妇倾城。懿厥哲妇，为枭为鸱（音吃）。妇有长舌，维厉之阶。乱匪降自天，生自妇人！匪教匪诲，时维妇寺。

译文：男子智慧成就城墙，女人聪慧毁灭城墙。唉，就是那个诡计多端的妇人，就像是鸱枭一样。妇人有长舌生长，就会是败坏的祸殃。乱不是从天来降，而是来于妇人的身上。没人教她做坏事，她却和阉人一样。

《毛序》：“《瞻印》，凡伯刺幽王大坏也。”《笺》：“凡伯，天子大夫也。”

---

① 朱熹集注：《诗集传》，上海古籍出版社 1980 年版，第 218 页。

并引《春秋·鲁隐公七年》："冬，天王使凡伯来聘"，方玉润《诗经原始》引《曹氏粹中》语："凡伯作《板》诗在厉王末，至幽王大坏时七十余年矣，决非一人，犹家父也。"根据此说，则此诗为厉王末期之作，可两说互相参看研究。

《大雅·荡之什》之十一《召旻》，为大雅《荡之什》最后一篇。《毛序》："《召旻》，凡伯刺幽王大坏也。旻，闵也，闵天下无如召公之臣也。"《笺》："闵，病也。"全诗结构略有特殊之处，全诗七章，仍为散文式分章，前五章每章五句，后两章皆为七句。全诗主旨同前，主要是一再申诉"旻天疾威，天笃降丧""民卒流亡"的主题，同时，也倾诉个人的悲哀："我居圉卒荒"（我的住处尽荒凉），"兢兢业业，孔填不宁，我位空贬"（我虽然兢兢业业，很久不能安宁，我的职位却受到贬抑）。也描写自己矛盾和纠结："胡不自替？"（何不自己来告退？）在《大雅》歌颂先王的主题中，在最后一篇出现抒发个人情怀的主题，将大我之悲哀与小我之纠结混合来写，显示出《大雅》结束而向《小雅》"怨诽而不乱"诗风的转型。新哉！此诗为大雅收束之篇章也。

厉王时期作品总共4篇，数量少而艺术质量乏善可陈，艺术表达方式基本上都是长篇说理，可以视为过渡性诗作，宏观而言，可以视而不见也。其次，《大雅》进入到宣王时期的作品，从《大雅·荡之什》之五《崧高》开始，显示出来异常分明的特点：其中连续五篇皆应为尹吉甫之作，而且具有鲜明的特色：它们的主题和背景，基本都是对宣王中兴时期重大政治、军事事件的记载，充分显示了"六经皆史"的特征，特别是其中出现的对于重要人物的记载，更是弥足珍贵的历史材料。再次，最后的两篇被认为是幽王时期的作品，最后一篇开始出现对作者内心自我心理的描述，可以视为后来《小雅》的前声。

这里有一个问题：从后面《小雅》的研究来看，尹吉甫的诗作很多，同样是尹吉甫的诗作，为何被分为《大雅》5篇，其余视为《小雅》之作呢？而《小雅》的开端，大抵也是宣王时代开始，《大雅》到宣王尹吉甫时代结束，《小雅》同样也从尹吉甫时代开始，这样，《大雅》《小雅》就有了最好的衔接方式——《大雅》以尹吉甫结束，《小雅》以尹吉甫开始，清晰说明大小雅之间的前后承续的关系。

为何在《大雅》的最后部分出现两篇幽王时期的诗作，从而混淆了这种清晰的分段痕迹，是否后来的编诗者有意要模糊这种界分，从而使得诗三百更为含混不清，从而更为具有模糊的光环呢？是否如此，还需要继续研究《小雅》的写作历程。

第六章
《小雅》宣王时期的诗作

第一节　概说

考察《小雅》前三十篇诗作，即从《鹿鸣》之后的三十篇，笔者将其同归于宣王时期作品，其中《鹤鸣》之前的二十三篇，为宣王中兴之作。《小雅》前三十篇的写作时间出现明确记载的，是《采薇》《出车》《六月》《采芑》《车攻》《吉日》等这一组作品。这些篇章有很多相似之处，首先是主题和背景相似：都是周宣王命南仲、吉甫攘猃狁，威蛮荆，以及宣王本身勤于政治的事迹；其次是其中若干篇章出现尹吉甫、南仲、方叔的人名，而这些作品之间从内容题材到写作方法基本上是一致的，这样就为这一组作品的产生时间，给予了基本可靠的坐标，即宣王中兴时期的作品。

考察《小雅》总体的写作时间：《诗经》中的编排次序是《国风》《小雅》《大雅》《颂》，由于这个编排次序和实际的写作时间正好相反（从主体而言，去除豳风中的《七月》等早期周公之作），因此，往往不容易看清《小雅》的写作时间，也就不容易厘清大小雅之间的关系。实际上，《小雅》是紧密衔接《大雅》的，其中重要的衔接人物是尹吉甫。《大雅》主要以尹吉甫的作品结束，《小雅》则主要以尹吉甫、南仲等的征伐猃狁背景的系列组诗开篇，而后者的写作手法明显是尹吉甫《大雅》作品的飞跃，因此，可以确认《小雅》是紧密承接《大雅》之后的作品。

《小雅》作品主要分为两大部分，其一是宣王中兴之作，其二是幽王时期的作品。其中宣王中兴之作的《小雅》，是诗三百写作的一个高峰，赋比兴的手法达到了高峰，甚至出现了一些情景交融的作品。诗三百在卿士大夫的言志体诗作中，相对实现了一个前所未有的高度。《小雅》前三十篇中早于《采薇》的《鹿鸣》等几篇，并无明确的作者以及背景记载，之所以也归于宣王时期，应出于以下几点思考：

首先，通过对《大雅》后期相关作品的考察，发现《大雅》后期的一些作品，基本止于宣王时期的尹吉甫的一些作品，也涉及宣王中兴的背景，而《采薇》写法，其句式与明确属于尹吉甫、南仲这一时期的一组诗作是极为吻合的。因此，《采薇》和南仲的诗作几乎可以视为同一作者。而《鹿鸣》《伐木》等《小雅》早期的几篇诗作，其写法与《采薇》等篇章基本类似。

其次，通过《小雅》前三十六篇的分析，可知，诗三百的作品排序，基本上是有规律可循的，就《风》《雅》《颂》而言，总体来说，是《周颂》—《大雅》（周公到宣王时期）—《小雅》（宣王到幽王时期）——《风》（主体部分为平王东迁之后的作品）。这和当下的《风》《雅》《颂》的次序是相反的，但就每个部分作品的内部来看，则基本上是按照时间先后排序的，除了有一些个别的篇章有调整，譬如《关雎》在《风》诗之首，应是孔子编辑时候所调整的。

再次，就章句方式，赋比兴等艺术手法的渐进而言，《小雅》自《鹿鸣》开始，其艺术手法基本都高于《大雅》后期作品，基本都体现了尹吉甫诗作之后的迹象，或说是后尹吉甫时代的作品，紧密衔接在《大雅》之后。也可以说，《大雅》中结尾部分的一些篇章，原本是理应放到《小雅》的《鹿鸣》之前的。这种情况同样也应该是由于诗三百编辑的某种需要而出现的，是将宣王时期的一些篇章放到了《大雅》之中了。

最后，就一般性规律而言，天才的出现往往是成批的出现，罕见有特殊的一个天才，在前无古人后无来者的历史背景之下以个人的努力而产生。天才和流传千古的优秀诗作，往往都是在一个特殊的历史大背景之下成批地出现，他们是某个特殊历史背景所诞生的产物，同时，也是这些作家诗人彼此之间"嘤其鸣矣，求其友声"，同声相应，同气相求，相互激励，相互效仿的结果。没有被效法的对象，没有被模仿的模特，没有相互激励的风尚，是不能产生天才的作者，也自然就不能产生千古传唱的作品。

《古诗十九首》和诗三百都是如此，规律是相同的。诗三百截至笔者当下所研究到的这个节点上，此前的诗作，主要应该是两大时期的作品：其一，周公到成王之际的作品，此为诗三百产生之初，风云际会，产生了周公、成王、召公等以帝王作为主体的诗人群；其二，宣王中兴时期，产生了尹吉甫、南仲，还可能有方叔等以当时中兴名臣作为主体的诗人群。当时很有可能流行以诗体形式来记载战功，因此，此一时期的《小雅》诗作，“怨诽而不乱”，多能以个人个案之小我，来记载或说是感发时代背景之大我，因此，具有抒情主体性之特征。从成王到宣王这个漫长的历史段落，至少当下尚未见到有一批诗作出来，以证明在两大历史段落之间还有一个中间环节。至于为何到了宣王中兴时代，出现了诗三百的第二次写作高潮，其历史文化原因、王庭制度方面的原因等，还需要后来者进一步考究。宣王中兴时期的《小雅》写作，将诗的写作境界，提升到了一个新的高度，如果将西周初期周公筚路蓝缕的开创，视为诗三百的第一个里程碑，则宣王时期中兴时期的《小雅》诗作，可以视为诗三百的第二个里程碑。

第二节　情景交融之作：《鹿鸣》《伐木》作品的分析

诗三百从《小雅》开始，大量使用比兴手法，《小雅》70篇，数量大，难以全面量化分析，兹举其要：

《小雅·鹿鸣》：

呦呦鹿鸣，食野之苹。我有嘉宾，鼓瑟吹笙。吹笙鼓簧，承筐是将。人之好我，示我周行。

呦呦鹿鸣，食野之蒿。我有嘉宾，德音孔昭。视（示）民不恌（音挑，轻佻），君子是则是效。我有旨酒，嘉宾式燕以敖。

呦呦鹿鸣，食野之芩（音芹，蒿类植物）。我有嘉宾，鼓瑟鼓琴。鼓瑟鼓琴，和乐且湛。我有旨酒，以宴乐嘉宾之心。

全诗大意为：呦呦的鹿鸣之声呀，吃着荒野的蒿萍。我有嘉宾呀，弹奏琴瑟吹笙。吹笙鼓动声簧呀，送客币帛满筐。客人对我真好，指我正道主张。呦呦的鹿鸣在叫呀，吃着荒野的萍蒿。我有嘉宾呀，他是如此的盛名昭昭。为人举止不轻佻，君子从善而仿效。我有美酒呀，嘉宾欢宴而逍遥。呦呦的鹿鸣之音呀，吃着荒野的蒿芩。我有嘉宾呀，擅长鼓瑟鼓琴。擅长鼓瑟鼓琴呀，和乐而沉湎于美音。我有美酒呀，用以宴乐嘉宾之心。

关于“之什”，朱熹《诗集传》：“雅颂无诸国别，故以十篇为一卷，而谓之什，犹军法以十人为什也。”朱熹所说有一定的道理，应该是后来编诗者为方便阅读、讲授、传播而以“之什”的方式界分，如同书长则有章节，乐长则有乐章是也。一般皆为十篇，《大雅》和《颂》诗有多出，则置放于最后一个之什。

在《鹿鸣》的阅读中，让我们真有摆脱《大雅》的沉闷冗长之感，而得一种节奏之美，一种回环往复之美，一种清新明快之美！因此，此诗应该是《小雅》中较为晚些的诗篇，为何被置放到《小雅》的第一篇？我们还是需要想到《诗经》的编辑，原本是为教育学习方便之用，将最为优秀的或是最具有“片言以居要”地位的篇章置放到重要的位置，从而起到吸引阅读者或是让阅读者给予更为充分的重视的作用，是在情理之中的。但这样的编辑安排，就打乱了诗三百原本的写作次序和产生次序，为诗三百的写作史研究和读者的学术接受带来了困难。

《鹿鸣》三章，每章八句，每章均以“呦呦鹿鸣”起首，第三句均以“我有嘉宾，鼓瑟……”回应复沓，颇得音乐节律之美。其写作时间不明，《鲁》说：周大臣之所作也。王道率……留心声色，内顾妃后，设旨酒嘉肴，不能厚养贤者。……周道凌迟，自以是始。[①]大抵西周晚期之作也。该篇的比兴手法显然是异常成熟的，每一章均以“呦呦鹿鸣”起兴，以“我有嘉宾”接应之。比兴之客体与被比兴之主体融洽无间，引人入胜，乃为进入到成熟比兴之作。

《小雅·棠棣》之所以值得关注，是因为该作被认为可能是周公或是召公之作。《孔疏》：“周公闵伤管、蔡二叔之不和睦，而流言作乱，用兵诛之，……故作此诗以燕兄弟，取其相亲也。至厉王之时，弃其宗族，又使兄弟之恩疏，召穆公为是之，故又重述此诗，而歌以亲之。”《外传》云：“周文公之诗，曰‘兄弟阋于墙，外御其侮’”，则此诗自是成王之时周公所作以亲兄弟

---

① （清）王先谦撰，吴格点校：《诗三家义集疏》，中华书局 1987 年版，第 551 页。

也，召穆公重歌此诗。故郑玄答赵商云：凡赋诗者，或造篇，或诵古。所云“诵古”指此。《左传》：“王怒，将以狄伐郑。富辰曰：不可。臣闻太上以德辅民，其次亲亲，以相及也。昔周公吊二叔之不咸，故封建亲戚，以藩屏周。召穆公思周德之不类，故纠合宗族于成周，而作诗曰：棠棣之花，鄂不烨烨。当今之人，莫如兄弟。”周之懿德如是。①

此诗虽然被记载为周公原作，至厉公时代，召穆公重述此诗，但重述之作，是“造篇”还是“诵古”，还是二者兼而有之，在“诵古”基础之上兼有“造篇”，还是值得研究的。从此诗的分章形式、节奏韵律等方面来看，至少在召穆公手中应该是有所加工而成。更为可能的情况，是此诗就是后来“召穆公思周德之不类，故纠合宗族于成周，而作诗”，而非周公之作——将诗作内容涉及的人物误以为是原作者，这是经常发生的事情。

《小雅·伐木》(选首章)：

伐木丁丁，鸟鸣嘤嘤。出自幽谷，迁于乔木。嘤其鸣矣，求其友声。相彼鸟矣，犹求友声。矧(音沈，何况)伊人矣，不求友生？神之听之，终和且平。

大意为：伐木声音丁丁，鸟鸣声音嘤嘤。鸟儿飞起于幽深的山谷，飞到高高的树木。鸟儿那嘤嘤的鸣声呀，在寻求同类的声音。看看那嘤鸣的鸟儿呀，犹然求其朋友之声，何况人类呢？怎能不求其友生？请求神灵倾听吧，倾听这和平的声音。

《伐木》，韩序曰：伐木废，朋友之道缺。劳者歌其事，诗人伐木，自苦其事，故以为文。②汉人由此出发，生发为“饥者歌其食，劳者歌其事”，当代人由此再出发，诠释为诗歌作者即为劳动人民，殊不可取。原文分明为“劳者歌其事，诗人伐木，自苦其事，故以为文”，诗人伐木，自苦其事，类似嵇康锻铁，士人诗人参加劳作，自苦其事，自古有之也，如伯夷叔齐之采薇，陶渊明之“种豆南山下”之躬耕稼穑，东坡之开垦东坡之地，往往皆是也。诗三百中如《七月》，若《伐檀》，皆是也，不得视为民歌之作。

---

① (清)王先谦撰，吴格点校：《诗三家义集疏》，中华书局1987年版，第962页。

② 同上书，第569页。

《伐木》三章，每章十二句，每章均以“伐木”起首。该作不仅仅达到了章句整饬，节奏优美，而且开始实现了诗意内容的精彩，实现了比兴和诗作整体境界的和谐统一。总体而言，此诗与《鹿鸣》相似，均为后来之作品，艺术高度成熟，并且能从冗长繁杂的长篇叙说中摆脱出来，成为较为优秀的抒情诗篇。

第三节　征伐猃狁之作：《采薇》《出车》等作品的分析

诗三百《小雅·采薇》“昔我往矣”数句，与《小雅·车攻》中的“萧萧马鸣”两句，都是被古人之经典点评之作，巧合的是，它们也都是宣王中兴时期征伐猃狁背景下的作品。不妨将这几篇连缀而为一文，探讨其中规律性的东西。

先看《小雅·采薇》，（选首尾两章）：

采薇采薇，薇亦作止。曰归曰归，岁亦莫止。靡室靡家，猃狁之故。不遑起居，猃狁之故。

……

昔我往矣，杨柳依依。今我来思，雨雪霏霏。行道迟迟，载渴载饥。我心伤悲，莫知我哀。

大意是说：采薇菜呀采薇菜，薇菜正发芽。说好回家呀说回家，又到一年岁暮天涯。没爱妻呀没有家，都是猃狁缘故；说起居呀没工夫，都是猃狁缘故。……当年我来的时候，杨柳依依；今日我归旅途，雨雪霏霏。前路归程漫漫，归程难消渴饥。谁解我心伤悲？谁知我心伤悲？

《小雅》诗篇到《采薇》达到极致，在诗三百中也臻于极致，可谓前无古人。《鲁》说曰：“懿王之时，王室衰微，诗人作刺。”[①] 但从该诗艺术手法之娴熟，意境之超越，均不似懿王时期之作，似应为西周后期，最早应为宣王时期之作。该诗六章，每章八句。前三章以“采薇采薇，薇亦作止”“采薇采薇，

---

① （清）王先谦撰，吴格点校：《诗三家义集疏》，中华书局1987年版，第580页。

薇亦柔止”“采薇采薇，薇亦刚止”的重复和变化起首，在重复中变化，在变化中重复，最具歌咏之妙。

更为值得关注的是，诗中之人称视角为“我”，如第一章“采薇采薇，薇亦作止。曰归曰归，岁亦莫止。靡室靡家，猃狁之故。不遑起居，猃狁之故”，语句之间的语意何等清晰，何等顺畅，字字句句扣紧诗人自我出征讨伐猃狁逾时不归的思乡心境。这里的我，可谓是第一次真正表达诗人之小我，不似周公《七月》之“我心伤悲”“迨及公子同归”之代言采桑女。

正因为《采薇》之作，书写诗人自我之真实背景、真实心境，才有结尾一段“昔我往矣，杨柳依依。今我来思，雨雪霏霏。行道迟迟，载渴载饥。我心伤悲，莫知我哀。”王夫之评，杨柳依依四句，为“以乐景写哀，以哀景写乐，一倍增其哀乐”。中国诗歌的意象意境传统，已经在此滥觞。“杨柳依依”“雨雪霏霏”，不单单是简单的比兴手法，而且已经是情景交融、天人合一的诗歌意境美学观念的典范了。

《采薇》一诗当为何人所作？有趣的是该诗之下篇《出车》，与此篇有很多相似之处。首先是主题和背景相似，鲁说曰：周宣王命南仲、吉甫攘猃狁，威蛮荆。齐说曰：懿王曾孙宣王，兴师命将以征伐之，诗人美大其功，曰：“薄伐猃狁，至于太原。……称为中兴。”《采薇》《出车》均为“周宣王命南仲、吉甫攘猃狁，威蛮荆”之作。因此，此诗可能是南仲之作，其理由如下：

首先，南仲与吉甫同样受命于周宣王，分别率兵征伐猃狁，两者背景相同，而这一组相同主题的诗作篇数不少，却是两种笔法：一种是尹吉甫署名之作代表的大雅风格，篇幅冗长且枯燥说理；另一种是《采薇》代表的情景之作。南仲是此次征伐战争与尹吉甫并列的另外一位统帅，如果中国的政治体制发展到宣王时代，还仅仅是重臣以及当事重臣拥有写作诗歌的权利的话，则理应是南仲之作。

其次，宣王时代特别是宣王征伐猃狁的几次战争，正是诗三百从大雅向小雅诗风转型的飞跃时期。从尹吉甫到南仲，应该是诗三百的一次飞跃，应该说是第二次飞跃，诗歌写作由赋而比兴，由政治空泛言志到政治大背景之下的个人情怀，其中特别是景物描写进入诗中，具有重要的意义。

与此同时，诗歌形式的乐章之美、整齐之美、用韵之美，也都同时出现了飞跃。而尹吉甫的诗作如前所述，风格主要是诉说式的，罕见抒发个人情怀之作。《大雅·烝民》中有“吉甫作赋，穆如清风”，明确注明为吉甫之作，《毛序》：“尹吉甫美宣王也。”①《大雅·烝民》之作，其艺术水准明显与《采薇》《出车》不在一个层次，全篇仍然还主要在《周颂》《大雅》诗作的赋体铺写叙说的体式，背景虽同而写法不一，是故，很难确认尹吉甫与南仲为同一人。

再看《小雅·出车》：

> 我出我车，于彼牧矣。自天子所，谓我来兮。召彼仆夫，谓之载矣。王事多难，维其棘矣。
>
> 我出我车，于彼郊矣。设此旐（音兆，画龟蛇的旗）矣，建彼旄矣。彼旟（音于，画隼鸟的旗）旐斯，胡不旆旆（音佩佩，旗帜下垂的旒）？忧心悄悄，仆夫况（通慌）瘁。
>
> 王命南仲，往城于方。出车彭彭，旂旐（音兆）央央。天子命我，城彼朔方。赫赫南仲，玁狁（音显允，北方少数民族）于襄。
>
> 昔我往矣，黍稷方华。今我来思，雨雪载途。王事多难，不遑起居。岂不怀归，畏此简书。
>
> 喓喓（音夭夭，鸣叫声）草虫，趯趯（音惕惕，跳跃貌）阜螽（音中，蚂蚱）。未见君子，忧心忡忡。既见君子，我心则降。赫赫南仲，薄伐西戎。
>
> 春日迟迟，卉木萋萋。仓庚喈喈，采蘩祁祁。执讯获丑，薄言还归。赫赫南仲，玁狁于夷。

大意是说：我的战车出动了，到那放牧的远方。从那天子的脚下，命我来到远方。召唤车夫勇士，叫他们快些载装。此时正是王室的多难之秋，军情紧急匆忙。

我的战车出动了，到那郊野的远方。画着龟蛇的旗帜飘扬了，旗帜的旄头建树了。那画着鹰隼鸟头的旗帜飘扬了，旗帜下的旆旒飘扬了。我的心中充满了忧虑，担忧那车夫劳瘁体伤。

周王命令我南仲，去筑城远方。出动的战车彭彭声响，战旗迎风飘扬。

① （清）王先谦撰，吴格点校：《诗三家义集疏》，中华书局1987年版，第967页。

天子命令我南仲，筑城在那遥远的朔方。威严赫赫的南仲，率军抗击猃狁巩固边防。

昔日我出征的时候，庄禾盛开着花骨朵。今日我返还的时候，在这雨雪泥泞的路途。正是王事多难的时候，哪能乐业安居？我岂不思念家乡，就怕有那紧急的木简军书。

喓喓鸣叫的草虫呀，蹦蹦跳跃的阜螽。没有见到君子人呀，让我忧心忡忡。既然见到君子人呀，我心平静而不摇动。赫赫威严的南仲呀，率军征伐那西戎。

春天的阳光迟迟照耀，照耀着萋萋的花草。黄莺在喈喈地鸣叫，妇人在路边从容采蒿。捉敌审问割下左耳，凯旋返回京师。威严赫赫的南仲呀，平定猃狁戎夷那得胜之师。

此诗有几个特点：其一，诗中明确点明主人公的名字是南仲，同时，多次采用第一人称“我”：“王命南仲”“天子命我”“我出我车”等。诗中的“南仲”和“我”，基本上是可以互换的。换言之，此诗已经明确说明作者是南仲，而且就是与尹吉甫共同挂帅征伐猃狁的南仲。《诗三家义集疏》：“鲁说曰：周宣王命南仲、吉甫攘猃狁，威荆蛮。”因此，此诗的作者理应是南仲，诗中的这种署名方式，颇类尹吉甫的“吉甫作诵”；

其二，此诗与《采薇》风格极为相似，不仅仅是“昔我往矣”“今我来思”句式完全相同，而且，“黍稷方华”对照“杨柳依依”，“雨雪载途”对照“雨雪霏霏”，属于意思相同而词语变换。

此外，《出车》诗中的“王事多难，不遑起居”，与《采薇》诗中的“不遑起居，猃狁之故”也非常相近。《出车》诗中说：“王命南仲，往城于方。……天子命我，城彼朔方。赫赫南仲，猃狁于襄。”以下又说：“赫赫南仲，薄伐西戎。”结尾一章，则说：“春日迟迟，卉木萋萋；仓庚喈喈，采蘩祁祁。执讯获丑，薄言还归。赫赫南仲，猃狁于夷。”显然是说在春日迟迟的季节里，凯旋回师的情景，与《采薇》诗中所说的“今我来思，雨雪霏霏”是吻合的。只不过《采薇》诗篇主要抒写个人情怀，而《出车》角度则重在写政治公事。因此，连同前章所阐发的依据，则此两首诗作应该是宣王时期的重臣南仲之作。有学者根据青铜器铭文的记载，证明了铭文中的伯氏即为南仲。[①]可备一说。

南仲之作水平高于尹吉甫之作，尹吉甫诗作长篇累牍而不见风云之色，南仲之作多有景致描写，尹吉甫诗作罕见个人情怀，南仲诗作多有内心情感的抒发。因此可以推断，南仲作诗是受到尹吉甫作诗启发而学习效法，是略晚于尹吉甫诗作的。这里，需要跳过若干篇章，直接研究《小雅·六月》：

六月栖栖，戎车既饬。四牡骙骙，载是常服。

猃狁孔炽，我是用急。王于出征，以匡王国。

……

薄伐猃狁，至于大（太）原。文武吉甫，万邦为宪。

吉甫燕喜，既多受祉。来归自镐，我行永久。

饮御诸友，炰（音刨，烹煮）鳖脍鲤。侯谁在矣，张仲孝友。

大意是说：六月里不安惶惶，兵马戎车已经整装。四匹白马骙骙雄壮，画着日月的旗帜飘扬。猃狁兵力异常强大，我方军情紧急。周王令我出征，来使王国安康。……讨伐猃狁到达边疆，往前挺进抵达太原。文武兼备的尹吉甫，为万邦取法为人羡慕。吉甫设宴欢喜，受到多种福酬。镐地班师而归，我军行军日久。设宴进酒诸友，烹煮细切鱼肉。谁人在座列席，张仲是我好友。

《毛序》："《六月》，宣王北伐也。"《笺》："《六月》，言周室微而复兴，美宣王之北伐也。"方玉润《诗经原始》："美吉甫佐命北伐之功，归宴私第也。"可知其大致背景，为尹吉甫北伐猃狁，六月归来之作。此诗作者应为尹吉甫，正如《出车》诗中之南仲为作者自称。此诗两次出现吉甫这一人物，与《出车》数次出现南仲可以对照，毫无疑问，《六月》与《出车》确为同一背景之下的作品，即征伐猃狁。因此，也有学者认为南仲即吉甫，两人实则为一人。以笔者所见，两诗虽然背景相似，但写法以及水平并不一致，《六月》全篇并无具体的场景写作，更缺少《出车》和《采薇》篇的具有个人视角、个人情怀的抒情方式。不妨再找找其他标注有吉甫字样的诗篇加以对照研究。《六月》为吉甫之作，与《大雅》之中涉及吉甫的5首诗作比较，显然，《六月》显示了飞跃，篇幅不再那么冗长，遣词造句不再那么生涩，显得清新了很多。因

① 贾海生：《论不其簋铭中的伯氏即南仲》，北方文学论丛2005年第2期，第4页。

此，《大雅》之尹吉甫诗作和《小雅》以征伐猃狁为背景的系列诗作显然是两个不同时间段落的产品。《大雅》之作在先，《小雅》诗作在后，显示了同为尹吉甫一人之作的个人写作史历程。

再看《小雅·采芑（音起，苦菜）》：

薄言采芑，于彼新田，于此菑亩。方叔涖止，其车三千，师干之试。方叔率止，乘其四骐，四骐翼翼。路车有奭，簟茀鱼服，钩膺鞗革。

薄言采芑，于彼新田，于此中乡。方叔涖止，其车三千，旂旐央央。方叔率止，约軝错衡，八鸾玱玱。服其命服，朱芾斯皇，有玱葱珩。

鴥彼飞隼，其飞戾天，亦集爰止。方叔涖止，其车三千，师干之试。方叔率止，钲人伐鼓，陈师鞠旅。显允方叔，伐鼓渊渊，振旅阗阗。

蠢尔蛮荆，大邦为仇。方叔元老，克壮其犹。方叔率止，执讯获丑。戎车啴啴，啴啴焞焞，如霆如雷。显允方叔，征伐猃狁，蛮荆来威。

此诗值得关注的有几点：首先，此诗的背景也同样是宣王征伐的背景。《毛序》："《采芑》，宣王南征也。"同时，也同样出现诗中出现主人公的背景。但此次诗中主人公既非尹吉甫，也非南仲，而是方叔。《传》："方叔，卿士也，受命而为将也。"扬雄《赵充国颂》："昔周之宣，有方有虎，诗人歌功，乃列于《雅》。"[①] 此诗为出现宣王时期自尹吉甫、南仲之后的第三位显赫人物。扬雄记载是"诗人歌功，乃列于《雅》"，但从前两位人物尹吉甫、南仲诗篇来看，皆应为诗中主人公以第三人称方式书写个人的这段历史，并未见到当时有朝廷应制以诗歌形式记载某人功绩。方叔本人的原本身份是卿士，也就是说，原本也是文士，以文士而受命为将。因此，不能排除此诗也是诗人的自传体诗，或者说，此诗就应该是方叔之作。

其次，从乐章结构而言，此诗略显长。乐章结构为四章，每章十二句，每

① （清）王先谦撰，吴格点校：《诗三家义集疏》，中华书局1987年版，第615页。

句四字。虽然如此，但仍有规律可循。前两章句式，基本一一对应，第一个层次分别重复“薄言采芑，于彼新田，于此……”句式，第二个层次重复“方叔涖止，其车三千”。

其三，此诗就内容而言，与尹吉甫、南仲之作同一主题，宣王这一时期不同诗人写作同一主题，出现众多诗作，可以说是一个高潮。

其四，还有一个特殊的章句形式，就是此诗多为三句一个完整意思的句式，这是与尹吉甫和南仲不同的表现方式。可知，在宣王时代，伴随着宣王中心的武功事业，也出现了一个由重臣，特别是由建立了功业的重臣自己写诗描述战争功业的风尚。到此处为止，已经有尹吉甫、南仲、方叔三位重臣诗人，从而形成了一个诗人圈。

再看《小雅·车攻》：

我车既攻，我马既同。四牡庞庞，驾言徂东。

田车既好，四牡孔阜。东有甫草，驾言行狩。

……

驾彼四牡，四牡奕奕。赤芾（音伏）金舄（音西），会同有绎。

……

萧萧马鸣，悠悠旆旌。徒御不惊，大庖不盈。

之子于征，有闻无声。允矣君子，展也大成。

大意是说：我的战车已修整，我的战马已协同。四匹雄马真雄壮，驱车挥师向洛东。田猎车马已备好，四匹雄马很服帖。东有莆田好野草，驾车可以去冬猎。……驾起四匹雄马呀，四匹雄马威风奕奕。红皮蔽膝金铜靴，会朝天子络绎不绝。……萧萧战马鸣呀，悠悠飘旗旌！步兵御者静静，大厨饭菜充盈。这个人去狩猎，有名望却默无声。确实堪称君子，确实能有大成。

《车攻》主题同上，只不过由歌颂尹吉甫、南仲、方叔之战功，到歌颂宣王“内修政事，外攘夷狄，复文武之境土，因田猎而选车徒焉”[①]。乐章形式方面，《车攻》共八章，每章四句，每句四字，非常整饬。诗中不乏名句，如“萧萧马鸣，悠悠旆旌”，宋人张戒评：“萧萧马鸣，悠悠旆旌”，以“萧

① （清）王先谦撰，吴格点校：《诗三家义集疏》，中华书局 1987 年版，第 622 页。

萧”“悠悠”字，而出师整暇之情状宛在目前。此语非惟创始之为难，乃中的之为工也。荆轲云：“风萧萧兮易水寒，壮士一去兮不复还!”自常人观之，语既不多，又无新巧；然而此二语遂能写出天地愁惨之状，极壮士赴死如归之情，此亦所谓中的也。古诗“白杨多悲风，萧萧愁杀人。”“萧萧”两字，处处可用。然惟坟墓之间，白杨悲风，尤为至切，所以为奇。乐天云：“说喜不得言喜，说怨不得言怨。”乐天特得其粗尔。此句用悲愁字，乃愈见其亲切处，何可少耶？诗人之工，特在一时情味，固不可预设法式也（张戒《岁寒堂诗话》卷上）。

所评甚是。《诗经》在其写作史历程中，于赋比兴之外，又有新的创造，即情景相生的境界。在中国诗歌发展史中发轫阶段，能创造出“情状宛在目前”的境界，此并非诗三百的主体特色，赋比兴手法的铺叙陈述，仍是诗三百主流的创作方式。但正惟如此，方更弥足珍贵。可以参照《采薇》“昔我往矣”之句，可知宣王时期的优秀佳句，并非偶然出现，诗人在这个时期，不仅仅是章句结构、遣词造句，用韵描写更为成熟，而且开始追求情景相生为之感人的境界，这是一大进步。为何说“萧萧马鸣，悠悠旆旌”能有“情状宛如目前”的审美效果？这是由于，此八字并非仅仅客观地陈说马和旆旌，而是在“马鸣”和“旆旌”前面，分别修饰以“萧萧”和“悠悠”，“萧萧”和“悠悠”，并非仅仅是使用两个词汇的问题，而是由于它们非常准确地描绘了马鸣和旆旌的音响和情状。同时，它又不仅仅是简单地修饰马鸣和旆旌，而是带有一定的情感因素、感受因素。张戒评论古诗十九首“萧萧愁杀人”，写出了白杨悲风的悲愁感，而“萧萧马鸣”则写出了场面的壮观，同样是“萧萧”，在作出了不同的搭配之后，在不同的场景之中传达出来了不同的质感、不同的情愫。

不妨比较其他诗三百的名句，譬如“关关雎鸠，在河之洲”，其中也有物象的存在，但它仅仅是比兴的一种道具，它仅仅传达出来雎鸠鸟儿在河边的意思。其实诗人写作的时候，雎鸠也不一定就在目前，而是为了说明“窈窕淑女，君子好逑”的主题而设的譬喻，至于采用此一鸟还是彼一鸟，都没有大的区别。换言之，比兴中的物体，往往是为了赋，也就是为了后面陈述的需要而作出的例证，它们往往并非眼前之实景。也正因为此，多数比兴中的物象，往往不是有血有肉的鲜活的生命，而是类似温庭筠笔下的“双双金鹧鸪”。

再比较《小雅》中的“昔我往矣，杨柳依依。今我来思，雨雪霏霏”，此四句之所以成为千古名句，不仅仅是因为诗中描写了杨柳和雨雪，杨柳、雨雪，原本皆为自然界之自然现象，原本无甚新奇，但诗人搭配上“昔我”和“今我”，就把这原本是客观的自然现象主体化、具象化、自我化，它们是诗人眼中之杨柳和雨雪，它们是诗人心中带有某种情愫记忆中的物象，更兼有“依依”以摹写杨柳，以霏霏来摹写雨雪，并且分别以乐景（杨柳）反衬往昔之离别的哀伤，以悲景（雨雪）来反衬今日来思的快乐，于是，喜怒哀乐，酸甜苦辣，种种滋味一齐涌上心头，竟然难以诉说，索性不说，全都在这看似客观纪录场景，实则千万种情思含纳其中。

第四节 精炼短诗：《鸿雁》《庭燎》等作品的分析

自《小雅·鸿雁》以下，其主体基本可以视为是宣王中后期的诗歌作品。其中前几篇，仍然是宣王中兴时代的作品，随后转入到《祈父之什》的主体部分，则为宣王后期之作到幽王时期之作。其主要特征，首先是由以颂美宣王而转向针砭时事的怨刺之作，其艺术表现方式也有一定的变化。其中《鸿雁》《庭燎》《鹤鸣》仍为宣王中兴时代之作。

《小雅·鸿雁》：

鸿雁于飞，肃肃其羽。之子于征，劬劳于野。爰及矜（音今）人，哀此鳏寡。

鸿雁于飞，集于中泽。之子于垣，百堵皆作。虽则劬劳，其究安宅。

鸿雁于飞，哀鸣嗷嗷。维此哲人，谓我劬劳。维彼愚人，谓我宣骄。

大意是说：鸿雁在天空飞翔，翅膀发出肃肃的声响。这个人在服役之中，艰苦地劳作于野荒。于是遇到悲天悯人者，为这些鳏寡孤独人而哀伤。鸿雁在天空飞翔，落在沼泽之上。这些人在筑墙，那是五堵百丈的高墙。他们虽然劳作辛苦，却仍然居家安详。鸿雁飞向云霄，传来悲哀的鸣叫。只有这些聪明的哲人，会赞美我辛苦劬劳；只有那些愚蠢的人，会说我飞扬宣骄。

诗到《鸿雁》是一个里程碑，诗三百终于从尹吉甫《大雅·烝民》式的冗长艰涩的长篇诗章中摆脱出来，懂得写作一种简约清新的诗篇。《毛序》："美宣王也，不安其居，而能劳来还定安集之，至于矜寡，无不得其所焉。"① 此诗三章，每章六句，精炼整饬，说明这种整齐的诗体形式和四言作为主体语言句式的诗歌形式，在宣王时期基本定型。在诗歌写作方式方面，此诗采用比兴手法，虽然是对宣王的歌颂之作，却不乏佳句，譬如起首"鸿雁于飞，肃肃其羽。之子于征，劬劳于野"四句，比较有名。

此外，三章之间，虽然采用了极为整饬的乐章形式，但每章之间，特别是第三章与前两章之间，虽然外形一致，但内涵和视角却发生了极大地变化，从而产生了新奇的审美感受。

《小雅·庭燎》：

> 夜如何其？夜未央。庭燎之光。君子至止，鸾声将将。
>
> 夜如何其？夜未艾。庭燎晰晰。君子至止，鸾声哕哕（音会，铃声）。
>
> 夜如何其？夜乡（向）晨。庭燎有辉。君子至止，言观其旂。

大意是说：夜色怎样？天还未亮。那是庭院里大烛之光，是君子人来了，他的车驾銮铃叮当。夜色怎样？天还未亮。那是庭院里烛火光亮，那是照引君子进来的光，还有他的车驾发出的声响。夜色怎样？天将要亮。那是庭院的烛火闪光。君子人已经来了，你看他的旗帜在飘扬。

《毛序》："美宣王也。因以箴之。"《笺》："诸侯将朝，宣王以夜未央之时问夜早晚。……王有鸡人之官，凡国事为期，则告知以时。"此诗最为值得关注的是采用对话形式来摹写场景，记载历史。宣王问曰："夜如何其？"报晓的鸡人答曰："夜未央"。如《笺》所云："此宣王以诸侯将朝，夜起曰：'夜如何其？'""夜，已也。"② 随后省略宣王再问："为何有光亮了呢？"鸡人再答曰："庭燎之光。"又省略宣王再问，"为何有声音呢？"鸡人再答曰："君子至止，鸾声将将。"将君臣对话描写得惟妙惟肖。

全篇没有诗作者的任何评论，完全以对君臣对话的选择性精要纪录而为

① （清）王先谦撰，吴格点校：《诗三家义集疏》，中华书局 1987 年版，第 631 页。

② 同上书，第 635 页。

诗。完全以对话入诗，摹写场景，此篇尚为首次出现。《风》诗总体写作于《小雅》之后，是故，《风》诗中的对话诗篇当在此篇之后，而在《颂》诗、《大雅》、《小雅》此前的作品之中，尚未见有对话诗作。因此，此诗可以视为诗三百写作史上的一个界碑——以对话形式入诗，并且获得了极大的成功。全篇未言宣王之勤政，而宣王兢兢业业、夜不敢寐的形象见于言外。此诗的语言、遣词造句也很优美，语言脱略周颂大雅时代的艰涩难懂，而以优美精炼的日常语言出之，或说是将日常语言提炼而为诗歌语言。“夜如何其？夜未央。庭燎之光。”本身就具有含蓄不尽的审美意味，对话中的形象、庭燎之光的场景如在目前，而“君子至止，鸾声将将”所浮现出来的君子正在夜色中行进，夜色中传来悠远的銮铃之声，对话、场景、夜色、庭燎、君子、鸾声，真是难得的好诗。

《庭燎》三章，每章五句，每句基本四字而有变化，在第二句位置上，出现三个字句式。作者并没有为了追求整齐而以增添虚字的方式凑出四字句，反而显示出了整齐节奏基础之上的不整齐之美，富于变化而又有节奏，更兼全篇短小的篇幅，句句精美的对话，可以视为后来唐五代小词的雏形。

《小雅·沔水》（选章）：

沔彼流水，朝宗于海。鴥彼飞隼，载飞载止。嗟我兄弟，邦人诸友。莫肯念乱，谁无父母？

大意是说：就像那充盈满满的流水呀，流向人海百川朝宗。就像那疾飞的鹰隼呀，有时飞翔有时停。感叹我同姓诸侯兄弟呀，与异姓国人诸侯友方，谁也不肯止乱复礼，谁又无父母妻子？

《毛序》：“规宣王也。”其中起句“沔彼流水，朝宗于海”，气势博大，为名句。全篇以情胜，其情也哀，其声也悲，为其特色。全篇三章，二章八句，一章六句。总体来看，创新之处不多。

《小雅·鹤鸣》：

鹤鸣于九皋，声闻于野。鱼潜在渊，或在于渚。乐彼之园，爰有树檀，其下维萚（音拓，脱落的树皮）。它山之石，可以为错。

鹤鸣于九皋，声闻于天。鱼在于渚，或潜在渊。乐彼之园，爰有树檀，其下维榖。它山之石，可以攻玉。

大意是说：鹤在遥远的水边鸣叫，声音却能传到野外荒郊；鱼在深深的渊薮潜水，也会出现在水波环绕的岛礁。在您喜爱的园林里，园林里种有檀树环绕，树下有美丽的落叶飘飘。它山的石头，也可以为您磨刀。鹤鸣声来自于遥远的水边，声音却能传到苍天。鱼漫游在水波环绕的岛礁，也会潜藏在万丈深渊。在您喜爱的乐园，里面种有檀树，别的山里的石头，可以用来琢磨玉器。

《毛序》："诲宣王也。"《笺》："教宣王求贤人之未仕者。"① 此篇为诗三百中的名篇，其中"鹤鸣九皋，声闻于野"更是脍炙人口，鹤鸣也就成为隐士的代称。《后汉书·杨震传》："野无鹤鸣之士。"此诗艺术手法承接前篇之《庭燎》而来，只不过《庭燎》为君臣对话，《鹤鸣》为卿士帝师教诲宣王之独白，可以视为是截取了教诲宣王对话之中的一个段落，或是其中一个精彩的片段。

其中值得关注的，首先是"鹤鸣九皋，声闻于野"起首之句的起兴。此处的起兴，虽然也是属于比兴，但较之没有生命力的比兴，此处的比兴更鲜明、生动、形象、感人，其中既有形象，又有声响；其次，此诗值得关注的，是诗作中所呈现出来的哲理意义。这种哲理意义，主要体现在其中的两处：首先是"鹤鸣于九皋，声闻于野"，换言之，此诗之所以广为流传，不仅仅是因为它的形象性，更是因为它具有普遍意义的象征性、哲理性。其次是结句的"它山之石，可以攻玉"。此一句比之前一章的"可以为错"，更具有典型意义和审美意义。因此，在此诗的传播中，采取了后者"攻玉"。为何"攻玉"更好?"为错"，是说它山之石，可以成为错，仅仅是一个陈述句，而"攻玉"则是采用动宾结构。再次，全篇皆用比喻。以"它山之石，可以攻玉"比喻隐士这一它山之石，可以辅佐先王，真是再形象不过了。此诗连用"鹤鸣九皋""鱼潜在渊""树檀维萚""它山之石"四个比喻，此亦前所未有。就章句结构而言，全诗两章，每章九句，每句基本四字，其中首句为五言，可谓是错落有致，伸张自如，诗三百至此，又达到一个顶点。

《小雅》之作到了此三篇，达于极致，也正吻合于宣王中兴的历史背景。

① （清）王先谦撰，吴格点校：《诗三家义集疏》，中华书局 1987 年版，第 639 页。

以下篇章，不论是宣王后期之作，还是幽王时期的作品，都没有再出现宣王中兴时期的这一巅峰之作。

第五节 余 论

从周公成王时期诗三百的发轫，到宣王中兴时期的《小雅》诗作，是一个渐次走向成熟的过程。主要是从以下几个方面日益演变的：首先是诗歌的艺术形式，从《周颂》的部分诗篇无韵，全部诗篇无章，到《大雅》早期之作即开始分章，这是一次明显的进步。押韵的问题，在《周颂》内部的演进中，很快就解决了无韵到有韵的问题。而分章的问题，则是由《颂》诗向《雅》诗的体式转型中得到了实现，并在宣王中兴时期进一步升华为吻合于音乐歌唱规律的复沓型的分章形式。同时，逐渐实现了每章四句至六句之间，每篇乐章三章到六章之间的较为精炼的歌诗形式。

其次，是诗歌的内容，从《周颂》郊庙祭祀之用对先祖的歌唱膜拜，到《大雅》对有周历史的记载和讴歌，再到宣王时代《小雅》中开始有个人的情感抒怀和一些场景描写，虽然还仅仅是九牛一毛、凤毛麟角，但诗三百诗歌的表现内容，确实是在不断演进的过程之中。

再次，就表达方式而言，由发轫时期的空泛赞美和议论，到《大雅》“六经皆史”的史诗歌唱，再到宣王时代开始出现场景描写和情景交融，由赋体为主的铺陈，到对比兴方式的渐次认可和光大，再到“雨雪霏霏”“萧萧马鸣”这样的场景细节，并传达出特殊情感的写作方式，诗三百在西周内部历史时期之内实现了飞跃，这是吻合于文学史发展规律的。

宣王时代的诗歌写作进入到一个新的顶点，是多重因素造成的。首先是宣王时期在政治方面的中兴，造成了西周王朝阶段性的盛世。宣王继位时，历经周厉王统治下的西周王朝吏治败坏、百姓离散，于是周宣王下令修复公室、广进谏言、安顿百姓、修缮武器；兴畋狩礼乐，效法周文王、周武王、周成王、周康王遗风，并及时任用召穆公、仲山甫、尹吉甫、程伯休父、虢文公、申伯、韩侯等贤臣辅佐朝政，陆续发动对周边部族的战争，使衰落的周王室权威得到恢复，诸侯又重新朝见天子，四夷咸服，史称“宣王中兴”。

宣王效法文武之治，效法周公时期的礼乐制度，包括周公时代的以诗歌形式记载历史，祭祀祖先，赞美文治武功等，也是可以理解的。猃狁是位于中国北方和西北方的部族，在周厉王时期就曾出动部队劫掠镐京周围的财物及人口，公元前823年（周宣王五年）六月，猃狁再次进攻西周，主力部队集中于焦获（今陕西泾阳西北），前锋部队抵达泾阳（今陕西泾阳境内），直接威胁到镐京的安全，周宣王命尹吉甫率军反攻。尹吉甫在彭衙（今陕西白水东北）击败猃狁，继而追击至太原（今甘肃平凉附近）。周宣王又派南仲率兵至朔方（北方边境地区）筑城设防，缓解了猃狁的威胁。以这一历史为背景，尹吉甫、南仲等人写出了众多优秀的诗篇，也在情理之中。同时，上述资料也有助于理解这一时期诗歌作品的历史背景及尹吉甫和南仲写作的时间。

第七章
《小雅》幽王时期的诗作

第一节　概说

诗三百的写作，经历从周公到成王时期的写作，积累了一定的写作经验，诗体形式的创制，正处于早期的兴起阶段，风云际会，与政治上的中兴相互激发，于是，产生前所未有的佳篇名句。这一点，和盛唐诗歌的兴盛有一定的相似之处。诗歌史的演变，并非直线的上升，而是呈现螺旋式上升的规律。周公到成王时期，从无到有，呈现进步、上升的趋势，成王之后到宣王时代之前，看不到有多少作品出现，大体是一个冷寂时期。成王即位之后，到公元前823年左右，随着征伐和击败猃狁，出现了一次诗歌写作的高潮，再次呈现上升趋势。宣王之后，幽王时期则再次呈现某种下降的趋势，一直到东周之后，风诗兴起，诗三百的写作再次出现高潮。

从《小雅·节南山》开始进入到周幽王时期诗小雅的写作时代。其主题基本上都是刺幽王之作，也有刺师尹之作，刺师尹以刺幽王，如其中《节南山》，“节彼南山，维石岩岩。赫赫师尹，民具尔瞻。”《毛序》：“家父刺幽王也。”在幽王时期的《小雅》诗作中，又出现了一批有主名的作者，如《节南山》中的家父，《笺》：“家父，字，周大夫也。”诗中明确说：“家父作诵，以究王讻。”《笺》：“大夫家父作此诗而为王诵也，以穷极王之政所以致多讼之本意。”①

这段资料值得关注：首先，它清楚地记载了当时卿士大夫诵诗来表达政见

① （清）王先谦撰，吴格点校：《诗三家义集疏》，中华书局1987年版，第657、664页。

的政治制度和习俗。家父为幽王时期的大夫，“列士献诗”，家父写作此诗在王庭上献诵给幽王来听，类似后来朝廷写在笏板上的奏章；其次，此诗同样写明作者的名字，与“吉甫作诵，穆如春风”格式相同，只不过，此处为“家父作诵，以究王讻”，前者尹吉甫是赞美自己的诵诗做得好，后者家父是在指明自己写作诵诗的目的。其方式来自于尹吉甫，成为了一种署名方式，为后来者寻求诗三百的作者情况留下了研究的线索。

第二节　幽王时期的《小雅》作品

《节南山》十章，其中六章八句，四章四句，篇幅冗长，除了起首数句起兴尚有可观，其余部分一如庙堂争论，无可圈点。

《正月》一如《节南山》，全诗十三章，其中八章八句，五章六句，冗长而杂乱，一无章法，二乏比兴，三少佳句。十三章之长，且各章之间并无紧密的关系，铺陈直说，读之令人欲睡。

《小雅·十月之交》：

十月之交，朔月辛卯。日有食之，亦孔之丑。彼月而微，此日而微。今此下民，亦孔之哀。

日月告凶，不用其行。四国无政，不用其良。彼月而食，则维其常。此日而食，于何不臧。

烨烨震电，不宁不令。百川沸腾，山冢崒崩。高岸为谷，深谷为陵。哀今之人，胡憯莫惩？

皇父卿士，番维司徒。家伯维宰，仲允膳夫。棸子内史，蹶维趣马。楀维师氏，艳妻煽方处。

抑此皇父，岂曰不时？胡为我作，不即我谋？彻我墙屋，田卒汙莱。曰予不戕，礼则然矣。

皇父孔圣，作都于向。择三有事，亶侯多藏。不慭遗一老，俾守我王。择有马车，以居徂向。

黾勉从事，不敢告劳。无罪无辜，谗口嚣嚣。下民之孽，匪降自天。噂沓背憎，职竞由人。

悠悠我里，亦孔之痗。四方有羡，我独居忧。民莫不逸，我独不敢休。天命不彻，我不敢效我友自逸。

此诗是刺幽王，还是刺厉王，《毛序》认为是刺幽王，《笺》认为是刺厉王。“此篇讥刺皇父擅恣，日月告凶。《正月》恶褒姒灭周，此篇疾艳妻煽方处。”①

此篇的创作时期，可以根据诗中的日食记载来断定。“十月之交，朔月辛卯。日有食之，亦孔之丑。彼月而微，此日而微。”根据现代的科学研究，诗中记载的日食发生在公元前776年9月6日（周幽王六年夏历十月初一），是最早的日食记录。再次证明了《诗·小雅》的这一部分基本上是幽王时期的作品，也大体证明了诗三百写作时间的排序基本上是有规律的。

同时，此起首之处关于日食的记载，具有史诗意味：

此诗共计八章，每章八句，每句基本四字，除“不慭遗一老”五字，“我独不敢休”五字，结句八字外。

此诗一同幽王《小雅》写作风格，篇章冗长而不采用歌唱章法，平铺直叙下来，但此诗值得关注之处：

其一，采用史诗笔法，如同前文所分析，是最早的日食记录；其二，诗中出现多位人名，为后来研究者提供准确资料。其中提到的“艳妻”，指的应是褒姒；其三，该诗虽有若干弊端，但也不乏佳句，如“烨烨震电，不宁不令。百川沸腾，山冢崒崩。高岸为谷，深谷为陵”，以排比句式连续写出五种自然现象的灾异之象，雷电、百川、山冢、高岸、深谷，雷鸣电闪，百川沸腾，山冢崩塌，高岸夷为平地，种种灾异自然天象，都在预示着大的灾难，可谓震人心魄；其四，“四方有羡，我独居幽。民莫不逸，我独不敢休”，以及对“天命不彻”的忧虑，可以视为后来屈原“众人皆醉我独醒”士人独立意识的先声。

《小雅·雨无正》，原诗略。《毛序》：“大夫刺幽王也。”此诗承接《十月之交》以天象书写对现实的忧虑，开篇即云：“浩浩昊天，不骏其德。降丧饥馑，斩伐四国。”“周宗既灭，靡所止戾。”《郑笺》解释为厉王流于彘之史事，但既然皆为幽王时期，则此诗有可能为西周灭亡前后之作。“凡百君子，各敬

① （清）王先谦撰，吴格点校：《诗三家义集疏》，中华书局1987年版，第674页。

尔身。胡不相畏，不畏于天。”是对凡百君子的忠告，结句“谓尔迁于王都，曰予未有家室，鼠思泣血，无言不疾。”《传》：“贤者不肯迁于王都也。无声曰泣血。……”虽然郑笺仍然以“王流于彘，正大夫不肯迁居”[①]阐发，但既然前文郑《笺》为误判，此处仍然以平王东迁为背景乃为适宜。鼠思泣血，鼠，忧虑也。

此诗当为西周灭亡，平王东迁，大夫写诗，悲感时事，写给士大夫士人之朋友，谈论是否随平王迁都之事也。

《小雅·小闵》，《毛序》：“大夫刺幽王也。”《笺》：“所刺列于《十月之交》之后，《雨无正》为小，故曰小闵。亦当为刺厉王。”[②]郑玄由于小雅前篇《十月之交》释为厉王之作，随后，不得不皆以厉王之作阐发之，实则《十月之交》已经证明是幽王时期作品，则以下皆应为幽王时期之作，除非个别篇章有特殊之例证。

《小闵》六章，三章八句，三章七句，章法句法无足道哉，仍在冗长杂蔓之属，但此诗出现名句值得关注：“战战兢兢，如临深渊，如履薄冰。”[③]

《小宛》（片段）：

> 宛彼鸣鸠，翰飞戾天。我心忧伤，念昔先人。明发不寐，有怀二人。……中原有菽，庶民采之。螟蛉有子，蜾蠃负之。教诲尔子，式穀似之。……温温恭人，如集于木。惴惴小心，如临于谷。战战兢兢，如履薄冰。[④]

大意是说：短尾鸣叫的斑鸠鸟呀，高飞想飞到天空，我的心儿忧愁婉转呀，想念先人想到心痛。从傍晚到天亮一夜未眠，怀念父母双亲想到心里酸酸。

原野里有野生的豆呀，庶民都去采撷，螟蛉有自己的儿子呀，却由细腰蜂来领养它。教诲培育儿子呀，用善来教养它。

那温和恭谨的人呀，好像鸟儿栖息在树木，我惴惴小心呀，就像是面临山谷。战战兢兢的，就像是踏在薄薄的冰上。

---

① （清）王先谦撰，吴格点校：《诗三家义集疏》，中华书局 1987 年版，第 685 页。

② 同上书，第 687 页。

③ 同上书，第 691 页。

④ 同上书，第 692—697 页。

《小雅·小宛》,《毛序》:“大夫刺幽王也。”《晋语》:秦伯宴公子重耳,秦伯赋《鸠飞》,韦注:“鸠飞,《小雅·小宛》之首章,曰:‘宛彼鸣鸠,翰飞戾天。我心忧伤,念昔先人。明发不寐,有怀二人。’言已念先君及穆姬不寐,以思安集晋之君臣也。《左·昭元二年传》:‘赵孟赋《小宛》之二章’,又称‘小宛’,不称‘鸠飞’,盖当时篇有二名故也。”① 此段资料极有趣味,引用《晋语》所记载的秦伯宴公子重耳,重耳赋诗《小宛》的故事,同时说明了当时该篇有“小宛”“鸠飞”两个篇名。

《小宛》六章,每章六句。以上所引三章,为其中之佼佼者。首章“宛彼鸣鸠”,以鸣鸠起兴,宛,小的样子。翰,高;戾,至也。“我心忧伤,念昔先人。明发不寐,有怀二人”四句,以情感人,至真至切。中间一章,“螟蛉有子,蜾蠃负之”,以后螟蛉子成为专有名词,源于此;结尾一章之“战战兢兢,如履薄冰”也同样后来成为成语。一首诗有三处典故,堪称《小雅》幽王时期难得的佳篇。

《小雅·小弁(音盘,小乐)》:

弁彼鸒(音域,乌鸦)斯,归飞提提。民莫不穀,我独于罹。何辜于天?我罪伊何?心之忧矣,云如之何?

踧踧(音狄,平坦)周道,鞫(音局,尽)为茂草。我心忧伤,惄(音溺,思)焉如捣。假寐永叹,维忧用老。心之忧矣,疢(音趁,热病)如疾首。

维桑与梓,必恭敬止。靡瞻匪父,靡依匪母。不属于毛?不离于里?(毛在外为阳,里在内为母)天之生我,我辰安在?

菀(音予,茂盛)彼柳斯,鸣蜩(音条)嘒嘒,有漼(音璀,去声)者渊,萑苇淠淠(音配,茂盛)。譬彼舟流,不知所届,心之忧矣,不遑假寐。

鹿斯之奔,维足伎伎(音齐,宽舒)。雉之朝雊(音够,野鸡叫),尚求其雌。譬彼坏木,疾用无枝。心之忧矣,宁莫之知?

相彼投兔,尚或先之。行有死人,尚或墐(通殣,埋葬)之。君子

① (清)王先谦撰,吴格点校:《诗三家义集疏》,中华书局1987年版,第692—697页。

秉心，维其忍之。心之忧矣，涕既陨之。

君子信谗，如或酬之。君子不惠，不舒究之。伐木掎（音几，挖树根）矣，析薪扡（音耻，纹理）矣。舍彼有罪，予之佗（音陀，加）矣。

莫高匪山，莫浚匪泉。君子无易由言，耳属于垣。无逝我梁，无发我笱。我躬不阅，遑恤我后？

译文：那些快乐的乌鸦呀，成群地飞回了。民众都在平静地生活，唯有我陷在网罗。我对天犯罪了么？我的罪名如何？

那平坦的大道，全是茂盛的草。我的心里忧伤，思焉如同锤捣。假寐之中唯有长叹，唯有忧伤使我人老。心中的忧虑呀，烦躁如同灼热高烧。

故乡的桑树和梓树，一定要恭敬有加，没有赡养不是父亲，没有依靠不是母亲。但我似乎既不属于我父，也不属于我母。上天养育了我，我的时运究竟何处？

那茂盛的柳树枝条呀，蝉儿在鸣叫不休。那深沉的源泉边呀，芦苇长得茂密稠稠。就像是船儿顺水而流，不知何处才能止休。心里无限的忧愁呀，假寐而眠思悠悠。

鹿儿狂奔呀，像是四脚飞走。野鸡清晨鸣叫呀，还要追求配偶。就像是那被浸坏的树木，树儿生病就不能长枝。心中无限的忧愁呀，忧伤之情你知不知。

看看那网儿捕兔吧，尚且有人放了他，行路上有了死人，尚且有人埋葬他。君子是何居心呢？如此的狠心让我如何忍受它？内心的忧伤呀，涕泪涟涟落下。

君子听信谗言，就像是有人向他敬酒不断，君子不讲恩惠，不是从容研究它。伐树用绳背倒它，劈薪顺理分开它。舍弃那罪人而不追究，却把罪状加给我。

没有高处不是山，没有深处不是渊。君子不要轻易出言，人有耳朵靠近墙垣。不要弄断我的鱼梁，不要弄动我的鱼篓。我的身子不自由，不要考虑我的身后。

此篇值得关注的有几点：首先是该诗的作者及其写作背景，鲁说曰：《小弁》,《小雅》之篇，伯奇之诗也。伯奇仁人，而父虐之，故作《小弁》之诗。

又曰，《履双操》者，尹吉甫之子伯奇所作也。吉甫娶后妻，生子曰伯邦，乃谮（音怎去声）伯奇于吉甫，放之于野。伯奇……自伤无罪见逐，乃援琴而鼓之。宣王出游，吉甫从之，伯奇乃作歌以言，感之于宣王。王闻之曰：此孝子之辞也。吉甫乃求于野而感悟，遂射杀后妻。齐说曰：小弁之诗作，《离骚》之词兴。[1] 后人对此诗评价甚高，而实则写得并不能列入异常优秀之作，篇幅冗长而乏味，少比兴而多陈述。弁，乐也。

《小雅·巧言》：

悠悠昊天，曰父母且。无罪无辜，乱如此憮（音呼，大）。昊天已威，予慎无罪。昊天泰憮，予慎无辜。

乱之初生，僭（音见，谗言）始既涵。乱之又生，君子信谗。君子如怒，乱庶遄沮（音船拘，很快制止）。君子如祉，乱庶遄已。

君子屡盟，乱是用长。君子信盗，乱是用暴。盗言孔甘，乱是用餤。匪其止共，维王之邛。

奕奕寝庙，君子作之。秩秩大猷，圣人莫之。他人有心，予忖度之。跃跃毚兔，遇犬获之。

荏染柔木，君子树之。往来行言，心焉数之。蛇蛇硕言，出自口矣。巧言如簧，颜之厚矣。

彼何人斯？居河之麋。无拳无勇，职为乱阶。既微且尰，尔勇伊何？为犹将多，尔居徒几何？

《巧言》值得关注的，首先是题目，诗三百题目多来自于首章首句，此诗题为《巧言》，《巧言》出自于本诗第五章“巧言如簧，言之厚矣”，大抵这一句太有名了，所以才会以出现在诗作内文的语词作为诗题；其次是此诗主题，《毛序》：“刺幽王也，大夫伤于谗，故作是诗也。”刺当时巧言乱国，变白为黑之乱象；再次是全诗篇章结构，共六章，每章八句。结构虽然呈现整齐状态，但仍然采用散章铺叙的方式，缺少诗歌的音乐节奏之美。

《小雅·巷伯》，《毛序》：“刺幽王也。寺人伤于馋，故作是诗也。”《笺》：“巷伯，阉官。寺人，内小臣也。阉官上士四人，掌王后之命，与宫中为近，

① （清）王先谦撰，吴格点校：《诗三家义集疏》，中华书局1987年版，第697页。

故谓之‘巷伯’，与寺人之官相近。谗人谮（音怎去声，中伤）寺人，寺人又伤其将及巷伯，故以名篇。”黄山云：“《后汉·孔融传》‘冤如巷伯’，李注引毛苌注：‘……伯被谗将刑，寺人孟子伤而作诗，以刺幽王也。’”[①]可知此诗背景，其中值得关注的是，此诗有明确的作者，即寺人为伤感巷伯刺幽王而作。诗中在结句说：“寺人孟子，作为此诗。凡百君子，敬而听之。”全诗七章，四章四句，一章五句，一章八句，一章六句，显得冗长而杂乱。

《小雅·谷风》，《毛序》：“刺幽王也。天下俗薄，朋友道绝焉。”此篇值得关注的是，篇章较为整饬短小一些，全诗三章，每章六句，语词也较为明快，不再那么艰涩。如结尾一章：“习习谷风，维山崔嵬。无草不死，无木不萎。忘我大德，思我小怨。”[②]

《小雅·蓼莪》：

蓼蓼（音路，长大貌）者莪（音额，一名萝，秋老为蒿）。匪莪伊蒿。哀哀父母，生我劬劳。

蓼蓼者莪，匪莪伊蔚。哀哀父母，生我劳瘁。

缾（瓶）之罄矣，维罍之耻。鲜民之生，不如死之久矣。无父何怙？无母何恃？出则衔恤，入则靡至。

父兮生我，母兮鞠我。抚我畜我，长我育我，顾我复我，出入腹我。欲报之德，昊天罔极。

……

译文：高高壮壮的莪萝呀，不再是幼嫩可食的莪萝，可叹那拳拳之心的父母，生育我们的辛劳。

高高壮壮的莪萝呀，那不是莪萝而是牡蒿。可悲那父母，生我养我是多么辛劳。

小瓶空了，那是大罍的耻辱。鲜民还活着，不如早早地死去了。没有父亲何所依靠？没有母亲何所依靠？出走家门忧愁满怀，走回家门就像是没有家回。

父亲啊生我，母亲啊养我。父母抚爱我养育我，培育我长大，照顾我长

---

① （清）王先谦撰，吴格点校：《诗三家义集疏》，中华书局1987年版，第715页。

② 同上书，第723页。

大，出门抱我回来抱我。要报答他们的恩德，他们的恩德就像是无边的昊天。

……

《毛序》:“刺幽王也。民人劳苦，孝子不得终养尔。”其中不乏名章名句，如“哀哀父母，生我劬劳”。此外，“父兮生我，母兮鞠我。抚我畜我，长我育我，顾我复我，出入腹我。欲报之德，昊天罔极”，此一章排笔而下，连续阐发倾诉父母养育之恩，连同前一章之“鲜民之生，不如死之久矣。无父何怙？无母何恃？”[①]悲情可以动天地，泣鬼神矣。在章句结构方面，《蓼莪》六章（前引五章，一章从略），四章四句，二章八句。其中前两章，分别重复使用“蓼蓼者莪，匪莪伊蒿。哀哀父母，生我劬劳”和“南山烈烈，飘风发发。民莫不穀，我独何害”的基本句式而略有调整。全篇章句方式，重回宣王时代的优秀章句结构，整饬而有变化，变化之中又有基本的节奏规律，堪称为幽王时期《小雅》诗作难得的佳篇。

《小雅·北山》:

陟彼北山，言采其杞。偕偕士子，朝夕从事。王事靡盬（音古），忧我父母。

溥天之下，莫非王土。率土之滨，莫非王臣。大夫不均，我从事独贤。

四牡彭彭，王事傍傍。嘉我未老，鲜我方将。旅力方刚，经营四方。

或燕燕居息；或尽瘁事国。或息偃在床；或不已于行。

或不知叫号；或惨惨劬劳。或栖迟偃仰；或王事鞅掌。

或湛乐饮酒；或惨惨畏咎。或出入风议；或靡事不为。

《毛序》:“大夫刺幽王也。役使不均，己劳于从事，而不得养其父母。”开篇一章几乎每句都是佳句，书写自己之劳，从“陟彼北山，言采其杞”比兴，登山而采杞，比喻自己行役不得其事；以“偕偕士子，朝夕从事”，概括点明自己的身份是士子和劳作之艰辛，而以“王事靡盬，忧我父母”，再深一个层次说明之。靡盬，不坚固，王事多事之秋的意思。忧我父母，点明自己非

① （清）王先谦撰，吴格点校：《诗三家义集疏》，中华书局1987年版，第723—726页。

为一己之辛劳而怨言，忧我父母无人赡养也。

此诗特点：首先是全篇的语言渐次从此前的艰涩晦涩的语词习惯中渐次摆脱出来，语言流畅而明朗。其中第二章之“溥天之下，莫非王土；率土之滨，莫非王臣”四句为名句。《笺》：“此言王之土地广矣，王之臣又众矣，何使而不行。王不均大夫之使，而专以我有贤才之故，独使我从事于役。”此四句之所以有名于世，脍炙人口，一方面和它所表达出来的富于哲理、富于概括特点不无关系；另一方面，不能不说和它近乎于口语的语言特点有关。①

其次，连用十二个“或”字排比，一气而下，所谓“愤怒出诗人”，连用“或”字，或对比他者，或铺陈己之行役，其中“出入风议”“靡事不为”“惨惨劬劳”“尽瘁事国”等皆成为后人熟悉的成语；再次，《北山》六章，三章六句，三章四句，以四字为基本句式而不拘于四字，灵活而又整饬。最后一点值得关注，此诗作者明确说明是“士人”之作，诗三百基本都是士人之作，即便是女性所作，也是当时特有的女士人，连同创世时期的周公等，可以概括为一个大的士人概念，即当时有知识文化的人，类似于当代语言的知识分子。

《北山》也许可以视为一个界碑，说明到了西周后期的幽王时代，诗三百的语言渐次从艰涩的上古文字系统中摆脱出来，逐渐学会使用较为平易流畅的语言来作为诗歌语言。同时，排比等诸多文学手段，以及较为短小精炼的篇章会渐次更多地出现在诗歌作品之中。

《小雅·无将大车》：

无将大车，祇自尘兮。无思百忧，祇自疧（音其，忧病）兮。

无将大车，维尘冥冥。无思百忧，不出于颎（同炯，火光明亮）。

无将大车，维尘雝兮。无思百忧，祇自重兮。

大意为：不要推那大车，只是自己吃灰尘。不要自寻烦恼，空惹疾病伤身。不要推大车，空惹灰尘暗暗。不要思虑各种忧烦，火光会照亮彼岸。不要推那大车，尘土会将你遮蔽。无需忧虑重重，忧虑会使你苦恼加重。

《毛序》：“大夫悔将小人也。”刺幽王时期皇父司徒，或是皇父卿士。此诗值得关注的，其一，是篇幅短小，共三章，每章四句，每句四字，非常整

① （清）王先谦撰，吴格点校：《诗三家义集疏》，中华书局1987年版，第739页。

齐；其次，此篇感叹词用“兮”字。此前，无论是《周颂》还是《大雅》，以及此前的《小雅》之作，均不太使用此字。多用“矣”字等。

《小雅·小明》：

明明上天，照临下土。我征徂西，至于艽野。二月初吉，载离寒暑。心之忧矣，其毒大苦。念彼共人（恭谨之人），涕零如雨。岂不怀归，谓此罪罟。

昔我往矣，日月方除。曷云其还？岁聿云莫。念我独兮，我事孔庶。心之忧矣，惮我不暇。念彼共人，眷眷怀顾。岂不怀归？畏此谴怒。

昔我往矣，日月方奥。曷云其还？政事愈蹙。岁聿云莫，采萧获菽。心之忧矣，自诒伊戚。念彼共人，兴言出宿。岂不怀归？畏此反覆。

嗟尔君子，无恒安处。靖共尔位，正直是与。神之听之，式穀以女。

嗟尔君子，无恒安息。靖共尔位，好是正直。神之听之，介尔景福。

大意为：明明的上天，照临着下土。我出征向西，一直到荒野。正是二月开始几天月亮初生的吉日，历经严寒酷暑。心中的忧愁呀，其毒之苦，难以申述。每每想起那恭谨之人，就会令我涕零如雨。我岂不有怀归之思？只是担心这罪名如同网罟。

当年我出征的时候，正是迎新旧除。怎么说起返还，已经一年岁暮。谁念我抑郁孤独，谁念我繁杂无数？我心之忧呀，劳烦不堪回首，但想起那恭谨之人呀，就令我惓惓回顾。我岂不怀归呢？只是担心那谴责之怒。

当年我出征之际，正是日月回春的时候。怎么说起返回，政事反而日益紧促？又是一年岁暮，采割蒿草收获豆菽。我心的烦忧，是自己造成的忧戚。每每念及那恭谨之人，就会起身外出而宿。我岂无怀归之思？只是担忧罪名反复。

可叹你这君子，却没有恒安之处。安定恭谨于你的位置，与正直的人相处。审慎地听从吧，用善道赐你安处。

可叹你这君子，却不能恒安休息。安定恭谨于你的位置，与正直的人亲近。审慎地听从吧，会赐给你幸福。

《小明》五章，三章十二句，两章六句，篇幅略长，但此篇理应为宣王时期作品。其背景与前宣王时期诗作《采薇》《出车》有很多相似之处。主题和背景相似，皆为周宣王命南仲、吉甫攘玁狁，威蛮荆之大背景。

三首诗风格相似，句式相似，出征时间也吻合："我征徂西，至于艽野"，"日月方除"与"杨柳依依"。《笺》："四月为除，昔我往至于艽野以四月，自谓其时将即归，何言其还，乃至于岁晚尚不得归。"① 出征时间"载离寒暑""何云其还，岁聿云莫"与"今我来归，雨雪霏霏"都是吻合的。

不仅仅是背景相似，时令吻合，而且诗中同样出现"昔我往矣"相同句式两次。则此三篇大体应为同一作者。故此篇应该视为宣王时期之作，颠倒次序，安排到了幽王时期之作。但此诗的写法显示出比之前作品稍后一些的信息，全篇几乎不再使用生僻词语，显得清新爽致。此外，同样的意思反复诉说，这种表达方式对屈原楚辞的写作方式有所开启。

《小雅·鼓钟》：

> 鼓钟将将，淮水汤汤。忧心且伤。淑人君子，怀允不忘。
>
> 鼓钟喈喈，淮水湝湝。忧心且悲。淑人君子，其德不回。
>
> 鼓钟伐鼛，淮有三洲。忧心且妯。淑人君子，其德不犹。
>
> 鼓钟钦钦，鼓瑟鼓琴，笙磬同音。以雅以南，以籥不僭（音见，古乐器，似笛）。

此诗为刺幽王之作，最为醒目的是这首小诗在篇章结构方面又跃进了一个层次。全诗四章，每章五句，每句四字，较之此前之作，更为短小精炼，同时，每章之间，采用重复用词，重复句式之处甚多。大体可以说明，诗三百到了幽王《小雅》诗歌的写作时代，已经在篇章体式方面基本完成了定型，只不过还有一些作品沿袭旧章作法。

此诗还有值得关注的地方，是此诗描述音乐场景，末章最为值得关注，"鼓钟钦钦，鼓瑟鼓琴，笙磬同音。以雅以南，以籥不僭。"韩说曰：王者舞六代之乐，舞四夷之乐，大德广之所及。又曰：南夷之乐曰南。四夷之乐，惟

① （清）王先谦撰，吴格点校：《诗三家义集疏》，中华书局1987年版，第744页。

《南》可以和与雅者，以其人声音及籥不僭差也。《疏》:《传》：以雅以南，是雅为南也。……东夷之乐曰“昧”，南夷之乐曰“南”，西夷之乐曰“朱雕”，北夷之乐曰“禁”。以为乐舞若是，为和而不僭也。[①]

此段资料极为重要，是研究二南之南的重要资料，王者舞六代之乐，雅颂之乐也，舞四夷之乐，南夷之乐，也就是楚乐，则属于房中乐也。两种音乐性质不同，风格不同，功用不同也。此处说“以雅以南”，是说演奏了雅乐，也演奏了南乐。雅乐和南乐并非同一种音乐。雅乐为周王室京畿地区之正音，雅者，正也；南乐为南夷楚乐以娱乐房中，岂可同日而语。

关于这首诗所记载的乐舞，《传》又云：“雅，万舞也。万也、南也、籥也，三舞不僭，言进退之旅也。周乐尚武，故谓万舞为雅。雅，正也。籥舞，文乐也。”[②]所说不确，此处分明是说有两种乐舞，以雅以南，也就是雅乐舞和南乐舞。雅乐舞是万舞，籥舞则是南乐舞。之所以只说“以籥不僭”，由于雅乐万舞原本就是周王室之乐舞，不存在僭越的问题，而作为南乐的籥舞之所以也同样在周王室演出，是由于籥舞也不僭越，所以，特别说明之。

籥，是南籥，吹籥而舞，舞时依照籥声为节拍。《小雅·宾之初筵》：“籥舞笙鼓，乐既和奏。”《毛传》：“秉籥而舞，与笙鼓相应。”《公羊传·宣公八年》：“万者何？干舞也。籥者何？籥舞也。”何休注：籥，所吹以节舞也，吹籥而舞文乐之长。

《小雅·甫田》：

倬（音桌，大）彼甫田，岁取十千。我取其陈，食我农人。自古有年。今适南亩，或耘或耔。黍稷薿薿（音你，茂盛），攸介攸止，烝我髦士。（黍稷茂盛，青苗结实，献我髦士。）

以我齐明，与我牺羊，以社以方。（祭祀社神与四方）我田既臧，农夫之庆。琴瑟击鼓，以御田祖。以祈甘雨，以介我稷黍，以穀我士女。

曾孙来止，以其妇子。馌彼南亩，田畯至喜。攘其左右，尝其旨否。禾易长亩，终善且有。曾孙不怒，农夫克敏。

曾孙之稼，如茨如梁。曾孙之庾，如坻如京。（曾孙的庄稼，多如屋盖

① （清）王先谦撰，吴格点校：《诗三家义集疏》，中华书局 1987 年版，第 748 页。
② 同上。

高如梁。曾孙的露天仓，多如沙堆高如岗。）乃求千斯仓，乃求万斯箱。黍稷稻梁，农夫之庆。报以介福，万寿无疆。

诗三百自周公开始写作，经历宣王时期而繁盛，到幽王之时已经历了数百年时光。诗三百不仅仅在渐次增添其作品，而且已经完成了的作品早已经进入到传播的阶段，后来人不仅仅读诗诵诗，而且已经存在的作品在潜移默化地影响着后来的写作者。但古人似乎还没有形成类似后来人的用典方式和效法范式，就当下所能排出的次序而言，此首诗应该是第一首明显模仿前人之作。此诗明显模仿《豳风·七月》，参见下文。

《七月》应是周公之作，不仅仅有前人的记载，其诗篇所表现出来的豁达襟怀，总览全局的视野，也确乎吻合于周公。《七月》："同我妇子，馌彼南亩。田畯至喜。"《甫田》："以其妇子。馌彼南亩，田畯至喜。"《七月》结尾："称彼兕觥，万寿无疆"，《甫田》结尾则说："报以介福，万寿无疆。"

此诗的作者当为与周公地位相似的人物所写，否则，是不敢以这样的方式来模仿周公。该诗的口吻也吻合于周公之类的人物，如开篇首章即云"倬彼甫田，岁取十千。我取其陈，食我农人。自古有年。今适南亩，或耘或耔。黍稷薿薿，攸介攸止，烝我髦士。"《传》："甫田，天下之田也。"[①]眼中概览天下之田者，非同一般人物。其次，诗中多次使用"我"字，如"我取其陈，食我农人。……烝我髦士……以我齐明，与我牺羊，以社以方。我田既臧，……以介我稷黍，以穀我士女"等，均有以天下为己任之意。

全诗四章，每章十句，虽然模仿《七月》，但却比《七月》精炼了很多，这是诗三百内部演变的自然结果。"我取其陈，食我农人，自古有年"，自是贵族统治者之说法，则与《七月》类似，岂能是农夫之作乎？

《小雅·大田》：

大田多稼，既种既戒，既备乃事。以我覃（音眼，通"剡"，锐利）耜，俶载南亩。（用我锋利的耒耜，开垦出来南亩之田）播厥百谷，既庭且硕，曾孙是若。（播种下了百谷，既挺直又肥硕，曾孙看到顺畅如意）

既方既皂（音造，谷物坚实尚未结实），既坚既好，不稂不莠。去其螟

① （清）王先谦撰，吴格点校：《诗三家义集疏》，中华书局1987年版，第748页。

螣（音特），及其蟊贼，无害我田稚。田祖有神，秉畀炎火。

有渰（音掩，云起）萋萋，兴雨祈祈。雨我公田，遂及我私。彼有不获稚，此有不敛穧（音即，已割未收的谷物）；彼有遗秉（谷把），此有滞穗，伊寡妇之利。

曾孙来止，以其妇子。馌彼南亩，田畯至喜。来方禋祀，以其骍黑，与其黍稷。以享以祀，以介景福。

《毛序》："刺幽王也，言矜寡不能自存焉。"《笺》："幽王之时，政烦赋重，而不务农事……故时臣思古以刺之。"[①] 前篇刚刚论及诗三百已经完成作品的传播和后来作者开始有效法的现象，紧接着前篇，此处就又出现了同样的现象，只不过此处是模仿《周颂·噫嘻》。《噫嘻》说："率时农夫，播厥百谷。骏发尔私，终三十里。亦服尔耕，十千维耦。"此诗则说："以我覃耜，俶载南亩。播厥百谷，"又说，"馌彼南亩，田畯至喜。"又则杂用《七月》。诗中"雨我公田，遂及我私"为名句。此诗作者与前篇《甫田》应为同一作者。

《小雅·瞻彼洛矣》：

瞻彼洛矣，维水泱泱。君子至止，福禄如茨。韎韐（音妹阁，蔽膝）有奭（音是，赤色），以作六师。

瞻彼洛矣，维水泱泱。君子至止，鞞琫（音比绷，去声）有珌（音必，刀鞘下的饰物）。君子万年，保其家室。

瞻彼洛矣，维水泱泱。君子至止，福禄既同。君子万年，保其家邦。

大意为：远望洛水呀，洛水浩荡。君子驾临呀，福禄如墙。赤色蔽膝呀，精兵强将。

远望洛水呀，洛水浩荡。君子驾临呀，刀鞘饰物在闪光。君子万年呀，永葆家室安康。

远望洛水呀，洛水浩荡。君子驾临呀，福禄同光。君子万年呀，永葆家邦。

此诗如《毛序》："刺幽王也，思古明王能爵命诸侯，善赏罚焉。"[②] 从前两首效法周公之作，到当下这篇《瞻彼洛矣》，似乎在这个时期出现了一次追思

① （清）王先谦撰，吴格点校：《诗三家义集疏》，中华书局 1987 年版，第 764 页。

② 同上书，第 768 页。

先王的思潮，大抵西周末期的衰落有关。

此诗三章，每章六句，每句四字，每章起首均用“瞻彼洛矣，维水泱泱。君子至止”，这就更吻合于歌唱之乐歌。此外，这首诗值得关注的是前两句“瞻彼洛矣，维水泱泱”，诗三百由于赋比兴方式，较少写出诗人所在的具体场景，而此诗开头即言“瞻彼洛矣，维水泱泱”，颇似后来曹操“东临碣石，以观沧海”。当然，此诗后面几句未能扣紧这两句接着描写，这是诗三百时代比兴写法所致，不可与后来者同日而语。

《小雅·裳裳者华》：

裳裳（犹堂堂）者华，其叶湑（音许，茂盛）兮。我觏之子，我心写（通泄）兮。我心写兮，是以有誉处兮。

裳裳者华，芸其黄矣。我觏之子，维其有章矣。维其有章矣，是以有庆矣。

裳裳者华，或黄或白。我觏之子，乘其四骆。乘其四骆，六辔沃若。

左之左之，君子宜之。右之右之，君子有之。维其有之，是以似之。

大意为：堂堂美妙的鲜花呀，它的枝叶茂盛。邂逅相遇此人呀，我的忧愁如同流水飞泻。邂逅相遇此人呀，因此而有快乐可以书写。

堂堂美妙的鲜花呀，它有美丽的黄叶。邂逅相遇此人呀，因此而有文章礼乐。因此而有文章礼乐呀，因此可以欢庆不歇。

堂堂美妙的鲜花呀，那是黄色、白色斑斓的花。邂逅相遇此人呀，驾乘着四匹黑鬃白毛骏马。驾乘着四匹黑鬃白毛骏马呀，六个辔绳多么沃若光滑。

向左呀，向左，向左君子适合它，向右吧，向右吧，向右君子适宜它。正是因为适宜它，因此才能相似它。

《毛序》：“刺幽王也。”《笺》：“古者，古昔明王时也。小人，斥今幽王也。”[①] 朱熹《诗集传》：“此天子美诸侯之辞，盖以答《瞻彼洛矣》也。言‘裳裳者华’，则其叶湑然美盛矣。我觏之子，则此心倾泻而悦乐之矣。……此章与《蓼莪》首章文势全相似。言其才全德备。以左之则无所不宜，以右之则无

① （清）王先谦撰，吴格点校：《诗三家义集疏》，中华书局 1987 年版，第 770 页。

所不有。维其有之于内，是以行之于外者，无不似其所有也。”

朱熹所说极是。不妨比较朱熹所说的两首诗篇，相互参阅。此诗写法之特异之处，在于章句结构之新的创造。此前已经基本定型的，是各章之间的重复复沓，此篇开始有各章内部句子之间的复沓与重复，“我觏之子，我心写兮。我心写兮，是以有誉处兮”连用三个“我”字排比下来，然后，将结束句的“我心写兮”变成下两句的出句，颇有摇曳生姿、回环往复之美。二、三章类似，第四章又是一个新的重复方式，“左之左之，君子宜之。右之右之，君子有之。维其有之，是以似之”，由章句重复进一步变化为局内语词重复，并且“左之左之，君子宜之。右之右之，君子有之”两句之间兼有对仗，重复、对仗、加上“君子宜之，君子有之”的变化，令人感到目不暇接，美不胜收。“为其有之，是以似之”为名句。

《小雅·车舝（音辖，车轴铁头）》，此诗中有“高山仰止，景行行止”的名句[①]，余无特色可言。

《小雅·青蝇》：

营营青蝇，止于樊。岂弟（和乐平易）君子，无信谗言。

营营青蝇，止于棘。谗人罔极，交乱四国。

营营青蝇，止于榛。谗人罔极，构我二人。

此诗值得关注的，首先是作者问题。《困学纪闻》：袁孝正释刘子曰：魏武公信馋，诗刺之曰：“营营青蝇，至于藩。”此《小雅》也。为之魏诗可乎？案，“魏”当作“卫”之误。王先谦认为：卫武公王朝卿士，诗又为幽王信馋而刺之，所以列于《小雅》。若武公信馋而他人刺之，其诗当入《卫风》矣。[②]则此诗为卫武公作为周王室卿士刺幽王之作。

此外，此诗全篇三章，每章四句，每句基本四字，其中第三句三字，全篇仅仅 45 字，显示了篇幅越来越短小的趋势，而第二句在整齐的四字句中突然出现一个三字句，打破了此前整齐四言句的呆板。这是一个新兴的变化，说明四字句已经成熟到一定程度，转而出现新的变化。此外，诗歌进一步口语化，艰涩难字几乎没有，很像是作者吟唱出来的。

---

① （清）王先谦撰，吴格点校：《诗三家义集疏》，中华书局 1987 年版，第 780 页。

② 同上书，第 781 页。

第三节 《大东》和《宾之初筵》等作品的分析

《小雅·小旻之什》之九《大东》为名篇，后来《古诗十九首》及曹植关于牵牛星织女星的典故来源于此，此篇首先值得关注的是作者及其背景。《毛序》：“刺乱也。东国困于役而伤于财，谭大夫作是诗以告病焉。”《笺》：“谭国在东，故其大夫尤苦于征役之事也。鲁庄公十年，齐师灭谭。”鲁庄公十年，公元前684年，已经是齐桓公时代。据《姓纂》和《姓谱》载，“谭子国在济州平陵县西南二里。”这是指谭国都城所在，谭国位于今山东省中部，南倚泰山山地北缘，北临黄河南岸，隔河与济阳相望，西至长清县西黄河右岸的广里，东至长白山与邹平、临淄为界。周时谭国四邻：东为齐国，南为鲁国，西为卫国，西南为遂国，北隔清河为燕国。

王先谦云：“盖《鲁诗》原有此文，言谭大夫告东国之病苦，具诗上达于周廷也。”[①]此说最为可信。至于写作时间，一说根据“《汉书·古今人表》，谭大夫次厉王世，然则非幽王诗也。”

综合以上的材料，此篇为谭大夫告东国之病，具诗上达于周廷这一背景大体可信。具体写作时间，有人根据《汉书·古今人表》列于厉王之世，但无具体的材料支持，从诗中所表达的对于周廷的赞扬，“周道如砥，其直如矢”，大抵可以否定为厉王、幽王时期之作。到了东周初期，周王室虽然衰落，但在东周初期，又重新稳定下来，其道统法理还在。谭大夫具体写作诗篇的时间，还需要从诗三百作者的演变的基本情况来考虑。

其次，值得关注的是《小雅》以上所研究基本多是周大夫之作，换言之，基本上都是周王室京畿地区卿士大夫的作品（与第一时期基本都是周公成王召公等帝王之作不同），此处第一次出现是地方小国的大夫之作的记载？其中可能的原因是什么呢？

以笔者所见，其原因是谭国是一个蕞尔小国，不能够独立而为《国风》，

① （清）王先谦撰，吴格点校：《诗三家义集疏》，中华书局1987年版，第727页。

故而，曾经将此篇归并于其临近之鲁国，而鲁国最终也未能独立成风诗之一种，只有《鲁颂》，而此诗之内容与颂诗无关。因此，最后从《鲁诗》中归入《小雅》。之所以归入《小雅》，是由于此诗虽然作者不在京畿之中，但其写作内容却与周王庭密切相关，是写给周王庭的诗作，故编入《小雅》之中。

再次，值得关注的是诗三百的写作，第一时期基本是帝王之作，第二时期宣王时期基本是将相之作，如尹吉甫、南仲等，到《小雅》幽王时期可以称之为第三时期，则多为大夫之作，其写作者的阶层身份是一个不断降低的历程，说明了诗三百在两周时期，是一个不断下移作者身份的历程，也是一个不断下移开始在一般士大夫中普及的历程。

由此而观之，谭大夫之作初步可以判断有三个时间点位：1. 如果《汉书》的记载有一定根据的话，则可能为宣王时期之作，则谭大夫生于厉王时期而诗作于宣王时期；2. 平王东迁之后的东周初期之作；3. 齐桓公早期（前685年即位），谭国即将覆灭之前夕之作。

三个时间点位，厉王宣王时代的可能性不是很大，班固《汉书》多有编造之处，如编造诗三百的采诗之说等，而西周时期尚未有地方大夫作诗的先例，皆为帝王将相之作，盖因诗歌的概念，“皆圣人发愤之所为作也”，是故西周时代并无一般阶层之人拥有作诗之权利与意识。到了东周之后，这才开始有了地方诸侯国大夫作诗的风习。而齐桓公时代，拥立天子，会盟诸侯，周王庭得到了一定的喘息机会，吻合于此诗中对周王庭的赞美。更为重要的是，此诗的写作风格、语言水准等都能吻合于春秋早期的十五国风诗。

研究一下《小雅·大东》诗作：

有饛簋（音蒙鬼，满貌）飧，有捄（音求，长貌）棘匕（勺子）。周道如砥，其直如矢。君子所履，小人所视。睠言顾之，潸焉出涕。

小东大东，杼柚其空。纠纠葛屦，可以履霜。佻佻（音挑，独行貌）公子，行彼周行。既往既来，使我心疚。

有冽氿（音鬼，侧出泉）泉，无浸获薪。契契寤叹，哀我惮人。薪是获薪，尚可载也。哀我惮人，亦可息也。

东人之子，职劳不来。西人之子，粲粲衣服。舟人之子，熊罴是裘。私人之子，百僚是试。

或以其酒，不以其浆。鞙鞙佩璲（音随），不以其长。维天有汉，监亦有光。跂（音齐，分出）彼织女，终日七襄。

虽则七襄，不成报章。睆（音换）彼牵牛，不以服箱。东有启明，西有长庚。有捄（音旧）天毕，载施之行。

维南有箕，不可以簸扬。维北有斗，不可以挹酒浆。维南有箕，载翕（音西，引）其舌。维北有斗，西柄之揭。

大意为：簋器中盛满了食品，长长的汤勺在酒宴。平坦的大路像是磨石，笔直就像是弓箭。君子走在大路上，小民只能眼睁睁看。眷恋地回首徘徊，由不得令我涕泣潸然。

小东呀大东，杼柚织布已成空。细细密密织成的葛布鞋呀，可以踏霜而行。踽踽而行的公子呀，孤独大路向前行。忽往忽来前行后行，令我内疚好心痛。

旁边侧出的泉水凛冽呀，不要浸湿所获的柴薪。忧苦深重的叹息呀，谁来悲哀我这伤心人。那砍下来的柴薪呀，还可以载运，可怜我这伤心人呀，何处让我休息安身？

东方诸国的子弟呀，职务辛劳无人理。西方大国的子弟呀，衣裳华美又鲜丽。船车马富的人子呀，熊皮作裘暖身体。平民小人的子弟呀，他们也来试做吏。

有人沉醉于美酒，有人却不得浆汤。有人身佩美宝玉，有人不得碎玉长。天上银河浩瀚，看上去也闪闪发光。那织女星却分道扬镳，终一日而走出七场。

织女星虽然日迁七场，却不成织锦的纹章。那闪闪发光的牵牛星，不能用来背负车箱。启明星出现在东方，长庚星闪耀在西方。弯曲的天毕星，排成行列也没有用场。

南方有箕星呀，名为箕星却不可用来簸糠。北方有北斗星呀，却不可用来舀酒浆。南方有箕星，箕星的舌头能吸北方。北方有北斗，北斗的炳儿向西方。

第一章之值得关注者，如前文所引，“周道如砥，其直如矢”，本诗可以视为谭大夫给周天子所上的诗歌体奏章，起首一章歌颂周天子和周王庭，对比写当下谭国的悲惨现状，以及自己忧心如焚的心境：“睠言顾之，潸然出涕。”

第二章接续前章，接着阐发谭国现状和一己之忧心：“小东大东”句，《笺》：“小也，大也，谓赋敛之多少也。小亦于东，大亦于东。言其政偏，失砥矢之道也。”大东、小东，一说谭在远东，故曰大东，另一说小东指的是谭国，大东指的是齐国。齐桓公即位之后，即要灭谭，因此有大东小东之说。是否如此，以下再看诗作原意。如作此种解释，则可以解释第二章之前两句“小东大东，杼柚其空”的含义，小东者，谭国也，小东“杼柚其空”的原因，在于受到大东齐国的挤压迫害。而这一点，正是谭大夫赶往京城向周王庭告急求救的背景。如果这样理解，则齐桓公即位的公元前 685 年到 684 年之间，就应该是这首诗的写作时间，谭国将要被齐国灭亡，则是这首诗写作的背景。

《春秋·庄公十年》记载了谭国灭亡的时间，是公元前 684 年，谭国的国君谭子逃亡到临近的莒国避难。所谓谭公子、谭大夫，极有可能就是这位逃难的谭子。此之谓谭国之现状也；“佻佻公子，行彼周行。既往即来，使我心疚。”《笺》：“佻佻，独行貌。公子，谭大夫也。”此四句描述作诗者之窘况也。根据郑《笺》，则谭大夫不仅仅是大夫，而且应该是谭国之公子。“谭无它货，惟丝麻耳，今尽杼柚不作也。周行，周之列位也。言时财货尽，虽公子衣履不能顺时，……因见使行周之列位者而发币焉。”[①] 吻合于谭大夫（根据传统解释，暂且称呼其为谭大夫）奔走于途，忧心如焚的景况。公子而独行于途，不是国破家亡，何以至此？

第三章写谭大夫哀其民之劳苦，第四章对比谭国和周都之不同：“东人之子，职劳不来。西人之子，粲粲衣服。”说谭国民众如此悲惨地劳作不止，而西部京师人却穿着华美的服饰，显然说明谭大夫是不远千里，从谭国远赴京师之所见所闻。“舟人之子，熊罴是裘。私人之子，百僚是试。”舟人，周人也，裘，求也。谓周世臣之子孙，退在贱官，使博熊罴，在冥氏、穴氏之职。“私人”云云，言周衰，群小得志。[②] 由此进一步验证了，此诗不太可能是宣王时期之作，而吻合于谭国覆灭前夕的周京师景况。

第四章开始转写牵牛星织女星的事情，甚为有趣。为何要写天上星座的事情，这可能是个永远不能解开的谜。

《传》：“或醉于酒，或不得浆。鞙鞙，玉貌。璲，瑞也。跂，隅貌。襄，反也。”《笺》：“佩璲，以瑞玉为佩。佩之鞙鞙然，居其官职，非其才之所长

---

① （清）王先谦撰，吴格点校：《诗三家义集疏》，中华书局 1987 年版，第 729 页。

② 同上书，第 730 页。

也，徒美其佩而无其德。刺其素食。监，视也。喻王闿（音楷）置官司，而无督查之实。襄，驾也。谓更其肆也。从旦至莫七辰，辰一移，因谓之七襄。”①此一章是刺周王，还是对自我的反省反思？本章尚无所刺之对象。总之，“不以其长”，却佩之鞙鞙然，当为本章之主旨。

阅读至此，再重新回到此篇作者即所谓谭大夫，检索《春秋·庄公十年》：“齐侯之出也，过谭，谭不礼焉。及其入也，诸侯皆贺，谭又不至。冬，齐师灭谭，谭无礼也。谭子奔莒，同盟故也。”谭处于临淄至鞌之间，为东西通道之所必经，齐国不能不加控制而存其社稷。②所谓谭大夫，应该就是被齐桓公灭国的亡国之君谭子。回顾此诗起首第二章中说：“佻佻公子，行彼周行。既往即来，使我心疚”，《笺》：“佻佻，独行貌。公子，谭大夫也。”公子是宗室，怎么会是大夫？公和子是两个不同级别的爵位，史书记载为谭子，则谭国是子爵，怎么能称为公？其实不然，到齐桓公时代，也是周庄王十三年这个时候，诸侯普遍可以称呼为公。《卫风·硕人》说庄姜是“邢侯之姨，谭公维私”，此处之谭公，正是亡国之谭子。《释名》：“姐妹互相谓夫为私。”“妻之姐妹为姨”，则邢侯、谭公，连同蔡侯、卫侯皆为连襟关系。《白虎通·号篇》：“何以知诸侯得称公？”《诗》曰：“谭公维私，谭，子也。”③

同时，我们也知道，诗三百自宣王时代尹吉甫开始在诗中将自己的名字书写进去以后，寺人孟子（见《小雅·巷伯》：“寺人孟子，作为此诗。”）等均将作诗者以第三人称方式将名字署入其中。所以，此诗中的公子，并非后来泛称王孙的公子，而应是谭子的自称。

关于谭国的情况，这里又有一些补充材料：《郡国志·济南·东平陵》下云：“有谭城”，《一统志》：“在今济南府历城东南”④。谭国在齐国之西面，这就更可以理解所谓“大东小东”，非谓大小，亦涉远近，齐国更大更东，故为“大东”，谭国小国，同在东方，故云“小东”。在对此诗作者和写作背景作出了一个基本判断之后，再来接着研究下文。

---

① （清）王先谦撰，吴格点校：《诗三家义集疏》，中华书局 1987 年版，第 731 页。

② 杨伯峻编著：《春秋左传注》，中华书局修订本 1990 年版，第 184 页。

③ （清）王先谦撰，吴格点校：《诗三家义集疏》，中华书局 1987 年版，第 280 页。

④ 同上。

前一章从“维天有汉”开始讲述织女星和牵牛星的事情，此四句尚未讲完，下一章接续讲。但我们尚未理解作者为何要讲天上星座的事情。可以接着研读。第五章渐入佳境，遂成名篇。

诗中说，天上银河如明镜般闪着光辉，织女星鼎足而成三角，就像织布机织布一样，一天要移动七次。可是虽然样子像织布，却并不能真正织出布来。那颗闪闪发光的牵牛星，也并不能真的拉车。

谭子亡国远赴周王室之作，为何会说到天上河汉，会说到织女星每日勤恳地织布却不成报章？似乎游离于全篇主题之外。其实不然，全篇仍然是一个整体。重新回到此诗开篇一章所说：“小东大东，杼柚其空”，此八字堪称全篇的主题，除去“小东大东”是否为谭国齐国之猜测，至少，其中明确的主题，是说谭国已经“杼柚其空”了。杼柚的意思不可忽略，《说文》：“杼，机持纬者。”《玉篇》则将其解释为“杪，织杪也。亦作梭”，杼，即梭也。[①]

这当然是一个比喻。换言之，本诗开篇，作者将谭国的情况比喻为一台织布机，当下，已经到了杼柚其空、山穷水尽的地步了。那么，如果真是谭子到周王庭求救，其结果会是什么呢？东周之后的周王室，已经礼崩乐坏，名存实亡，根本没有实力和东方大国齐国对抗，更何况齐桓公奉行或将要奉行尊王攘夷的国策。作为亡国之君的谭子，其失望和自责是可知的。而这种失望，又是不能直接用语言表述的，很自然，以天上的星座织布不成报章，即呼应本诗开篇主题，又可以来比拟自己作为亡国之君的境况，这是非常自然的写法，也是十分吻合这一背景的。如果说，谭子自比织女星每日七襄，辛勤织布而不成报章，那么，明亮的牵牛星，空有明亮的身份，却“不以服箱”，不是也很可恨么？则牵牛星就很像是说周王室。“维南有箕，不可以簸扬。维北有斗，不可以挹酒浆”等句的含义与之相似，都是说有其名而无其实的意思。

作者把这种惆怅怨恨写得如此之美，却是出乎意料的，可以说是“小雅怨诽而不乱”的典型表现。但其实也不奇怪，因为其写作时间如果在谭国灭亡之后的几年时间里，则已经是《国风》诗的写作时代，谭国灭亡之后四五年左右，息夫人写作《大车》诗，《秦风》中的很多优秀诗篇也已经出现，诗歌史

---

① （清）王先谦撰，吴格点校：《诗三家义集疏》，中华书局 1987 年版，第 729 页。

已经进入到十五《国风》的写作时代，这是本诗产生的诗歌史的背景原因；而谭子国破家亡，欲言而不能，逼迫其以比兴写法含蓄表达其痛苦而深邃的思想，从而写出了这样好的诗句，这是本诗产生的个案原因。

《大东》七章，每章八句，一气之下，想落天外，悲伤而委婉，含蓄而汗漫，看似无端无绪，实则一气贯通，为《小雅》中的佳篇。但本诗为谭子所写，时间又应是在东周春秋之初，是《小雅》诗中的例外。

《小雅·宾之初筵》也需要给予特殊的关注：

宾之初筵，左右秩秩。笾豆有楚（成列），殽核维旅（陈设）。酒既和旨，饮酒孔偕（通嘉）。钟鼓既设，举酬逸逸（有序）。大侯（箭靶）既抗，弓矢斯张。射夫既同，献尔发功。发彼有的，以祈尔爵。

籥舞笙鼓，乐既和奏。烝（进）衎（音看，乐）烈祖，以洽百礼。百礼既至，有壬有林（壬林，状礼大、多）。锡尔纯嘏（大福），子孙其湛（音丹，喜悦）。其湛曰乐，各奏尔能。宾载手仇，室人入又。酌彼康爵，以奏尔时。

宾之初筵，温温其恭。其未醉止，威仪反反（慎重）。曰既醉止，威仪幡幡（音翻，旗帜飘动）。舍其坐迁，屡舞僊僊（音仙仙，轻举貌）。其未醉止，威仪抑抑。曰既醉止，威仪怭怭（音必，轻佻）。是曰既醉，不知其秩。

宾既醉止，载号载呶（音挠，叫喊）。乱我笾豆，屡舞僛僛（音七，不自正）。是曰既醉，不知其邮（通尤）。侧弁之俄，屡舞傞傞（音梭梭，醉舞不止）。既醉而出，并受其福。醉而不出，是谓伐德。饮酒孔嘉，维其令仪。

凡此饮酒，或醉或否。既立之监，或佐之史。彼醉不臧，不醉反耻。式勿从谓，无俾大怠。匪言勿言，匪由勿语。由醉之言，俾出童羖（音古，没有生角的黑色公羊）。三爵不识，矧敢多又（通侑，劝酒）。

大意为：宾客初到宴席，左右严肃有秩。笾豆摆设一一，肉果陈列有序。酒具陈设美好，饮酒和谐合礼。钟鼓陈设一一，举杯酬答飘逸。箭靶随后设备，弓矢于是举起。剑手已经成列，献报发射成绩。发箭射中箭靶，敬酒祝贺不已。

龠节舞笙鼓奏，音乐和谐调新。进献有功先祖，用以融洽百礼。百礼即已到庭，堪称盛大隆重。神赐尔等洪福，子孙其乐融融。喜悦称之快乐，各呈才艺献能。宾客棋逢对手，主人敬酒频频。满酒空杯宾客，敬酒坐中尊者。

宾客初来宴席，彬彬恭敬礼貌。当其尚未饮醉，威仪一表堂堂。一旦自说醉了，威仪旗幡飘飘。舍弃坐礼迁徙，不停手舞足蹈。尚未喝醉的时候，威仪尚能克制。一旦自说醉了，举止言说轻佻。一旦自说醉了，不再理会秩序品秩。

一旦自说醉了，不停喊叫喧嚣。笾豆陈设乱了，不停歌唱舞蹈。一旦自说醉了，不知失礼丑貌。帽子歪歪斜斜，醉舞不知停歇。喝醉理应辞归，宾主各自安歇。醉了而不辞别，这叫败德失仪。饮酒本是好事，只要美好礼仪。

但凡参加酒宴，不论或醉或否。既经确立酒监，再设酒史为友。醉酒不知不善，不醉反而负疚。莫要助纣为虐，莫使斯人献丑。莫言不应之言，不该跟从莫语。跟从醉者语言，使你童羊献酬。三爵美酒不识，怎能更多劝酒？

首先，值得讨论的是此诗的作者和背景。《毛序》：“卫武公刺时也。幽王荒废，媟近小人，饮酒无度，天下化之。君臣上下沉湎淫液。武公既入，而作是诗也。”《笺》：“武公入者，入为王卿士。”……案：武公入相在平王世，幽王已往，《抑诗》已云“追刺”，不应又作此篇。《齐》《韩》以为“回过”，当从之。[①] 综合《毛序》和王先谦案语，可以初步得出结论：此诗为卫武公刺时之作，各家没有异议，但王先谦指出，武公入为平王卿士，是在平王时期，则此诗也有可能为平王时期之作，这是小雅中极为少数的外溢出西周后期之作者。

此外，自《小雅·节》篇开始，到《小雅·何草不黄》共计四十四篇，大抵为宣王时期的小雅诗作，但有趣的是同为宣王时期的作品，写于宣王后期主要为刺诗的这些作品，已经先一步显示了衰败的气息。诗歌的高峰与低谷，似乎与当时政治局面形成了某种关联。而且，宣王后期的怨刺诗作，与其后幽王时期的小雅诗作，几乎可以构成先声后响的关系。其主要的特点：其一，在艺术表达方式方面，宣王时期开始出现的具体场景描写，连带出现的某

---

① （清）王先谦撰，吴格点校：《诗三家义集疏》，中华书局 1987 年版，第 782 页。

些个人情感色彩的写法几乎消失了，取而代之的是直接的倾诉，或是虽然有比兴手法，但比兴之物也往往失去了生命的鲜活性。其二，与之吻合匹配的是，宣王时期开始较为大量出现的短章短句的精炼形式，特别是采用重复复沓的歌唱形式较少受到效法，而重新回到平铺直叙作为主体的先民写作形式。如《小雅·祈父》："祈父，予王之爪牙。胡转予于恤，靡所止居。"阅读这样的诗作，有陡然一惊之感。当我们阅读《小雅·庭燎》："夜如何其？夜未央。庭燎之光。君子至止，鸾声将将。"这是何等流畅的节奏，何等美妙的文字，进入到《小雅》第四个之什之际，为何突然变为"祈父，予王之爪士。胡转予于恤，靡所底止"这样的散文句式，如同白话的表达方式了呢？《毛序》："刺宣王也。"《笺》："刺其用祈父，不得用其人。"祈父掌禄士，故其所属士怨之。全篇皆为直接的抨击指陈："祈父，予王之爪士"之类。① 诗三百在宣王后期转型到变雅时代，转变为批判批评讽诵的时代，也就是开始了一向所说的变雅、刺诗的开始，诗风也随之转型，也是可以理解的。

当然，也有优秀的篇章，如《小雅·白驹》（选末章）：

> 皎皎白驹，在彼空谷。生刍一束，其人如玉。毋金玉尔音，而有遐心。

大意为：皎洁如月的白马，在那空旷的山谷。那一束嫩绿的青草，那如玉一般的少女。不必爱惜你那金玉一般的美誉吧，而对我有疏远提防的心。

《毛序》："大夫刺宣王也。"《笺》："刺其不能留贤也。"②《白驹》四章，每章六句，其中最后一章"皎皎白驹，在彼空谷。生刍一束，其人如玉"四句为佳。实则此诗更像是纯粹的爱情诗，诗歌作者在空谷看到一位美少女，就像是一束青草那样鲜嫩，就像是一匹皎皎白驹，在那寂静的空谷。他想向她求爱求欢，于是婉转比兴，吟唱了这一首情歌，可以视为风诗之先声。

《小雅·黄鸟》（选首章）：

> 黄鸟黄鸟，无集于榖，无啄我粟。此邦之人，不我肯榖。言旋言归，复我帮族。

大意为：黄鸟呀黄鸟，不要集中在树榖，不要吃我的米粟。此邦之人呀，

---

①（清）王先谦撰，吴格点校：《诗三家义集疏》，中华书局1987年版，第643页。

② 同上。

不肯让我活呀。回去吧，回去吧，回到我国的宗族。

《毛序》："刺幽王也。"全篇三章，每章三句，章句形式尚为精炼，但表达方式仅仅是怨刺之言，没有了"萧萧马鸣"的悲壮，也没有了"雨雪霏霏"的悲景乐情。或从此篇开始，方才进入到幽王时期之作？是否如此，还需要看随后篇章的背景。

《祈父之什》之五《斯干》(选章)：

秩秩斯干，幽幽南山。如竹苞矣，如松茂矣。兄及弟矣，式相好矣，无相犹矣。

大意为：潺潺流动的溪水呀，那幽幽远望的南山。如同竹笋的嫩芽呀，如同松树的繁茂。兄弟之间呀，已经和好如初呀，不再互相指责呀。

《鲁说》："宣王贤而中兴……诗人美之，斯干之诗也。"此诗美宣王之作，当为宣王中兴之际之作。《笺》："兴者，喻宣王之德如涧水之源，秩秩流出。"[①] 可惜后面的篇章未能延续这一写法。

① （清）王先谦撰，吴格点校：《诗三家义集疏》，中华书局 1987 年版，第 649 页。

第八章
《国风》界说及采诗说辨析

第一节　概说

诗三百的分类，雅、颂都不难解释，唯有国风之“风”字，始终没有定论，同时也由于对“风”的现代化或说是近现代化的阐释——由朱熹“歌谣总集”发端，而演绎成民歌说流行，从而使国风之风的内涵陷入了更加迷乱的领域。国，自然不难领会，十五国风，十五个诸侯国的歌诗——当然，也还有细微问题需要辨析，二南是国么？王风之“王”是国么？但这毕竟属于局部的问题，不像是国风之“风”，属于整体的问题。

先看看《诗三家义集疏》对风的阐释：

《齐》说曰：诗三百五篇。诗者，持也。在于敦厚之教，自持其心。讽刺之道，可以扶持家者也。孔疏：“诗国风，旧题也。”又云：“《周南·关雎》第一，《诗·国风》，元是大师所题。”郑《笺》：“国者，总谓十五国，风者，诸侯之诗。从《关雎》到《邹虞》二十五篇，谓之正风。”孔疏：“诗者，一部之大名，《国风》者，十五国之总称。”王先谦案引《孔子世家》：“古者诗本三千余篇，去其重，取其可施于礼义者三百五篇。‘义’读曰‘仪’。‘可施于礼义者’，谓可以入乐，凡宾客燕享皆用之也。……《汉书·艺文志》：‘孔子纯取周诗，上采殷，下取鲁，凡三百五篇。’”班氏学《齐诗》者，是鲁齐二家皆言“三百五篇”，韩诗无考。而孔云“三家谓唯三百五篇”，韩传亡后，孔犹及见，知韩与鲁齐同也。六篇亡失，应以见在为数。孔谓毛学不行所致，然班《志》《艺文》兼收《毛传》，并非不知毛学，亦云“三百五篇”，是“三百五”者，汉儒通论称之如此。孔用以尊毛而抑三家，非也。《诗·大序》：“风，风也，教也。”又云：“下以风刺上，故曰风。”释“风”兼二义，于此兼“教”“刺”义合。《周礼》：“太师教六诗，曰风、曰赋、曰比、曰兴、曰雅、曰颂。”郑司农注：“古而自有风雅颂之名，故延陵季子观乐于鲁，时孔子尚幼，未定诗书。而曰：为之歌《邶鄘卫》，曰是其《卫风》乎？又为之歌《小雅》《大雅》，又为之歌《颂》。”①

以上长篇引述，是因为这些阐发皆为讨论《国风》含义以及相应问题的原始经典，一切讨论，都不能离开这些基本教义。由上可以得知几点基本的说法：

（1）国风之“风”的说法，来源甚为久远，是“旧题”，旧题者，何人所题？何时所题？为何以“风”字来界定诸侯国之歌诗，这些现在看来是千古之谜，将来恐怕也永远是一个亘古之谜。当为“比其音律”“教六诗”之太师所题？

（2）风诗就是“诸侯之诗”，郑《笺》：“风者，诸侯之诗。”此为确论，而且含有深意，不仅指明了风诗和雅颂性质之不同，而且含有风诗基本属性的含义。西周者，非无诸侯之国，而无诸侯之诗，非诸侯不为诗也，而不能也，缘何不能？礼教制度之不能允许也。盖诗之创制，本源自礼乐兴起，礼乐兴起，需歌以配乐，祭祀祖先，撰写先王历史，唯有王者拥有此权利，是故周公为诗三百之权舆，至宣王中兴，赖文臣武将之赋作，士的地位空前提升，是故尹吉甫之流开始具有赋诗之权利。东周乃至春秋，重心下移至诸侯国，遂有诸侯之诗也，于是，风诗兴焉。

（3）风诗是诸侯之诗，不等于皆为诸侯之作，正如《雅》《颂》为西周王室之诗，并非皆为周公成王之王者写作。诸侯之诗，不仅仅指诸侯赋诗，而且指诸侯国之大夫为诸侯刺诗、赋诗。显示其内容采自于诸侯。

（4）诸侯之诗，为何就称之为“风”呢？《诗·大序》：“风，风也，教也。”又云：“下以风刺上，故曰风。”释“风”兼二义，于此兼“教”“刺”义合。如此说来，风的本义是教化和刺上，这是正确的，但似乎应该仍非本源之

---

①（清）王先谦撰，吴格点校：《诗三家义集疏》，中华书局 1987 年版，第 3—4 页。

意，它还仅仅是风诗的功用，而非风的本源意。如果说，雅颂之名，雅者，正也，含有上层、优雅、雅致、雅文化的含义，而颂者，更为直接指明郊庙祭祀歌颂祖先的含义。

（5）最早的《国风》篇章来自于周公的《豳风》中的篇章，以此来看，则风的本意，应该是地方风土之意。

（6）此外，风所具有的一个不太引人注目的义项值得关注，那就是《左传·僖公四年》（前656年）所载："楚子使与师言曰：君处北海，寡人处南海，唯是风马牛不相及也。"下注："牛马牝牡相诱而相逐谓之风。"[①] 并引《尚书·费誓》"马牛其风"[②] 可知，"马牛其风""牛马牝牡相诱而相逐谓之风"之"风"的这一义项是相当久远的含意。国风之"风"的原始本源含义，除了来自于周公《豳风》之"地方风土"之意，是否可能也与"牛马牝牡相诱而相逐谓之风"之"风"有一定关系呢？这样，当诗三百发展到一定的历史阶段，"风"的含义就与"性"发生一定的关系，由动物牝牡相逐的自然本性到人类的异性相逐，升华到人类的异性情爱。

这样说，似乎有低俗之嫌，但相对于雅颂的"雅"的属性，风诗的属性正是俗的属性。《雅》《颂》基本不涉及性和情爱的主题，当然，十五《国风》也不全是情诗，但这里面有其规律所在。从地域而言，《豳风》《秦风》《魏风》《唐风》《曹风》等北方或是西北方的风诗基本不言情，或说是仅有少量言情之作——周公之《豳风·东征》中已有思念妻小之内容，可谓是开诗写情爱之先河——除了地域关系之外，这些国风相对于郑卫陈之风相对较早，时间因素加上地域方面的民风淳朴古风犹存的北方风俗，自然就形成了"言志"与"言情"的不同。

那么，既然十五《国风》中有延续雅颂诗风的言志之作，也有与时俱进的南国情诗之作，以"马牛其风"来阐释《国风》之"风"，岂非以偏概全？其实不然。世间之事，事物的演变，唯有那些具有前所未有的创造，才是事物的本质；而延续旧体的方面，仅仅是传达出来往昔事物的生命延续的信息，创

---

① 杨伯峻编著：《春秋左传注》，中华书局1990年版，第289页。

② 同上。

新者是为本质。也正因此，十五《国风》也被称之为“歌谣总集”，并且被进一步称之为民歌总集，反之，情爱这一主题，也被后来的学者视之为民歌写法和民歌特色。

其次，应该是“诗者，持也”的教化之意，也就是风也有教化的意思。

其三，风的含义具有各自不同的品类之意，所谓“风马牛不相及”，同时含有品类不同之意。也就是说，郑卫之音代表的国风，是与雅颂诗完全不同的诗歌类型。

风诗，特别是郑、卫、齐、陈代表的南方春秋后期的风诗，为何会走向类似“牝牡相诱而相逐”的风诗呢？这要从春秋时代政治背景和诸侯在礼崩乐坏之后情爱生活来作为背景加以研究。从《左传》的记载来看，其中有几件大的乱伦事件，标志了一些诸侯已经有类似“牝牡相诱而相逐”的行径，有此行径，方有此类诗篇。

《春秋》自隐公元年开始，从《春秋左氏传》中的记载来看，隐公元年所能读到的还是郑伯隧道和母见面的场景，“孝子不匮，永锡尔类”，春秋之前的社会习俗，不能说没有此类事情发生，但毕竟还没有成为较为普遍的行为。大约在公元前710多年前后，乱伦行为才开始成为发生在诸侯之间的较为普遍的行为，从而产生了“马牛其风”的风诗。其中，具有标志性的事件主要有：

（1）隐公八年（前715年），发生“郑公子忽如陈逆妇妫”“先配而后祖”（配，指同床共寝；祖，指返国时告祭祖庙。公子忽先同居而后祭祖）的事件，受到批评：“是不为夫妇，诬其祖矣，非礼也，何以能育？”①

（2）鲁桓公二年（前710年），此前一年，发生“宋华父督见孔父之妻于路，目逆而送之，曰：‘美而艳’”的事情，至此年，则发生“杀孔父而弑殇公”②的事件，由夺妻而引发政变。

（3）鲁桓公十六年（前696年），发生卫宣公上烝夷姜而生急子，下夺未婚儿媳的事件。“初，卫宣公烝于夷姜，生急子”卫宣公烝于夷姜而生急子，自然是此前发生的事情，但也不会太久远，而且私通之事，不足为奇，对社会习俗的

① 杨伯峻编著：《春秋左传注》，中华书局1990年版，第59页。

② 同上书，第83、85页。

影响也不会太大。重要的是卫宣公为急子娶妇而夺之："谓之娶于齐，而美，公取之。"(《左传》，145、146页）这就严重地影响了社稷安危，使卫国由此发生一系列的政治事件，美色情欲问题直接成为一个诸侯国家的政治事件，对此，《卫风》中的很多诗篇都是围绕着这个事件而作，参见后文。

（4）鲁桓公十八年（前694年），发生齐襄公与其亲妹，鲁桓公夫人文姜通奸而造成桓公身死齐国的事件："公会齐侯于泺，遂及文姜如齐。齐侯通焉。"（"通"犹今言通奸。昭二十年传"公子朝通乎襄夫人宣姜"，《诗鄘风・墙有茨・序》"公子顽通乎君母"，是以下淫上也。襄二十五年传云'齐棠公之妻，东郭偃之姊也'，'庄公通焉'，三十年传云：'蔡景侯为太子般娶于楚，通焉'，是以上淫下。此则兄妹通奸。）"使公子彭生乘公，公薨于车。"(《左传》，152页）

（5）鲁庄公十年（前682年），"蔡哀侯娶于陈，息侯亦娶焉。息妫将归，过蔡。蔡侯曰：'吾姨也。'止而见之，弗宾。"（息妫甚美，此则所谓"弗宾"，盖有轻佻之行。）息侯闻之，怒，……楚败蔡师于莘，以蔡侯献舞归。(《左传》，184页）蔡侯色胆包天，利用息妫出嫁息侯途经蔡国，轻佻于息妫，从而引发战争。有关息妫的争夺还有后文，并牵涉诗三百的一些诗篇。以上所举五例，已足够。（还有一些重要事件和诗三百密切相关，如隐公三年，"卫庄公娶于齐东宫得臣之妹，曰庄姜。据《卫世家》，庄公五年娶齐女为夫人，此齐女即庄姜，当是齐僖公之姊妹，齐庄公之嫡女庄姜美而无子，卫人所为赋《硕人》也。"①）

这些事件所发出的强烈信息是：在公元700年前后的世纪之交，春秋时代由政治纲纪的礼崩乐坏，演变而为诸侯的人性人伦的崩溃，以上淫下，以下烝上，兄妹通奸，不一而足，而这种诸侯的人伦败坏，又主要发生在郑、卫、齐、陈的诸侯国，也就是主要发生在南方诸侯国。诗三百《风》诗的后期作品，一直到《陈风》的几篇，都是以刺诸侯的这种淫乱行为作为主要题材来加以书写的。因此，所谓国风之风，发展到这个时代，其含义正应该是"风马牛不相及"之风，当然，风的含义也并不都是如此，由性生发的情爱，由情爱生发的婚姻主题，由婚姻主题生发的社会风俗主题等等，都在其中。

因此，国风之"风"，正是"观风俗之盛衰"之意，只不过经过这样的一

① 杨伯峻编著：《春秋左传注》，中华书局1990年版，第59页。

轮研究，不难得知，这种社会风俗不仅仅有婚纱下的“桃之夭夭”“宜其室家”的美好和纯净，也有类似“马牛牝牡相逐”的性爱的原始，以及由这种原始性爱的追逐而引发的政治和战争，这些都成为了诗三百《风》诗的主题。孔子出于礼仪、礼义、人伦教化的需要，将《周南》和《关雎》列于首章首篇，将这种原始的性爱归之于“无邪”的婚姻殿堂，其用心——良有以也。

第二节　《国风》采诗说辨析

前文关于《国风》之“风”含义演变的辨析，很有可能会引出另外一个结论，那就是迎合于朱熹的“风者，风俗歌谣之诗也”的说法——确实如此，笔者的这一研究和说法，暗合于朱熹之说。但朱熹之说在漫长岁月的接受史中，已经被蜕变而为民歌说，并进一步在班固等东汉学者的所谓采诗说那里寻求到了理论依据。这是不得不加以辨析的。

诗三百的性质，到底是贵族的还是平民的？诗三百的得来，有采诗说最为流行，采诗说成为了诗三百民间说的理论蓝本，而采诗说主要又是针对国风而言，所以，将诗三百的作者来源、作者阶层问题放置在进行二南诗研究之前进行讨论。

《诗经》两个字，诗和经，诗是文学的，经是政治的、哲学的，如果说，《诗经》是两者兼备的特殊形态，既是文学的诗，也是政治和哲学意义上的经，那么，两者之间必定只有一个为其原属性，另一个为依附性属性、生发性属性。按照权威文学史的界说，《诗经》是我国第一部诗歌总集，这无疑是抛弃了其中的政治经典含义，单取其文学含义。这一定义似乎已经成为《诗经》的定论，但问题并不这样简单。《诗经》的研究史、学术史、阐发史，经历了漫长而曲折的历程，以笔者的研究所见，诗三百在其产生的两周时代，以及它作为诸侯卿大夫聘问宴享的传播使用的春秋时代，连同孔子之后直至《毛序》对诗三百进行阐发的时代，诗三百与其说是一部诗歌总集，不如说是一部政治文献总集，其本质是礼乐制度的产物，本质是经而非诗。其文学属性、诗的属性仅仅是由于这种文献经典是礼乐本身的重要组成——音乐的文艺性决

定了诗的文学性。

我们现在将诗三百解释为文学意义上的“诗”的一种，这是不错的，但若从学术意义的视角来深入解读诗三百，就要知道，它的原始意义是政治的，而非文学的。只有这样，我们才能知道，孔子以来，一直到《毛序》对于诗三百的原阐发，是最为接近诗三百本身的、原本的含义，而将诗三百视为诗歌总集，则是从朱熹以来的后阐发的产物。朱熹说：“风者，风俗歌谣之诗也。”①这一说法一方面是正确的，他说诗三百中的《国风》是诗，这有将诗三百从经学中解放、解脱的革命性含义，在经学统治的漫长历史时期之后，将诗三百的文学性、诗性的一面阐发出来，这是朱熹之说的进步性；但另一方面，朱熹说国风是“风俗歌谣之诗”，开了将诗三百解读为民间诗作的先河，从此对诗三百的研究和阐发，从经学转向了诗学，更进一步具体指向了民歌的界说。

“把《诗经》当成一部纯粹的歌谣集看待”，从诗经接受史的角度来说，其源头可以上溯到东汉以来的采诗说、朱熹的民谣歌集说，更是民国以来胡适代表的白话文学史观、民众史观的产物。胡适《白话文学史》第二章，此章胡适开篇即言：“一切新文学的来源都在民间。民间的小儿女，村夫农妇，痴男怨女，歌童舞妓，弹唱的，说书的，都是文学上的新形式与新风格的创造者。这是文学史的通例，古今中外都逃不出这条通例。”“《国风》来自民间，《楚辞》里的《九歌》来自民间。汉魏六朝的乐府歌辞也来自于民间，以后的词是起于歌妓舞女的，元曲也是起于歌妓舞女的……中国三千年的文学史上，那一样新文学不是从民间来的？”②

《诗经》的来源，大抵有三种，献诗说、采诗说、编诗说。从一个世纪以来主流文学史的采信情况来看，采诗说占据了绝对的优势，而从近十余年学者的研究成果来看，采诗说逐渐不被采信，而献诗说和孔子编辑之说日益成为新的信奉。以笔者的观点来看，这是学术史的一个正确的选择。

先看献诗说：《国语·周语上·邵公谏厉王语》记载：故天子听政，使公卿至于列士献诗，瞽献曲，史献书，师箴，瞍赋，矇诵，百工谏，庶人传语，近臣尽规，亲戚补察，瞽、史教诲，耆、艾修之，而后王斟酌焉，是以事行而

① 朱熹集注：《诗集传》卷第一，中华书局 1958 年版，第 1 页。

② 胡适：《白话文学史》，上海古籍出版社 1999 年版，第 15 页。

不悖。[①]

《国语·晋语六·范文子戒赵文子语》：吾闻古之王者，政德既成，又听于民，于是乎使百工诵于朝，在列者献诗，使勿兜，风听胪言于市，辨妖祥于谣，考百事于朝，问谤誉于路，有邪而正之，尽戒之术也。[②]

这两段材料说明的是一个问题，都是说明古代的献诗制度，而非采诗制度。献诗者，是由“天子听政”时候的“在列者”来“献诗”，也就是所谓的“列士献诗”制度。所谓“列士献诗”，正是“在列者献诗”的意思，是“天子听政”时候，在宫廷参与朝政的“公卿至于列士献诗”。“瞽献曲”，《书·尧典》，传“无目曰瞽”，瞽，应该是两周时代的宫廷乐工，古代以目盲者为乐官，故为乐官的代称，相当于后来所说的乐工、伶工。由此可知，先秦时代也同样是乐工为专门职业，而诗人则由公卿至于列士，也就是后来所说的公卿士大夫阶层来兼任。

后一条资料出自《晋语》，赵文子赵武行冠礼见晋国九位卿大夫，其中见范文子，范文子说：我听说古代的圣王，在国政治理好之后，还要听取民意，让乐师在朝廷上诵读箴言，让公卿大夫献诗使自己不受蒙蔽，采集市井商旅的传言，辨别民谣中反映的善恶，从路人口中探询民众对朝政的毁誉。所谓采诗民间，则仅仅是“风听胪言于市，辨妖祥于谣，考百事于朝，问谤誉于路”。

以上资料同时也说明：“知诗为何物，自出于公卿诸大夫列士之间，盖当时在列者以上始知有诗，其不在列者，则百工谏，庶人传语，未尝言诗也。”[③]除了献诗之外，还有“陈诗”的记载，《礼记·王制》记载：“天子五年一巡狩……命太师陈诗以观民风。”陈诗、献诗，就其本质而言是相同的，都不涉及所谓民间采诗的问题，所谓采诗，则是欲要说明诗三百中的很多作品是民间之作。而献诗陈诗，并没有说明写作者为何人，也许陈诗、献诗者即为写作者本人，当然，也可以陈献他人之作，这一点，还有待于进一步的研究。陈诗、献诗都是一个意思，都是说明《诗经》作品的产生，来源于先秦时代礼乐制度的需要，是贵族政治的产物。

① 尚学锋等译注：《国语》，中华书局 2007 年版，第 10 页。

② 同上书，第 256 页。

③ 朱东润：《诗三百篇探故》，云南人民出版社 2007 年版，第 5 页。

先秦时代的这些记载，到了两汉时期变为貌似有枝有叶、有根有据的“采诗”说。先是班固（32—92年）的《汉书·艺文志》记载：“《书》曰：‘诗言志，歌咏言’，故哀乐之心感而歌咏之声发。诵其言谓之诗，咏其声谓之歌。故古有采诗之官，王者所以观风俗，知得失，自考正也。”①《汉书·食货志》记载：孟春之月，群居者将散，行人振木铎徇于路，以采诗，献之太师，比其音律，以闻于天子。故曰：王者不出牖户而知天下。②随后，东汉时期今文经学家何休（129—182年，字邵公）在《春秋公羊传注疏》卷十六《宣王十五年》中注：男女有所怨恨，相从而歌，饥者歌其食，劳者歌其事。男年六十，女年五十无子者，官衣食之，使之民间求诗。乡移于邑，邑移于国，国以闻于天子。故王者不出牖户，尽知天下所苦，不下堂，而知四方。③

该注将诗三百来源诸说作出一个历时性的、流变式的排列，在先秦时代的典籍文献中，还仅仅是公卿列士的“献诗”，或是太师的“陈诗”，到了汉武独尊儒术之后的两汉，特别是刘秀将儒家文化、儒家哲学、儒家教育、儒家学术进一步推向极致的东汉时代之后，诗三百的采诗民间说，才陆续被儒家的历史学家、儒家的学者们编造出来。其次序应该是首先由班固在《艺文志》中解释“诗言志，歌永言”，由此提出“采诗”这一概念：“故古有采诗之官，王者所以观风俗，知得失，自考正也”，至于“古有采诗之官”的史料证据并没有提供出来，仅仅是根据“王者所以观风俗，知得失，自考正”的逻辑推理。这无疑是班固根据对先王儒家政治进行美化的学术需要所想象出来的，但却成为了后来者的颠扑不破的论证由来，并在后来学者的层累堆积的添加论证中得到了不断的光大发扬。

《汉书·食货志》中的“孟春之月，群居者将散，行人振木铎，徇于路以采诗，献之太师，比其音律，以闻于天子”，则是对《艺文志》“采诗说”这一抽象说法的具体描述。班固作为历史学家，其采诗说亦当有所本，《左传·襄公十四年》记载师旷侍于晋侯的一段话，晋侯问师旷：“卫人出其君，不亦甚乎？”师旷对此做了一段长篇讲述，来讲述君主和臣民的关系：史为书，瞽为

① 《汉书》卷三十，中华书局1962年版，第1708页。

② 《汉书》卷二十四，中华书局1962年版，第1123页。

③ 《十三经注疏》，中华书局1980年版，第2287页。

诗，工诵箴谏，士传言，百工献艺。故《夏书》曰："遒人以木铎徇于路，官师相规，工艺执事以谏。正月孟春，于是乎有之，谏失常也。"①晋侯认为"卫人出其君"是过分的，师旷站在儒家民本的立场上，阐发了君主应该"养民如子，盖之如天，容之如地"，而民对于君，则应该"民奉于君，爱之如父母，仰之如日月，敬之如神明"，但若是"困民之主"，让百姓绝望，"将安用之"，"弗去何为"？由此，引发了一段对于两周礼仪制度的阐发："史为书"，杜注："谓大史君举则书"；"瞽为诗"，瞽为乐师，《周礼·春官序官》郑玄注："凡乐之歌，必使瞽蒙为焉，命其贤知者以为大师、小师。"《国语》上之"瞽献曲"，即此之："瞽为诗"瞽歌诗必奏曲也；"工诵箴谏"，《孔疏》："《仪礼》通谓乐人为工"，诵，或歌或读。以上资料对于我们理解两周时代的礼乐制度以及礼乐制度与诗歌之间的关系，皆是基本的同时也是重要的资料，故一一陈列。

再看师旷所引《夏书》的记载，说"遒人以木铎徇于路，官师相规，工艺执事以谏。正月孟春，于是乎有之，谏失常也。""遒人"，《尚书·伪孔传》云："宣令之官"，遒，音酋，徇，巡行而宣令也。木铎，金口木舌之铃。官师，一官之长。师旷所引的《夏书》中所记载的，是王室令宣令官拿着木铎到各地巡行宣令，地方的小官员等利用这个机会来反映一些地方民情，使下层官员民众能有一个"执事以谏"的机会。其中并无采诗或是采乐之说，师旷所引这段《夏书》为逸书，作伪《古文尚书》者羼入《胤征篇》。可知，即便是这个史料，其真伪问题也还有待于后来者考察。那么，班固作为严谨之史学家，何休作为著名学者，为何要望风捕影、断章取义、子虚乌有地造出一段采诗的描述呢？这是一种政治的需要——儒家思想的需要，以此来对最高统治者有所约束。

有学者根据2002年上海古籍出版社出版的《上博战国楚竹书·孔子诗论》认为，这是一批战国书简，其中第三简就提到了采诗、观俗："邦风其纳物也，溥观人俗安焉。大敛才焉。其言文，其声善。"邦风即《国风》，溥观人俗，同"诗可以观"相似，"大敛才焉"，认为就是采风，谓收集邦风佳作，

---

① 杨伯峻编著：《春秋左传注》，中华书局1990年版，第1017页。

敛集诗材，或说是敛集歌曲材料（参见廖群《周代采诗说的文物新证》），但这里是有问题的：原文仅仅是“大敛才焉”，并非采诗制度本身，该作者引述材料为“大敛才焉”，论文题目却为《周代采诗说的文物新证》，这显然是不够严谨的，将“大敛才焉”解释为采诗说，仅仅是作者主观的阐发，是先有“采诗”说的概念，以此往上靠拢而已。此外，对采诗说、民间说也常常有偷换概念的问题，譬如，采诗说的要害是诗三百特别是风诗的作者来自于民间，但阐发者往往看到古人材料中有采集民谣、民俗等就视为采诗说的证据，这是不足取的。

到了东汉中后期的何休笔下，对这种采诗制度有了进一步的描述和阐发：班固提出了采诗制度，客观上需要对这种制度产生的原因以及采诗制度的具体过程，包括采诗人员的具体情况来给予具体的描述。何休所说：“男女有所怨恨，相从而歌”，这是民间歌咏诗歌的根本原因；“饥者歌其食，劳者歌其事”，这是民间诗人的写作内容；“男年六十，女年五十无子者，官衣食之，使之民间求诗”，这是采诗官的人员来源；“乡移于邑，邑移于国，国以闻于天子”，这是民间采诗的具体过程。在汉儒的描述下，先秦时代的儒家政治是一个何等美妙的人类社会，“男年六十，女年五十无子者，官衣食之”，这正是孟子描述的大同社会的理想状态，人类在进入到二十世纪的中国仍然未能做到的福利制度，在先王时代就已经实现了，而且这些老者在得到了官家提供的衣食之后，不用担心无所事事，可以“使之民间求诗”，既然就连五六十岁的老者都能做到老有所养，老有所用，民间也早都一片歌舞升平，大同世界，哪里还会有人会成为饥者，哪里还会有人怨恨，既然没有怨恨，哪里还有这么多因为有所怨恨而相从而歌的诗歌来供这么多的人去采诗？很显然，从班固到何休，构成了一个以想象来虚构历史的一个链条，后来学者不查，或者是明知其为虚言诳语，由于政治的需要、学术的需要，而听从偏信，并引证以为根据。采诗说对后来之学术影响深远，譬如一直到当下流行本文学史，也说“国风多为春秋时期的作品，有许多采自民间”①。

对于采诗说，清代学者崔述的《读风偶识》批判甚为有力，随后有日本人

① 袁行霈主编：《中国文学史》第一卷，高等教育出版社1999年版，第77页。

青木正儿的批判，进入到中国现代学术之后，则朱东润先生的批判最为系统有力，先看其引述崔述及青木正儿的观点：

余按克商以后，下逮陈灵，近五百年。何以前三百年所采殊少，后二百年所采甚多？周之诸侯千八百国，何以独此九国有风可采，而其余皆无之？……且十二国风中，东迁以后之诗居其大半，而《春秋》之策，王人至鲁，虽微贱无不书者，何以绝不见有采风之使？乃至《左传》之广搜博采，而亦无之，则此言出于后人臆度无疑也。……大抵汉以降之言《诗》者，多揣度而为之说。其初本无的据，而递相祖述，遂成牢不可破之解，无复有人肯考其首尾而正其失者。

而近人日本青木正儿复剿承崔氏之说，著《自诗教发展之径路见疑于采诗之官》一文，以为采诗之官不过为儒家传统之一种理想，殊无事实可以依据。其论分《诗》教之完成为三个时期，谓：在西周仅有乐教而无诗教，及春秋赋《诗》之风盛行而《诗》教渐行萌芽，至战国时代而诗教已完成。复以音乐进化之观念考察殷商时代，分谓乐主诗时期及诗教定础期，因而推定孔子以前实无诗教，而孔子实亦未尝删诗。其结论遂主张：周王室有采乐之事而无采诗之事，诗之内容亦仅供音乐之实用，而非供政教之资料。孔子未尝删诗，诗之亡逸为自然淘汰之结果，献诗、采诗、陈诗诸说，不过为《诗》教发展之后，自《诗》教之见地而构成之一种理想论而已。①

清人崔述之批判及日本青木正儿之论述皆非常有力，然而，后来之文学史，仍然不顾及事实，相信采诗之说，递相祖述，遂成牢不可破之解。其原因，正在于政治的需要、意识形态的需要。当然，青木正儿之说仍然不够彻底，从前面引述资料来看，青木所说的“周王室有采乐之事而无采诗之事”，采乐之事仍需要有史料证实。同时，青木等亦多不相信孔子删诗之说。

对《诗经》特别是《国风》出自民间采诗而来的质疑，最早也是最为有力的当属朱东润先生的《诗三百篇探故》，其首篇就是《国风出于民间论质疑》，此文最早发表于1946年的《国文月刊》，他的研究方法其实非常简单明了，即一切从作品本身出发，他首先提出通行之说有难安者三：一、诗三百五篇以前

① 柳存仁等：《中国大文学史》，上海书店出版社2010年版，第32—33页。

及同时之著作，凡见于钟鼎简策者，皆王侯士大夫之作品。何以民间之作，止见于此而不见于彼？二、即以被指为“民歌”代表作的《关雎》《葛覃》诸篇，关雎之君子、淑女、非民间之通称，“琴瑟”“钟鼓”非民间之乐器，《葛覃》之“师氏”非民间所能有；三、后代之文化高于前代，何以三千年之前之民间能为此一百六十篇之国风，后世之民歌远不及矣。

随后，朱先生又从两个角度论证了国风的作者问题：一、据《毛序》，作者可考而得主名者六十九篇，据《诗三家义集疏》说，得四篇，作者皆为统治阶级；二、就诗篇本文考察，作诗者或自言，或言其关系之人，或言其所歌咏之人，涉及地位、境遇、服御、仆从诸端，可以确定为统治阶级之诗者八十余篇，即《国风》一百六十篇总数之半。相反，欲以同样方法论证某诗确实出于被统治阶级所作，不能得一篇。①

有朱东润先生这样翔实的论证，诗三百民间说，国风民间说，可以休矣。文学史理当可以改写，但我们所见到的文学史、诗歌史，照样还都是按照传统的说法，不为所动。

台湾学者李冬辰在《诗经研究》专著中，专有一节《以诗经为古代民歌总集的批判》，继朱东润先生之后，对将诗三百视为民间采诗而来的说法给予了进一步的系统批判，并从诗经研究出发，升华到方法论研究的层面。

近十年来，诗经学的研究，越来越肯定了《诗经》是两周礼仪制度的产物，《诗经》作品从创作、编辑到传播，都是两周时代王室贵族、上层社会的产物，其中刘毓庆、郭万金著的《从文学到经学》、王昆吾著的《中国早期艺术与宗教》、马银琴著的《两周诗史》、陈致著的《从礼仪化到世俗化》、刘冬颖著的《出土文献与先秦儒家诗学研究》、李山著的《诗经的文化精神》等，更是其中之翘楚。

或说，诗三百特别是十五国风分布在这么多地方，诗中的用韵句式等却基本统一，正说明诗三百是采集而来，经过统一的整理所得。这里，其实有两个问题值得补充说明：首先，论者忽略了这样一个事实，十五国风貌似不同的国家，其实，两周乃至春秋时代，不同诸侯国虽然有著自己不同的国号，但究竟

① 骆玉明：《诗三百篇探故重刊弁言》，朱东润著《诗三百篇探故》，云南出版集团云南人民出版社 2007 年版，第 5 页。

同是中国，同是华夏民族，同是有周朝代下的不同封建诸侯而已，他们不仅仅是同样语言的同一民族，而且是在同样风俗习惯、同样礼乐制度、同样的哲学思想、同样的诗三百传播方式之下的社会群体，特别是诗三百的传播方式，使各国的诸侯卿大夫，熟悉着同样的聘问宴享诗性话语。因此，相互之间的交流和交融远远大于彼此之间的差异性。

再次，论者混淆了两种不同意义上的采诗。采诗说具有两个含义，其一，所说采自民间，其含义乃在于诗的作者是为民间所作；其二，所说在于编辑整理。一向所说的采诗说，重心在于诗三百特别是国风的作者问题，而非编辑统一问题。论者所说的诗三百来源十五国风，却有着近乎统一的用韵句式，乃是重在于编辑统一的工作。以后者之含义而成为前者之结论，这是此说之问题所在。

诗三百的形成，既有着十五国风本身相互的交融影响，采用着几乎相同的语言，书写着近似的社会生活，因此，形成虽为不同诸侯国的国风，却有着基本统一的语言、用韵、句式等，同时，也不能排除孔子编诗删诗时候所作的一些体例统一的工作。

第九章
豳、秦、魏、唐等北方《国风》

第一节　概说

十五《国风》，如果从地域来说，可以分为北方的和南方的《国风》两大部分：北方的《国风》，包括西北当下陕西境内的《豳风》《秦风》，山西境内的《魏风》《唐风》等，而南方的《国风》诗，包括二《南》《王风》和《郑风》《卫风》《陈风》，它们都主要在当下河南境内以及江汉一带。有趣的是，如果从诗作的题材和写作风格来说，这些北方诗作基本都不太涉及情爱主题，而郑、卫、陈等南方国风，却以情爱作为基本主题。是地域关系还是写作时间关系？还是两者兼有，或是另有原因？这些都有待于在研究之后得出结论。

我们暂且先按照地域并兼顾言志和言情的不同来分类研究（其中《齐风》是一个中间地带，可能有较为特殊的原因）。这两种情况不是巧合，而是一种必然，它可能体现了两种因素，其一是地域的；其二是时间的。两周时代，伴随着礼崩乐坏的历史进程，是诗三百的写作史运行中出现了由正风雅作向变风变雅的运动过程，也经历了由北向南的文化传播运动。这一过程，伴随着当时历史文化、社会风俗由礼乐教化向世风淫靡的转型，郑、卫、陈等情爱主题诗作，应该正是这一风尚的折射和反应。

以上对《雅》《颂》的研究，不难总结出某些规律性的东西：如果不将十五《国风》计算在内，《雅》《颂》部分主要是两个时期的作品，首先是西周早期的作品，从周公摄政时期到成王执政时期，主要作者为周公、召公、成王等高层统治者的作品。《雅》《颂》的主要功用和内容，是郊庙祭祀和书写有周历史，以及当时的政治事件的记载，其诗性特征尚未明显，多为散文化的表达方式。就外在形式而言，多为散文句式的杂言体，渐次转型为整齐的四言句式。就整体篇章来说，虽有篇章之分，但尚未形成符合诗歌特征、音乐特点，采用回环往复、复沓重复等手法的篇章节奏，诗句的韵律节奏尚未分明。就内在形式而言，主要采用赋体写法，逐渐开始发现比兴的作用。

其次是从宣王时期到西周末期主要是厉王、幽王时期的作品，主要集中在《小雅》之中。就内容和主题而言，成功地转型为政治事件背景之下的个人情怀，所谓“小雅怨诽而不乱”，正是这个时期的作品。就诗歌的外在形式而言，由散文句式作为主体的语言语句开始转向较为凝练的诗性语言语句，兼有杂言句式，但语句内部或是语句之间具有较好的诗歌节奏，篇章之间已经形成较为稳定的便于歌唱、节奏流畅的复沓式的乐章、诗章，就内在形式而言，比兴手法已经成为了主要的表达方式，并能出现一些情景交融的佳作。

如果现在将十五《国风》再计算在内，则诗三百就本质而言，主要经历了三个历程：西周早期的周公时代的开山发轫时期；以尹吉甫、南仲等开端的宣王厉王幽王时期；以十五国风主体部分的平王东迁之后的作品。这就是现在我们需要研究的十五《国风》。

如前所述，十五《国风》大体可以分为两大种类，一种为北方的《国风》，以《豳风》《秦风》《魏风》《唐风》为代表；另一种为南方的《国风》，以《周南》《召南》《王风》《卫风》《郑风》《陈风》等为代表。两者不仅是地域之别，同时也有内容、主题、连带艺术风格和艺术手法之别。

就总体而言，北方诸《国风》写作时间略早于南方诸《国风》，其多写国家政治主题；南方诸《国风》则相反，写作时间晚于北方诸《国风》，主要写婚恋情爱等。而南方表达爱情婚恋主题的诗作又可以进一步分为两种，如郑笺所云：“国者，总谓十五国；风者，诸侯之诗。从《关雎》至《邹虞》二十五篇，谓之正风。”① 就音乐性质而言，北方诸《国风》应该采用的是两周流传下来的北方音乐，《雅》《颂》之属，或说是两周雅颂音乐的流衍；南方诸《国风》采用的应该是南方音乐体系，属于房中乐或是宫廷燕乐系统。

---

① （清）王先谦撰，吴格点校：《诗三家义集疏》，中华书局 1987 年版，第 3 页。

十五《国风》的历时性难以考辨，如果以十五《国风》的空间地理位置为序，依次考察。地理位置所体现的空间差异，大体也多少体现了十五《国风》的时间差异。就总体而言，先秦时代，特别是两周到春秋战国时代的文学演变，是一个由北向南渐次南移的历程。这一演变历程，一直到出现屈原《楚辞》为止而达于极致。

第二节　《国风》中的最早篇章——《豳风》

《国风》中最早的篇章，当为《豳风》中的《七月》《鸱鸮》《东山》等，其写作方式尚在第一时期之中，如前所分析。巧合的是，《豳风》也是最为典型意义上的北方《国风》。

从《雅》《颂》到《国风》，其中最为重要的演变就是由散文性的言志、历史记载，而转向个体的抒情性，其中一个重要的语言特征，就是表达抒情的“兮”字的渐次增多。《雅》《颂》的抒情感叹，一般还用“矣”“思”等叹词，到了西周中后期的小雅诗篇，也还仍然是“昔我往矣”“今我来思”等，在《国风》之中，《豳风》《秦风》等北方风诗，“兮”字还较少使用，到了郑卫陈等中原而接近楚地之作，大量出现“兮”字的抒情句法。《豳风》七篇，二十七章，203句，仅有《九罭》一篇有两句有“兮”字，“是以有衮衣兮，无以我公归兮”[1]。《秦风》十篇，二十七章，181句，仅《黄鸟》有两次重复出现“如可赎兮”，《唐风》《山有枢》十二篇，三十三章，203句，“宛其死矣”重复两次，《绸缪》三次重复出现“子兮子兮”，《无衣》四次等，“兮”字渐次增多。

到了近于南方的国度（同时也是诗三百的晚期作品），如《卫风》《郑风》《陈风》，全篇用“兮”者有之，如《陈风·月出》；一句两次用“兮”者有之，如《卫风·绿衣》“绿兮衣兮”，可以说是不胜枚举了。“兮”字就空间地域而言，越来越走向南方，就时间而言，越到后期，越广泛地运用，显示了诗三百

① （清）王先谦撰，吴格点校：《诗三家义集疏》，中华书局1987年版，第544页。

日益走向抒情的诗歌体式。

就赋比兴手法而言，也同样显示了越来越多地采用比兴手法。比兴手法越来越多地采用，可能会与如下几个方面的因素有关：首先是随着诗三百写作历程的演变，诗歌内形式的文学性、诗歌性的美学特征越来越得到写作者和传播者、欣赏者的确认，比兴手法的技巧越来越成熟；其次是东周之后到春秋时期，礼崩乐坏，各个地方诸侯越来越出现更多的逾越儒家礼制的淫乱行为，诗三百《国风》的撰写者，不得不采用比兴手法来指陈譬喻；再次是诗三百在春秋时期进入到当时外交场合之中，诗三百的传播方式，本身就是一种譬喻连类的比兴方式，传播方式的比兴，促进了后期《国风》诗作比兴写法的更加普遍；最后是《国风》写作日益从北方而向南方国度转移，“兮”字可能是来源于南方语言中的抒情表达方式。这一点，在诗三百之后的屈原楚辞中可以得到验证。关于《国风》诗作中的比兴佳作例证甚多，不胜枚举，暂且从略不论。

先看《国风》的早期之作：以《豳风》的《七月》《鸱鸮》《东山》为中心，如前所述，诗三百的产生时间，需要将《风》《雅》《颂》拆分来看，首先是《颂》，但要剔除《商颂》五篇、《鲁颂》四篇，而保留《周颂》三十一篇。其次，《大雅》中追溯有周历史的篇章，如前所述，为周公时代之作，仅次于《周颂》中的部分作品。此外，《风》诗中还有周公时代的作品。其中《豳风》应该是《国风》最早的诗篇，而且应主要是周公所作，或说是以周公为中心的诗歌写作。

《豳风·七月》：

七月流火，九月授衣。一之日觱发（音碧波，象声词，风声），二之日栗烈。无衣无褐，何以卒岁？三之日于耜，四之日举趾。同我妇子，馌（音业，送饭）彼南亩。田畯至喜。

七月流火，九月授衣。春日载阳，有鸣仓庚。女执懿筐，遵彼微行，爰求柔桑。春日迟迟，采蘩祁祁。女心伤悲，殆及公子同归。

七月流火，八月萑（音还）苇。蚕月条桑，取彼斧斨，以伐远扬。猗（音以，牵引、拉着）彼女桑。七月鸣鵙（音局），八月载绩。载玄载黄，我朱孔阳，为公子裳。

四月秀葽（音要，远志），五月鸣蜩（音条，鸣叫）。八月其获，十月陨萚（音拓，落叶）。一之日于貉（音和），取彼狐狸，为公子裘。二之日其同，载缵（音纂，继承）武功。言私其豵（音宗，一岁的小猪），献豜（音兼，三岁的大猪）于公。

五月斯螽（音中）动股，六月莎（音梭）鸡振羽。七月在野，八月在宇，九月在户，十月蟋蟀入我床下。穹窒熏鼠，塞向墐（音近，涂）户。嗟我妇子，曰为改岁，入此室处。

六月食郁及薁（音欲，野葡萄），七月亨葵及菽。八月剥（音扑）枣，十月获稻。为此春酒，以介眉寿。七月食瓜，八月断壶，九月叔苴（音拘，麻子）。采荼薪樗（音出，臭椿），食我农夫。

九月筑场圃，十月纳禾稼，黍稷重穋（音崇路，早种晚熟和晚种早熟的谷），禾麻菽麦。嗟我农夫！我稼既同，上入执宫功：昼尔于茅，宵尔索绹，亟其乘屋，其始播百谷。

二之日凿冰冲冲，三之日纳于凌阴。四之日其蚤，献羔祭韭。九月肃霜，十月涤场。朋酒斯飨，曰杀羔羊，跻彼公堂，称彼兕觥，万寿无疆！①

大意为：七月火星西移，九月始作冬衣。冬月北风觱发，腊月寒风凛冽。没有长衣短褐，怎样过冬守岁？正月开春动耜，二月抬脚下地。动员老婆孩子，送饭送到地头。农官来了欢喜。

七月火星西移，九月始作冬衣。三月里来春光，黄莺鸟儿鸣唱。女孩手执深筐，沿着小路草长，在此采撷柔桑。春日阳光漫长，采蘩女子成行。女孩淡淡伤悲，悲与公子同归。

七月火星西移，八月收割芦荻。三月截取桑条，挥动方孔斧头，砍伐枝条远扬，拉着那些柔桑。七月伯劳鸣叫，八月开始拧麻。染成黑色黄色，朱红多么明亮，作为公子衣裳。

四月远志花开，五月蝉鸣嘤嘤。八月下地收割，十月枯叶飘落。冬月上山打貉，用那狐狸皮毛，来做公子裘衣。腊月大家欢聚，开始继续田猎。小猪留

① 周振甫译注：《诗经译注》，中华书局2002年版，第199—203页。

给自家，大猪奉献于公。

五月蝗虫蹦跳，六月蟋蟀振羽。七月蟋蟀在野，八月蟋蟀屋檐，九月蟋蟀入门，十月在我床下。搜遍洞穴熏鼠，封堵北窗抹泥。感慨家人妻小，总算一年改岁，进入家室此处。

六月野李葡萄，七月烹煮葵菽。八月门前扑枣，十月收割水稻。用此做成春酒，敬祝老人长寿。七月采瓜食用，八月采摘葫芦。九月拾取麻子，砍伐臭椿作薪，采摘田间野菜，给我农夫食用。

九月筑造场圃，十月庄禾入场。各种黍稷谷物，各种禾麻菽麦。感叹我那农夫，忙完自家的活，还要入宫辛劳。白天忙着割茅草，夜里要把绳打好。然后快修房屋，播种百谷真忙。十二月凿冰冲冲，正月里冰窖藏冰，二月里祭祀取冰，奉献韭菜羔羊。九月里肃肃秋霜，十月里清扫谷场。两壶酒成对上飨，杀好了羔羊，登上公府的殿堂。举起那犀牛角的酒杯，一同称颂万寿无疆。

《七月》的写作背景和主题：《毛序》："陈王业也。周公遭变，故陈后稷先公风化之所由，致王业之艰难也。"《笺》："周公遭变者，管蔡流言，辟居东都。"[①] 则此诗为周公遭变后所作，目的是陈王业以及稼穑之艰难，以为成王教材。这是基本可信的。

或说，诗中称"年"为"岁"是夏人习俗，《尔雅·释天》："夏曰岁，商曰祀，周曰年"，或说《礼记·大传》云："易服色"，孔《疏》："谓夏尚黑，殷尚白，周尚赤。"

首先关于年岁的使用，笔者认为，虽然《尔雅》记载了夏商周使用年岁用法的不同，但这并不等于在诗歌写作中不用前代的使用方法。诗三百中使用"岁"字甚多，譬如《采薇》：

> 采薇采薇，薇亦作止。曰归曰归，岁亦莫止。靡室靡家，猃狁之故。不遑启居，猃狁之故。采薇采薇，薇亦柔止。曰归曰归，心亦忧止。忧心烈烈，载饥载渴。我戍未定，靡使归聘。采薇采薇，薇亦刚止。曰归曰归，岁亦阳止。[②]（两次用"岁"）

《小明》："昔我往矣，日月方除。曷云其还？岁聿云莫"；《小雅·甫田之

① （清）王先谦撰，吴格点校：《诗三家义集疏》，中华书局1987年版，第510页。

② 周振甫译注：《诗经译注》，中华书局2002年版，第225—226页。

什·甫田》:“倬彼甫田，岁取十千”;《氓》:“三岁食贫”;《采葛》:“一日不见，如三岁兮”。似乎不用再统计下去，诗三百中采用“岁”处甚多，此中的道理其实非常清楚，作为诗中的语言，采用前代的历法用语并不奇怪。

再看颜色,《七月》说:“载玄载黄，我朱孔阳，为公子裳。”诗中说，染上色黑和色黄，染上朱红更鲜丽，分明是强调我朱孔阳，这才是“为公子裳”的颜色，前文乃为铺垫也。反之，诗三百中的服饰，采用玄色、黄色并不少见，如《小雅·鱼藻之什·采菽》:“采菽采菽，筐之莒之。君子来朝，何锡予之？虽无予之？路车乘马。又何予之？玄衮及黼”;《小雅·都人士》:“彼都人士，狐裘黄黄。其容不改，出言有章。行归于周，万民所望”等等，因此这些理由可能还不能证明诗序所说为非。

《七月》的艺术特点：此诗有一个基本特点，那就是全篇基本上是采用赋的手法，也就是铺陈的手法，讲述王业的艰难。其中有一个现象颇为有趣，那就是此诗分别陈述了不同身份的人之不同的艰难、不同的心境，以至于方玉润《诗经原始》认为:“《豳》仅《七月》一篇，所言皆农桑稼穑之事，非躬亲垄亩久于其道者，不能言之亲切有味也如是。周公生长世胄，位居冢宰，其暇为此?”

其实，方玉润不能理解，有周一代对农事极为重视，更兼有籍田制度，天子亲耕，王妃助蚕，与农事并不陌生，所谓“周公生长世胄，位居冢宰，其暇为此”，乃为后代之帝王贵胄来解读周公；反之，则可以说，此诗写作了多种职业的劳作，若非农夫、采蘩女、猎手等之共作，则非周公难以驾驭也。其中至少有:(1)采蘩女的艰辛和心境;(2)纺织女的艰辛和心境;(3)猎手的生活和心境;(4)农夫的农家生活和心情;(5)作为贵族的王侯的生活场景。

分别看此五种人，首章写农夫:“无衣无褐，何以卒岁？三之日于耜，四之日举趾。同我妇子，馌彼南亩，田畯至喜。”这是客观铺叙，显示了作者对于农耕生活的熟稔，而“无衣无褐，何以卒岁”以及“馌彼南亩，田畯至喜”，都是心理描写，是转换视角，是以农夫视角来表达喜怒哀乐的心境，可以称之为代言体的赋体写法。采用“我”字，正是这种代言体的极好说明。此段描写，作者的视角成为农夫之“我”:“同我妇子”。

次章写采蘩女:“遵彼微行，爰求柔桑。春日迟迟，采蘩祁祁，女心伤悲，殆及公子同归。”既有爰求柔桑的劳动场景的细节，更有“殆及公子同归”的心理描写。“归”字或可解释为出嫁，“同归”则可解释为陪嫁。这更是转换视角，以采蘩女为视角的代言体。此段铺陈，作者的视角转为采蘩女，“殆及公子同归”，其中省略了主语“我”。

第三章写纺织女：“八月载绩，载玄载黄，我朱孔阳，为公子裳。”这一段的铺陈转为纺织女，不仅仅客观写作纺织女，而且作者变身为纺织女：“我朱孔阳，为公子裳”。此处当与前一章“女心伤悲，殆及公子同归”合读，皆为以第一人称“我”来刻写女子心境。

第四章写猎手：“取彼狐狸，为公子裘……言私其豵，献豜于公。”写作猎手，一同采蘩女和纺织女，其中省略主语“我”。

第五章重回农夫：“十月蟋蟀入我床下，穹窒熏鼠，塞向墐户。嗟我妇子，曰为改岁。”两次采用“我”字，强调此情此景，此处心境，皆为农夫之我为、我嗟、我思、我感、我言，故感人至深，不隔一层，而得境界也。

第六章写“采荼薪樗，食我农夫”，此处之“我”，与前五章之“我”有所不同，前五章之“我”，皆为一个案之“我”，故有深入心理描写；此处之“我”，乃为大我，应当翻译成为“我们”或者“我们的”，若理解为代言体，则为我们，若理解为周公从自我视角感叹发语，亦能说通，盖因其总揽全局，胸怀四海，从统治者角度而言农夫之事也。

第七章，“嗟我农夫，我稼既同。上入执公宫。”此处“我”字，与第六章同，个体小我与普泛之大我，两者兼备，而后者更为合乎情理。换言之，周公陈王业之艰难，由个体劳作者之艰辛逐渐回到自身之视角，君临天下，放眼全局而言之。

第八章，也就是结尾一章，方才回到作为诗作者的周公视角，写年终岁尾献羔祭韭的祭祀活动。礼乐制度从天子始，至诸侯卿大夫止，如同王国维所说“民无与焉”。是故，此一章写到祭祀，已经回到周公视角、周公身份、周公话语，“跻彼公堂，称彼兕觥，万寿无疆”。公堂，王者聚会之场所也。兕觥，王者所用之器物也。万寿无疆，祝福天子的话语也。

《七月》八章，分写农夫、采蘩女、纺织女、猎手和周公所在的王廷祭祀宴享活动，此诗一个重要的艺术特色是采用铺陈的方式，并进一步采用代言体，分别代农夫、采蘩女、纺织女和猎手代言。若非理解为代言体，则此诗难以理解，因为诗歌决不会像是有些学者所臆测的那样，民间群体创作，农夫写作一段，采蘩女、纺织女和猎手续写之，随后，王廷重臣再写之。将《七月》诠释为周公所作，周公写农夫，则从农夫视角代言，写采蘩女，则体会采蘩女之心境，最后才写出自身所在的生活场景，以此来整个勾勒出有周王土创业之艰难。

此诗还有一个特点值得关注：分章写作的书写形式。《七月》由于篇幅长，分章乃为必然，但这只是一个外在的因素。就写法而言，《七月》各个章节段落之间已经开始采用重复复沓的形式，“七月流火，九月授衣”，连续两个段落使用，随后，“七月流火，八月萑苇”，以下，“四月秀葽，五月鸣蜩”，“五月斯螽动股，六月莎鸡振羽。七月在野，八月在宇，九月在户，十月蟋蟀入我床下”，每一个章节段落，都从时间月份开始，形成了回环往复、无往不收的诗体结构之美。这对后来诗三百的写作演变，无疑是给予了极大的影响和启发。

《东山》诗：

我徂东山[①]，慆慆不归。我来自东，零雨其蒙。我东曰归，我心西悲。制彼裳衣，勿士行枚。蜎蜎（音渊，蠕动貌）者蠋（音竹，毛虫），烝在桑野。敦彼独宿，亦在车下。

大意为：昔日我去东征，滔滔河水不归。今我归程自东，小雨迷迷濛濛。说是我从东归，我心却向西悲。不用制作战衣，不用衔枚行疾。只有毛虫蠕动，在那桑树之野。那疲乏的兵士，也在车下独自宿歇。

我徂东山，慆慆不归。我来自东，零雨其蒙。果蠃（音裸，植物名，蔓生葫芦科）之实，亦施于宇。伊威（虫名）在室，蠨蛸（音萧梢，蜘蛛）在户。町畽（音“亭”“屯”，四声，野外）鹿场，熠（音意）耀（萤火虫）宵行。不可畏也，伊可怀也。

昔日我去东征，滔滔河水不归。今我归程自东，小雨迷迷濛濛。葫芦生长果实，悬挂屋宇房梁。伊威已经入室，蜘蛛室中结网。夜行野外鹿场，萤火闪耀光亮。如此荒凉不可怕，只有伊——令我如此怀想。

---

① 东山，鲁之东山，其先为奄之东山，《孟子》：“孔子登东山而小鲁。”

我徂东山，慆慆不归。我来自东，零雨其蒙。鹳（音冠）鸣于垤（音蝶，土堆），妇叹于室。洒扫穹窒，我征聿至。有敦瓜苦，烝在栗薪。自我不见，于今三年。

昔日我去东征，滔滔河水不归。今我归程自东，小雨迷迷濛濛。鹳鸟土堆悲鸣，妇人室中悲叹。洒扫房间，熏塞鼠洞，迎我东征归还。院里苦瓜长好，院外柴薪备完。自我不见这些变迁，于今已然三年。

我徂东山，慆慆不归。我来自东，零雨其蒙。仓庚于飞，熠耀其羽。之子于归，皇驳其马。亲结其缡（音离，女子的佩巾），九十其仪。其新孔嘉，其旧如之何？①

昔日我去东征，长久不能归来。今我来自东方，小雨迷迷茫茫。黄鹂鸟儿飞舞，闪耀羽毛光亮。这个女子出嫁，马儿有白有黄。谁为女儿结巾，婚礼仪式辉煌。新婚如此美好，久别重逢怎样？

《毛序》："《东山》，周公东征也。周公东征，三年而归。劳其士，大夫美之，故作是诗也。"方玉润《诗经原始》："此周公东征凯旋还以劳归士之诗……诗中所述，皆归士与其室家互相思念，及归而得遂其生还之词，无所谓美也。盖公与士卒同甘共苦有年，一旦归来，作此以慰劳之。"②

朱熹《诗集传》：豳，国名，在禹贡雍州岐山之北………弃为后稷……弃子不窋失其官守，而自窜于戎狄之间。不窋生鞠陶，鞠陶生公刘，……乃立国于豳之谷焉。十世而大王徙居岐山之阳，十二世而文王始受天命，十三世而武王遂为天子。武王崩，成王立，年幼不能涖祚，周公旦以冢宰摄政，乃述后稷公刘之化，作诗一篇以戒成王，谓之豳风。而后人又取周公所作，及凡为周公而作之诗以附焉。③

朱熹又在《毛诗》基础之上分析东山之结构之美：《东山》四章、章十二句，序曰：一章言其完也，二章言其思也，三章言其室家之望也，四章乐男女之得及时也。……思谓完谓全师而归，无死伤之苦；思谓未至而思，有怆恨之

① 周振甫译注：《诗经译注》，中华书局2002年版，第205—208页。

② 同上书，第208页。

③ 朱熹集注：《诗集注》，上海古籍出版社1980年版，第90页。

怀；至于家室望女，男女及时，亦皆其心之所愿而不敢言者。[①] 此首朱熹解释得合情合理，确实应该是周公本人所作，同时，周公之外的士，大抵还没有参与到这种真正意义上的诗歌写作之中。此处之“我”，周公自谓也，非他人代言。此一篇与《七月》都采用了复沓的手法，从而具有了某种回环之美。以后，重复、复沓、回环，成为了诗三百的重要艺术手法。

周公之东征，发生在摄政三年，也就是公元前1041年，而营周则发生在摄政五年。《尚书大传》记载：“周公摄政，一年救乱，二年克殷，三年践奄（音掩），四年建侯卫，五年营成周，六年制礼作乐，七年致政成王。”[②]《礼记·明堂位》：“王崩，成王幼弱。周公践天子之位以治天下。六年，朝诸侯于明堂，制礼作乐，颁度量，而天下大服，周公反政成王。”[③]

美国学者夏含夷论证，武王伐纣时间为前1045年（《竹书纪年》），而武王在克殷之后两年死去，则周公摄政时间开始于前1043年，《周颂》的开始时间大体为武王克殷之际，即前1045年。所谓救乱、克殷、践奄，都指的是周公摄政之后的管蔡之乱，救乱指的是诛杀管叔、蔡叔，克殷指的是平定武庚之乱，践奄即残奄，指的是讨平协助叛乱的东夷奄国之君。到践奄，已经是西周建国之初的七年之后，周公在七八年的时光里，完成了《周颂》之作向《豳风·东山》篇章的转型，从时间上来说，是合乎情理的。

当然，这一推断是在《毛诗》的阐发基础之上结合作品诸多因素基础之上的修正。既诛管蔡，周公作《鸱鸮》之诗以明其志。《毛序》：“《鸱鸮》，周公救乱也。成王未知周公之志，公乃为诗以遗王，名之曰《鸱鸮》焉。”《鸱鸮》：

鸱鸮鸱鸮，既取我子，无毁我室。恩斯勤斯，鬻子之闵斯。

迨天之未阴雨，彻彼桑土，绸缪牖户。今女下民，或敢侮予。

予手拮据，予所捋荼。予所蓄租，予口卒瘏，曰予未有室家。

予羽谯谯，予尾翛翛，予室翘翘。风雨所漂摇，予维音哓哓。[④]

---

① 朱熹集注：《诗集注》，上海古籍出版社1980年版，第95页。

② 伏胜撰，郑玄注，陈寿祺辑校：《尚书大传》卷二，中华书局《丛书集成初编》1985年版，第101页。

③ 《礼记正义》，《十三经注疏》（上），上海古籍出版社1997年影印阮刻本，第1488页。

④ 周振甫译注：《诗经译注》，中华书局2002年版，第204—205页。

《鸱鸮》一诗，通过诗人对鸱鸮鸟的对话独白，寄托了诗人满腔的忧虑，诗中说："鸱鸮啊鸱鸮，既然你已经抓取了我的小鸟，就请你不要再毁坏我的鸟巢。我一直在辛勤地保护我的小鸟，为了养育他我已经病倒……"不难看出，全诗的意思完全吻合于周公辅佐成王的拳拳之心。这首诗，可以视为《诗经》的第一首比兴之作，全篇用鸱鸮作比，可能正是由于对管蔡叛乱的愤怒无以言说，才选择了比喻的手法，从而在此前全为赋的手法之外，增添了比的手法。

《豳风》中的第四首《破斧》，仍然与周公有关，只不过周公由诗作者变为诗中的被歌诵者。《破斧》诗：

既破我斧，又缺我斨。周公东征，四国是皇。哀我人斯，亦孔之将。

既破我斧，又缺我锜。周公东征，四国是吪。哀我人斯，亦孔之嘉。

既破我斧，又缺我銶。周公东征，四国是遒。哀我人斯，亦孔之休。①

《毛序》解释为："《破斧》，美周公也。周大夫以恶四国也。"四国，指的是参加叛乱的管、蔡、商、奄。诗中说：既已破坏我的手斧，又来弄坏我的方孔斧，周公向东征伐，四国得到安匡。可叹我的战士，由此也得到安康。此诗有几个方面值得注意：

其一，诗作者为周大夫，应该是周公的诗作影响了有周的大夫，效法周公而作诗；其二，诗采用比兴手法，比兴手法渐次形成。

《豳风》以下三首《伐柯》《九罭》《狼跋》，《毛序》都解释为"美周公也"，大抵可信，可以不论。综上所述，如果不将《雅》《颂》考虑在内的话，则《豳风》应该是诗三百的第一批诗作，产生时间是从周公辅佐成王的第二年开始之后的数年时间，主要是周公所作，以及周公带动下的周大夫所作。这些诗作，比之诗三百之前从散文体抽取出来的准诗作，显然有着飞跃，从这个角度来说，周公可以视为中国诗歌史具有开拓地位的第一人。

---

① 周振甫译注：《诗经译注》，中华书局 2002 年版，第 208—209 页。

综观《豳风》七篇，二十七章，203 句，基本是西周早期作品，以周公为中心，艺术手法以赋体为主，比兴尚在雏形，开始具备了重复、复沓的雏形特征。

第三节 《国风》中最早的诸侯篇章——《秦风》

《秦风》十篇，最早或作于西周末年，随后《驷铁》《蒹葭》等四篇为东周初期秦襄公建国时期作品，随后是《黄鸟》《晨风》等以穆公、康公时期为中心的几篇。写作时间及其次序基本是清晰的。《秦风》基本上都是政治抒情诗，围绕秦国的国政大事而发感慨和议论，尚无情爱诗作。

《秦风》首篇《车粼》,《毛序》:“美秦仲也。秦仲始大，有车马礼乐侍御之好焉。”《左传》服虔注:“秦仲始有车马礼乐之好。……其孙襄公列为侯伯，故有‘蒹葭苍苍’之歌,《终南》之诗，追录先人《车粼》《驷铁》《小戎》之歌，与诸夏同风，故曰夏声。”延陵适鲁，观乐太史，车粼白颠，知秦兴起。可知,《秦风》之首篇，作于秦之初兴，秦人美秦仲之作。

《车粼》:

有车粼粼，有马白颠。未见君子，寺人之令。

坂有漆，隰（音席，湿地）有栗。即见君子，并坐鼓瑟。今者不乐，逝者其耋。

坂有桑，隰有杨。即见君子，并坐鼓簧。今者不乐，逝者其亡。

大意是：有车子行驶车声粼粼，有马儿驾车毛色如雪。只是不见君子人，只听得寺人发出指令。山坡上有漆树，湿地下有栗树。既然看到君子，和他并坐鼓瑟。今天不图快乐，很快就会耄耋。山坡上有桑树，湿地下有杨树，既然见到君子，和他并坐鼓簧。今天如不尽欢，人生就会消亡。

具体来看诗中的内容和语气，“即见君子，并坐鼓瑟”。在西周礼乐制度、等级制度之下，谁人能与相当于诸侯的秦仲并坐？唯一是其夫人，而后一句“今者不乐，逝者其耋”，就其语气而言，作诗者与秦仲之间的关系，也只有夫妇之间的关系，才有如此深入人生直言无忌的话题和说法。秦之先人非子事周孝王，养马于渭水之间，马大繁息，孝王封为附庸而邑之秦。宣王时犬戎灭成之族，宣王遂命非子曾孙秦仲为大夫，根据《史记·秦本纪》："周宣王即位，乃以秦仲为大夫"，而秦仲随后在宣公四年开始奉命征伐西戎，随后即被杀。而从此诗的气氛而言，具有明显的现场感，则此诗应该是公元前827年，秦仲夫人赞美秦仲所作，也应该是诗三百中较早的女性作者之作。

如前所述，此篇为《秦风》第一篇，大约为秦国之始封为大夫，乃效西周王室之雅，歌颂受封之快乐。它可以视为十五国风之始，也显示了秦国"彼可取而代之"的雄心。《车粼》篇幅短小、语言精炼（三章，一章四句，两章六句，较为精炼）、分章节奏（后两章分别以坂有漆、坂有桑，即见君子，并坐鼓，今者不乐等加以重复）、语言整饬（以四言为基本句式，融合整齐的两句三言），采用比兴手法（每章起首采用比兴）。

《驷铁》：

驷铁孔阜，六辔在手。公之媚子，从公于狩。

奉时辰牡，辰牡孔硕。公曰左之，舍拔则获。

游于北园，四马既闲。輶车鸾镳，载猃歇骄。

《驷铁》三章，每章四句，比之《车粼》，更为整饬。秦襄公时代作品。全诗虽然不是典型的比兴写法，但主体部分在于对狩猎场景的描述，是故不为空泛之作。

以下《小戎》，其中部分诗句衔接《驷铁》，如"四牡孔阜，六辔在手"等，可以视为《驷铁》的扩展和延续。

《蒹葭》：

蒹葭苍苍，白露为霜。所谓伊人，在水一方。溯洄从之，道阻且长。溯游从之，宛在水中央。

蒹葭凄凄，白露未晞。所谓伊人，在水之湄。溯洄从之，道阻且跻。溯游从之，宛在水中坻。

蒹葭采采，白露未已。所谓伊人，在水之涘。溯洄从之，道阻且右。溯游从之，宛在水中沚。

《毛序》："刺襄公也。未能用周礼，将无以固其国焉。"《笺》："秦处周之旧土，其人被周之德教日久矣，今襄公新为诸侯，未习周之礼法，故国人未服焉。”魏源云：“襄公新有岐西之地，以戎俗变周民也……如苍苍之葭，遇霜而黄。肃杀之政行，忠厚之风尽……不知自强之道在于求贤，其时故都遗老隐居薮泽……特时君尚诈力，则贤人不至，故求治逆而难，尚德怀则贤人来辅，故求治顺而易，溯迴不如溯游也。”①

正如前贤所说，这应是一首政治抒情诗作，而非爱情主题作品。由于秦襄公初为诸侯，不能采用周礼、以德治国，而是采用西戎诈力之法，国人未服。而所谓“国人”，正是西周旧地之士人遗老。全诗三章，每章整齐的八句，每章之每句，均有重复语词，如“蒹葭”“白露”“所谓伊人”“在水”“溯洄从之”“道阻且”“溯游从之”“宛在水中”等。可谓是回环往复，节奏复沓，摇曳生姿之美，臻于极致。

可以说，《蒹葭》是《采薇》之后的另一高峰之作。但《采薇》仅仅是全诗中“昔我往矣”八句最美，而《蒹葭》则达到全篇句句字字妥帖，意境凄美，委婉含蓄。由于其政治主题并未明说，而采用朦胧含混的手法，是故，后人多有将此诗视为爱情主题之作品。其中特别需要补充提及的是，此诗语言朴素自然，音节流畅，虽为文言而近于口语，是诗三百中的瑰宝。

由于诗三百写作之时代，尚在探索之时代，虽有大致的演进路径可循，但却未能形成沿波讨源、举一反三的自觉。是故，虽然有譬如《小雅·采薇》《小雅·蒹葭》等优秀诗作，但后来之诗人作者，并不能沿此路径前行，因为在东周初期面对的诗本体的传统是多种多样的，虽然有大体的主导方向，但诗人面临传统诗法的歧路，每每有着自己的不同抉择。

《终南》：

终南何有？有条有梅。君子至止，锦衣狐裘。颜如渥丹，其君也哉！

终南何有？有纪有堂。君子至止，黼衣绣裳。佩玉将将，寿考不亡！

《毛序》：“戒襄公也。能取周地，始为诸侯，守显服，大夫美之。”② 该

① （清）王先谦撰，吴格点校：《诗三家义集疏》，中华书局1987年版，第447—448页。

② 同上书，第449页。

诗两章，每章六句，两章上下每句之间皆有对应，重复“终南何有”“有……有……”“君子至止”等，后三句虽然不是语句重复，但内容相似而有变化。可知，到东周初期，诗人作者已经可以熟练掌握比兴手法，熟练掌握分章节奏等，诗三百《风》诗章句写法渐次趋于定型。

《黄鸟》：

交交黄鸟，止于棘。谁从穆公，子车奄息。维此奄息，百夫之特。临其穴，惴惴其慄！彼苍者天，歼我良人！如可赎兮，人百其身。

交交黄鸟，止于桑。谁从穆公，子车仲行。维此仲行，百夫之防。临其穴，惴惴其慄！彼苍者天，歼我良人！如可赎兮，人百其身。

交交黄鸟，止于楚。谁从穆公，子车鍼虎。维此鍼虎，百夫之御。临其穴，惴惴其慄！彼苍者天，歼我良人！如可赎兮，人百其身。①

第一段大意是：小小的黄鸟呀，也可以树梢休憩。谁来跟从穆公呢？是那子车奄息。只是这位子车奄息呀，是人中的龙凤罕见的珍奇。临近他的墓穴呀，惴惴恐惧令我颤栗。苍天呀苍天，为何要杀死我的良人？如果可以用我来替他去死呀，我愿意百死而赎其身。

此诗为国人刺穆公死而以三良殉葬之事。秦穆公死于公元前621年，距离以上襄公诗作一百余年。诗三百《风》诗的写法的定型分外明显。全诗三章，每章十二句，每章均以“交交黄鸟，止于”来起兴，以下重复乃为主体，不同章节更换名字，名字后一句连同更换相应的韵脚。

每章十二句，之所以不显其长，是由于诗章情感表达的需要，每一句都得其所哉，都不可或缺，“交交黄鸟”两句，以黄鸟起兴，“谁从穆公”两句，点出殉葬之人，唯此两句，赞美其人，唯此赞美，更觉之痛心！“临其穴，惴惴其慄”极写临其穴者之悲哀，之情状，之如在目前；“彼苍者天，歼我良人”两句，乃为悲哀至极之天地呼唤，使悲哀之情达于极致，结尾两句“如可赎兮，人百其身”，以不可能实现之假设虚拟，极写对死者的哀悼之情，富于哲理，感人至深。“良人”，古人称呼自己的夫君为良人，是故，此处之作者，也有可能是妻子哭诉丈夫之作，惟其为夫妻关系，才有如此之痛彻心脾之悲情。

---

① （清）王先谦撰，吴格点校：《诗三家义集疏》，中华书局1987年版，第452—454页。

《晨风》：

鴥彼晨风，郁彼北林。未见君子，忧心钦钦。如何如何，忘我实多。

山有苞栎（音立，柞树），隰有六驳（音伯，树名）。未见君子，忧心不乐。如何如何，忘我实多。

山有苞栎，隰有树檖（音岁，山梨）。未见君子，忧心如醉。如何如何，忘我实多。

大意为：鹞鹰一般的晨风大鸟在疾飞，消隐在茂盛的北林。未能再见君子人呀，令人忧心钦钦。为什么呀为什么，为什么君忘其臣。山上生长着柞树呀，湿地上生长着六驳。见不到君子人呀，令我忧心不乐。为什么呀为什么，为什么忘我情薄。山上生长着柞树呀，湿地上生长着山梨。未能见到君子人呀，令我忧心如醉。为什么呀为什么，为什么弃我远离？

《毛序》："刺康公也。忘穆公之业，始弃其贤臣焉。"①该诗在《黄鸟》之后，主题同样与穆公有关，只不过前作批评穆公，此诗以秦穆公之业而讥刺康公。全诗三章，每章六句，每后四句只在"忧心"句变化，以对应前面变化的韵脚。"鴥彼晨风，郁彼北林"，既是首章的起兴，又是全诗最为精彩的佳句，成为了秦穆公霸业的象征，对后世影响很大。其中"晨风""北林"则成为某种象征性的意象，"晨风"和"北林"在自然界的本意是大鸟和林名，由于在此与秦穆公和贤士有关，因此，这两个意象以后多用于与此相关的意涵，如汉魏古诗中、阮籍诗中都反复运用。

《无衣》：

岂曰无衣，与此同袍。王于兴师，修我戈矛，与子同仇。

岂曰无衣，与子同泽。王于兴师，修我矛戟。与子偕作。

岂曰无衣，与子同裳。王于兴师，修我甲兵，与子偕行。

诗三百在后来的传播中，往往出现与原作本意歧义甚大的情况。此诗《毛序》认为是"刺用兵也。秦人刺其君好攻战、亟用兵，而不与民同欲焉"②。而此诗在后来的传播中，则相反成为了激励国人同仇敌忾的战歌。全诗三章，每

---

① （清）王先谦撰，吴格点校：《诗三家义集疏》，中华书局 1987 年版，第 455—456 页。

② 同上书，第 456 页。

章五句，每句在基本句式的复沓之下略作语词变动，节奏感很强，是十分成熟之优秀诗作。每章五句的形式也值得关注，中国诗歌尚未完全形成偶句相对的形式。

《渭阳》：

我送舅氏，曰至渭阳。何以赠之，路车乘黄。

我送舅氏，悠悠我思。何以赠之，琼瑰玉佩。

《毛序》：“康公念母也。康公之母，晋献公之女也。文公遭丽姬之难，未反而秦姬卒，穆公纳文公。康公时为太子，赠送文公于渭之阳，……及其即位，思而作是诗也。”[①] 全诗两章八句，深得诗人旨归，字字句句，皆无虚言，感人至深。两章八句，每句四字，全诗不过三十二字，非常精炼，同时也体现了诗三百由有意创制的庙堂文字向即兴写作的变化。

《权舆》：

于我乎夏屋渠渠，今也每食无余。余嗟乎，不承权舆！

于我乎每食四簋，今也每食不饱。余嗟乎，不承权舆！

《毛序》：“刺康公也。忘先君之旧臣与贤者，有始而无终也。”[②]《秦风》共计十篇，基本都是整齐句式，唯有此篇为散文杂句，但两章之间仍然是整齐的，每句之中的节奏仍然是分明的，全诗不过是士人的一句牢骚话，分为两句来说，仍然是好诗。

第四节　《魏风》《唐风》《曹风》

北方国风以《秦风》为中心，主要呈现诗言志的政治抒情诗特色，而《魏风》《唐风》《曹风》《桧风》均属此类。《魏风》，《汉书・地理志》记载：“河东郡河北，《诗》魏国。”陈奂云曰：“魏在商为芮国地，……至武王克商，封姬姓之国，改号曰魏。春秋鲁闵公二年，晋献公灭魏。今山西解州芮城县是其

① （清）王先谦撰，吴格点校：《诗三家义集疏》，中华书局 1987 年版，第 458 页。

② 同上书，第 459 页。

地。”[①]《魏风》七篇，多有对当时政治之批判，名篇如《伐檀》《硕鼠》等，应为贵族阶层之士之作。

《魏风·园有桃》：

> 园有桃，其实之肴。心之忧矣，我歌且谣。不知我者，谓我士也骄。彼人是哉，子曰何其？心之忧矣，其谁知之？其谁知之，盖亦勿思。
>
> 园有棘，其实之实。心有忧矣，聊以行国。不知我者，谓我士也罔极。彼人是哉，子曰何其？心之忧矣，其谁知之？其谁知之，盖亦勿思。

《毛序》：“刺时也。大夫忧其君国小而迫，而俭以啬，不能用其民，而无德教，日以侵削，而作是诗也。”此诗也甚为有趣，全诗看似散漫，共两章，每章十二句，但却不是早期诗作的散漫而无章法，而是在散漫中有章句之法一一可循：首先，不仅仅两章之间每句的字数一致，而且两章之间相同位置的句式也是基本一致的；其次，全诗的用语和艺术方式，看似全从议论感喟而出，却又能婉转流动，诗意盎然，诵读起来，朗朗上口，节奏韵律很有美感。其中“不知我者，谓我”句式，为诗三百相互借鉴之句式，值得关注；“子曰何其？心之忧矣，其谁知之？其谁知之，盖亦勿思”，采用设问、重复、问答等方式入诗，巧妙。

《魏风·伐檀》：

> 坎坎伐檀兮，置之河之干兮，河水清且涟漪。不稼不穑，胡取禾三百廛兮？不狩不猎，胡瞻尔庭有县貆兮？彼君子兮，不素餐兮。

关于《伐檀》，为诗三百之名篇，不必引述。其中关于诗作的作者，《鲁说》曰：“《伐檀》者，魏国之女所作也，伤贤者隐避，素餐在位，闵伤怨旷，失其嘉会。……今贤者隐退伐木，小人在位食禄，悬珍奇、积百谷，并包有土，泽不加百姓。伤疼上之不知，王道之不施，援琴而鼓之。……”《齐说》曰：“此君子所耻而《伐檀》所刺也。”所说甚是。此前笔者臆度此诗之伐檀，颇类嵇康之锻铁，乃为隐避之一种形态，其所怨刺，亦当为贵族内部之事，与《诗

① （清）王先谦撰，吴格点校：《诗三家义集疏》，中华书局 1987 年版，第 398 页。

三家义集疏》之说暗合也。三家之说，尤其以“魏国之女所作也”毕肖。春秋时期，多有女性赋诗，不足为奇。

《唐风》十二篇，唐地处孟冬之位，得常山太岳之风。《汉书·地理志》：“太原郡晋阳，故《诗》唐国，周成王灭唐，封弟叔虞。”所谓唐魏之国，都在当下山西境内。《唐风》中的《绸缪》一篇值得关注：

> 绸缪束薪，三星在天。今夕何夕，见此良人。子兮子兮，如此良人何！
>
> 绸缪束刍，三星在隅。今夕何夕，见此邂逅。子兮子兮，如此邂逅何！
>
> 绸缪束楚，三星在户。今夕何夕，见此粲者。子兮子兮，如此粲者何！

大意为：绸缪婉转，束薪于野，三星在东方高悬。今夜竟是哪一夜？能让我见到良人。你呀！你呀！如此之美的良人。

绸缪缠绕，束薪在野，三星在东南天阙。此一夜竟是哪一夜？邂逅我的爷。你呀！你呀！如此邂逅我的爷。

绸缪缠绕，束薪楚楚，三星映入门户。今晚究竟是哪一晚？令我邂逅如此的灿烂。你呀！你呀！你的光辉是如此的灿烂。

此诗背景，《毛序》：“刺晋乱也。国乱则婚姻不得其时也。”① 此诗之所以值得关注，是由于此诗比较《豳风》《秦风》《魏风》三个西北方之《国风》，虽然同为表达国家政治问题，但该诗通过婚姻，并通过男女之间的对话来展示某一时刻的具体场景，从而使得此一篇诗作卓尔不群，场景如在目前，对话如在耳畔，有余音绕梁之美。

全诗的旨意并不明确，而正是这种不明确、这种含蓄委婉，造就了某种含蓄朦胧，引人无限联想之美。“良人”，古代女子称呼丈夫为良人，诗中的比兴、时间、场景，与两个主人公之间是什么关系，无从知晓，也无须知晓，为何绸缪束薪，为何是三星在天，两者之间既然是夫妇，为何像是情人约会，为何会反复咏叹“今夕何夕”那种天地宇宙、亘古洪荒的意乱情迷之感，两者似

---

① （清）王先谦撰，吴格点校：《诗三家义集疏》，中华书局 1987 年版，第 422 页。

乎是约会，但又是邂逅，为何又要反复咏叹“子兮子兮，如此良人何”“子兮子兮，如此邂逅何”？可谓是荡气回肠，一唱三叹之音也！

从《秦风·蒹葭》到《唐风·绸缪》，将政治主题赋予女性化写法、情爱化写法，可以视为诗三百写作史比兴向传播史比兴的转型，反之，传播史中的将情爱解读为政治比性的文化现象，反向影响了诗三百的写作方式。而这一转型首先在北方风诗中出现，值得深思。

《曹风》，《汉书·地理志》：“济阴定陶，诗风曹国也。”“其声清以急。”《齐》说：“其民犹有先王遗风，重厚多君子。”①《曹风》四篇，《蜉蝣》一篇最为精彩：《毛序》：“刺奢也，昭公国小而迫……好奢而任小人，将无所依焉。”曹昭公薨于鲁僖公七年，前653年，时为曹昭公九年。如果此诗做在曹昭公即位之前，则应为前662年左右之作，如果是在即位之后的作品，则应在前662—前652年之间。

《曹风·蜉蝣》：

蜉蝣之羽，衣裳楚楚。心之忧矣，于我归处。

蜉蝣之翼，采采衣服。心之忧矣，于我归息。

蜉蝣掘阅，麻衣如雪。心之忧矣，于我归说。

全诗三章，章四句，非常精炼而整齐，同时，将忧患情思寄托在蜉蝣这一具体形象上。而蜉蝣，这样一种朝生夕死，犹有羽翼以自修饰的微生物，比拟人世间、朝廷上那些醉生梦死还要追求奢靡生活的官员，又是何等的形象，何等的巧妙。由此立意，则全篇自然会生动踊跃，栩栩如在目前。其中“衣裳楚楚”“麻衣如雪”两句，皆为画龙点睛之笔，成为千古名句而进入到日常用语之中。每章中的第三句“心之忧矣”，点醒主题，感叹再三，可谓一唱三叹也。

---

① （清）王先谦撰，吴格点校：《诗三家义集疏》，中华书局1987年版，第494页。

第十章 二《南》与《王风》

第一节 概说

将《周南》《召南》与《王风》放到一起来研究，是有意味深长的原因的。

首先，二《南》与《王风》，原本都不属于诸侯之诗。《周南》在周公名下，《召南》在召公名下，《王风》在东周东都名下。此三者具有相对于前章所辨析之《国风》的本源意，郑《笺》所谓“诸侯之诗谓之风”，而二《南》《王风》并非诸侯之诗，则周公名下的《周南》、召公名下之《召南》、东都名下之《王风》，为何安置在诸侯之诗的《国风》之下？

《周南》《召南》《王风》，就地域而言，都以洛阳为中心，就时间而言，都是东周之后的作品。换言之，此三者都是有周王室东迁之后的作品，东周之后，周王室虽然名为王，实则与诸侯无异，因此，不称《雅》《颂》而同为地方诸侯国之《风》诗。二《南》《王风》虽然以东周洛阳为中心，但却不局限于洛阳，而是以洛阳为中心往南至汝水、江汉一带，因此，带有较为明显的南方地域特色。其音乐采用较为明显的南乐，其所使用，即为雅乐之后盛行的房中乐。因此，称之为《周南》《召南》，南者，本意是南方的乐器，引申为南方的音乐品类，以代表南方地区的音乐歌诗文化。

其次，由于带有浓郁的南方地域色彩，采用音乐为南乐，其音乐歌诗为房中乐，则必然影响到歌诗的内容和风格。换言之，从二《南》《王风》开始，诗三百的写作史由以政治为核心而向以情爱为核心转型。概括而言，《国风》

之于男女情爱主题，大体有三类：一是以《豳风》《秦风》《魏风》等代表的北方《国风》，基本不涉及男女爱情主题，它们同时是较早的《国风》诗篇，显示出对于《大雅》《小雅》诗风的继承，仍然在言志的范畴之内；二是以《郑风》《卫风》《齐风》《陈风》为代表的风诗，其中涉及情爱的诗作，多为怨刺和揭露，写作时间最晚，基本吻合于“牛马牝牡相诱而相逐谓之风”的界说；第三类是二《南》《王风》代表的风诗，二《南》《王风》虽然也是婚姻爱情主题，但与郑、卫、齐、陈国风不同，属于正风，属于正面阐发人类应该遵守的婚姻情爱观，类似当下说法的“正能量”。

二《南》与《王风》就产生时间而言，大体应是从《豳风》《秦风》《魏风》等《国风》向郑、卫、齐、陈《国风》转型的中介或说是链条；就地域而言，同时表现出来由北向南的转型；就表现情爱主题而言，如前所述，则体现了由政治主题而向情爱主题不断深化的转型。也可以说，就总体而言，《周南》《召南》《王风》和以郑、卫、陈等为代表的南方《国风》，比起《豳风》《秦风》《魏风》等西北方或是北方的《国风》，是另一类的诗作，与北方数国的以政治言志诗为主体的《国风》迥然而异。

在这些情爱作为主体的接近南方的《国风》之间，二《南》《王风》为情爱正体风诗，写的是“思无邪”的婚恋主题；而郑、卫、陈、齐代表的《国风》，更多表现或是揭露当时统治者荒淫丑恶，为变体风诗。

二《南》独立的问题发端于《小雅·鼓钟》末两句“以雅以南，以籥不僭（音见，古乐器，似笛）”。此段资料极为重要，是研究二《南》之南的重要资料，王者舞六代之乐，雅颂之乐也，舞四夷之乐，南夷之乐，也就是楚乐，为房中乐也。两种音乐性质不同，风格不同，功用不同。此处说“以雅以南”，是说演奏了雅乐，也演奏了南乐。雅乐和南乐并非同一种音乐。雅乐为周王室京畿地区之正音，雅者，正也；南乐为南夷楚乐以娱乐房中，岂可同日而语。

南宋程大昌据此连同其他一些证据，在《考古编卷一·诗论一》中提出：

> 盖南、雅、颂，乐名也，若今之乐曲之在某宫者也。南有周召，颂有周鲁商，本其所从得而还以系其国士也。二雅独无系，以其纯当周世，无用标别也。……若夫邶鄘卫王郑齐魏唐秦陈桧曹豳，此十三国者，诗皆可采而声不入乐，则直以徒诗著之本土。

后来者多有赞成，如顾炎武，如崔述“且南者乃诗之一体”（《读风偶识》卷一，论二南）。关于这首诗所记载的乐舞，《传》又云：“雅，万舞也。万也、南也、籥也，三舞不僭，言进退之旅也。周乐尚武，故谓万舞为雅。雅，正也。籥舞，文乐也。”[①] 是说有两种乐舞，以雅以南，也就是雅乐舞和南乐舞。雅乐舞是万舞，籥舞则是南乐舞。之所以只说“以籥不僭”，是由于雅乐万舞原本就是周王室之乐舞，不存在僭越的问题，而作为南乐的籥舞之所以也同样在周王室演出，是由于籥舞也不僭越，所以，特别说明之。

籥，是南籥，吹籥而舞，舞时依照籥声为节拍。《小雅·宾之初筵》：“籥舞笙鼓，乐既和奏。”毛《传》：“秉籥而舞，与笙鼓相应。”《公羊传·宣公八年》：“万者何？干舞也。籥者何？籥舞也。”何休注：籥，所吹以节舞也，吹籥而舞文乐之长。

二《南》和《王风》，应该都是东周时代周王室所在地的风诗。不仅仅是由于东周王室地位下移，而且更因为斯时其他诸侯国已经普遍享有音乐歌舞的权利，并且，因此形成很多诸侯国的诗歌创作风尚，周王室歌诗与诸侯国歌诗同样列为国风。二《南》《王风》的地域主要以洛阳为中心，南至汝南江汉一带，采用的主要是南乐。

这样，我们再来将南风雅颂并为一处来认识：

颂，是王室宗庙祭祀乐舞的诵诗和乐歌，本意为大钟。张西堂《诗经的体制》提出“颂”来自于乐器“镛”，《尔雅·释乐》：“大钟谓之镛”。《毛传》：“镛，大钟也。”王国维提出“《颂》声较风雅为缓”[②]。阮元《释颂》提出“颂”即“舞容”。则整合而言，《颂》的音乐为乐舞诵诗和乐歌。《颂》诗分为《周颂》《鲁颂》和《商颂》三颂，其中《鲁颂》和《商颂》是春秋时代的作品，分别是鲁国和商王族后裔祭祀祖先的乐歌。[③]《周颂》主要作者为周公、成王等，鲁之所以有颂，由于周公所封，礼乐不辍之故，宋之所以有颂，在于宋国为商王之后裔祭祀祖先之故，故三颂皆为王室之音。因此，可说三颂是宗庙祭祀的音乐和歌诗。《周颂》产生最早，主体部分是周公时代制礼作乐的产物，

① （清）王先谦撰，吴格点校：《诗三家义集疏》，中华书局 1987 年版，第 748 页。

② 王国维：《观堂集林》，卷二《说周颂》，《王国维遗书》，上海书店出版社 1983 年版。

③ 关于《商颂》的写作时间，参见王国维的相关研究，可以为之定谳。

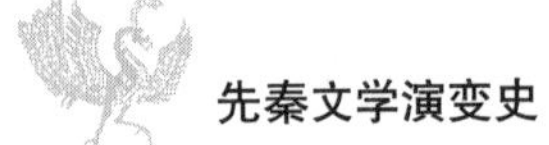

部分篇章还是散文，显示了由散文向诗歌演变的痕迹。

雅，雅与夏相通，周人以夏人后裔自诩，雅者，正也，是以中原正声为基础的王室朝廷音乐，同时，雅为鼓，《周颂·有瞽》："应田县鼓"，《毛传》："县鼓，周鼓也"，郑注："钟鼓者，天子诸侯备用之，士大夫鼓而已"，可知，雅乐为天子诸侯卿士所用。故云，是以中原正声为基础的王室朝廷音乐。

雅颂同为周王室音乐，但颂为王室的祭祀音乐，雅则为京畿王室从诸侯到卿士皆可采用的音乐。《大雅》的作品产生于从西周前期到宣王时期，其早期作品主要是对有周历史的记载，类似于史诗，逐渐演变而为有周当代历史重要事件的纪录；《小雅》主要是宣王复兴之后到西周末年的作品。《周颂》《大雅》的写作者主要是周公、成王等早期的帝王之作，《小雅》演变为主要是宣王时期尹吉甫等中兴重臣为主要作者，主要是对当世重要历史事件的纪录。到西周后期，更出现寺人披等卿士之下层等级的诗作。可知，从颂到雅是一个政治等级下移的过程。

二《南》《国风》：南作为乐器，主要有钟镈说（郭沫若）、瓦器说（唐兰）、竹制乐器说（陈致），以竹说为好。竹多产于南方，竹筒类乐器多产于南方，因此而为方位词"南"。《说文》："南，草木至南方而有枝任也。"郑玄《周南召南谱》："文王受命，作邑余丰。乃分岐邦周、召之地为周公旦、召公奭之采地。"由于南乐为源自南方的地方音乐，而称之为"乡乐"。《仪礼·燕礼》："遂歌乡乐《周南·关雎》……"郑注："乡乐者，国风也。"二南又被称之为"房中之乐"，《仪礼·燕乐》："若与四方之宾燕……有房中之乐。"郑注："弦歌《周南》《召南》之诗而不用钟磬之节也。谓之房中者，后夫人之所讽诵，以侍其君子。"郑玄《周南召南谱》："女史歌之，以节义序故尔。"

《国风》作品的产生时间从周公时代直到诗三百最后的作品，几乎贯穿于诗三百之所产生两周时代的全部时间历程，但其主要作品皆为东周之后的作品，可以视为《小雅》作品的继续。

"国风好色而不淫，小雅怨诽而不乱"，"怨诽"是《小雅》之特色，而"好色"情爱则是《国风》的本质特征。《国风》之中的《豳风》《秦风》《唐风》《魏风》等北方地域的诗作，主要是东周早期的作品，仍然以言志的政治性主题为本质特征；《周南》《召南》《王风》始为具有南方音乐特质的情爱歌诗，代表了将情爱规范于儒家的人伦教化之中；邶、鄘、卫、郑、陈等南方《国风》，则体现了“好色”的特征。

综上所述，《周南》《召南》之所以称之为“南”，而不名之为“雅”，也不名之为“风”，正是由于东周以来周王室的特殊性所决定的：首先，周王室自平王东迁之后，周王朝的一统格局发生了根本性的变化，东周王室名为王而实际上形同诸侯，故不能称之为“雅”而与西周王室并尊；其次，东周王室虽然形同诸侯，但却名义上仍然为王，故不可称之为“风”而与诸侯并称。东周都城在洛，其疆域南延而近于汝水、汉水，接近郑卫等南方诸侯国之地域，采用南乐为房中乐之女乐，为燕饮之乐，故名之为“南”。

第二节 《周南》

总体来看，《周南》共计十一篇，有几个共同点：首先，基本都是与爱情婚姻家庭生活有关，如《关雎》是写“君子好逑”的追求配偶，写后妃之本、后妃之德；《葛覃》中的“言告师氏，言告言归”，正说明所写为宫廷女性。古者女师，教以妇德、妇言、妇容、妇功。祖庙未毁，教于公宫三月。[①]《卷耳》写女性对大君的思念；《樛（音究）木》写“后妃能谐众妾”，《螽（音中）斯》写“宜尔子孙”；《桃夭》写男女以正，婚配以时，似是婚庆的礼赞歌；《兔罝》，为《周南》中的例外，为文王举贤人于罝网之中（《韩说》），但《毛序》认为是写“后妃之化也”[②]。《芣苢》，写不幸之女采芣苢以求子和对婚姻的忠诚；《汉广》，“韩序曰：汉广，说人也”，写男女之间的恋情，写求爱的过程；《汝坟》，写周南大夫之妻，恐其丈夫懈于王事，盖与邻人陈素所与大夫言。[③]爱情与国家政治兼备；《麟之趾》，“美公族之盛”（《韩说》）为“《关雎》之应也”（《毛序》）[④]可知，《周南》十一篇，基本主题都是与婚恋家族等有关，其采用

① （清）王先谦撰，吴格点校：《诗三家义集疏》，中华书局1987年版，第21页。

② 同上书，第43页。

③ 同上书，第56页。

④ （清）王先谦撰，吴格点校：《诗三家义集疏》，中华书局1987年版，第61页。

之音乐为房中乐，正相吻合。

其次，就可考作者和地域而言，基本都是南国人物。如《汝坟》，周南大夫之妻作；《芣苢》，蔡人之妻作；《汉广》，江汉合流之地所作，《汉广》“南有乔木”“汉有游女”“江之永矣”可证，皆为周南之地也。《樛木》：“南有樛木”①等。

其三，就艺术表达方式而言，此十一篇可以分为两大部分，其一，是语词较为艰涩的篇章，将《关雎》后移，其余《葛覃》《卷耳》《樛木》《螽斯》《兔罝》《汝坟》《麟之趾》，均大体在此列，其中次序也大抵不差，此前有说法认为《关雎》在《汝坟之后》，有一定道理，与《桃夭》《汉广》均为较靠后面的篇章。

其四，就作者阶层而言，基本都属于统治者之上层，而非民间之作。

其五，就音乐而言，二《南》正风与郑卫陈等地方《国风》，其区别应该有多方面，一是二《南》应该与周王室的音乐有关，周王室除了雅颂之外，应该还有房中乐，也就是后来的燕乐、食举乐的前身，专门为王室宫廷的后宫演奏，属于王和后妃们后宫生活的宫廷音乐。因此，其配诗也就基本属于“思无邪”的婚姻诗，或说是表现后妃淑德的主题；二是二《南》和郑卫陈等《国风》，既有王室宫廷和地方诸侯音乐之不同，还有时间之不同，二《南》诗作应该早于郑卫陈，这一点还有待于进一步考察。

《周南》和郑、卫、陈地域接近，鲁说曰：“古之周南，即今之洛阳。又曰：洛阳而谓周南者，自陕以东，皆周南之地也。”《史记·太史公自序》：“太史公留滞周南”（周南是一个具体的地名，即为洛阳）；扬雄《方言》：“窈，美也。陈楚周南之间曰窈。”以陈楚周南地望相近，特并举之。以笔者所见，南，一方面是周之南的地域，洛阳以南，接壤陈楚；另一方面，南，应该与楚国音乐有关，南，也是一种音乐。此类音乐不同于北方周王室之雅颂端庄肃穆，而是一种娱乐型的音乐，因此，引入到王室，演奏于王庭后宫，并在以后春秋时期，进入到郑卫陈等接近楚国的诸侯宫廷，其歌诗以情爱婚姻为主体。

《关雎》：

关关雎鸠，在河之洲。窈窕淑女，君子好逑。

参差荇菜，左右流之。窈窕淑女，寤寐求之。求之不得，寤寐

① 同上书，第1—34页。

思服。悠哉悠哉，辗转反侧。

参差荇菜，左右采之。窈窕淑女，琴瑟友之。参差荇菜，左右芼之。窈窕淑女，钟鼓乐之。

大意为：关关鸣叫的雎鸠鸟儿，成双结对在河水的洲头。那窈窕贤淑的女子呀，是君子所追求的美好配偶。

参差流动的荇菜呀，时而向左时而向右地流动。那曼妙婀娜的淑女呀，是君子梦寐之所求。那曼妙的淑女难以求得呀，令君子夜不能寐辗转反侧。悠哉悠哉，哎呀哎呀，令君子夜不能寐辗转颠倒。

参差流动的荇菜呀，时而向左时而向右地采到。那曼妙婀娜的淑女呀，弹琴鼓瑟表达君子的友好。参差流动的荇菜呀，时而向左时而向右地摘采。那曼妙婀娜的淑女呀，钟鼓齐鸣进入洞房的美妙。

《关雎》为诗三百之首，为孔子之编次。《关雎》编次，本应在《汝坟》之后，《麟之趾》之前。自孔子列冠首篇，合乐者因之。[①] 关于此诗的写作时间，较难确认。主要是这里出现了传统之说的写作背景和写作技巧之间的严重背离。传统之说为康王时期毕公为康王所作，但《关雎》的写作技巧甚为高妙，单从写作技巧来看，大抵应该是平王东迁之后的作品，当传统说法和作品本身出现背离的时候，应该以传统之说为据，还是以作品本身呈现的时代信息为据？这是一个难题。不妨先不涉立场，或说是分别站在两方的立场，为两种可能性代言，看看哪种说法理由更为充分。

首先，先从传统康王时期“毕公说”给予尽量充分的阐发。关于此诗的写作背景，《鲁》说曰：周道缺，诗人本之衽席，《关雎》作。……又曰：周衰而《诗》作，盖康王时也。……又曰：周渐将衰，康王晏起，毕公喟然，深思古道，感彼关雎，性不双侣，愿德周公，配以窈窕。……孔氏大之，列冠篇首。《毛序》：“风之始也，所以风天下而正夫妇也。”[②] 整合以上诸家之说，大体可以得出这样的几点：

第一，三家诗均认为，此诗的写作时间和背景，为周康王（约前 1020—前 996 年）时代。康王时代尚为西周建国之后的盛世，所谓“成康盛世”，不为周

① （清）王先谦撰，吴格点校：《诗三家义集疏》，中华书局 1987 年版，第 8 页。

② 同上书，第 4—5 页。

道缺，周衰之时。三家整合起来，叙述了此诗大体写作背景的细节：康王夫人晏出朝，康王德缺于房，大臣毕公喟然而作。毕公，可以视为康王时代的周公，姬姓，名高，周文王姬昌第十五子，周武王姬发异母弟，周武王灭商朝后，受封毕地（在今陕西咸阳，一说在今陕西西安），史称毕公高，是毕国与毕姓始祖。毕公曾与周公旦、召公奭等护卫周武王进入商都，参与祭告天地等活动。周成王临终时，遗命他与召公辅佐周康王继位，周康王命他治理东郊。由于毕公等人的辅佐，使周成王与周康王时期天下安定。

第二，从诗三百的写作历程来说，周公时代，周公、成王、召公等先后有诗作，遗风尚存，毕公地位与周公近似，具备写作诗篇的地位，也具备写作诗篇的相应责任，而毕公参与此前的一系列活动，周公时代的某些诗作也曾经有其作品也未可知；

第三，此前周公时代之作品，主要是：其一，《周颂》代表的郊庙祭祀之作；其二，《大雅》早期作品的追怀有周历史的作品，其作者从周公、召公到毕公，都有可能；其三，《豳风》中的《七月》，应为周公之作无疑。从周王室制礼作乐的需要来说，缺少表现情爱婚姻主题的歌诗；

第四，从音乐的角度来说，雅颂作品主要为雅乐配乐，适合于宫廷外廷之采用，而《关雎》代表的主题，表达夫妇人伦关系，适合于房中乐，并演奏运用于内廷，《关雎》的出现适逢其时；

第五，此前周公成王时代的诗三百写作，在章句、用韵、手法等诸多方面积累了一定的经验，《关雎》在各个方面有所提升，也是合于情理的；

第六，如果能将《关雎》基本确认在康王时代，对于诗三百的写作史历程，增添了新的里程碑式的标志，我们能大体知道，在康王时代，诗三百四言诗的整饬性基本得到确认，比兴手法已经实现了初步的阶段等；

第七，《关雎》将男女情爱归入理性的范畴，将情欲约束在婚姻的殿堂，正与春秋时代郑卫齐陈等国的纵欲狂欢划分了楚河汉界，从而划分了风诗中情爱婚姻主题诗作内部的两大类型。

以上是以三家诗为基础，以《关雎》作为康王时代毕公所作的合理性分析，如果从相反方向思考，则可能为平王东迁之后的作品。从作品的技巧等方面来看，康王时期说之所以难以圆通，其理由主要有：该作的章句结构、用韵熟练圆熟、语言不见成康时代较为普遍的艰涩，考之《大雅》同期之作，没有可以与之相类匹配的。因此，《关雎》连同《周南》之全部作品，尚不能确认为西周康王时期作品。

《关雎》全篇，主题是“君子好逑”四个字，写出了君子对好逑（好的配偶）由“窈窕淑女，寤寐求之”“求之不得，辗转反侧”的相思，到“窈窕淑女，琴瑟友之”“窈窕淑女，钟鼓乐之”的婚姻殿堂。四个层次的递进非常之清晰，同样是相思，“寤寐求之”是恋情之初，是追求者之心动，“求之不得，辗转反侧”是追求之中的过程，是挫折，有挫折才有后来的甜蜜；同样是美好的结局，“琴瑟友之”和“钟鼓乐之”不同。所谓“琴瑟在堂，钟鼓在庭”，“琴瑟友之”是两人之间小范围的活动，地点在堂，而“钟鼓乐之”，则进入到外廷，君臣共享这份快乐。

刘麟生《中国辞赋史》说：“关关雎鸠，在河之舟；窈窕淑女，君子好逑”四句，即意骈也。其下文“参差荇菜，左右流之；窈窕淑女，寤寐求之”四句，则句骈而字亦骈矣。又其下“求之不得，寤寐思服；悠哉悠哉，辗转反侧”，则近于流水对矣。[①] 则《关雎》一篇，已经可以视为中国骈文史的滥觞矣，比对诗三百雅颂之作，则必为东周之后作品矣！

就分章来说，也很奇妙，全诗五章，每章四句，也有认为是三章，第二章、三章两章每章八句。每句四言，整齐而有变化，它的变化是每章之间不是固定的节奏，而是变化的。以分为五章而论，第三章“参差荇菜”是重复的，其中只有字变，基本句式不变，而起首一章和隔一章的“求之不得”一章，是完全不重复的，因此，全诗五章就出现 A/B/C/B/B 的结构，整齐而不呆板，变化而又整饬。

根据笔者此前对《大雅》部分的研究，综观《大雅》三十一篇，四篇采用了比兴手法，一篇出现了场景描写的句子，可见，比兴手法在《大雅》期间，还仅仅是偶然出现的产物，而《关雎》的比兴手法已经相当成熟。《大雅》之作，应该是从周公时代到宣王时代的作品，与《小雅》就写作时间方面来说，是紧密衔接的。《大雅》之作的总体写作时间：以《文王》开篇，从其写作内

① 刘麟生：《中国辞赋史》，商务印书馆 1998 年影印第 1 版，第 15 页。

容和写作技巧来看，晚于《周颂》而早于《小雅》，从其作品中出现的作者记载和诗中人物来看，大抵截止于宣王尹吉甫时代。如《大雅·江汉》篇为尹吉甫之作，《毛序》："尹吉甫美宣王也。"三家无异议。[①]而与《烝民》《韩奕》等之间的风格是完全一致的，不难得出结论，诗三百到了尹吉甫宣王时代，就其写作方式来说：其一，篇章较长，用字较为艰涩；其二，章句形式仍然呈现散文化，较少出现音乐歌诗形式的复沓结构；其三，采用直接诉说为主，比兴形式尚在弱势之中，较少出现。以此衡量《关雎》，则不难得出结论，《关雎》至少应该是宣王时代之后的作品。

如果说，这一论述还属于学者个人观点的话，可以验之以诗三百作品。诗三百中"君子"可以为天子，《瞻彼洛矣》："君子至止，福禄如茨……以作六师。"《假乐》："假乐君子，显显令德。宜民宜人，受禄于天。""君子"二字，皆指天子而言；也可以为诸侯，《终南》："君子至止，锦衣狐裘"；《采菽》："君子来朝，何锡予之？虽无予之，路车乘马"，"君子"二字，指的是诸侯而言；也可以为大夫，《载驰》："大夫君子，无我有尤"；《鸤鸠》："淑人君子，正是国人"，"君子"二字，指大夫言。但没有任何一篇中的君子，能够证明其为民间平民。因此，"君子"之称，与民间无涉。君子之为统治阶级，兼包天子、诸侯、卿大夫、士各种不同之阶层，殆无疑议。

此外，荇菜，为王庭后妃"共荇菜，备庶物以事宗庙"[②]之用。琴瑟，大祭祀及房中乐皆用之。《笺》云："共荇菜之时乐必作。"是以琴瑟为祭乐。兼可证前文笔者所提出二南之乐应为房中乐，房中乐主要来源于楚地音乐。考辨两周房中乐以及后妃供奉荇菜以事宗庙等诸多线索，则可更进一步证实《关雎》的写作时间。

钟鼓，《韩说》曰："后妃房中乐有钟磬。"《笺》："琴瑟在堂，钟鼓在庭，言共荇菜之时，上下之乐皆作，盛其礼也。"[③]此前盛行诗三百民歌说，并且多以《关雎》为代表，甚为可笑也。琴瑟、钟鼓，皆为周王室所专有，荇菜则分明在写后妃共荇菜，与庶民者无关。房中乐与后来流行说法的燕乐关系相近而

① （清）王先谦撰，吴格点校：《诗三家义集疏》，中华书局1987年版，第981页。

② 同上书，第11页。

③ （清）王先谦撰，吴格点校：《诗三家义集疏》，中华书局1987年版，第15页。

有别。“凡祭祀飨食，奏燕乐。”郑注：“以钟鼓奏之。”贾疏：“飨食，谓与诸侯行飨食之礼。在庙，故与祭祀同乐。”可知，同为娱乐燕享之乐，燕乐多在外廷王与诸侯之乐，而房中乐则为内廷，王与后妃之乐。房中乐后来演变而为清商乐、清乐。王国维《观堂集林（卷三）》《释乐次》：“凡金奏之乐用钟鼓，天子诸侯全用之，大夫士鼓而已。”《关雎》：“窈窕淑女，钟鼓乐之”，则诗中主人公应是“天子诸侯全用之”，正吻合于《小序》和朱熹所说的“后妃之德”和“咏大（太）姒、文王”。

《周南·葛覃》：

葛之覃兮，施于中谷，维叶萋萋。黄鸟于飞，集于灌木，其鸣喈喈。

葛之覃兮，施于中谷，维叶莫莫。是刈是濩，为絺为綌，服之无斁。

言告师氏，言告言归。薄污我私，薄浣我衣。害浣害否？归宁父母。

《葛覃》的篇章结构很值得关注，全篇三章，章六句，句四字。比较精炼，就三章之间而言，前两章前三句基本重复，但后三句变化大，而且，第三章完全脱离开基本旋律，另起炉灶。就章句结构方式而言，显示出了是一种转型阶段的作品，全诗章句结构方面虽然较为精炼，但语词方面不如《关雎》之晓畅易懂。与《关雎》比较，此诗应该在《关雎》之前，而在尹吉甫宣王时代之后。还有一个现象值得关注：就是前两章的每章六句，皆为两个奇数句式构成，第三章改为偶数句，也显示了写作时间处于转型时期。

就内容和作者身份而言，《小序》：“后妃之本也。后妃在父母家，则志在于女功之事，躬俭节用，服澣濯之衣，尊敬师傅……”；方玉润《诗经原始》则曰：“《集传》遂以为‘后妃所自作’，不知何所证据……盖此亦采之民间，与《关雎》同为房中乐。”说是房中乐，无疑是正确的，但此诗采之民间，却“不知何所证据”。诗中说：“言告师氏，言告言归。”《传》：“师氏，女师也，古者女师教以妇德、妇言、妇容、妇功。”先秦时代，礼不下庶人，难道民间妇人还会配备有专门“教以妇德、妇言、妇容、妇功”的师氏么？分明是方玉润没有证据，却质问前人有何证据？

诗中说："薄浣我衣"，诗三百中用"衣"字共二十二篇，衣皆指官衣：《秦风・终南》"锦衣狐裘""黼衣绣裳"，为王所穿之衣；《卫风・硕人》的"衣锦褧衣"与《丰》篇的"衣锦褧衣""裳锦褧裳"，是贵族女子结婚时候的礼服；《郑风・缁衣》的"缁衣之宜兮"，是大夫的黑色制服；《邶风・绿衣》"绿兮衣兮"，《毛序》："卫庄姜伤己也"，《诗三家义集疏》："黄里绿衣，君服不宜"，可知所说与君王后妃有关；《颂・丝衣》"丝衣其紑"，是祭祀用的礼服；《唐风・扬之水》与《素冠》中的"素衣"，《秦风・无衣》："岂曰无衣，与子同袍"是武士的制服；《唐风・无衣》："岂曰无衣，七兮""岂曰无衣，六兮"，为六级、七级的官服；《豳风・九罭》："我媾之人，衮衣绣裳"，衮衣为龙袍，《毛序》："九罭，美周公也"，则当为周公服饰；《曹风・蜉蝣》："蜉蝣之羽，衣裳楚楚"；《王风・大车》"毳衣如菼"，都是以衣为喻，与实际人物无关。由以上可知，《诗经》中凡言"衣"都是指官服，所以，《七月》篇中说"九月授衣"，衣是官家赐给的，又说"无衣无褐"，衣与褐对称，褐是平民所穿的粗衣，衣则是官家赐给的。因此，此诗"薄浣我衣"，也是贵族阶层之衣。浣，是轻轻漂一漂，因为衣是丝质，上面织有花纹，用力揉搓就会损害。①

《桃夭》：

桃之夭夭，灼灼其华。之子于归，宜其室家。

桃之夭夭，有蕡（音坟）其实。之子于归，宜其家室。

桃之夭夭，其叶蓁（字真）蓁。之子于归，宜其家人。

大意为：桃树嫩枝绽放新芽，桃树花蕾粉红光华。这个女子就要出嫁，百年好合宜其室家。

桃树嫩枝绽放新芽，桃树结出累累果实。这个女子要回娘家，新婚燕尔宜其家室。

桃树嫩枝绽放新芽，桃树叶儿郁郁蓁蓁。这个女子今天出嫁，祝福她和家人好运。

《毛序》："后妃之所致也。……婚姻以时，国无鳏民也。"陈乔枞云："据

---

① 李冬辰：《诗经研究》，水牛出版社 1990 年再版，第 90 页。

《易林》说，则《桃夭》之诗盖当时实指其事。张冕云：似是武王娶邑姜之事。”王先谦案语：此诗“非国君不足以当之，不知为《周南》何国之诗也。”

联系诗作，综合诸家之说，有几点值得关注：

第一，此诗主题为婚娶，正是《关雎》主题的延续，《关雎》诗篇最后归结到“钟鼓乐之”，此诗则为钟鼓乐之的婚礼的礼赞之歌。两篇之间或为同一背景之下的主题延续。

第二，此诗和《关雎》其所礼赞者，均非平凡百姓之嫁娶典论，而是“非国君不足以当之”。

第三，从本诗的篇章节奏、用韵、语词等诸多角度的衡量，如果宽泛来说，大体应该是东周中前期到春秋早期的作品。说是东周中前期，此诗的精炼程度和语词的通俗，比兴手法的娴熟，都要比之东周中前期的诗三百作品要成熟很多，但也不会太晚，在礼崩乐坏、淫风盛行的时代之后，很难再看到这样纯真的少男少女一般天真无邪的歌唱。此诗大体为公元前720年到前680年这40年之间的作品，换言之，应该是春秋的前期之作。查看《左传》对这一段时期王侯和王姬的婚姻嫁娶情况，可以作出进一步的研究。

第四，此诗的比兴手法，可以说是一种有意的运用，全篇以桃花盛开的靓丽、桃花果实的丰盛、桃树枝叶的繁茂，来比拟婚姻和繁育后代，以及对新的家族的祝福，都可以说是一个新的境界。但这种写法，仍在儒家教化的窠臼之内，与后来郑卫陈诗风的赤裸不同，所以，也不像是更晚的作品。

《汉广》：

南有乔木，不可休息。汉有游女，不可求思。汉之广矣，不可泳思。江之永矣，不可方思。

翘翘（音乔，如鸟羽高起）错薪（错杂为薪），言刈其楚。之子于归，言秣其马。汉之广矣，不可泳思。江之永矣，不可方思。

翘翘错薪，言刈其蒌（音楼，蒌蒿）。之子于归，言秣其驹。汉之广矣，不可泳思。江之永矣，不可方思。

大意为：南国生长高树，树下难以休息。汉水之滨游女，人美难得追求。汉水流域宽广，宽广汉水难游。长江之水浩瀚，一叶小舟难渡。

像鸟尾高高翘起的柴草呀，割草先要割荆条。这个女子就要出嫁，割草是要喂马草料。汉水流域宽广呀，宽广汉水难游。长江之水浩瀚，一叶小舟难渡。

像鸟尾高高翘起的柴草呀，割草先要割蒌蒿。这个女子就要出嫁，割草是要喂马草料。汉水流域宽广呀，宽广汉水难游。长江之水浩瀚，难渡一叶扁舟。

此诗值得关注之处：

第一，此诗的主题，《韩叙》曰：“《汉广》，悦人也。”① 很准确，此诗为表达男子求女而不可得的心境，故曰“悦人也”。此诗艺术手法之高妙，比兴手法之灵活，更在《桃夭》之上。桃夭诗作，比兴手法固然已经开始了有意识的比兴创作，但和《汉广》相比，则显得呆滞，《汉广》之比兴，灵活而多变，全诗从“南有乔木，不可休息”起兴，来比拟“汉有游女，不可求思”，乃为全篇之主旨，所谓“乔木无息，汉女难得”。《韩说》曰；“游女，汉神也。言汉神时见，不可得而求之也。”“南者，《楚地记》：‘汉江之北为南阳，汉江之南为南郡。’”②

第二，此诗的章句节奏，全篇三章，章八句，在整齐的复沓中错综出变化，全诗三章，主要在每章的后四句变化，这也是此前较少的章句之法。同时，后面两章，同时在前四句采用叠唱复沓，而其变化的内容，仍从前面一章的“乔木”生发而来。用“翘翘错薪，言刈其楚”来比拟和演绎“之子于归”的求婚求爱。《传》：“翘翘，薪貌。错，杂也。秣，养也。六尺以上曰马。”《笺》：“楚，杂薪之中尤翘翘者。我欲刈取之，以喻众女皆贞洁，我又欲取其尤高洁者。”以秣马错薪来求女，回归到“汉之广矣，不可泳思”的“悦人而不可得”的主题。

第三，此诗的写作时间，当与《桃夭》相似或稍晚，就地域而言，当为《周南》之中最为南部的作品，或为汉水流域贵族对女子的求爱诗作。

《周南》十一首，《召南》十四首，共计二十五首中，就有十七首出现贵族身份，六首出现贵族器物，两首出现人物：召伯、王姬、平王之孙、齐侯之子等。

引述一段朱东润先生的研究：

国人：毛诗序中多次出现“国人”，先秦时代之“国人”，并非近代以来之

① （清）王先谦撰，吴格点校：《诗三家义集疏》，中华书局 1987 年版，第 51 页。

② 同上。

“国民”，“《诗序》言国人所作者凡二十七篇”，“今就《诗》之本文及《序》《传》考之，则国人实与国之君子，国之士大夫同义，亦为统治阶级之通称。”①如《载驰》：“许人尤之”，“大夫君子，无我有尤”，“许人”与“许之大夫、君子”同指；《小戎·序》：“国人则矜其车甲，妇人能闵其君子焉。”“国人”“君子”同义。

人：不仅“国人”为统治阶级，“大抵《毛诗》‘人’字，往往作君子或在位者解。《绿衣》诗云：‘人而无仪’，卫文公能正其君臣而刺在位。人指在位言。《假乐》诗云：‘宜民宜人’，《传》云：‘宜安民，宜官人也’，人指服官职人言。乃至《瞻印》言：‘人有土田，女反有之。人有民人，女复夺之。’上‘人’字自指统计阶级而言，按诸文义可知。至于一般被统治阶级，《诗》中或称‘民人’(《瞻卬》)，或称‘庶民’(《灵台》)，或称‘下民’(《鸱鸮》)”②。另，《鹑之奔奔》：“人之无良，我以为君”，人、君对举，此处“人”即为“君”，国君。《相鼠》：“人而无仪，不死何为”，若是庶民，则不必礼仪，礼不下庶人也。

百姓：《书·尧典》：“平章百姓，百姓昭明，协和万邦，黎民于变时雍。”郑注：“百姓，百官”，要之“百姓”与“黎民”对举，其为统治阶级亦无疑议。

之子，在诗三百中有很多例证，证明其为贵族女性之称谓，如《鹊巢》：“之子于归，百两御之”，“之子于归，百两将之”，“之子于归，百两成之”等，皆可证明之。

子，不仅“之子”为贵族称谓，“子”也是贵族阶层的称谓，子从“君子”而来，分别为君、为子，《墉风》：“子之不淑”、“子之清扬”，与“君子偕老，副笄六珈”中的君子同，子为贵族称谓无疑。《干旄》：“彼淑者子，何以予之”，“在浚之都，素丝组之”，“良马六之”，良马六匹作为前驱，子为贵族无疑。《氓》：“将子无怒”，“无与士耽”，“以尔车来”，“渐车帷裳”，“士贰其行”。

《周南》十一篇，其中：

(1)《关雎》：《毛序》：“关雎，后妃之德也。”方玉润《诗经原始》：“《小

① 朱东润：《诗三百篇探故》，云南人民出版社 2007 年版，第 13 页。

② 同上书，第 14 页。

序》以为‘后妃之德’,《集传》又谓‘宫人之咏大（太）姒、文王’，皆无确证。诗中亦无一语及宫闱，况文王、大姒耶？窃谓风者，皆采自民间者也，若君妃，则以颂体为宜。”就连朱熹，这位在诗三百民间论演变里程碑上被称之为革命性变革的重要人物，也仍然没有革命到确指采自民间，而退一步说成是“宫人之咏大（太）姒、文王”，说成是宫廷宫人所作，方玉润直接下“窃谓风者，皆采自民间者也”这样的断语，也不知有何根据。

（2）《卷耳》：《毛序》：“卷耳，后妃之志也。”“我姑酌彼金罍”，金罍，饰金的酒器，大肚小口。《毛传》：“人君黄金罍”，许慎《五经异议六》言罍制云：“金罍，大器也。天子以玉，诸侯大夫以金”；“我姑酌彼兕觥”，兕觥，用犀牛角做的酒器。[①] 以诗中所用器具而言，吻合小序所言。另云：“我仆痡矣”，则非庶民无疑。

（3）《樛木》：“乐只君子，福履绥之”，君子见上。

（4）《螽斯》：《毛序》：“《螽斯》，后妃子孙众多也。”

（5）《兔罝》：“赳赳武夫，公侯干城”,《诗三家义集疏》：“韩说曰：殷纣之贤人退处山林，网禽兽而食之，文王举闳夭、泰颠于罝网之中”。

（6）《汝坟》：“未见君子”，“王室如毁”。

（7）《麟之趾》：用“麟”、公子、公姓、公族，《毛序》：“《麟之趾》,《关雎》之应也”,《诗三家义集疏》：“韩说曰：‘麟趾，美公族之盛也。’”

第三节 《召南》

《召南》者，何谓也？《齐说》曰：“周南、召南，圣人所在。”《韩说》曰：“其地在南郡南阳之间。”《疏》：“盖齐王先有周南，后有召南，其名为召南者，以召公所抚定也。《大雅・召闵篇》：‘昔先王受命，有如召公，日辟国百里’。”是召公之辟召南，在文王受命之后矣。……召公之在召南，位在诸侯之上。……《方言》又曰：“众信曰谅，周南、召南，卫之语也。”盖召公自周南

---

① 周振甫译注：《诗经译注》，中华书局2002年版，第6页。

境内辟土而南，直抵卫境，与纣都相邻，诸侯慕义来归。……《韩叙》指召南疆域也，汉南郡，今湖北荆州府荆门州……南阳，今河南南阳府汝州境，《周南》诗有《汝坟》，是其境至汝。周南东北，即召南西南也。……《行露》，即召南申女作。申国在南阳郡宛县。①

根据三家诗:《周南》《召南》，皆南方之诗作也。方言所提供的信息，“周南、召南，卫之语也”，以笔者观之，二南之所涉及的国度，一曰蔡国，已见前文，二曰卫国，如方言所说，三曰申国，在南阳郡，四曰楚国，所谓南郡，荆州之地，五曰洛阳。至此，大抵清楚了，所谓“二南”，主要指北至洛阳、南至于楚的较为南部的地域。其中以洛阳为中心，辐射南方国家，总为二南。《鹊巢》篇下，又云：文王受命称王，召公分治南土，政教大行，歌咏斯起。后人就地采诗，别为《召南》。盖犹是南国既在召公分治之后，即不能不以诸侯之风目之。……陈奂《疏》又云：“关雎麟止，王者之风，故曰后妃。鹊巢、邹虞，诸侯之风，故曰夫人。”②

《召南》代表作分析，《何彼禯矣》:

何彼禯矣？唐棣之华。曷不肃雝？王姬之车。

何彼禯矣？华如桃李。平王之孙，齐侯之子。

其钓维何？维丝伊缗（音民）。齐侯之子，平王之孙。

大意为：那是多么的繁盛婀娜？那是郁李开出的花朵。那是怎样的华贵雍容？那是王姬的婚车。

那是如何的浓艳？那华美如同桃李。那是平王之孙女，那是齐侯之女。

她的钓鱼用得是什么？那是丝线做成的钓绳。她是齐侯之女呀，她是平王的外孙。

此诗在《召南》十四篇中，章句形式最为整饬，全诗三章，每章四句，每句四字，与《桃夭》章句形式相同，语言表达平易，未采用生涩的语词，当为十四篇中最晚之作。此诗背景：三家说曰：言齐侯嫁女，以其母王姬始嫁之车远送之。《疏》《毛序》:“美王姬也。虽则王姬，亦下嫁于诸侯。车服不系其

① （清）王先谦撰，吴格点校：《诗三家义集疏》，中华书局1987年版，第64页。

② 同上书，第65页。

夫，下王后一等，……以成肃雝之德也。”王先谦案语：如三家说，是“齐侯之子”，为齐侯所嫁之女，平王之孙，平王之外孙女也。平王女王姬先嫁于齐，留车反马。今所生之女，嫁西都畿内诸侯之国，荣其所自出，故以其母王姬始嫁时车送之。诗人见此车而贵之，知其必有肃雝之德，故深美之也。①

魏源曾经提出，此诗所写的“齐侯之子，平王之孙”，也有可能是春秋之前而未加记载者，但考察该诗之艺术方式，不似更早的作品。另，此诗所写的背景，是否就是《卫风·硕人》所写的“齐侯之子，卫侯之妻，东宫之妹，邢侯之姨”，“美庄姜一人也”的庄姜？或是《鲁颂·鲁僖》所说的“周公之孙，庄公之子”？待考。

《召南·野有死麕》：

野有死麕，白茅包之。有女怀春，吉士诱之。

林有朴樕（音速，小树），野有死鹿。白茅纯束，有女如玉。

舒而脱脱（音对，慢慢地）兮，无感（音汗）我帨（音睡，围裙）兮，无使尨（音盲，多毛狗）也吠！

大意为：野地里有死獐子，就用白茅包上它。有个少女怀春动心，吉士就要引诱她。

林中生长着小树，原野上有着死鹿。白茅草揉搓着捆扎，有个少女洁白如玉。

请你舒缓地慢慢地来啊，我要动我的围裙呀，不要使那长毛狗叫起来呀！

此诗背景，《韩说》曰：“平王东迁，诸侯侮法，男女失冠婚之礼，《野麕》之刺兴焉。”《毛序》：“恶无礼也。天下大乱，强暴相陵，遂成淫风。”《笺》：“无礼者，为不由媒妁，雁币不至，劫胁以成婚。”魏源云：“此东周时所采西都畿内之风也。……故《甘棠》思召伯，《何襛》美王姬，皆陕以西畿内之风。《野有死麕》亦犹此例，其诗既不采于东都王城，使不附于《召南》，陕以西之风将何所属？”王先谦案：魏氏采风之说，确不可易……此诗为东迁之后西都畿内之人所作无疑。②

① （清）王先谦撰，吴格点校：《诗三家义集疏》，中华书局 1987 年版，第 114 页。

② 同上。

此诗为《召南》十四篇中之佼佼者：首先，此诗写出了平王东迁之后，诸侯侮法，男女失冠婚之礼的时代真实，以优美的诗歌形式记载或说是描写了中国自从周公制礼作乐之后，一切均行礼如仪的沉闷之后的一种自由和解放，写出了某种人性在自然状态之下的性爱过程。这也可以说是一种创造，是诗三百前所未有的。

其次，该作的章句形式也同时达到了某种高度：全诗三章，每章分别为四句、四句和三句，基本整饬而有变化，已经能熟练掌握章法的整饬之后的随心所欲，正与内容方面的自由精神吻合。第二章主体上是对第一章的重复歌唱，但“白茅纯束，有女如玉”八个字，使这位女子的形象进一步清晰和细腻化，是一位如玉一般美妙的女子。而第三章则是对前两章情节的继续和发展，在歌唱演出的时候，类似后来歌唱表演的副歌。这首诗在演唱时候。也许应该是这样的：

野有死麕，白茅包之。有女怀春，吉士诱之。舒而脱脱兮！无感我帨兮！无使尨也吠！

林有朴樕，野有死鹿。白茅纯束，有女如玉。舒而脱脱兮！无感我帨兮！无使尨也吠！

再次，比兴手法的运用更为天然融合，“野有死麕，白茅包之”既是起兴，又是故事情节的一部分，是以下“有女怀春，吉士诱之”故事的序曲，当这位贵族在郊外打猎的时候，射死了一只獐子，白茅包之的时候，猎手并未逆料会发生以后的艳遇故事，而“有女怀春”四字，透露了这并非一件男性强迫女性的事件，而是女性怀春，可能藏在树丛中窥视和欣赏着这位贵族猎手的矫健身姿，才随后发生了“吉士诱之”的故事。吉士，如前所论，应该是贵族子弟尚未入仕之前的称谓，犹如今日之学子。

最后，此诗的故事情节性、细节描写和对话，都是前所未有的突破。“舒而脱脱兮，无感我帨矣，无使尨也吠。”女孩对吉士细语：请动作温柔一点，不要动我的佩巾，不要弄得狗吠而惊动别人。这样的细节描写，这样的话语入诗，皆应是前所未有的创造。其中省略了吉士在如玉女子话语之前和之后的对话，但这正是诗歌魅力之所在，给予了读者虚白和想象的空间。

第四节 《王风》

何谓王风?《汉书・地理志》:“昔周公营洛邑，以为在于土中，诸侯屏藩四方，故立京师。至幽王淫褒姒以灭宗周，子平王东居洛邑。”“周公致太平，营以为都，是为王城，至平王居之。”《郑谱》云:“平王以乱故徙居东都王城，于是王室之尊与诸侯无异，其诗不能复雅，故贬之谓之王国之变风。”①

根据以上诸家之说,《王风》乃是平王东迁之后的诗作，其时，王室之尊与诸侯无异，虽然仍然是周王室，但就其实际的地位而言，已经不能和秦楚齐等大国比肩。而其诗作自然也不复是西周周公时代的《周颂》《大雅》，也不复有宣王时代的《小雅》，而是进入到了变风变雅的阶段。与二《南》有大略相似之处，故放置到此章一并讨论。

但从《王风》全部作品来看，似乎并非全部是东都王城畿内之作。《王风》共计十篇，其中带有明显王都特色的，如《黍离》《君子于役》等，但也有明显为南国诗作者，如《大车》为息夫人之作，关涉楚国、息国、蔡国等事。疑诗三百在编辑中将一些零散的《国风》诗作，配发到不同的风中，以便整饬。

《黍离》:

彼黍离离，彼稷之苗。行迈靡靡，中心摇摇。知我者，谓我心忧，不知我者，谓我何求?悠悠苍天，彼何人哉?

彼黍离离，彼稷之穗。行迈靡靡，中心如醉。知我者，谓我心忧，不知我者，谓我何求?悠悠苍天，彼何人哉?

彼黍离离，彼稷之实。行迈靡靡，中心如噎。知我者，谓我心忧，不知我者，谓我何求?悠悠苍天，彼何人哉?

关于此诗的写作背景和作者，有不同的说法。《韩说》曰:“昔尹吉甫信后妻之谗而杀孝子伯奇，其弟伯封求而不得，作《黍离》之诗。”《毛序》:“闵宗周也。周大夫行役于宗周，过故宗庙，公室尽为禾黍，闵宗周之为颠覆，彷徨

① (清)王先谦撰，吴格点校:《诗三家义集疏》，中华书局 1987 年版，第 314 页。

不忍去而作是诗也。”[①]

后者应该更为接近原作。首先，尹吉甫为西周宣王时期，该诗不应列于东周作品之《王风》；其次，全诗所体现出来的情绪，高度吻合于周大夫行役于宗周，过故宗庙所见到的情景。章句形式方面，全篇三章，章十二句，每句基本为四字，首尾环绕，看似不够整齐，实则在散文化的句式中，有着极为清晰的诗歌节奏。全诗语言如同口出，纯以深情感人。

《君子于役》：

君子于役，不知其期。曷至哉？鸡栖于埘，日之夕矣，羊牛下来。君子于役，如之何勿思！

君子于役，不日不月。曷其有佸？鸡栖于桀，日之夕矣，羊牛下括。君子于役，苟无饥渴？

第一段大意为：君子于役，不知其归期。何时能回？鸡已在窝中栖息，太阳已经西落，牛羊成群下坡。君子于役，让人如何不思？

《君子于役》的写作背景，《毛序》曰：“刺平王也，君子行役无期度，大夫思其危难以风焉。”王先谦案语，根据诗文中的鸡栖、日夕、牛羊下来，乃室家之情，无僚友托讽之谊。所谓“君子”，妻谓其夫，序说误也。[②]其实，从该诗的艺术表达、章句方式等诸多方面衡量，作为平王东迁之后较早的作品，还是吻合的。君子行役无度，其君子或是平王时期的大夫，类似前一篇《黍离》之“行役于宗周，过故宗庙”的周大夫，两篇诗作源于同一背景，前一首为此一周大夫之作，后者为大夫之妻的思念之作，也未可知。两周时期女性作诗，乃为风气，女人极少写诗，乃为两汉之后的事情。

此诗写对丈夫的思念，以家庭常见之傍晚景色，“鸡栖于埘，日之夕矣，羊牛下来”，寥寥两三语之素描勾勒，以自然界之乐景，反衬出孤独之悲凉。乃为不可多得的佳作。

《采葛》：

彼采葛兮，一日不见，如三月兮！

彼采萧兮，一日不见，如三秋兮！

① （清）王先谦撰，吴格点校：《诗三家义集疏》，中华书局1987年版，第315页。

② 同上书，第318页。

彼采艾兮，一日不见，如三岁兮！

《毛序》："惧谗也。"《笺》："桓王之时，政事不明，臣无大小，实处者则为谗人所毁，故惧之。"周桓王为东周第三任天子，在位23年（前720年—前697年在位）。周桓王为姬泄父之子，周平王之孙。平王病死时，太子姬狐正居于郑国为人质。郑庄公和周公黑肩迎姬狐回朝继位。姬狐因一路上哀伤过度，回朝后就病死了。姬林便被郑伯和周公黑肩扶立为天子。公元前720年—前697年，正是诗三百写作艺术形式上的飞跃时期，《诗三家义集疏》认为是桓王时期之作，从艺术表达来看，基本是吻合的。

此首诗作最大的特点，就是短小精炼，全诗三章，每章三句，每句四字，每章十二字。去除虚词"兮"字，每章仅有十个字，而全诗三章，基本都是复沓的歌唱，只是略加变化所采之物和一日不见之后如同不见的时间：三月、三秋、三岁而已。但全诗诵读起来，却词句警人，余香满口，深深写出系念者的心情。可谓得到了诗家三昧。至于是否写的是政治，还是男女之间的思念，已经无从考索。

《大车》：

大车槛槛（音坎，大车声），毳（音翠，毡子）衣如菼（音坦，芦苇花）。岂不尔思？畏子不敢。

大车啍啍（音吞吞，大车慢而笨重的声音），毳衣如璊（音门，赤色的玉）。岂不尔思？畏子不奔。

谷则异室，死则同穴。谓予不信，有如皦（同皎）日。

大意为：大车发声槛槛，车毡白白如菼。哪里是我对你无情无念，倒怕是你畏葸不前。

大车慢慢啍啍，车毡玉红如璊。哪里是我对你变心，担心你不敢和我同奔。

能活着就同住一室，活不成就同埋一穴。如果你不能相信，我就指天为誓看那一轮皎日。

《鲁说》："楚伐息，破之，虏其君，使守门，将妻其夫人而纳之于宫。楚王出游，夫人遂出见息君，谓之曰：'人生要一死而已，何至自苦？妾无须臾而忘君也，终不以身更二醮，生离于地上，何如死归于地下乎？'乃作诗曰：'谷则异室，死则同穴。谓予不信，有如皎日。'"（《诗三家义集疏》，

319 页）

楚伐息，息妫（音归）此事发生于公元前 680 年，鲁庄公十四年，齐桓公六年，许穆十八年，楚文王十年。《左传》记载，楚王以息妫妇，生堵敖及成王焉。（《春秋左传注》，198 页）

此诗异常精炼，全篇三章，每章四句，每句四字。全诗基本上是诉说形式，“岂不尔思？畏子不敢”，“岂不尔思？畏子不奔”，“谓予不信，有如皎日”，吻合于息妫指天对日的盟誓口吻。

综观《王风》，大体是从东周初期到前 680 年左右的作品，其中，有《黍离》《君子于役》《采葛》等名篇。《大车》诗作发生于楚蔡之间，当今信阳一带，编辑在《王风》之中，亦可以见出《王风》与二《南》性质类别之相似。

第十一章
《邶风》《鄘风》《卫风》

第一节　概说

邶（音备）、鄘、卫之风，皆为《卫风》。此三国，是在周灭殷之后，将殷商旧都一分为三，将邶封给纣王之子武庚，而将鄘、卫分别由管叔和蔡叔来监管。武王驾崩之后，三监叛乱被灭，周公将三监之地分封给康叔。《汉书・地理志》：“河内本殷之旧都，周即灭殷，分其畿内为三国，诗风邶鄘卫是也。邶，以封纣子武庚；庸，管叔尹之；卫蔡叔尹之：以监殷民，为之三监。故《书序》曰：‘武王崩，三监叛’，周公诛之，尽以其地封弟康叔，号曰孟侯，以夹辅周室；迁邶、鄘之民于洛邑，故邶鄘卫三国之诗相与同风。”（《诗三家义集疏》，124 页）

《地理志》又云：“卫地有桑间、濮上之阻，男女亦亟集会，声色生焉，故俗称郑卫之音。”可知，邶、鄘、卫，就其地而言，皆为卫国之地，只不过在周初之际，临时命管叔蔡叔分别监管。而此地风俗，男女以亟集会，声色生焉，所谓桑间濮上，郑卫之音，是也。

卫三风，其诗作写作的背景，最为明显的是很多诗篇都与卫庄公、卫宣公等有关系，与庄姜、宣姜有关系。卫庄公姬扬为卫国第十二代君主，在位 23 年，时间为公元前 757 年—前 735 年。与卫风相关的故事背景，大约从前 757 年到前 653 年，大约一个世纪左右的时间。期间除了从庄公到宣公（前 718—前 700 年）再到文公这男人的世界之外，从庄姜出嫁给卫庄公，到宣姜、许穆夫人等的故事，是诗三百卫风中更为重要的背景。

第二节 《邶风》

《柏舟》(前三章):

泛(音饭，随水流动)彼柏舟，亦泛其流。耿耿不寐，如有隐忧。微(非)我无酒，以敖以游。

我心匪鉴，不可以茹(音如，容纳)。亦有兄弟，不可以据。薄言往愬(同诉)，逢彼之怒。

我心匪石，不可转也。我心匪席，不可卷也。威仪棣棣，不可选也。

大意为：柏木船儿随水漂流，也是随着水波漂流。我的内心不安，夜不成寐，像是有深深的隐忧。不是我无酒，用以四处远游。

我的心呀，不是镜子，不可以洞察朗照，我也有兄弟，却不可以依靠。我本是前往诉苦，却遇到他们在发怒。

我的心呀，不是石头，不可以翻转，我的心呀，不是席子，不可以翻卷。是我的威严脸面，让我没有择选。

全诗五章，每章六句，此为前三章。关于此诗背景，《鲁说》："卫宣夫人者，齐侯之女也。嫁于卫，至城门而卫君死，保母曰：'可以还矣。'女不听，遂入。持三年之丧毕，弟立，请曰：'卫，小国也，不容二庖，愿请同庖。'终不听，卫君使人愬于齐兄弟，……女终不听，乃作诗曰：'我心匪石，不可转也。我心匪席，不可卷也。'"根据《鲁说》，此诗为齐侯之女嫁与卫君，未入门而寡，矢志不移的故事。《毛序》则认为："言仁而不遇也。卫顷公之时，仁人不遇，小人在侧。"《列女传》"愿请同庖"，下作"唯夫妻为同庖。"

如果根据《鲁说》，则为卫宣公之际的事情。从全诗来说，皆为说话口吻，以诉说口吻贯穿全篇。"我心匪石"一章六句，婉转流畅，一气贯下，连用"匪石""匪席"两种譬喻，而"不可转也"与"不可卷也"，全句重复而置换"转""卷"两字，已经美不胜收，更兼"威仪棣棣，不可选也"加入其中，可谓是锦上添花，妙不可言。读此诗再重读曹植《朔风》诗，方知其深意。

但此处真实的历史背景，尚未清晰。此齐女为哪一个齐女？为宣姜么？历史上的宣姜，并非一个贞妇，而是相反。考察卫国历史，唯有大约在周宣王十五年左右，卫世子共伯当年应该即位而死，此诗可否为西周后期之作？但从此诗的写作手法、章句结构、语词简易等诸多方面考察，则极为相类于庄姜随后的作品。如此，将其视为庄姜在卫国失宠，齐国兄弟可能劝其回国改嫁，庄姜表达自己的意愿，也未可知。

《绿衣》：

绿兮衣兮，绿衣黄里。心之忧兮，曷维其已！

绿兮衣兮，绿衣黄裳。心之忧矣，曷维其亡！

绿兮丝兮，女所治兮。我思古人，俾无訧（同忧）兮！

絺（音吃，细葛布）兮绤（音系，粗葛布）兮，凄其以风。我思古人，实获我心！

大意：绿衣呀绿衣，绿衣黄里。心中忧愁呀，忧愁不已。

绿衣呀绿衣，绿衣黄裳，我心忧愁呀，怎可消亡！

绿丝呀绿丝，女人所作。我思古人呀，使我无错。

《毛序》："卫庄姜伤己也。妾上僭，夫人失位而作是诗也。"《笺》："妾上僭者，谓公子州吁之母。"这一背景正与《史记》记载的历史背景吻合。而从诗作本身来说，"绿兮衣兮，绿衣黄里""绿兮衣兮，绿衣黄裳"，以诸侯夫人之衣自有礼制，原本应该素衣为正，先丝后色，现在皆违反礼制，以此起兴，非熟稔当时诸侯夫人之体质者不能写出，再从章句结构、语词特质而言，皆能吻合于庄姜时代。此诗为庄姜之作，可以定谳。诗中以"兮"字替代"矣"等语气助词，呈现了渐次替代、由北向南的历程。

《燕燕》：

燕燕于飞，差池其羽。之子于归，远送于野。瞻望弗及，泣涕如雨。

燕燕于飞，颉之颃（音杭）之。之子于归，远于将之。瞻望弗及，伫立以泣。

燕燕于飞，下上其音。之子于归，远送于南。瞻望弗及，实劳我心。

仲氏任只，其心塞渊。终温且惠，淑慎其身。先君之思，以勖寡人。

大意：燕子展开翅膀高飞，它的翅膀参差不齐。这个女子要大归，一直送行送到原野。一直送到看不见她，我的泪水呀，滚落如雨。

燕子展开翅膀高飞，忽上忽下忽隐忽现。这个女子从此不回，令我送行送到遥远。一直送到看不见她，只剩下我独自伫立蹒跚。

燕子展开翅膀高飞，上上下下发出声音。这个女子大归，令我一直送行送她往南。一直送到看不见她，送到令我芳心不安。

我所送行的人行二姓任，你的心胸呀，深而且远。你的性格温柔而且贤惠，淑惠美好集于一身。你对先君深切的思念，常常也会勉励我这寡德之人。

《毛序》："卫庄姜送归妾也。"《笺》："庄姜无子，陈女戴妫生子，名完，庄姜以为己子。庄公薨，完立，而州吁杀之，戴妫于是大归，庄姜远送于野，作诗而见己志。"此说甚为明晰，可信。

此诗由于情真意切，因此写得生动感人，到达前所未有的高度。全诗四章，每章六句，每句四字。前三章皆从"燕燕于飞"起兴，应该既是比兴，又是实际的场景，"燕燕于飞，差池其羽""燕燕于飞，颉之颃之"，是多么生动的自然界画面，又是多么生动的艺术场景！被送者戴妫"之子于归"，不再是当年桃夭新婚的女子，而是被大归返回娘家的不幸女子；而送行者也就是庄姜，由"远送于野"到"远送于南"，她"瞻望弗及，泣涕如雨"，"瞻望弗及，伫立以泣"，只是如实写来，娓娓诉说，却能产生令人震撼的艺术力量。《传》："四年春，卫州吁弑桓公而立。"《经》："九月，卫人杀州吁于濮。"结合经传，可知鲁隐公四年春，州吁弑桓公而立，同年九月，卫人杀州吁于濮阳。则庄姜远送戴妫之事发生于该年之春天。卫国州吁杀卫桓公完以及州人杀州吁，是在鲁隐公四年（公元前719年），也就可以知道此诗写作的时间，知道其作者为庄姜，可以将其视为一个坐标，来衡量其他的诗作。

《日月》：

日居月诸，照临下土。乃如之人兮，逝不古处。胡能有定？宁不我顾。

日居月诸，下土是冒。乃如之人兮，逝不相好。胡能有定？宁不我报。

日居月诸，出自东方。乃如之人兮，德音无良。胡能有定？俾也可忘。

日居月诸。东方自出。父兮母兮，畜我不卒。胡能有定？报我不述。

此诗之背景，《鲁说》认为是有关宣姜之作。《毛序》则认为："卫庄姜伤己也。遭州吁之乱，伤己不见答于先君，以至困穷之诗也。"《毛序》基本可信，则此诗仍为庄姜之作。

《笺》："日月，喻国君与夫人也。当同德齐意以治国者，常道也。之人，是人也，谓庄公也。其所以接及我者，不以故处，甚违于初时。"解释甚为清晰而贴切。则此诗当同为庄姜之作，写作时间同为公元前 719 年。

全诗章句结构甚为精炼，全篇四章，章六句，句多为四字，有三处使用"乃如之人兮"五字诗句。全诗起首皆用"日居月诸"起兴，以"胡能有定"作为收束诗句。凸显全篇对国君胡能有定的企盼和希冀。

《终风》：

终风且暴，顾我则笑。谑浪笑傲，中心是悼。

终风且霾，惠然肯来。莫往莫来，悠悠我思。

终风且曀，不日有曀。寤言不寐，愿言则嚏。

曀曀其阴，虺虺其靁。寤言不寐，愿言则怀。

《毛序》："卫庄姜伤己也。遭州吁之暴，见侮谩而不能正也。"《笺》："正，犹止正也。"魏源曰："庄姜初年，即子完而恶州吁……一旦取诸其怀而杀之，反认贼作子，惓惓顾念"。则此诗仍为州吁弑桓公之年庄姜所为作也。终风，终日之风也。以"终风且暴"起兴，诉说州吁带来的苦难。

《击鼓》：

击鼓其镗，踊跃用兵。土城国漕，我独南行。

从孙子仲，平陈与宋。不我以归，忧心有忡。

爰居爰处，爰丧其马。于以求之，于林之下。

死生契阔，与子成说。执子之手，与子偕老。

于嗟阔兮，不我活兮。于嗟洵兮，不我信兮！

《毛序》:“怨州吁也。卫州吁用兵暴乱,使公孙文仲平陈与宋,国人怨其勇而无礼也。”伐郑在鲁隐公四年。王先谦案语:则此诗是与陈宋伐郑之役军士所作。“士怯叛亡”与诗“居处丧马”“不我活兮”义合,一时怨愤叛离之状可见。

以笔者之见,此诗不可能为军士所作,从全诗的视角来说,分明是一位掌握全局,居高临下但又能与士卒军士同为甘苦的人物,非君侯不能为也。而州吁用兵暴乱,为国人所不容,也不可能出现这种“死生契阔,与子成说。执子之手,与子偕老”的感人场面。从这一个历史阶段的君王来看,唯有戴公之后即位的文公,有这种场景的可能。《史记·卫世家》记载:文公初立,轻赋平罪,自身劳,与百姓同苦,以收卫民。(1217页)此诗吻合于卫公,但与三家说州吁之际的战事不合,可以继续研究。

“击鼓其镗,踊跃用兵。土城国漕,我独南行”,此诗一反比兴手法,直接诉说,描述战场的紧张局面。当时,此诗作者或许巡查战事于漕。漕,卫邑也。后面两句描写和记载卫国兵士之劳苦,或作土工,或是修理漕城,而我独自南行巡查。此处之我,当指作诗者之自我。

第二章:“从孙子仲,平陈与宋。不我以归,忧心有忡。”孙子仲,指的是卫国州吁派出的将军公孙文仲。“不我以归,忧心有忡”,仍然指的是作诗者本人及其心境,担忧战争无所宁日,不知其归期。

第三章:“爰居爰处,爰丧其马。于以求之,于林之下。”《传》:“有不还者,有亡其马者。”此数句正吻合于诗人巡视之情形。

第四章:“死生契阔,与子成说。执子之手,与子偕老。”此一章延续前两章而来,前面写出军士之辛苦,之苦难,此处则描述自己代表国君,对士卒发出同生共死的誓言,以安定军心。《韩说》:契阔,约束也。传:契阔,勤苦也。说,数也。《笺》:从军之士与其伍约:死也生也,相与处勤苦之中,我与子成相说恩爱之恩,志在相存救也。

第五章:“于嗟洵兮,不我信兮。于嗟阔兮,不我活兮!”《孔疏》:“此军伍之人今日不与我乖阔兮……言彼此不相顾也。”第五章所写,乃为其结果,仍然是军心离散,怨言难平。既然军心如此涣散,则“死生契阔,与子成说。执子之手,与子偕老”就不应出自军士之口,而是超越于军事阶层的统治者的话语。

此诗章句结构，全诗五章，章四句，句四字，与此前数篇艺术方式相类。

《凯风》：

> 凯风自南，吹彼棘心。棘心夭夭，母氏劬劳。
>
> 凯风自南，吹彼棘薪。母氏圣善，我无令人。
>
> 爰有寒泉，在浚（音郡，卫国地名）之下。有子七人，母氏劳苦。
>
> 睍睆（音现换，好貌）黄鸟，载好其音。有子七人，莫慰母心。

大意：和风来自于南方，吹动着酸枣树上的小酸枣。酸枣树儿小小的，母亲辛苦又勤劳。

和风自南方吹来，吹动着酸枣树成为柴蓊。母亲圣明又和善，我们失去令人怎么好？

有寒冷的泉水呀，在浚城下面环绕。有儿女七人呀，母亲还是勤苦辛劳。

有那灵巧美丽的黄鸟呀，唱出那婉转清丽的歌音。有儿女七人呀，却没有人能安慰母亲的心。

此诗背景应与宣姜有关。宣姜先与宣公生下寿、朔，随后收养完，朔为惠公，完为桓公。以后宣姜与宣公之子公子顽通，后来嫁给公子顽，《笺》：宣姜和公子顽“生子五人：齐子、戴公、文公、宋桓夫人、许穆夫人”，连同与宣公所生二子，一共正好是七子。

再读《史记·卫世家》所记载的这一段历史：庄公五年，娶齐女为夫人，好而无子。又取陈女为夫人，生子，早死。陈女女弟亦幸于庄公，而生公子完。完母死，庄公令夫人齐女子之，立为太子。庄公有宠妾，生子州吁。……二十三年，庄公卒，太子完立，是为桓公。……桓公十六年，州吁自立为卫君。州吁翌年被杀，迎立桓公弟晋，是为宣公。卫宣公晋，卫庄公之子，卫桓公之弟，卫国第十五任国君，公元前 718 年—公元前 700 年在位。公子晋早年在邢国作人质。公元前 719 年，公子晋另一兄弟公子州吁弑杀卫桓公，自立为君。公元前 719 年，石蜡平定州吁之乱后，从邢国迎公子晋回国即位，是为卫宣公。

卫宣公九年，宋督弑其君殇公，及孔父。十八年初，宣公爱夫人夷姜，夷姜生子伋，太子伋，右公子为太子伋取齐女，宣公见而悦而自取之。是为宣姜。生子寿、子朔。宣公与宣姜共谋杀太子伋，子寿与太子伋善而救之并死。子朔立为太子。

宣公十九年，宣公卒，太子朔立，是为惠公。惠公四年，左公子怨恨当年惠公谗杀太子伋而代立，作乱，并立太子伋之弟黔牟为君，惠公奔齐。卫君黔牟立八年，齐襄公伐卫，惠公复立。

惠公三十一年卒，卫懿公立，随被戴公代替。戴公为黔牟之弟昭伯顽之子申。戴公申元年卒，齐桓公立戴公弟燬为君，是为文公。

太子伋同母弟二人：其一曰黔牟，其二曰昭伯。昭伯、黔牟皆以前死，故立昭伯子申为戴公，戴公卒，复立其弟燬为文公。

下面微缩一下故事本末：

卫庄公五年（前 753 年），娶齐女为夫人，有《硕人》。

庄公——齐女庄姜无子，养子桓公——陈女女弟公子完（后为桓公）——宠妾生子州吁。

卫桓公（前 734—前 719 年）立十六年，州吁自立，庄姜有《燕燕》，翌年被杀，迎立桓公弟公子晋，为宣公。宣公为太子伋娶齐女，宣公夺之，为宣姜。生子寿、子朔。宣公与宣姜共谋杀太子伋，子寿与太子伋善而救之并死，子朔立为太子。

宣公十九年，宣公卒，太子朔立，是为惠公。惠公四年，左公子作乱，立太子伋之弟黔牟为君，惠公奔齐。卫君黔牟立八年，齐襄公伐卫，惠公复立。惠公三十一年卒，卫懿公立，随被戴公代替。戴公为黔牟之弟昭伯顽之子申。戴公申元年卒，齐桓公立戴公弟燬为君，是为文公。太子伋同母弟二人：其一曰黔牟，其二曰昭伯。昭伯、黔牟皆以前死，故立昭伯子申为戴公，戴公卒，复立其弟燬为文公。

此诗是一篇歌颂母亲的诗作，不似宣姜自我歌颂之作，而宣姜女儿许穆夫人有诗作传世，是一位女诗人，此诗归属于许穆夫人，则基本吻合，此篇反复陈说的是“有子七人，莫慰母心”的哀怨，视角语气分明是从七个子女的角度出发，而其儿子，未闻有此贤惠者，此诗应为许穆夫人所写。尝试以此为背景解说：

《凯风》，《鲁说》曰：南风谓之凯风。《笺》：“以凯风喻宽仁之母。棘，犹七子也。”《传》：棘心，其成就者。荆棘长大可以为薪。与“翘翘错薪”同义。“母氏圣善，我无令人”，言我七子无善人能报之者；“爰有寒泉，在浚之下。”浚，卫邑也。在浚之下，言有益于浚。

全篇四章，章四句，句四字，以凯风、寒泉和黄鸟起兴，是故，此三者后来均与对母亲的颂赞有关。如果此诗是对宣姜的赞颂，可以视为是对当时舆论对宣姜指责的回复。宣姜一开始是作为太子伋的新妇迎娶来的，被太子伋之父宣公横刀夺爱，偷梁换柱，成为了宣公夫人。宣姜生下二子之后，又与公子顽私通，后来嫁给宣公的儿子公子顽，生育三子二女，必然为当时舆论所不容，特别是当时卫国政治争夺方面的反对派。于是，有不少揭露其丑恶的诗作出现。如《鄘风·君子偕老》中的“君子偕老，副笄（音疾，簪子）六珈（音加，珠宝）……子之不淑，云如之何。”虽然她的相貌非常美丽，“子之清扬，扬且之颜也。展如之人兮，邦之媛也。”（《笺》：夫人，宣公夫人，惠公之母也。）

《静女》：

静女其姝，俟我于城隅。爱而不见，搔首踟蹰。

静女其娈，贻我彤管。彤管有炜，说怿女美。

自牧归荑，洵美且异。匪女之为美，美人之贻。

大意：静静的女孩真美丽，静静地等候我在城隅。爱我却不出现在我的视线中，搔首徘徊犹豫。

静静的女孩妩媚姣好，赠送我一株红红管草。红红管草光彩闪耀，心中喜爱女孩的花容玉貌。

这自野外归来赠我的柔荑，确实非常美丽。不是这柔荑美丽，是因为它是美人的赠贻。

《齐说》曰：季姬踟蹰，结衿待时。终日至暮，百两不来。又曰：季姬踟蹰，望我城隅。终日至暮，不见齐侯。《毛序》：“刺时也，卫君无道，夫人无德。”《笺》：“以君及夫人无德，故陈静女遗我以彤管之法，德如是，可以易之，为人君之配。”（《诗三家义集疏》，204 页）

以笔者之见，此诗当为宣姜之后，卫国世风日下，男女私奔而不能禁。同时也带来婚姻风俗之改变。此诗描写当为士子与静女私相约会之场景，全诗结构明晰而有变化，全篇三章，每章四句，每句多为四字，分别有两处为五字，显示出其灵活性，全篇遣词用语精炼而简易，颇类白话语提炼入诗。

首一章以“静女”起首，几乎笼罩全章，顺承而下，分别写静女之美丽，静女等候我于城隅。随后说，静女隐身难寻，诗人踟蹰不前；次一章仍旧以“静女”起首，自然是在意料之中，这是诗三百业已形成的常态。但二章的三四句，采用顶针手法，延续前一句的“彤管”而以“彤管”为三句句首，在规律的节奏中发生变化，从而发生摇曳变幻之美；第三章同此，改为“自牧归荑”起首，则在章句结构上发生变化。“洵”，信也。荑，草也。“自牧田归荑，其信美而异者，可以供祭祀。”结句“匪女之为美，美人之贻”以一个否定句和肯定句对应的问答接续，更为增添全诗的节奏和含义的变化。

第三节 《鄘风》

如前所说，此三风皆为《卫风》，因此诗作的背景以及诗人作者，应该也是延续而来。诗作依次如下：

《墙有茨》：

墙有茨，不可埽也。中冓之言，不可道也。所可道也，言之丑也。

墙有茨，不可襄也。中冓之言，不可详也。所可详也，言之长也。

墙有茨，不可束也。中冓之言，不可读也。所可读也，言之辱也。

《齐说》曰：“墙茨之言，三世不安。”《毛序》曰：“卫人刺其上也。公子顽通其母，国人疾之而不可道也。”三世，谓宣公、惠公、懿公。所谓宣姜“乱及三世，至戴公而后宁”。此诗三章，每章六句，全篇皆用“墙有茨……不可……不可……所可……言之”的句式结构，明白如话，一些人捂嘴叹息之神貌活灵活现。

《桑中》：

爰采唐兮？沬（音妹，卫邑）之乡矣。云谁之思？美孟姜矣。期我乎桑中，要我乎上宫，送我乎淇之上矣。

爰采麦矣？沬之北矣。云谁之思？美孟弋兮。期我乎桑中，要我乎上宫，送我乎淇之上矣。

爰采葑（音风）矣？沬之东矣。云谁之思？美孟庸矣。期我乎桑中，要我乎上宫，送我乎淇之上矣。

首章大意：在什么地方采摘兔丝呢？就在那个沬乡。思念的是哪个女子呢？就是那美丽的孟姜。她约我在桑中，她邀我在上宫，在那淇水之上分手相送。

《毛序》："刺奔也。卫之公室淫乱，男女相奔，至于世族在位，相窃妻妾，期于悠远，政散民流而不可止。"《笺》："卫之公室淫乱，谓宣、惠之世，不待媒氏以礼会之也。世族在位，取姜氏、弋氏、雍氏者也。"《左成二年传》："楚屈巫聘于齐，告师期，尽室以行。……申叔遇之，曰：'异哉！夫子有三军之惧，而又有桑中之喜，宜将窃妻以逃者也。'"以桑中为窃妻之诗，此最为古意。《汉书·地理志》引《庸诗》"送我淇上"，又云："卫地有桑间濮上之阻，男女亦亟聚会，声色生焉。"颜注："阻者，言其隐阨，得肆淫僻之情也。"（《诗三家义集疏》，230—231 页）

《传》：爰，于也；唐，菜名；沬，卫邑。《笺》：如何采唐必沬之乡，犹言欲为淫乱者必之卫之都。《释草》："唐，蒙，女萝。女萝，兔丝。"《释文》：沬，音妹，卫邑也。

引上述之材料，知此诗为男女淫乱之诗。卫国既然国君淫乱，上行下效，整个国家风尚亦如是也。所谓"卫之公室淫乱，男女相奔，至于世族在位，相窃妻妾，期于悠远"。桑中最为原始的本意，原本就是窃妻私奔之意。所以此诗云：如果要采唐，兔丝女萝，就一定要去卫邑的沬之乡。兔丝女萝之唐、蒙，本意就有男女淫奔的含义。淫乱之人谁思乎？乃思那美女孟姜。那美女孟姜，与我期会于桑中，要见我于上宫，而送我到淇水之上。故"送我淇上"也有淫奔密会之意。

此诗章句结构为三章，每章七句，前两句以"爰采"起兴，象征男女之会，三四句皆以"云谁之思"设问，回复以不同的美女名称，更见出淫奔之广泛，之混乱。结尾三句，重复"期我乎桑中，要我乎上宫，送我乎淇水之上矣"，类似副歌，反复咏叹。虽为淫奔主题，诗意却甚为美好。

《鹑之奔奔》：

鹑之奔奔，鹊之彊彊。人之不良，我以为兄！

鹊之彊彊，鹑之奔奔。人之无良，我以为君！

《毛序》：“刺卫宣姜也。卫人以为宣姜鹌鹑之不若也。”《笺》：“刺宣姜者，刺其与公子顽为淫乱，行不如禽兽。”王先谦案语，认为刺宣公，其意甚明。“人之不良，我以为兄”“人之无良，我以为君”（《诗三家义集疏》，333 页）。

此诗章句结构最为短小，全诗仅仅两章，章四句，句四字，全诗仅仅 32 字，而仅有之 32 字，亦只有结尾一字变换“兄”而为“君”，取其重复，全诗仅仅用字 17 字，值得关注。不过，此诗虽然在诗歌的短小精炼方面也许达到了诗三百的极致，但也同时呈现了过于简单，表达内容过于直露，艺术手法的含量不够丰富等弊端，显示了诗三百在经历由雅颂时代的繁复而到春秋之后走向简单的历程。

随后的《相鼠》也同样如此，单纯的议论，尖刻的批评，大有远离诗三百比兴传统的趋势。

《载驰》：

载驰载驱，归唁卫侯。驱马悠悠，言至于漕。大夫跋涉，我心则忧。

既不我嘉，不能旋反。视尔不臧，我思不远。

既不我嘉，不能旋济。视尔不臧，我思不閟（同毖）。

陟彼阿丘，言采其蝱（音蒙，贝母药）。女子善怀，亦各有行。许人尤之，众稚且狂。

我行其野，芃芃（音蓬蓬，茂盛）其麦。控于大邦，谁因谁极？大夫君子，无我有尤。百尔所思，不如我所之。

大意为：一路挥鞭驱驰呀，回来吊唁失国的卫侯。一路挥鞭疾驰呀，一直走到漕邑尚未休。大夫千里跋涉劝阻我，我的心里满是哀愁。

既然对我不赞成，要我回去我不能。我看你的方案都不好，我的思谋岂不深远？

既然对我不赞成，要我回转我不能。你的想法并不好，我的思谋岂不慎重？

登上那个阿丘，采撷一些贝母草药。女人呀，总是善于怀想，也各有主张。许国大夫责备我，众人幼稚而且张狂。

行走在卫国的原野，麦子正在茂盛生长。我想要求于大国相助，但哪个大国能援手相助？各位大夫君子们呀，不要再指责我的过错，尽管你们设计了千条妙计，却都不如我自己亲自前往。

《鲁说》曰：许穆夫人者，卫懿公之女，许穆公之夫人也。初，许求之，齐亦求之，懿公将与许，女因其傅母而言曰："古者诸侯之有女子也，所以苞苴玩弄，声援于大国也。今者许小而远，齐大而近，若今之世，强者为雄，如使边境有寇戎之事，惟是四方之故，赴告大国，妾在不犹愈乎？今舍近而就远，离大而附小，一旦有车驰之难，孰可与虑社稷？"卫侯不听，而嫁之于许。其后翟人攻卫，大破之，而许不能救，卫侯遂奔走涉河，而南至楚丘。齐桓往而存之，遂城楚丘以居，卫侯由是悔不用言。当败之时，许夫人驰驱而吊唁卫侯，因疾之而作诗云："载驰载驱，归唁卫侯……我思不远。"

《毛序》："许穆夫人作也。闵其宗庙颠覆，自伤不能救也。卫懿公为狄人所灭，国人分散，露于漕邑。许穆夫人闵卫之亡，伤许之小力不能救，思归唁其兄，又义不得，故夫是诗也。"《笺》："露于漕邑者，谓戴公也。懿公死，国人分散，宋桓公迎卫之遗民，渡河之处于漕邑而立戴公焉。戴公与许穆夫人，俱公子顽烝于宣姜所生也。……卫公奔走及吊唁卫侯，则戴公之世也。《左闵二年传》：'卫立戴公，以庐于曹。许穆夫人赋《载驰》。'……唯此以许穆夫人为懿公女为异耳。"(《诗三家义集疏》，257—259 页)

以上背景甚为重要，此诗为许穆夫人所作，无所怀疑。其中疑点，鲁说认为，许穆夫人者，卫懿公之女，而郑玄认为，戴公与许穆夫人，俱公子顽烝于宣姜所生也。但如果是这样的话，则鲁说讲述当年许穆夫人未嫁之时，女因其傅母而言的一段精彩的政治分析，就落空了基础。

《左传闵公二年》记载：

> 宣公烝夷姜，夷姜生太子伋及黔牟，令右公子傅之，娶宣姜，生子寿、朔，左公子傅之。朔后为惠公，三十一年，惠公卒，子懿公赤立。卫懿公九年，鲁闵公二年，公元前 660 年，周惠王十七年，齐桓公二十六年，许穆公三十八年，冬十二月，狄人入卫。卫师败绩，遂灭卫。
>
> 初，齐人使昭伯烝于宣姜，(齐僖公)不可，强之。生齐子、戴公、

文公、宋桓夫人、许穆夫人。（齐子，谓嫁于齐者。）自惠公之立至此四十年。卫之遗民立戴公以庐于曹。许穆夫人赋《载驰》。（摘引自杨伯峻本《左传闵公二年》，267页）

懿公为宣姜亲生孙子，鲁说许穆夫人为卫懿公之女，应为误。但当时许国、齐国同时求女，或为惠公末期之时之事。

“载驰载驱，归唁卫侯。驱马悠悠，言至于漕。大夫跋涉，我心则忧。”开篇三句，应该是许穆夫人听闻戴公死去的消息，疾驰到漕。时间应该是狄人入侵之后的翌年春夏之交麦子尚未收割之际，后文有“我行其野，芃芃其麦”。此一章以六句篇幅，交代自己驱驰之背景和原因，聊聊数句，将所发生的事件、人物、心情、地点，无不一一交代清楚，颇有后来新闻学之所谓五个“W”的意思。

“既不我嘉，不能旋反。视尔不臧，我思不远。既不我嘉，不能旋济。视尔不臧，我思不閟。”第二三章八句，言许人尽不善我欲归唁兄。尔，许人也，视女不施善道救卫。夫人既言跋涉心忧，追念前请于卫君事，云我所以请嫁于齐者，为欲系援于大国，我之谋至嘉美也。既不我嘉，卫果遁逃而不能旋反其旧都，我之思虑岂不深远乎？此一段议论，有见识，有深情，追述了此前自己的担忧和谋略，诚然可谓是巾帼不让须眉也。

“陟彼阿丘，言采其蝱。女子善怀，亦各有行。许人尤之，众稚且狂。”第四章六句，蝱，音蒙，《本草》，一名苦菜。苏颂《图经》：“二月生苗，似荞麦，叶随苗出，七乐开花。”一说认为许穆夫人以此比兴，比喻求人力以助安卫灭乱。亦可亦无不可，只是实际场景而已。在采苦菜而沉吟的场景中，写出了许穆夫人忧国忧民思虑沉吟的形象，同时为读者提供了许穆夫人载驱载驰的季节背景。

“我行其野，芃芃其麦。控于大邦，谁因谁极？大夫君子，无我有尤。百尔所思，不如我所之。”第五六章一共八句，可以连读。我行其野，指卫国之郊野。言我行卫野，则已“芃芃其麦”。“芃芃其麦”四字，信息量很大，既给读者描述了许穆夫人载驱载驰到卫国郊野的场景，给出了季节的信息，同时暗示了卫国“城春草木深”的含义。胡承珙云：“狄灭卫在闵二年冬，非蝱麦之候，不宜取非时之物而漫为托兴。”王先谦也认为，胡说是也（《诗三家义集疏》，

262 页）。实则，此为刻舟求剑，削足适履。狄人灭卫，是为闵二年冬十二月，许穆夫人此作提供了补充历史细节的第一手史料。说明：她是在翌年春季载驱载驰赶赴于卫吊唁。

可能发生的情况是：（1）戴公之死，在翌年春季；（2）许穆夫人在戴公死后一两个月后方才赶到卫国吊唁。时间是该年夏正二三月之际。此时，齐国尚未派兵援救。"控于大邦，谁因谁极？"《左传》记载狄人入侵卫国，是在闵公二年十二月，因将随后两三个月发生的事情，也就是懿公死、戴公立的事情一并记载于此，这也是合乎情理的。

如果将翌年正月、二月接续的事情放置到翌年，事件的发展就会中断。春秋时代的诗人，尚未有虚拟造境之说，因此，许穆夫人所写的场景，应该是真实的，它补充了这一事件发展的细节。更为主要的，是狄人入侵于该年十二月，随后发生的懿公死、戴公立、戴公死，此四者同时发生于一个月甚至是半个月之内，这是不合情理的。

总之，许穆夫人此作，是一篇体大思深，有场景、有思想深度之佳篇佳作。在卫风污浊的靡靡之音中，见出一丝亮色。

第四节 《卫风》

《卫风·淇奥》：

瞻彼淇奥，绿竹猗猗。有匪（通斐，文采）君子，如切如磋，如琢如磨。瑟兮僩（音现，宽大貌）兮，赫兮咺（音宣，威仪）兮。有匪君子，终不可谖（音宣，忘）兮。

瞻彼淇奥，绿竹青青。有匪君子，充耳秀莹，会弁（皮帽）如星。瑟兮僩兮。赫兮咺兮，有匪君子，终不可谖兮。

瞻彼淇奥，绿竹如箦（音则，郁积）。有匪君子，如金如锡，如圭如璧。宽兮绰兮，猗（通倚）重较兮。善戏谑兮，不为虐兮。

《毛序》："美武公之德也。有文章，又能听其规谏，以礼自防，故能入相于周，美而作是诗也。"《左昭二年传》："北宫文子赋《淇奥》。"杜注："淇奥，诗卫风，美武公也。”此诗当为后人追述武公之作。鲁昭公前 542 年即位，昭公二年为前 541 年，似太晚，或说，作于武公时代。

全诗三章，略析其首章：“瞻彼淇奥，绿竹猗猗。有匪君子，如切如磋，如琢如磨。”此诗开篇即不凡，这不是一般的起兴，而是类似情景交融的意境式的写作方式。以“瞻彼”起首，瞬间即将诗人所展示的画面呈现眼前，而这一场景描绘，其场景的高洁，与下文之“有匪君子，如切如磋，如琢如磨”，鲁齐“匪”又作“斐”。则含义为，斐然君子，在此切磋琢磨。“瑟兮僩兮。赫兮咺兮”，《传》：瑟，矜庄貌；僩，宽大也；赫，明德赫赫然；咺，威仪容止宣著也。结句：“有匪君子，终不可谖兮”，谖，音宣，《传》：谖，忘也。郑注：民不能忘，以其意诚而德著也。全诗用韵，前五句为歌部，后四句用元部。转韵方式已较为成熟。此诗从艺术方式综合考察，不太可能为东周早期之作，而应为春秋后期作品。

《硕人》：

硕人其颀，衣（音义）锦褧（音炯，布罩衣）衣。齐侯之子，卫侯之妻。东宫之妹，邢侯之姨，谭公维私。

手如柔荑，肤如凝脂，领如蝤蛴，齿如瓠犀，螓首蛾眉，巧笑倩兮，美目盼兮。

硕人敖敖，说（音睡，税驾）于农郊。四牡有骄，朱幩（音坟，绸帛）镳镳（音标，马嚼子）。翟茀（音狄符，野鸡毛羽）以朝。大夫夙退，无使君劳。

河水洋洋，北流活活（音郭，水流声）。施罛（音孤，大渔网）濊濊（音或，撒网入水声），鳣鲔（音毡委）发发（音波波）。葭菼（音加坦，初生芦苇和荻）揭揭（音子子，长貌），庶姜孽孽（盛饰貌），庶士有朅（音怯，勇武貌）。

大意为：高高大大的美人呀，好苗条，身穿锦衣褧衣罩。是齐侯之女呀，是卫侯之妻。也是太子之妹呀，邢国侯的小姨，还是谭公的姨妹。

手如柔嫩的白荑，皮肤如同凝结的玉脂，脖颈就像是白而细长的蝤蛴；牙齿如同整齐的瓠瓜子，螓首而有蛾眉。嫣然一笑酒窝好，美目转动秋波俏。

高高大大的美人呀，好苗条，迎娶的车子税驾在近郊。四匹雄马气势骄，朱红色的带子勒马嚼，野鸡毛羽护她上朝。各位大夫可以早些退朝，不要使君

主过于操劳。

黄河流水浩浩汤汤，向北流去水波荡荡。域网洒在河水中央，鳣鱼鲔鱼跳跃发发。芦苇荻梗真茂盛，庶士护送真勇武。

关于此诗背景，先看《鲁说》：傅母者，齐女之傅母也。女为庄姜夫人，号曰庄姜。姜姣好，始往，操行衰惰，有冶容之行，淫佚之心。傅母见其妇道不正，谕之曰："子之家世尊荣，当为民法则，子之质聪达，于事当为人表式；仪貌壮丽，不可不自行修整。"乃作诗曰："硕人其颀……女遂感而自修。"

再看《左传隐公三年传》记载："卫庄公娶于齐东宫得臣之妹，曰庄姜，美而无子，卫人所为赋《硕人》也。"此诗但言庄姜族戚之贵，容仪之美，车服之备，媵从之盛，其为初嫁之时甚明（《诗三家义集疏》，277页）。

以笔者所见，此诗非为庄姜傅母之作，亦非卫人所为赋，而应该是庄姜初嫁卫庄公之际，以第三人称之所为作。从全诗的语气口吻来看，天真烂漫，尚未遭遇庄公之遗弃也。

第一章：硕人，硕，或说为长大貌，其实，古人硕、美并用，二字为赞美男女之统词，否则，硕与颀意思相同，叠床架屋矣。"衣锦"一句写其服饰之美，齐侯之子以下五句，写出庄姜之高贵身份。但这里有一个问题需要研究，齐侯之子，卫侯之妻、东宫之妹都没有问题。邢侯之姨与谭公之私。到了齐桓公时代，也曾出现类似的亲属关系，则此邢公和谭公到底为哪一个邢公、谭公，此问题尚还需要进一步研究。

第二章最负盛名，以五句排比连下，分写硕人之手指白皙、肤如凝脂、领如蝤蛴、齿如瓠犀以及螓首蛾眉。此为人体之静态刻画，宛如人体之绝美画图。"巧笑倩兮，美目盼兮"，最为绝妙，写出了美人动态之美，神态之美，传情之美。古人说，"意态由来画不成"，不仅仅是画不成，亦可以写不成。故此一段落之佳妙，非庄姜自身观镜，搔首沉吟而不可得也。

第三章：写庄姜嫁于庄公时候隆重的婚礼的细节描写。先写硕人更衣于农郊，等候迎娶。敖敖，长貌；说，作"税"；农郊，近郊，东郊。古者迎春耕，布农命田，皆在东郊。故东郊谓之农郊。齐在卫东，夫人入境，税于此以待郊迎。"四牡"以下数句，诸侯夫人始来，乘翟蔽之车以朝见于君，盛之也。《笺》："此又言庄姜自近郊即正衣服，乘是车马以入君之朝，皆用嫡夫人之正礼。”骄，马高六尺曰骄。天子马曰龙，高七尺以上，诸侯马高六尺以上。“大夫夙退，无使君劳”，《笺》：“庄姜始来时，卫诸大夫朝夕者皆早退，无使君之劳倦者，以君夫人新为妃耦，宜亲亲之故也。”（《诗三家义集疏》，286 页）

第四章：“庶姜孽孽，庶士有朅”，庶姜，当指庄姜自云；孽孽，高长貌也；庶士，当指送者下卿也；朅，武也，健也。《笺》：“庶姜，谓侄娣。此章言齐地广饶，士女姣好，礼仪之备，而君何为而不答夫人。”

综观全篇，首一章略写女主人公庄姜之美，而详述其地位家族之尊贵，身份之荣耀，以便与结尾之“君何为不答夫人”相对比；第二章，铺陈刻画庄姜之美，更兼眉目眼神之妩媚动人，进一步铺垫以反衬结尾之“君何为不答夫人”；第三章写迎娶的细节，包括首先新妇在东郊更衣，随后写前来迎娶车队之盛，以及“大夫夙退，无使君劳”的蜜月时期；第四章前五句，一般认为是卫国之景物，实则应该是铺陈齐国之地大物博，反写“士女姣好，礼仪之备，而君何为而不答夫人”。此诗描写之深入，细节之清晰，体态之姣好，以及该篇诗作层层铺叙所呈现的文学之造诣，当时而言，非庄姜本人无所能也。庄姜来自齐国，而齐鲁之地，所谓洙泗之地，弦歌不绝，最为熟稔周公之礼乐弦歌。故卫风三国诗作，皆应开始于庄姜时期，并开始于庄姜之创作。此亦可谓是一种文化之传播，自东而西，由齐鲁之地传播而来至卫风。

《氓》：

氓之蚩蚩，抱布贸丝。匪来贸丝，来即我谋。送子涉淇，至于顿丘。匪我愆期，子无良媒。将子无怒，秋以为期。

乘彼垝垣，以望复关。不见复关，泣涕涟涟。既见复关，载笑载言。尔卜尔筮，体无咎言。以尔车来，以我贿迁。

桑之未落，其叶沃若。于嗟鸠兮，无食桑葚！于嗟女兮，无与士耽！士之耽兮，犹可说也。女之耽兮，不可说也。

桑之落兮，其黄而陨。自我徂尔，三岁食贫。淇水汤汤，渐车帷裳。女也不爽，士贰其行。士也罔极，二三其德。

三岁为妇，靡室劳矣。夙兴夜寐，靡有朝兮。言既遂矣，至于暴矣。兄弟不知，咥其笑矣。静言思之，躬自悼矣！

及尔偕老，老使我怨。淇则有岸，隰则有泮。总角之宴，言笑晏

晏。信誓旦旦，不思其反。反是不思，亦已焉哉！

这是一首长篇叙事诗，讲述了一个始乱而终弃的故事。《齐说》曰：“氓伯以婚，抱布自媒。弃礼急情，卒罹悔忧。”“毛以诗为他人代述，说亦可通。”（《诗三家义集疏》，290页）在纷纭繁杂的诸多说法中，笔者拈取此两条，已经显示出了笔者的观点。即：此诗一向被作为《国风》民间说代表性篇章的诗作之一，但笔者认为，此一篇更不可能为民间诗作经过采风而进入到诗三百之中，反倒应该是卫国高层人物之作，上述两条，概括最为精炼而准确。最为接近此诗之创作角度。

首先，此诗应该是“诗为他人代述”之作，这一说法，类似当下作家之“创作”这样的概念。当然，之所以代述他人之血泪恋情经历，必定会有作者相似的人生经历，有着深刻的理解和同情，其中，必定杂糅着作者自身的切身经历，从而产生借他人之酒杯，浇自我胸中之块垒的创作冲动，也正因为有这样的背景，才会有产生如此细腻的细节和如此生动感人的审美效果。

其次，置放到这样的背景之下，再来理解诗中开篇所说的“氓之蚩蚩，抱布贸丝”，氓，《韩说》曰：氓，美貌。王先谦案语：美民为“氓”，犹美士为“彦”，美女为“媛”。《易林》云：“氓伯”者，《伯兮笺》以伯为呼其君子之字。《仓颉篇》：“蚩，笑也。”也就是嬉笑的样子。“氓之蚩蚩，抱布贸丝。匪来贸丝，来即我谋”，可以理解为“氓伯求婚，抱布自媒”的形象化、象征化的表达方式。从后文可以验证，诗中男主人公是“士”，“于嗟女兮！无与士耽”，乃为贵族阶层，因此，这个“弃礼急情，卒罹悔忧”的故事，并非贵族对庶民女子的婚外恋情，而是同样经历了“秋以为期”“以尔车来，以我贿迁”的求婚、结婚历程。

此诗可能为庄姜晚年回顾自己一生婚姻经历，皆用一次代述性的写作题材而创作的。此诗全篇六章，章十句，句四字。其篇幅之长，结构之整饬，用韵之熟稔，语词之优美，皆前所未有。中国古典诗歌，叙事诗最为难写，盖因中国语言文字之特殊性，长篇写作需要极高的诗歌写作技巧，极为丰富的写作经验，以及极为深刻的人生体验和极为敏锐的细节捕捉能力。庄姜初嫁卫国，已经写作有《硕人》，论证参前，随后有《燕燕》等多篇佳作，是该时期卫国具备这种写作能力的主要诗人之一。另一位具备写作这一佳篇能力者，为许穆夫人。但许穆夫人当下能确认为诗篇之作者，唯有《载驰》一篇，同时，许穆夫人的人生经历，不具备庄姜的相似经历。“兄弟不知，咥其笑矣。”应该是指庄姜夫人之所谓“齐侯之子，卫侯之妻，东宫之妹”的背景。

《竹竿》：

籊籊（音替，长而尖貌）竹竿，以钓于淇。岂不尔思？远莫致之。

泉源在左，淇水在右。女子有行，远兄弟父母。

淇水在右，泉源在左。巧笑之瑳（音搓，玉色鲜白），佩玉之傩（音挪，有节奏）。

淇水滺滺（音由由，水流貌），桧楫松舟。驾言出游，以写我忧。

大意：

钓鱼竹竿尖尖，垂钓淇水岸边。岂不对你思念，莫能回家路远。

泉水源头在左，淇水河流右边。姑娘自从初嫁，远离父兄身边。

淇水源头在右，泉水源头在左。巧妙笑时齿鲜，佩玉行动声连。

淇水长长流动，桧树做楫出游。乘坐轻舟出游，用来书写心忧。

“籊籊竹竿，以钓于淇”，《传》：“兴也。籊籊，长而杀也。钓以得鱼，如妇人待礼以成为室家。”《笺》：“我岂不思与君子为室家乎？君子疏远己，己无由致此道。”王先谦案语：“此女子身在异国，思昔日钓游之乐而远莫能致。”

此诗起首所用“籊籊”，籊籊，音替，《说文》无“籊”字。可知此字使用之生僻，结合全篇背景“君子疏远己，己无由致此道”，及“此女子身在异国，思昔日钓游之乐而远莫能致”，此诗的作者，当不出庄姜和宣姜之作，或为庄姜嫁于庄公之后遭到庄公遗弃思乡所写。“泉源在左，淇水在右。女子有行，远兄弟父母。”泉源，应该代指齐国故国。淇水，则指此时身在卫国之所在。故国之泉源在左，夫家所在之淇水在右？女子远行，远离开了父母兄弟。“淇水在右，泉源在左。巧笑之瑳，佩玉之傩。”故国之泉源在右，夫家所在之淇水在左？巧笑盼兮之美女，是行有节度的美女。“淇水滺滺，桧楫松舟。驾言出游，以写我忧”，既然是行有节度之贵族之女，不能违反礼节而返回故国，我只能在悠悠的淇水之上，乘着“桧楫松舟”，驾言出游，舒解心中的忧愁。

此诗可与《邶风·泉水》对照阅读：

毖（水流貌）彼泉水，亦流于淇。有怀于卫，靡日不思。娈彼诸姬，聊与之谋。

出宿于泲（济），饮饯于祢（音你）。女子有行，远父母兄弟。问我诸姑，遂及伯姊。

出宿于干，饮饯于言。载脂载舝（音瑕，车轴），还车言迈。遄（音传，速）臻于卫，不瑕有害。

我思肥泉，兹之永叹。思须与漕，我心悠悠。驾言出游，以写我忧。

大意：

那涓涓而流的泉水呀，一直流到淇水。身在卫国而怀念故乡呀，几乎没有一日不思。只能和那贴身的闺密，姑且倾诉我的忧思。

回想出门宿于济水，亲朋饯行在祢水。正是女儿就要出嫁的时候，远离父母兄弟。回身问候诸位姑姑，连带问候伯姊。

回想出门夜宿于干，回想饯行远送在干。油脂涂抹好车轴，车头方向调转。一路行车抵达卫国，也无暇多想好坏。

每每想到家乡的泉水，对此就难免长吁短叹。每每想到须邑和漕邑，我心就会悠悠长叹。还是驱车出游，用以舒解我的烦忧。

《毛序》："卫女思归也。嫁于诸侯，父母终，思归宁而不得，故作是诗以自见也。"（《诗三家义集疏》，190 页）此诗写法同前诗作如出一辙，其中甚至有相同句子的重复使用，如"女子有行，远父母兄弟"，结尾之处的"驾言出游，以写我忧"等。两首诗作或为同一人之作，或是接续之作。

起首"毖彼泉水"，同"泉源在左"意思用法相近，皆以泉水比喻齐国之故国。则此一首以"毖彼泉水，亦流于淇"起兴，其含义即为：潺潺流动的泉水，也流到了淇水。《释文》：毖，流动貌。泉水自然不会流入淇水，但作为比兴，比喻远父母兄弟的女人，嫁到了异国他乡的卫地。则泉水在这里就成为故国的代码。"有怀于卫，靡日不思。娈彼诸姬，聊与之谋。"有怀于卫，并非怀念卫国，而是在卫国思念故国，靡日不思。所至念者，谓诸姑伯姊。诸姬者，未嫁之女。我且欲略与之谋。诸姬之女，故思彼而欲与之见。娈，当训"思慕"，与思恋同意。

"出宿于泲，饮贱于祢。女子有行，远父母兄弟。问我诸姑，遂及伯姊。"

泲，同济，地名。祢，地名，又作“泥”。诗云：“出宿于济，饮饯于泥。”孔疏：“卫女思归，言我思欲出宿于泲，先饮饯于祢，而出宿，以飨于卫。……泲祢二地，今未详所在，或卫女所适国在泲水旁……故设想归程，两言宿饯吁？”“女子有行”，行，嫁也。孔疏的猜想基本是对的。笔者所见，此诗作者不出庄姜、宣姜，此一时期之卫国，吻合于齐国女嫁于卫国者，唯此两姜。许穆夫人等，均为卫国人之女，不存在此一类思归主题。所谓所适国在泲水旁，不应该是所适国而是其故国在泲水旁。《禹贡》说：“济、河惟兖州。”所以早在战国时代，济水在北方就是与黄河并列的大河。济水在古籍中有两种写法：《禹贡》《水经》等作“济水”，《职方》《汉书·地理志》等作“泲水”，《春秋庄三十年杜注》：“济水历齐鲁界”。（《诗三家义集疏》，374 页）可知，泲水，就是济水，在今山东境内，也就是当年之齐鲁所在，与笔者的推论完全吻合。

“载脂载辇，还车言迈。遄臻于卫，不瑕有害”，《笺》：“干言犹泲祢，未闻远近同异。”（《诗三家义集疏》，195 页）是说干、言和前文所说的泲、祢相似，均为诗人假想返回母国之地名，只不过不知道此四个地名之远近异同。《汉书·地理志》：“东郡下有发干县”，地与泲为近。可知，皆为想象自己的归程情景。《传》：“脂辇（音辖）其车，以还我行也。遄，疾，臻，至；瑕，远。”《笺》：“言还车者，嫁时乘来，今思乘以归。”

“我思肥泉，兹之永叹。思须与漕，我心悠悠。驾言出游，以写我忧。”古今于“肥泉”解释甚多，毛注：“同出异归为肥泉”，《尔雅》：“归异出同曰肥。”笔者之见，此处之“肥泉”当与开篇之“毖彼泉水，亦流于淇”之泉，也就是诗题之“泉水”对照来读。全篇皆以泉水比兴其故国齐国，故此处之“肥泉”，也同样应该是故国的符号语码，肥之本意，乃为丰腴，故此处之肥泉，即为美泉之意，并非实指水名如肥水，或是真有肥泉流入淇水。“思须与漕，我心悠悠。驾言出游，以写我忧。”须曹，卫邑也。写，除也。《笺》：“既不能归宁，且欲乘车出游，以除我忧。”对比“淇水滺滺，桧楫松舟。驾言出游，以写我忧”，同一机杼。《竹竿》《泉水》，应该是同一人之作。作者不出庄姜、宣姜。

《河广》：

谁谓河广？一苇杭之。谁谓宋远？跂（音泣，踮脚）予望之。

谁谓河广？曾不容刀（通舠，读刀）。谁谓宋远？曾不崇朝（音招）。

大意：

谁说黄河宽广，一束芦苇可航。谁说宋国太远，踮脚就可瞭望。

谁说黄河宽广，竟然不容一舠。谁说宋国太远，来回不过一朝。

《毛序》："宋襄公母归于卫，似而不止，故作是诗也。"《笺》："宋桓公夫人，卫文公之妹，生襄公而出。襄公即位，夫人思宋，义不可往，故作是诗以自正。"郑笺之说，受到后来学者之驳斥，主要是由于：宋桓公既然出之，宋桓公夫人"桓公在时必无出妇思返之理"，而襄公即位之后，"不惟卫徙楚丘，无河可度，而母出与庙绝，尤不宜复萌此想也。"王先谦案：以襄公"臣舅爱臣，立则不可以往"之言观之，是夫人被出之后，母子长得相见矣。襄公即位，不能往宋见母，故夫人思之，设言"河广"以起兴，此诗庶几可通耳。

总前所述，可知此诗为宋桓公夫人，也就是宣姜的女儿所作，是为思念远在宋都的儿子宋襄公兹父所作。古人之疑问，乃是建立在儒家的道义之上，"母出与庙绝，尤不宜复萌此想也"，不宜者，礼制之约束，礼义约束，不能解决母亲思子的心情。以"河广"起兴，来比喻母子之间阻隔难见，是非常形象的比兴。

全诗仅有两章，章四句，句四字，虽然精炼，但却没有同为《卫风》的《鹑之奔奔》《相鼠》等篇章的空泛之弊端，情感丰富，形象感人。全诗其实就是两句话而已，说：谁说河水宽广，一苇所如，即可渡过，谁说宋国太远，我跂足即可望见。可谓是含蓄不尽之意，见于言外，令人为之惆怅不已。

当下我们已经可以见到，在卫三国诗风中，已经有三位作者可以确认身份，首先是庄姜，其次，是宋桓公夫人和许穆夫人姊妹。此三者都是齐女嫁于卫国这一家族的成员。其中唯一的疑问，是作为中间人物，也是整个事件中心的宣姜，当下还没有见到宣姜诗作的痕迹。颇为怀疑所谓庄姜之作，就是宣姜之作，但《左传》记载为庄姜，言之凿凿，不敢轻易怀疑。如果是宣姜之作，则整体卫风的写作时间都需要下移若干年。但整个背景就异常清晰了，基本都是围绕宣公、惠公、一直到文公时代的作品，而《卫风》的主要篇章的作者，也都集中在宣姜母女三人，从情理上说，似乎更为合理。另，宋桓公夫人和许穆夫人既然会写诗，应当不会是一篇绝响，还应该有诗作在卫风之中，这也同样是可以研究的问题。

《伯兮》：

伯兮朅兮，邦之桀兮。伯也执殳，为王前驱。
自伯之东，首如飞蓬。岂无膏沐？谁适为容？
其雨其雨，杲杲出日。愿言思伯，甘心首疾。
焉得谖草？言树之背。愿言思伯。使我心痗。

《毛序》："刺时也。言君子行役，为王前驱，过时而不反焉。"《笺》："卫宣公之时，蔡人、卫人、陈人从王伐郑伯也。为王前驱久，故家人思之。"王先谦案：伯以卫国大夫，入为王朝之中士，妻从夫在王国，故因行役之久而思之。（《诗三家义集疏》，306页）"伯兮朅兮，邦之桀兮"，《传》："伯，州伯也。朅，武貌。桀，特立也。"《笺》："伯，君子字也。"

"自伯之东，首如飞蓬。岂无膏沐？谁适为容！"此一段为名句，当为真实写照，故能感人至深。

"其雨其雨，杲杲出日。愿言思伯，甘心首疾。"《笺》："人言其雨，而杲杲然日复出，犹我言伯且来伯且来，则复不来。"此为思念极致之一细节。

"焉得谖草？言树之背。愿言思伯。使我心痗。"《传》："谖草，令人忘忧。背北堂也。痗，病也。"《笺》："忧以生疾，恐将危身，欲忘之。"

《木瓜》：

投我以木瓜，报之以琼琚。匪报也，永以为好也。
投我以木桃，报之以琼瑶。匪报也，永以为好也。
投我以木李，报之以琼玖。匪报也，永以为好也。

《毛序》："美齐桓公也。卫国有狄人之败，出处于漕。齐桓公救而封之，遗之车马器服焉。卫人思之，欲后报之而作是诗也。"朱熹《集传》，以为是男女赠答之词。此诗寻常读之，直觉确实会以为是男女相爱之赠答之词。但在读《毛序》，更为切近历史。诗三百经过漫长岁月之写作史历程和传播史历程，比兴手法已经深入人心。欲要赞美齐桓公的救而封之，以类似于青年男女之赠答之词来表达，就将枯涩的政治话语转化而为缠绵不尽的吟咏之词。

综观邶、鄘、卫国风，约略开端于庄姜嫁于卫国，结束于齐桓公救助卫国于漕的文公时代。其中庄姜、宣姜、宋桓夫人、许穆夫人这一与齐国有着密切血缘关系和周公制礼作乐以来的文化传统密切关系的家族，成为此一时期政治舞台的重要人物，她们同时成为这一时期卫国国风的写作者。四人同为女性，女性诗人在这一时期成为诗坛的主要群体，有其必然性：

西周开创时代，礼乐制度兴起，是两周政治事业的发轫时代，如同一轮朝日，蓬蓬勃勃，跃然升起，周公、成王等执政者成为这一时代政治事业的主宰者、主持者、引导者，为祭祀祖先以及礼乐制度撰写各种歌诗，付之管弦，非惟娱乐，而要在教化，成为其铁肩道义之不容推脱之历史责任，因此，第一时期之诗作，皆为男性之作，圣人之所为作也；宣王时代，依靠尹吉甫、南仲等重臣，南征北讨，奠定了中兴大业，是故，尹吉甫、南仲等成为第二时期诗三百之主要作者。平王东迁以来，特别是进入到春秋之后，礼崩乐坏，男人的世界成为了礼崩乐坏、淫佚生活的扮演者，一些杰出的女性人物，反而成为了这一时期的佼佼者，如庄姜之出于庄公及其之后时代卫国荒淫政治的受害者和见证人，她以优秀的诗章记录下了这一时代的生动场景；再如许穆夫人，她的政治眼光，远胜于她的父亲和兄长，但也只能无奈地接受现实的苦难人生，嫁给她不爱的许穆公。写下了《载驰》等优秀的诗章，记录下卫国接近覆亡这一重要的历史时刻。

庄姜应该是齐僖公之姊妹，宣姜应该是齐僖公的女儿，两者之间应该是姑侄关系，两人分别嫁给卫庄公和卫宣公，庄公和宣公之间是父子关系，以后，宣姜和宣公之子公子顽生下齐子、戴公、文公、宋桓夫人、许穆夫人。至于宣姜，很多诗篇讽刺了她的不合儒家规范和人伦道德的婚姻，但谁又能知道她内心深处的无边的痛苦?《卫风》中的一些思归故国的篇章，如《泉水》《竹竿》等篇，极有可能是她的作品。

第十二章
《齐风》《郑风》《陈风》

第一节 《齐风》

从地域而言，《齐风》接近于北方之地，但《齐风》之作多与郑卫之音暗合，故姑且与《郑风》《陈风》安置在一章，一并完成诗三百的最后章节。

《齐风》:《礼乐记》诗乙曰："温良而能断者，宜歌齐。"又曰："齐者，三代之遗声也，齐人识之，故谓之齐。"(《诗三家义集疏》，374 页)

《鸡鸣》:

鸡既鸣矣，朝既盈矣。匪鸡则鸣，苍蝇之声。

东方明矣，朝则昌矣。匪东方则明，月出之光。

虫飞薨薨，甘于子同梦。会且归矣，无庶予子憎。

《毛序》:"思贤妃也。哀公荒淫怠慢，故陈贤妃贞女，夙夜警戒相成之道焉。"将此诗写作背景置放到齐哀公，齐哀公为西周齐国第五代君主，约在前 860 年左右。如果可信的话，则齐风之《鸡鸣》，为《国风》诗中除了周公之作外最早的作品，随后是《秦风》之作，见于前文。

"鸡既鸣矣，朝既盈矣。匪鸡则鸣，苍蝇之声。"《传》:"鸡鸣而夫人作，朝盈而君作。"《笺》:"鸡鸣朝盈"，为君起之常礼。《书大传》:"鸡鸣，大师奏鸡鸣于阶下，夫人鸣佩玉于房中，告去也。然后应门击柝，告辟也。"《笺》:"夫人以蝇声为鸡鸣，则起早于常礼，敬也。"读此一节，已经能大体窥其大意。此诗其内容还在礼乐制度教化中，郑笺归于西周，大体可信。而齐国"齐者，三代之遗声也，齐人识之，故谓之齐。"成为十五《国风》中的早期作品，

还是有根据和理由的。

《著》：

> 俟我于著乎而，充耳以素乎而，尚之以琼华乎而。
>
> 俟我于庭乎而，充耳以青乎而，尚之以琼莹乎而。
>
> 俟我于堂乎而，充耳以黄乎而，尚之以琼英乎而。

《毛序》："刺时也。时不亲迎也。"《笺》："时不亲迎，故陈亲迎之礼以刺之。"陈奂云："古者亲迎，天下以下达士皆行之，《大明》：'亲迎于渭'，天子亲迎也；韩奕'韩侯迎止，于蹶之里'，诸侯亲迎也。周自文王及宣王时，其礼不废。《春秋》：隐公二年九月，'纪履繻（音如）来逆女'，讥不亲迎。厥后八年，'祭公拟王后于纪'……桓三年，'公子翚如齐逆女。'文四年，'逆妇姜于齐'……成十四年，'叔孙侨如齐逆女'。诸侯不亲迎矣。"（《诗三家义集疏》，378页）以上陈列了两周时代由自天子而诸侯"亲迎"的礼节，这一礼节自周初一直到宣王时期，其礼不废，自春秋之后，不亲迎的事件渐次增多。诗三百在这方面，也可以说是两周历史的化石，真实记录了这一历史变化。《著》诗的历史背景应该是春秋早期出现这种不亲迎现象的产物，不会太晚，如果已经习以为常，也就不会出现这样的诗作了。此诗值得关注的现象，是它的用韵方式，全篇都用"乎而"结束，韵脚以虚词之前的实词为韵，分别用韵为鱼部、耕部、阳部。《传》：门屏之间曰著。《笺》："嫁者自谓也。待我于著，谓从君子而出至于著，君子揖礼之时也。"颜注："著，地名，即济南著县也。"

《东方未明》：

> 东方未明，颠倒衣裳。颠之倒之，自公召之。
>
> 东方未晞，颠倒裳衣。倒之颠之，自公令之。
>
> 折柳樊圃，狂夫瞿瞿。不能辰夜，不夙则莫。

《毛序》："刺无节也。朝廷兴居无节，号令不时，挈壶氏不能掌其职焉。"《笺》："挈壶氏，掌刻漏者。"《传》："挈壶氏失刻漏之节，东方未明而以为明，故群臣促遽，颠倒衣裳。"《齐风》诚可谓时代之化石，清晰记录下了这一不断走向礼崩乐坏历程的细节。从不亲迎，到朝廷兴居无节，号令不时，群臣颠倒衣裳以朝的窘况。全诗三章，章四句，句四字，其中第二章以字词的颠倒来形容群臣衣裳的颠倒，甚为有趣，形象而生动。

《南山》：

南山崔崔，雄狐绥绥。鲁道有荡，齐子由归。既曰归止，曷又怀止？

葛屦（音句）五两，冠緌（音蕤）双止。鲁道有荡，齐子庸止。既曰庸止，曷又从止？

艺麻如之何？衡从其亩。取妻如之何？必告父母。既曰告止，曷又鞠止？

伐薪如之何？匪斧不克。取妻如之何？匪媒不得。既曰得止，曷又极止？

《毛序》："刺襄公也。鸟兽之行，淫乎其妹。大夫遇是恶，作诗而去之。"《笺》："襄公之妹，鲁桓公夫人文姜也。襄公素与淫通。及嫁，公谪之。公与夫人如齐，夫人愬之襄公，襄公使公子彭生乘公搚杀之。夫人久留于齐，庄公即位后乃来，犹复会齐侯于禚，于祝丘，又如齐师。"

"南山崔崔，雄狐绥绥"，《传》："南山，齐南山也。崔崔，高大也。国君尊严，如南山崔崔然。雄狐相随，绥绥然无别，失阴阳之匹。"《笺》："雄狐行求匹耦于南山之上，形貌绥绥然。兴者，喻襄公居人君之尊而为淫佚之行，其威仪可耻恶如狐。""鲁道有荡，齐子由归。既曰归止，曷又怀止？"《传》："荡，平易也。齐子，文姜也。怀，思也。"《笺》："言文姜既曰嫁于鲁侯矣，何复来为乎？非其来也。""葛屦五两，冠緌双止"，《传》："葛屦，服之贱者，冠緌，服之尊者。"《笺》："葛屦五两，喻文姜与姪娣及傅母同处。冠緌，喻襄公也。五人为奇，而襄公往从而双之。""艺麻如之何？衡从其亩。取妻如之何？必告父母。既曰告止，曷又鞠止？"《笺》："树麻者必先耕治其田，然后树之，以言人君取妻，必先议于父母。"（《诗三家义集疏》，384页）

襄公与妹文姜在文姜出嫁之前淫通，文姜嫁给鲁桓公之后，两人之间仍然旧情难忘，以致于发生齐襄公唆使公子彭生搚杀鲁桓公的政治事件。文姜此后仍然与襄公淫通难禁，这一事件可谓是春秋时代礼崩乐坏达到极致的一个标志。

第二节 《郑风》

《疏》：郑，国名。《汉书·地理志》：“京兆尹郑县，周宣王弟郑桓公邑。”应劭注：“宣王母弟友所封。”《缁衣》，《毛序》：“美武公也。父子并为周司徒，善于其职，国人宜之。”郑武公在位时间为前770年—前744年，正好是东周初期。则《郑风》起始时间正在东周之初也。《缁衣》一诗，句式多为散文化诗句，艺术手法上无可点评，亦可见出东周之初诗三百写作方式之大略。

《将仲子》：

将仲子兮，无踰我里，无折我树杞！岂敢爱之，畏我父母。仲可怀也，父母之言，亦可畏也。

将仲子兮，无踰我墙，无折我树桑！岂敢爱之，畏我诸兄。仲可怀也，诸兄之言，亦可畏也。

将仲子兮，无踰我园，无折我树檀！岂敢爱之，畏人之多言。仲可怀也，人之多言，亦可畏也。

《毛序》：“刺庄公也，不胜其母以害其弟。”王先谦案：诗人感于君国之事，托为男女之词。称曰“仲子”，无直呼其名之理。古人皆以此诗为托为男女之词，诗中的仲子为郑庄公时代郑相祭仲。是否真的如此，还是男女恋爱偷情之作，尚待研究。此诗生动活泼，全诗三章，每章八句，但八句之间，为两个奇数句和一个偶数句组成。每一个奇数句的第三句都是在前两句基础之上的深一步表达，显示出规律而富于变化的节奏。

《清人》：

清人在彭，驷介旁旁。二矛重英，河上乎翱翔。

清人在消，驷介麃麃。二矛重乔，河上乎逍遥。

清人在轴，驷介陶陶。左旋右抽，中军作好。

《齐说》：清人高子，久屯外野。逍遥不归，思我慈母。《毛序》：刺文公也。高克好利而不顾其君，文公恶而欲远之，不能，使高克将兵而御敌于竟。

《女曰鸡鸣》：

女曰鸡鸣，士曰昧旦。子兴视夜，明星有烂。将翱将翔，弋凫与雁。

弋言加之，与子宜之。宜言饮酒，与子偕老。琴瑟在御，莫不静好。

知子之来之，杂佩以赠之。知子之顺之，杂佩以问之。知子之好之，杂佩以报之。

大意为：女人说，鸡鸣了呢，士说，天刚蒙蒙亮呢。你起来看看夜空，启明星灿烂着呢。就像是凫雁将要翱翔呢，让我好想去打猎射雁。

用绳系在箭上来射中它，给你烹饪做嘉肴。正好用来下酒菜，与你快乐一直到老。琴瑟弹奏多美妙，多么静雅多奇妙。

知道你在慰劳我，解下杂佩赠送你。知道你在依顺我，送你杂佩慰问你。知道你在恩爱我，赠你杂佩报答你。

这是一首夫妇或是情人之间的对话诗作。诗三百发展到此一首诗作的时候，诗人运用诗歌语言来表情达意，描绘场景、采撷对话，都已经发展到了相当熟练的境地。前两句的“女曰鸡鸣，士曰昧旦”，说话人的主体是清晰的，就是女人先说，男人回答，从第三句的“子兴视夜，明星有烂”，到“将翱将翔，弋凫与雁”，谁是说话人则不是很明确，三四句像是女人所说，五六句则像是男人的回复。后来人已经不能清晰地将冒号和引号标识出来，但这种不能标识，也恰恰给予了无限丰富的想象的空间。

《有女同车》：

有女同车，颜如舜华。将翱将翔，佩玉琼琚。彼美孟姜，洵美且都。

有女同行，颜如舜英。将翱将翔，佩玉将将。彼美孟姜，德音不忘。

大意为：有个美女和我同车，她的美貌就像是木槿花儿一样。她轻灵的身体就像要展翅翱翔，她的玉佩在叮当鸣响。她是美丽的孟姜，确实美貌而且善良。

有个美女和我同行，她的容颜就像是木槿花盛开一样。她轻灵的玉体就像是要飞起来一样，她身上佩戴的玉器鸣响叮当。那是美丽的孟姜，她圣洁的德音令我终生难忘。

《山有扶苏》：

山有扶苏，隰有荷华。不见子都，乃见狂且。

山有乔松，隰有游龙。不见子充，乃见狡童。

大意为：山上有桑树，湿地有荷花。未能见到漂亮的子都，却看见这个狂童。山上有高松，湿地有水红。没有见到漂亮的子充，却看见那个狡童。

诗三百发展到《郑风》的这个时代，已经可以达到随口吟唱的作诗样式了。此一首《山有扶苏》，两章共计八句，每句四字，如此短小精炼的诗歌形式，更兼重复句法的使用，去除重复的八个语词，仅有八个语词发生变化，如此的简便，但又如此的抒情。到这里，确实是可以随意吟唱了。诗中吟唱的诗作者，应该就是一位女主人公，这不应该是一首政治怨刺之作，而是女性情爱的自由表达。

《狡童》：

彼狡童兮，不与我言兮。维子之故，使我不能餐兮。

彼狡童兮，不与我食兮。维子之故，使我不能息兮。

大意为：就是这个狡童呀，他不同我言谈。就是因为他的缘故，令我废寝忘餐。正是那个狡童呀，他不同我共餐，就是他的缘故，令我不能安眠。

此一首分明就是前一首《山有扶苏》的续篇，同样是两章八句，同样是每句四字，同样是采用重复手法，同样具有抒情性和精炼性，同样是写一位痴情女性对于一位狡童的单恋。只不过，前一首的狡童是被这位女性所嘲弄，而此一首狡童已经成为了她的暗恋对象。此外，在两章结尾处，分别增添了“兮”字，更为增添了抒情性。

《褰裳》：

子惠思我，褰裳涉溱。子不我思，岂无他人？狂童之狂也且！

子惠思我，褰裳涉洧。子不我思，岂无他士？狂童之狂也且。

大意为：要是承蒙你爱我，我就撩起裙摆渡过那溱水。若是你不爱，难道就不会有他人和我相会？狂童呀狂童，你就自己去狂吧。

要是承蒙你思念我，我就撩裙涉过洧水。若是你不爱，难道就不会有他士求爱约会？狂童呀狂童，那你就自己狂去吧！

此诗与前两首一贯而下，显然是一组向狂童求爱的组诗。第一首《山有扶苏》还说自己不喜欢这个狂童，喜欢子都、子充，却只见到“狂童”，但实际上虽然口说子都、子充，眼神却聚焦于狂童。第二首《狡童》，却已经为之神魂颠倒，废寝忘食；第三首《褰裳》，则已经发狂发癫，威胁狡童了。

三首诗的写法方式是一致的，都是脱口而出，摆去拘束。应该是有真实历史背景的情爱诗、求爱诗。

《风雨》：

风雨凄凄，鸡鸣喈喈。即见君子，云胡不夷（同怡）？

风雨潇潇，鸡鸣胶胶。即见君子，云胡不瘳（音抽，病愈）？

风雨如晦，鸡鸣不已。即见君子，云胡不喜？

大意为：风雨凄凄，鸡鸣不已。既已见到君子，还有什么不怡？

风雨潇潇，晨鸡胶胶地鸣叫。既然见到君子人呀，什么疾病都被抛入九霄。

风雨就像是暗夜，鸡鸣不已。即已见到君子，怎能不快乐欢喜？

此一首没有提及“狡童”，但从写法来说，可以视为“狡童”组诗的续篇。应该写的是一对恋人私相约会的纪实之作。诗中描写了女主人公终于见到情人的喜悦心情。两者之间的约会背景，应该是“风雨凄凄”的暗夜黎明时分，虽然备尝艰辛，但能见到君子，一切为之付出的艰辛苦难，就都不在话下了。

《子衿》：

青青子衿，悠悠我心。纵我不往，子宁不嗣音？

青青子佩，悠悠我思。纵我不往，子宁不来？

挑兮达（音踏，挑达，往来轻快貌）兮，在城阙兮。一日不见，如三月兮！

大意为：你那青青的衣领呀，长久地悬挂在我的心。纵然我不能去找你，你为何不寄我音信？

你那青青的玉佩呀，悠然悬荡在我的心海。纵我无法去会你，缘何你不能主动来？

独自幽然徘徊，等候在城阙。一天见不到你呀，就如同漫长的三月！

此诗或可视为狡童系列之第五篇。把《郑风》中涉及“狡童”的三篇，连同虽未提及狡童，但却有着明显顺承关系的两篇，说成是互不相关的五篇，亦未尝不可；但解读为有着连续关系，而且是同一背景之下同一作者的五篇系列之作，则更为贴近。这里，不仅仅是写作手法的近似甚至相同，爱情过程的合乎逻辑等因素，更应该考虑到诗歌写作的其他基本规律，譬如诗歌写作的专业性、难度，个人写作需要有其自身的写作历程等诸多因素。

此诗同样是脱口而出的脱口秀式的情爱话语，经历了风雨凄凄的幽会，似乎又趋于平淡，而女性的爱情火焰却长燃不息，希冀狂童能够更为主动一些来约会她。结尾四句，一般理解为这位女性在远看男子往来于城阙，亦无不可，但理解为女性不能压抑自己，而守候于城阙一隅，似乎更为顺畅。

《野有蔓草》：

野有蔓草，零露漙（音团，露多）兮。有美一人，清扬婉兮。邂逅相遇，适我愿兮。

野有蔓草，零露瀼瀼（音瓤，露多）。有美一人，婉如清扬。邂逅相遇，与子偕臧（音脏，美好）。

大意为：野地青草蔓延，青草上露珠丰圆。有一位美女呀，清秀而委婉。邂逅相遇呀，正合于我的心愿。

野地蔓延青草，露水晶莹美妙。有一位美女呀，清秀而妖娆。邂逅相遇呀，想和你携手相好。

这又是一首情诗，但却不是女性求爱男性的诗，而是相反，是男性士子求爱于女性的诗作，写出了一位青年士子在野外邂逅相遇一位美丽少女动心求爱的心理历程。

第三节 《陈风》

《陈风》共计十篇，从《宛丘》而至《泽陂》，其中以写作陈灵公偷情夏姬的几篇最为醒目，可以标识出《陈风》的写作时间，陈灵公卒于前 599 年，《陈风》之作大抵也截止在这个时间，这也应该同时是诗三百的终止时间。

《宛丘》：

子之汤（同荡）兮，宛丘之上兮。洵有情兮，而无望兮。

坎其击鼓，宛丘之下。无冬无夏，值其鹭羽。

坎其击缶，宛丘之道。无冬无夏，值其鹭翿（音到，舞具，鸟羽于鸟头之上）。

大意为：陈子的放荡呀，在宛丘甚嚣尘上。子确实多情，却毫无声望。

咚咚地擂鼓呀，在宛丘鄙俗尘下。无冬无夏，舞动着白鹭的羽毛呀！

当当地击缶呀，在宛丘的大道上。无冬无夏，白鹭的羽毛拿在手上。

陈都城宛丘，即今之河南淮阳县、开封市以东，安徽亳州以北之地，后为楚所灭。《陈风》开篇，即为对陈子的讥刺，诗作短篇，音乐分章，节奏感强，说明了《陈风》之作确实为诗三百的晚期之作。

《月出》：

月出皎兮，佼人僚兮。舒窈纠（音脚，行步舒缓）兮，劳心悄兮。

月出皓兮，佼人懰（音刘，造字，更换性左）兮。舒忧受兮，劳心慅兮。

月出照兮，佼人燎兮。舒夭绍兮，劳心惨兮。

大意为：月出皎洁美好呀，美人皎洁美妙。凌波微步在月光下，令我爱心烦恼。

月出皎洁美好呀，美人也如皓月云霄。她那缓缓的步履呀，令我心生烦恼。

月出皎洁朗照，美人如月般的明眸。她那缓缓行走的神态呀，令我爱得心焦。

此一首，摆脱《国风》之好色人欲，而指向爱的情感，写出一位男士对美妙女子的思恋之情。妙在其诗始终与月的意象相连，始终与美女的行步形象相连，从而造成回环往复、复沓而歌的审美效果。

《株林》：

胡为乎株林？从夏南。匪适株林，从夏南。

驾我乘马，说于株野。乘我乘驹，朝食于株。

大意为：为何要去株林？声称是去看夏征舒。不是去株林？跟随着夏征舒。

驾起我的乘马，停车税驾在株林。骑上我的乘驹，清晨食色于株林。

《毛序》："《株林》，刺灵公也。淫乎夏姬，驱驰而往，朝夕不休息焉。"

《笺》:“夏姬,陈大夫妻,夏征舒之母,郑女也。征舒字子南。”朱熹《诗集传》:“《春秋传》:夏姬,郑穆公之女也,嫁于陈大夫夏御叔。灵公与其大夫孔宁、仪行父通焉。泄冶谏,不听而杀之,后卒为其子征舒所弑,而征舒复为楚庄王所诛。”《陈风》堪称《国风》之末风,《株林》堪称《陈风》之末篇。诗三百终结于此篇矣!

第三编

春秋战国时期散文的演变过程

第十三章
《春秋》《左传》等史传散文

第一节　概说

中国文学经历殷商时代的甲骨文之滥觞，再经商周之际金文的扩张，再到西周时代的竹简文字，从而创造了“六经”的伟大成就，中国文学史也由此完成了有无到有的起源发生历程。到春秋时代，如同孟子在《离娄》(下)所说：“王者迹熄而诗亡，诗亡然后春秋作”，随着东周王室的式微，诗三百的创作也宣告结束，大抵在前600年左右结束。这是由于诗三百本身就是两周王室礼乐制度的产物，随着西周礼乐制度的产生而发生，而兴旺，必然会随着东周礼乐制度及其整个王庭的衰落而衰亡；诗亡之后《春秋》产生。《春秋》正是通过记载历史的方式，来暗喻褒贬，阐发儒家微言大义。《左传》与《论语》，可以视为春秋时代中国文学史、中国散文史之双璧。《春秋》记事，《论语》记言。

中国历来有重视对历史进行记载的文化传统，所谓“六经皆史”，《诗》《书》《易》《礼》《春秋》等，皆为对历史的记载，左史记言，右史记事。《诗经》中言、事两者皆备，《尚书》同《春秋》一样，也是一部古史，但重在记言，言中有事；《春秋》则重在记事，事中有言。

现存《尚书》，包括虞、夏、商、周四代，其来源有今文、古文之别。古文之伪作，已经清代学者辨析，多不采信；《今文尚书》二十九篇（伏生口传二十八篇，后加《泰誓》），其中殷商之前的，除了《商书·盘庚》一篇，也都可疑。其中《周书·康诰》开始为西周时期的即时散文，文笔尚佶屈聱牙，艰涩难懂。

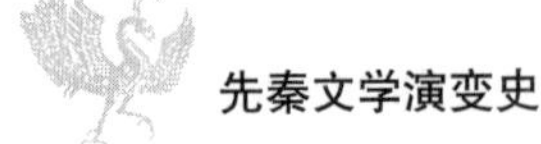

中国重视记载历史的文化传统从何而来？应该与西周以来的制礼作乐体制有着密切关系。

《盘庚·上》原文：

> 盘庚迁于殷，民不适有居，率吁众戚出，矢言曰："我王来，即爰宅于兹，重我民，无尽刘。不能胥匡以生，卜稽，曰其如台？先王有服，恪谨天命，兹犹不常宁；不常厥邑，于今五邦。今不承于古，罔知天之断命，矧曰其克从先王之烈？若颠木之有由蘖，天其永我命于兹新邑，绍复先王之大业，砥绥四方。"盘庚斆于民，由乃在位以常旧服，正法度。……

对比《康诰》：

> 成王既伐管叔、蔡叔，以殷余民封康叔，作《康诰》、《酒诰》、《梓材》。惟三月哉生魄，周公初基作新大邑于东国洛，四方民大和会。侯、甸、男邦、采、卫百工、播民，和见士于周。周公咸勤，乃洪大诰治……

对比甲骨文可知：（1）周《诰》殷《盘》，虽然并称为"诘屈聱牙"，但还不是殷商之作；（2）殷之《盘庚篇》比周《诰》更早，与其他周初作品类似，传为周公所作，吻合于实情；（3）周《诰》之作，已经更为成熟，传为孔子之作，吻合于孔子时代的文字状态，大体可以确认为孔子之作。总体而言，《尚书》之作，皆为后人记载前代之历史，而非同代人记载当时之历史。

第二节 《春秋》

《春秋》，按年月日系统编排史料，首创史书编年体例，是中国纪事文之祖，记事自鲁隐公元年（前722年）至鲁哀公十四年（前481年），现存《春秋》相传由孔子依鲁史修订而成。

《春秋》，原是先秦时代各国史书的通称，墨子曾说："吾见百国春秋"，《墨子·明鬼篇》：一则说"著在周之春秋"，二则说"著在燕之春秋"，三则说"著在宋之春秋"。唐刘知己《史通》："知春秋始作，与《尚书》同时"，春秋是否与《尚书》同时，不可定论，但中国对于历史记载的重视，确实是一个源远流长的历史。其后，独有鲁《春秋》传世，便成为专称。

刘知己《史通·六家》：

> 春秋家者，其先出于三代。案《汲冢锁语》记太丁时事，目为《夏殷春秋》。孔子曰："疏通知远，书教也，属辞比事，春秋之教也。"知春秋始作，与《尚书》同时。……《左传》昭公二年，晋韩献子来聘，见鲁《春秋》，曰："周礼尽在鲁矣。"斯则春秋之目，事非一家，至于隐没无闻者，不可胜载。又按《竹书纪年》，其所记事，皆与鲁《春秋》同。孟子曰："晋谓之乘，楚谓之梼杌，而鲁谓之春秋，其实一也。"然则乘与梼杌，其皆春秋之别名乎？故墨子曰："吾见百国春秋。"

中国是一个重视记载历史的国度，从这个意义上来说，当下虽然留存最早的史书是《春秋》，但显然，早于鲁《春秋》之外，一定有史官记载历史。但也不能早于商代，盖因殷商时代后期，中国之文字刚刚形成，以结绳记事或是刻写符号来记载历史，不亦难乎？所以说，如果去除甲骨文、青铜器铭文所对历史的记载，严格意义上的有史官制度的记载历史，与西周初期的《尚书》几乎同时，和礼乐制度的兴起相伴而生，是可信的。只不过，其中很多对历史的记载，是以歌诗或是诗歌的形式作为载体存在的。到鲁《春秋》写作的时代，也就是公元前720年左右，其他诸侯国也应有史官记载，这应该就是一向所说的"晋谓之乘，楚谓之梼杌，而鲁谓之春秋，其实一也"，也是墨子所说的"吾见百国春秋"。

既然这一时代各个诸侯国都先后开始有了以史官记载历史，为何只有鲁《春秋》得以流传呢？这里的原因很多，主要有四个方面的原因：

其一，鲁《春秋》最得周礼精髓，最得周公真传，所谓"周礼尽在鲁矣"，正是此意。《左传·昭公二年》（前540年）也记载：

> 晋侯使韩宣子来聘……观书于大史氏，见易、象与鲁《春秋》。曰："周礼尽在鲁矣，吾乃今见周公之德与周之所以王也。"公享之，季武子赋《緜》之卒章。

韩宣子，韩起，当时代赵武为政，修好同盟，而来见，礼也；大史氏，掌文献档案策书；易乃《周易》，其六十四卦与爻（音摇）辞作于西周初；象，即哀公三年传之“命藏象魏”，象魏亦名象阙，又名观，为宫门外悬挂法令之地。公布十日，然后藏之，此象当是鲁国历代之政令。

韩起说：“周礼尽在鲁矣。”可以证明：“韩起所见鲁《春秋》，必自周公姬旦以及伯禽叙起，今《春秋》起隐公，迄哀公，自惠公以上皆无存。公羊传又有所谓不修春秋，即未经孔丘所改定之《春秋》。”① 然此论尚未成为定论，可以参见、思考和研究。韩起所见鲁国太史公所藏周易及鲁国当时所修的《春秋》，以及各个时期的象魏文献材料，感叹周礼尽在鲁矣，也是可以圆通的。

其二，孔子据鲁《春秋》以改订《春秋》，因此，成为儒家经典之一，从而得以流传。孟子说：“世衰道微，邪说暴行有作。臣弑其君者有之，子弑其父者有之。孔子惧，作《春秋》。”后人皆视其为“寓褒贬，别善恶”微言大义的思想著作。以记事记言来阐发思想，阐发名份、法度，类似后来诗歌美学之一种意象方式。

其三，《春秋》经过孔子改订之后，成为儒家学派之“六经”之一，被后人所不断传播、研究、阐释，不仅成为儒家之经典，也从鲁国一国之史而为华夏民族之最早的信史，从而流传不息。

其四，《春秋》有三传，也就是三种传授本，或说是三种讲解本：《左氏春秋》，用秦以前文字写成，另外两种，即《公羊春秋》《谷梁春秋》，是口耳相传，到汉代用当时文字写成。在汉代经学中，对经的解释称之为传。其中特别是经过《左传》的阐发和再写作，《春秋》《左传》并传而为万世不灭之经典。

此后，即用《春秋》作为史书之代称，正如最早的书为《尚书》，最早的诗为《诗经》，都是以首次出现的文化现象而成为总类之代指。杜预《春秋左传集解序》：“史之所记必表年以首事，年有四时，则错举以为所记之名也。”意谓截取春夏秋冬之“春秋”二字。“春作秋成，故云春秋”。也有语言学者论证上古时代并无春夏秋冬四季，而仅有春、秋两季，可备一说。

《春秋》编年体史书，以鲁国十二公为序，起自鲁隐公元年（前722年），迄于鲁哀公十四年（前481年），记载了242年间的大事。（检索《春秋》，似乎应

① 杨伯峻编著：《春秋左传注》，中华书局1990年版，第1226—1227页。

该是迄于鲁哀公十六年。案：公羊、穀梁写到哀公十四年“西狩获麟”，左丘经继续写到哀公十六年孔丘卒，《传》则继续写到哀公二十七年，大略叙述了赵襄子和韩魏共同亡智伯，这是春秋之后几年的事情了。）

《春秋》为纲目式的记载，语言极为简约、严谨，是甲骨文以来、《尚书·周书》、青铜器铭文以来的应用文字、记言文字以来最早的散文体著作，因此，与《尚书》等一同具有中国散文开山之作的地位。

《春秋》所选择性的记载串联起来，实为东周中后期以来礼崩乐坏的历程。盖《春秋》之书，正名之书也。孔子曰：“名不正则言不顺，言不顺则事不成，事不成则礼乐不兴，礼乐不兴则刑罚不中，刑罚不中则民无所措手足。”（《论语·子路篇》）《僖公十六年·经》：

> 十有六年春，王正月戊申朔，陨石于宋五。是月，六鹢（似鹭的水鸟）退飞宋都。

《谷梁传》曰：先陨而后石，何也？陨而后石也。六鹢退飞宋都，聚辞也，目治也。……

《公羊传》曰：曷为先言震而后言石？震石记闻，闻其填然，视之则石，查之则五，曷为先言六而后言鹢？六鹢退飞，记见也。视之则六，查之则鹢，徐而查之则退飞。

意在告知《春秋》之作的微言大义，所谓春秋笔法，处处皆有深意，这里重在指出春秋笔法在写作方法上的精微深细之处。

第三节 《春秋左氏传》

《左传》是《春秋左氏传》的简称。其名称开始于班固（见《汉书·儒林传》）。司马迁则称之为《左氏春秋》。（《史记·十二诸侯年表》）

关于《左传》的作者，司马迁云：“鲁君子左丘明惧弟子人人异端，各安其意，失其珍，故因孔子史记，具论其语，成《左氏春秋》。”班固据此则说：“孔子因鲁史记而作《春秋》，而左丘明论辑其本事，已为之传。”则司马迁提出鲁君子左丘明惧弟子人人异端，则不仅明确说《左传》作者是左丘明，而且说左丘明是"鲁君子"，"惧弟子"云云，则左丘明与孔子私学教育家相若，也是斯时士人私学之师。因孔子史记，则原本孔子所作，乃为史记，至左传方为春秋。班固则更进一步指明《左氏春秋》是为孔子史记所做的传。

东汉王充《论衡·案书篇》：

> 《春秋左氏传》者，盖出孔子壁中。孝武皇帝时，鲁共王坏孔子教授堂以为宫，得佚《春秋》三十篇，《左氏传》也。公羊高、谷梁寘、胡毋氏（胡毋生，汉景帝时博士）皆传《春秋》，各门异户，独《左传》为近得实。

王衡之论，有一些新的信息，知《左传》最早为孝武时坏孔子堂所得，果如此焉？待考。

总体而言，《左传》古说多认为为孔子同时代鲁人左丘明解经之作，见于《史记·十二诸侯年表》，或认为是刘歆伪作，从《国语》改造而成，而现在多认为是战国初期之作。但崔述《洙泗考信余录》说：

> 战国之文恣肆，而左传文平易简直，迫近《论语》及《戴记》之《曲礼》、《檀弓》数篇，绝不类战国时文，何况于秦？襄、昭之际，文词繁芜，远过文、宣以前。而定、哀间反略，率多有事无词，哀公之末事亦不备，此必定、哀之时，记载之书行于世者尚少故尔。然则作书之时，上距定、哀未远，亦不得以为战国后人也。

崔述所论，较之怀疑《左传》为战国之后之作者说，从《左传》行文之风格而论，反倒显得理由更为充分。盖因一个时代有一个时代之文风，个人莫能超越者也。比较《左传》之文风，确实距离《论语》不远。

一说司马迁认为《左传》作者为孔子同时代稍后之左丘，必定有其依据。《史记·十二诸侯年表序》："铎椒为楚威王傅，为王不能尽观春秋，采取成败，卒四十章，为《铎氏微》。赵孝成王时，其相虞卿上采《春秋》，下观近世，亦著八篇，为《虞氏春秋》。"《春秋》在当时至多不过一万八千字，说"不可尽观"不合逻辑，如与《左传》两者相加，近二十万字，才会出现"为王不能尽观"的现象。《史记》书中所指《春秋》，实指《左传》。

孔颖达《春秋左氏经传集解序疏》引刘向《别录》：铎椒作《抄撮》八卷，授虞卿。虞卿作《抄撮》九卷，授荀卿。此处所说的抄撮八卷和抄撮九卷，就是《史记》所说的《铎氏微》和《虞氏春秋》。铎椒为楚威王（前 339—329 年在位）太傅，足见战国时代上层人物对《左传》之喜爱和《左传》在战国前期的流传情况。关于春秋、战国断代，历来说法不一：或以《春秋》绝笔之年鲁哀公十四年（前 481 年）为春秋下限；或以周元王元年（前 475 年）为战国始年，或以周贞定王元年（前 468 年）为战国始年等。史学家一般把三家分晋作为春秋战国的分界点。公元前 376 年，韩、赵、魏废晋静公，将晋公室剩余土地全部瓜分。因此韩、赵、魏三国又被合称为“三晋”。三家分晋是历史上具有划时代意义的重大事件。

《荀子·致士篇》中“善为国者，赏不僭而刑不滥。……与其失善，宁其利淫”一段文字，被古人评为“此数语全本《左传》”，其后，《战国策》《吕氏春秋》《韩非子》等无不征引《左传》。可知，《左传》并非战国时代作品，更非两汉之作。晋武帝咸宁五年（279 年），汲郡人不准盗掘魏国古墓，发现一些竹简古书。其中一种叫做《师春》的，完全抄录《左传》的卜筮之事，杜预和束皙都认为师春是抄集者人名，而汲郡墓中的另一种书就是《竹书纪年》，记载魏史只到魏襄王，称之为今王。则师春抄集《左传》至迟在魏昭王元年之前，即公元前 295 年之前。

班固《汉书·司马迁传赞》：“孔子因鲁史而作《春秋》，而左丘明论辑其本事以为之传，又纂异同为《国语》。”则根据此说，《春秋》与《国语》同为左丘之作。《左传》在孔子去世的鲁哀公十六年，即前 479 年。《经》说：“夏四月己丑，孔丘卒。”至哀公二十七年，则有传无经。

《左传》比之《春秋》，其叙事详备、情节曲折、人物刻画、头绪纷杂、细节生动、栩栩如生，可谓是中国叙事文学之肇始，之发端，对后来叙事文学影响很大，如《史记》、小说、戏曲等。

《春秋》，尚被讥刺为“断烂朝报”，尚在微言大义之历史简报，到了《左传》，方为文学之审美。读《左传》，一如读小说，人物栩栩如生，情节曲折生动，语言精炼而不乏美感。其中郑伯克段于鄢、晋公子重耳出亡、烛之武退秦师，以及描写战争的城濮之战、秦晋殽之战、鄢陵之战等，皆为其中名篇。

关于《左传》，也有学者认为，《左传》原名《左氏春秋》，并非解释春秋之作，而是与《春秋》相似的另外一部史书，因为当时史书皆称之为《春秋》，因名《左氏春秋》，以别于孔子所删定之《春秋》，但其思想倾向和孔子的思想基本一致，基本是儒家思想。

关于《左传》与《春秋》之间的关系，可以稍加分析，以隐公元年为例，《春秋》曰：

元年春王正月。（公元前722年，周平王四十九年，郑庄公二十二年。开篇既从春开始记载，称之为春秋，或有关系）

三月，公及邾仪父盟于蔑。（公即鲁隐公。）

夏五月，郑伯克段于鄢。

秋七月，天王使宰咺（音宣，光明）来归（通馈，赠送）惠公、仲子之赗（音奉，助丧之物）。（天子使宰夫到鲁国，赠送给鲁惠公夫人（或说是惠公之母）仲子以鲁惠公死）

九月，及宋人盟于宿。（鲁国与宋人在宿会盟）

冬十有二月，祭（音债，王朝卿士）伯来。公子益师（鲁孝公之子）卒。

同样这一时间的历史记载，《左传》曰：

元年春，王周正月，不书即位，摄也。（对比《经》，只说“王正月”，却没有正文，《左传》给予了解释，之所以不说即位，是由于隐公当时只是摄政。下文有“公摄政而欲求好于邾”）

三月，公及邾仪父盟于蔑，邾子克也。未王命，故不书爵。曰“仪父”，贵之也。公摄位而欲求好於邾，故为蔑之盟。（传一·三）

夏四月，费伯帅师城郎。不书，非公命也。

初，郑武公娶于申，曰武姜，生庄公及共叔段。庄公寤生，惊姜氏，故名曰“寤生”，遂恶之。爱共叔段，欲立之。亟请於武公，公弗许。及庄公即位，为之请制。

前两传均重复《经》原文，并加以阐发，至“郑伯克段于鄢”，未抄录此句，而直接讲述这一历史故事。欲要说明“郑伯克段于鄢”这一历史，又不得不从头说起，以说明兄弟之间矛盾的来龙去脉，此正是文学叙事之本色，从郑武公说起：武公娶于申之夫人，为武姜，武姜亲生庄公和共叔段，庄公寤生，名曰寤生，遂恶之而爱共叔段。以下选择几个典型事例，来写庄公欲擒故纵之计。

公曰："制，巖邑也，虢叔死焉。佗邑唯命。"请京，使居之，谓之京城大叔。祭仲曰："都城过百雉，国之害也。先王之制：大都不过参国之一；中，五之一；小，九之一。今京不度，非制也，君将不堪。"公曰："姜氏欲之，焉辟害？"对曰："姜氏何厌之有？不如早为之所，无使滋蔓！蔓，难图也。蔓草犹不可除，况君之宠弟乎？"公曰："多行不义必自毙，子姑待之。"

此一段，完全为庄公和祭仲君臣对话，却写出了故事发展的情节和细节。对话、情节、细节，这些都已经超越了史书体例而进入到文学叙事之领域。

既而大叔命西鄙、北鄙贰於己。公子吕曰："国不堪贰，君将若之何？欲与大叔，臣请事之；若弗与，则请除之，无生民心。"公曰："无庸，将自及。"大叔又收贰以为己邑，至于廪延。子封曰："可矣，厚将得众。"公曰："不义不暱，厚将崩。"大叔完聚，缮甲兵，具卒乘，将袭郑。夫人将启之。公闻其期，曰："可矣。"命子封帅车二百乘以伐京。京叛大叔段。段入于鄢，公伐诸鄢。五月辛丑，大叔出奔共。书曰："郑伯克段于鄢。"段不弟，故不言弟；如二君，故曰克；称郑伯，讥失教也；谓之郑志。不言出奔，难之也。

前两段可以视为起承转合之起之承，庄公寤生，其母武姜遂恶之，乃为缘起，溺爱共叔段，必然骄纵之，故违例封其城邑，此为承接，"既而大叔命西鄙、北鄙贰於己"，既为承续，又为转折之肇始，再次使用对话，发展情节，丰富细节。陆续增添公子吕、子封的对话，中心则仍然是庄公，诸多人物，如同众星捧月，围绕中心人物庄公而运行。一直到：

公闻其期，曰："可矣。"命子封帅车二百乘以伐京。京叛大叔段。段入于鄢。

则完成了这一转折的描述。书曰："'郑伯克段于鄢。'段不弟，故不言弟；如二君，故曰克；称郑伯，讥失教也；谓之郑志。不言出奔，难之也。"这一段则明显显示《左传》是对《春秋》的解释。但《左传》将《春秋》的一句话的记载，演绎成为一篇短篇小说的规模体制，当然，是建立在真实史料基础之上的历史真实题材小说。但故事情节几乎都用君臣对话来加以发展和讲述，则应该有杜撰的成分。事情是真实的，对话则可能是历史原来面貌的记载，但也

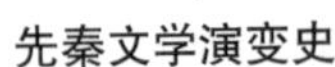

可能是作者的艺术加工，凝练剪辑。结尾一段，则可以堪称之为合：

遂寘姜氏于城颍，而誓之曰："不及黄泉，无相见也！"既而悔之。颍考叔为颍谷封人，闻之，有献於公。公赐之食，食舍肉。公问之，对曰："小人有母，皆尝小人之食矣；未尝君之羹，请以遗之。"公曰："尔有母遗，繄我独无！"颍考叔曰："敢问何谓也？"公语之故，且告之悔。对曰："君何患焉？若阙地及泉，隧而相见，其谁曰不然？"公从之。公入而赋："大隧之中，其乐也融融。"姜出而赋："大隧之外，其乐也泄泄（音易）。"遂为母子如初。

君子曰："颍考叔，纯孝也，爱其母，施及庄公。《诗》曰：'孝子不匮，永锡尔类'，其是之谓乎！"

故事中的人物异常丰富，作者不断转换视角，让不同人物登场亮相，其中以庄公为中心，他的臣子如祭仲、子封、颍考叔等，都显示出来各自的作用，庄公的老谋深算，欲擒故纵跃然纸上，而武姜虽然此前仅仅是由作者叙述，但已经显示出来其性格：

庄公寤生，惊姜氏，故名曰寤生，遂恶之。爱共叔段，欲立之。亟请於武公，公弗许。及庄公即位，为之请制。

由于庄公是寤生，给她造成生产时候的痛苦，这原非寤生之罪，但这位母亲竟然由此"遂恶之"，并且将这种憎恶延续下来，演变成为溺爱共叔段，从为共叔段不合体制的请求城邑，到帮助共叔段谋反，从而成为郑国动乱的源头。

而怎样处理和母亲武姜的关系，则成为庄公的心头隐患，于是，颍考叔出场，献出"阙地及泉，隧而相见，其谁曰不然"的计策，从而演出了母子大隧之中赋诗而见的喜剧性结局。至于两者相见是否真的赋诗，则不得而知。《左传》成书于春秋之末到战国之初，而《左传》书写的这一段历史，却是公元前722年的事情。诗三百的编辑定型，当在孔子时代，并未收集进入其中，当是后来者之补充历史之细节，以便使其更为生动。

再如《重耳出亡始末》：

晋公子重耳之及于难也，晋人伐诸蒲城。蒲城人欲战，重耳不可，曰："保君父之命而享其生禄，于是乎得人，有人而校，罪莫大焉。吾其奔也。”遂奔狄，从者狐偃、赵衰、颠颉、魏武子、司空季子。狄人伐廧咎如（音墙高如，春秋时夷国名，隗姓，赤狄别种），获其二女叔隗、季隗，纳诸公子。公子取季隗，生伯儵（同俦）、叔刘，以叔隗妻赵衰（音催），生盾。将适齐，谓季隗曰：“待我二十五年，不来而后嫁。”对曰：“我二十五年矣，又如是而嫁，则就木焉。请待子。”处狄十二年而行。

过卫，卫文公不礼焉。出于五鹿，乞食于野人，野人与之块。公子怒，欲鞭之，子犯曰：“天赐也。”稽首，受而载之。

及齐，齐桓公妻之，有马二十乘。公子安之。从者以为不可。将行，谋于桑下。蚕妾在其上，以告姜氏。姜氏杀之，而谓公子曰：“子有四方之志，其闻之者，吾杀之矣。”公子曰：“无之。”姜曰：“行也，怀与安，实败名。”公子不可。姜与子犯谋，醉而遣之。醒，以戈逐子犯。

及曹，曹共公闻其骈胁（腋下肋骨长在一起），欲观其裸。浴，薄（同迫）而观之。僖负羁之妻曰：“吾观晋公子之从者，皆足以相国。若以相，夫子必反其国。反其国，必得志于诸侯。得志于诸侯而诛无礼，曹其首也。子盍蚤自贰焉。”乃馈盘飧（音孙，盘盛晚餐），置璧焉。公子受飧反璧。

……

及楚，楚子飨之，曰：“公子若反晋国，则何以报不穀？”对曰：“子女玉帛，则君有之；羽毛齿革，则君地生焉。其波及晋国者，君之余也，其何以报君？”曰：“虽然，何以报我？”对曰：“若以君之灵，得反晋国，晋、楚治兵，遇于中原，其辟君三舍。若不获命，其左执鞭弭（音米，弓）、右属櫜鞬（音高见，箭袋、弓袋），以与君周旋。”

子玉请杀之。楚子曰：“晋公子广而俭，文而有礼。其从者肃而宽，忠而能力。晋侯无亲，外内恶之。吾闻姬姓，唐叔之后，其后衰者也，其将由晋公子乎。天将兴之，谁能废之。违天必有大咎。”乃送诸秦。

秦伯纳女五人，怀嬴（穆公之女，曾嫁给晋怀公，故称怀嬴，现为重耳妾

> 媵）与焉。奉（同捧）匜（音宜，盛水器）沃盥（倒水洗手），既而挥之。怒曰："秦、晋匹也，何以卑我！"公子惧，降服而囚。他日，公享之。子犯曰："吾不如衰之文也。请使衰从。"公子赋《河水》，公赋《六月》。赵衰曰："重耳拜赐。"公子降，拜，稽首，公降一级而辞焉。衰曰："君称所以佐天子者命重耳，重耳敢不拜。"
>
> 二十四年春，王正月，秦伯纳之，不书，不告入也。及河，子犯以璧授公子，曰："臣负羁绁从君巡于天下，臣之罪甚多矣。臣犹知之，而况君乎？请由此亡。"公子曰："所不与舅氏同心者，有如白水。"投其璧于河。

一如前文所说，《春秋》之流传后世，其中一个重要方面，是《左传》对《春秋》的阐发，《春秋》完全是史记、史书，并无文学因素，而《左传》不仅仅是史书，而且是在真实历史记载的基础之上的文学写作。阅读《左传》，如同一部连续剧，情节异常丰富，起承转合，跌宕起伏，摇曳生姿，扣人心弦。如写作重耳出亡十九年，紧紧扣住主人公的命运，为其穷苦潦倒而悲哀，为其才华增益而喝彩，为其日益成熟而愉悦。更兼其中诸多女性形象，各个都有超人之远见：如季隗回复重耳"待我二十五年，不来而后嫁"之问，对曰："我二十五年矣，又如是而嫁，则就木焉。请待子。"杀掉告密者蚕妾而对公子说："子有四方之志，其闻之者，吾杀之矣"的姜氏，并说"行也，怀与安，实败名"的哲理警句。当时之公子重耳，还是安于现状的公子，以至于"姜与子犯谋，醉而遣之。醒以戈逐子犯。"再如富于远见的僖负羁之妻："吾观晋公子之从者，皆足以相国。若以相，夫子必反其国。反其国，必得志于诸侯。得志于诸侯而诛无礼，曹其首也。子盍蚤自贰焉。"

三个女性形象，构建了晋公子重耳早期流亡的关键，成为了公子重耳成就丰功伟业的背后依托力量。此三者，就历史人物而言，皆非虚构，皆为实有其人，实有其事。从这一视角来说，《左传》是真实的史书，但就这些细节而言，特别是这些人物的精彩对话而言，却不一定真实如此，细腻如此。也就是说，这些历史人物如果以艺术雕塑作为譬喻的话，她们的远观形象是大体不差的，而迫近而观，其细致的毛发却未必是原来形象的写真。

也可以说，在《左传》创作的这个时代，历史的记载者、史书的撰写者，一方面尊重历史的真实，另一方面也在竭尽全力地讲故事，竭尽全力地力图惟妙惟肖、绘声绘色地讲故事。不仅如此，还极力注重文学的渲染，于是，战国时代的神话题材得到大发展，神话在历史的追述中得到了想象的空间，骈文的铺陈张扬的风气得到了发展，认识到这一点，我们就能理解很多文学现象，譬如从《庄子》到屈原辞赋的神话写作，理解譬如季札观乐中的描写，应该是后来者对季札观乐的文学想象细节的记载。

“言之不文，行之不远”，在孔子时代已经有了这样对文学功用的高度认知，这也就必然成为历史经典撰写者不得不注重的素质。没有文采的著作，无数被泯灭而不能流传，而新一代的撰写者，自然要极力让历史融入文学的文字之中，借助着文学的翅膀而远翥高翔。

《左传》的文学史意义，不仅仅在于其文学艺术方面的伟大成功，同时，也成为了文言文写作的典范。《左传》之后的散文写作，基本上都是继承、延续了《左传》的古文笔法来写作。中国上古时代的文字表达方式，在经历了数百年的诗三百写作方式之后，遂开辟了以《左传》为里程碑的文言文写作时代，中国文学，亦由此分开诗歌与散文之两途。

第十四章
《国语》《战国策》和《山海经》

第一节 《国语》

《国语》，书名见于《史记·太史公自序》，《汉书·艺文志》列入春秋类。此书之作者，司马迁说“左丘失明，厥有国语”，一般多认为是笔误，但不能轻率定论。《国语》二十一篇，包括周、鲁、齐、晋、郑、楚、吴、越八国。时代的断限不一，纪事的繁简不一。《周语》起自穆王，讫于景王，陆续都有所记。凡所记载，多是集中在流传较广的历史故事，记事之中，又侧重于记载人的言论，并从事件中引发出来带有普遍意义的教训。《尚书》多所训诫，《春秋》寓于褒贬，《国语》记载教诲。

《国语》被称之为“春秋外传”，清人浦起龙根据刘知己六家之说，将其断为“国别家”，可以视为国别史。其中《周语》是我们所能见到的最早的“语”体文章，《国语》是编不是著，是选不是作。换言之，是西周到战国初年不同时代的史官的记录，编者只起到选编、编辑的作用，是“史料汇编”而不是“史”，总之，《国语》是一部记载西周春秋王侯卿士治国言论的原始史料汇编。① 但以笔者所见，《国语》应为左丘在西周穆王到战国初期史官在记载的史料基础之上所撰，只不过比《左传》撰写成分少一些而已。

从这些基本信息来看，《国语》的原材料应该和《左传》一样，都是从两周史官所载历史的原记载中整理加工而成的史书，而整理人可能皆与左丘有关。

---

① 陈桐生：《国语译注·前言》，中华书局 2012 年版，第 2 页。

可能的历史情况是，左丘先整理加工了从周穆王以来的史书，并陆续整理鲁、齐、晋、郑、楚等国的分别国史，在整理鲁国《春秋》中，形成了《春秋左氏传》，而其他国别的原料性史书未能完成，由此，形成各国《国语》的体例、风格不一的情况。至于八国《国语》的不同整理情况，则还需要进一步具体研究。

虽然如此，《国语》与《左传》就思想倾向等主题内容而言，是基本一致的，都是儒家的民本思想作为核心内容。譬如《国语》记载的“厉王虐”一段：

> 厉王虐，国人谤王。召公告曰：“民不堪命矣！”王怒，得卫巫，使监谤者。以告，则杀之。国人莫敢言，道路以目。
>
> 王喜，告召公曰：“吾能弭谤矣，乃不敢言。”
>
> 召公曰：“是障之也。防民之口，甚于防川。川壅而溃，伤人必多，民亦如之。是故为川者决之使导，为民者宣之使言。故天子听政，使公卿至于列士献诗，瞽献曲，史献书，师箴，瞍赋，矇诵，百工谏，庶人传语，近臣尽规，亲戚补察，瞽、史教诲，耆、艾修之，而后王斟酌焉，是以事行而不悖。民之有口，犹土之有山川也，财用于是乎出；犹其原隰之有衍沃也，衣食于是乎生；口之宣言也，善败于是乎兴。行善而备败，其所以阜财用衣食者也。夫民虑之于心而宣之于口，成而行之，胡可壅也？若壅其口，其与能几何？”
>
> 王不听，于是国人莫敢出言。三年，乃流王于彘。

“防民之口，甚于防川”，正是前文所标举的《国语》记教诲的典范，这也是儒家思想的一个重要组成。同时，“故天子听政，使公卿至于列士献诗，瞽献曲，史献书，师箴，瞍赋，矇诵，百工谏，庶人传语，近臣尽规，亲戚补察，瞽、史教诲，耆、艾修之，而后王斟酌焉”这一段资料，正是诗三百产生背景的重要文献。

此前谈到《左传》中的一些私下的对话细节多为作者想象虚构，同样是对话，《国语》的对话多为政治对话，特别是涉及国君的对话，基本上是可信的，因为，史官就在朝堂之上，随时可以记录。

第二节 《战国策》

《战国策》是西汉刘向对战国时代的策书史料最后校订整理编次而成，《战国策》的书名也为刘向所定。刘向之前，这些策书一直就存在着的。这些策书史料多为司马迁撰写《史记》所参酌使用。其中见于《史记》的有《东周策》五事，《西周策》七事，《秦策》十八事，《齐策》十四事，《楚策》五事，《赵策》十三事，《魏策》十二事，《韩策》十一事，《燕策》十六事，《宋卫策》二事。除了《中山策》之外，司马迁所采几乎遍及全书。

《战国策》汪洋恣肆，洋洋洒洒，引譬设喻，纵横捭阖，极尽夸饰铺陈之能事。如李文叔《书战国策后》所评：《战国策》所载，大抵皆纵横捭阖谲狂相轻倾夺之说也，其事浅陋不足道，然而人读之，则比向其说之工。而忘其事之陋者，文辞之胜移之而已。由于多为游士之辞，以气势修辞为胜，称之为战国策士之风，对屈原楚辞及秦汉文赋影响深远。

《战国策》在这种策士风气之下，多有不实之词，虚构之景，如《战国策·甘罗十二为上卿》：

> 甘罗曰："臣行之。"文信君叱去曰："我自行之而不肯，汝安能行之也？"甘罗曰："夫项橐生七岁为而为孔子师，今臣生十二岁于兹矣！君其试臣，奚以遽言叱也？"甘罗见张唐曰："卿之功，孰与武安君？"唐曰："武安君战胜攻取，不知其数；攻城堕邑，不知其数。臣之功不如武安君也。"甘罗曰："卿明知功之不如武安君与？"曰："知之。""应侯之用秦也，孰与文信侯专与？"曰："应侯不如文信侯专。"曰："卿明知为不如文信侯专欤？"曰："知之。"甘罗曰："应侯欲伐赵，武安君难之，去咸阳七里，绞而杀之。今文信侯自请卿相燕，而卿不肯行，臣不知卿所死之处矣？"唐曰："请因孺子而行！"令库具车，厩具马，府具币，行有日矣。甘罗谓文信侯曰："借臣车五乘，请为张唐先报赵。"见赵王，赵王郊迎。

甘罗为了证明十二岁可以作为特使，举例说："夫项橐生七岁为而为孔子师，今臣生十二岁于兹矣！君其试臣，奚以遽言叱也？”十二岁参与列国重大事务，本身就是神话，列举项橐七岁而为孔子师，更是神话中的神话。甘罗中间过程中的一系列说辞连同计谋，均不可信，而到赵国，赵王郊迎这个童子，更是神话。

再如《荆轲刺秦王》：

> 至易水上，既祖，取道。高渐离击筑，荆轲和而歌，为变徵之声，士皆垂泪涕泣。又前而为歌曰：“风萧萧兮易水寒，壮士一去兮不复还！”复为慷慨羽声，士皆瞋目，发尽上指冠。於是荆轲遂就车而去，终已不顾。

这种细节描写，悲情渲染，特别是为史传其中的人物安插歌诗，从而将其中的抒情意味推向极致，是《左传》以来渐次形成的写法，而到《战国策》《吴越春秋》《史记》等，形成于极为特殊的中国传统的史传人物写法。到东汉之后，《汉书》《后汉书》之后的正规官府史书，就逐渐不允许这种写法，而改弦易辙，文史两大畛域从此分道扬镳，文体分明了。这是汉武帝独尊儒术，特别是东汉开国之后进入经术时代，经学统治一切领域的必然结果。

第二节 《山海经》

《山海经》是我国现存最早的历史地理书。《山海经》的产生年代不可确考，学者多认为：《山海经》源于古代的巫图文化，它被转录为文字始于战国时期，直到汉代还有所增补。这部书可能是由多种同类文献合编而成的，作为一部巫术之书，它应该不成书于一人之手，不作于一时一地。①《山海经》是一部以动物图画为基础的巫术文献，全书十八卷三十九篇，包括《五藏山经》《海经》《大荒经》，记述了古代地理、物产、神话、巫术、宗教等，包罗万象，是上古最早的历史地理书。晋人郭璞《注山海经序》云：

---

① 郭预衡、郭英德总主编，过常宝等：《中国散文通史·先秦卷》，安徽教育出版社2013年版，第23页。

> 世之览《山海经》者，皆以其闳诞迂夸、多奇怪俶傥之言，莫不疑焉。尝试论之曰：庄生有云：人之不知，莫若其所不知。吾于《山海经》见之矣。夫以宇宙之寥廓，群生之纷纭，阴阳之煦蒸，万殊之区分，精气浑淆，自相喷薄，游魂灵怪，触象而构，流形于山川，丽状于木石者，恶可胜言乎！①

所说甚是。中国先秦时代，周公制礼作乐时代，已经开始进入敬鬼神而远之的儒家文化时代，只有在祭祀祖先的文化系统之中出现神话，如《大雅》中的几篇史诗之作，其中神异的传说，是依附在儒家伦理教化的范畴之中，一直到《春秋左氏传》礼崩乐坏之后，才开始多流行鬼神文化，到战国庄周时代，出现了“人之不知，莫若其所不知”文化思潮流行的时代，则《山海经》理应是在这一文化思潮和文学思潮之中的产物。

《精卫填海》：

> 发鸠之山，其上多柘木，有鸟焉，其状如乌，文首，白喙，赤足，名曰精卫，其鸣自詨。是炎帝之少女，名曰女娃。女娃游于东海，溺而不返，故为精卫。常衔西山之石，以堙于东海。(《北山经》)

《夸父逐日》：

> 夸父与日逐走，入日。渴，欲得饮，饮于河渭，河渭不足，北饮大泽。未至，道渴而死。弃其杖，化为邓林。(《海外北经》)

可以视为屈原楚辞的基础，后人小说之先河。后来《淮南子》如《女娲补天》《后羿射日》等故事皆从此出，所谓中国上古神话传说，实为春秋战国到秦汉之际的作品。

① 郭璞：《注山海经·序》，辽宁教育出版社 1997 年版，第 1 页。

第十五章
先秦诸子之始:《论语》

第一节　概说

一、《论语》概说

《论语》是孔子弟子和后学有关孔子言行的著作。《论语》二十篇，书用语录体写作，文字简朴，也有少数描写比较生动的片段。《论语》有《古论语》《齐论语》《鲁论语》三种，前两种已经不传或等待出土。班固《汉书·艺文志》:“《论语》者，孔子应答弟子、时人及弟子相与言接闻于夫子之语也，当时弟子各有所记，夫子既卒，门人相与论纂，故谓之《论语》。”现存的《论语》为鲁国学者所传，共二十篇。

《论语》在中国散文史、文学史上具有里程碑的地位，它是史传文学之外的现传诸子的第一部散文著作，此前的散文著作基本都是历史著作，或是史传著作，如《尚书》、《春秋》等。《左传》当为《论语》之后的著作。《论语》开辟了先秦时代诸子百家著书立说之风，《论语》之后方有《墨子》《孟子》及《庄子》。

从《论语》由孔门弟子著述而不由孔子本人著述，到《孟子》主要由孟子弟子著述，孟子本人参与著述，再到庄子自己著述阐发一己之独特的思想。再考察《论语》尚未如此质朴之语录体，《孟子》虽开汪洋恣肆之战国写法，亦多以孟子言行著文，再看《老子》《庄子》的体大精深，正可以看出中国散文个人著述历史的流变历程，亦可断定《老子》一书，必不能在《论语》之先，亦不能在《孟子》之前，而应在《孟子》与《庄子》之间也。再反思《史记》

乃文史合一之作，反思《论语》《孟子》中皆无老子其人及对《老子》一书的称引，则老子其人在孔子之前的记载，并非历史之真实也。则亦可推断，中国儒道思想的创立及其传播，必应是儒家在前甚久，到了战国中期左右，方才有道家兴起，道家为了与儒家争夺地位，方有老子身世之传说。

先秦时代，中国的教育和学术，自周公制礼作乐发端，学在官府，书在官府，教育学术皆在官府，民不与焉，自孔子时代，方才出现私人办学，身在贵族下层之士，脱颖而出，成为一个独立的、最为富有思想、富于时代担当的文化阶层，孔子既为其奠基者，又为其最为伟大者，故《论语》虽非孔子之著作，但却处处皆为孔子思想之光辉，故《论语》一书，其于后来之影响，亦如日月星辰，虽与日月争光，可也！

二、孔子生平

孔子（前 551—前 479），字仲尼，鲁国陬邑人，有人说，孔子是平民出身，这是错误的。孔子“圣人之后，灭于宋。其祖弗父何始有宋而嗣让厉公。及正考父佐戴、武、宣公，三命兹益恭”[①]。不仅仅不是平民家庭，而且不是一般贵族家庭，其祖上弗父何曾经应该是宋国国君的[②]，其祖父正考父应该是诗三百中《商颂》的作者。正考父非常谦让有礼，孔子因此也“年少好礼”。父亲孔纥，字叔梁，是一位下级武官，曾任陬邑宰。三岁时候丧父，跟随母亲颜氏迁居曲阜阙里。孔子虽然有这样显赫的家世，但到了他年轻的时代，却“贫且贱，及长，尝为季氏史，料量平；尝为司职吏而为畜藩息。”（《史记·孔子世家》，1909 页）可知，孔子也是典型的士的社会身份，属于由没落贵族家庭而为士阶层的一员。“孔子尝为委吏矣，曰：会计当而已矣。尝为乘田矣，曰：牛羊茁壮长而已矣，位尊而言高，罪也。”[③]正因为孔子有着贵族的血统和好礼的影响，更兼有年轻时代贫且贱的磨砺，成就了孔子深刻的思想和超凡的能力。孔子之学，博大而无常师，学琴于师襄，问礼于老聃，访乐于苌弘，道德之学，

① 司马迁：《史记·孔子世家》，中华书局 1982 年版，第 1907 页。

② 弗父何，是宋前湣公（子姓，宋氏，名共，谥号湣。宋丁公之子，华夏族）长子，让位于弟鲋祀（宋厉公）。厉公封弗父何为宋国上卿，受采邑于栗（今河南商丘市）。

③《十三经注疏》下册，中华书局影印 1982 年版，第 2744 页。

则得之于家传。

孔子年三十五,“适齐,为高昭子家臣,欲以通乎景公。与齐太师语乐,闻韶音,学之,三月不知肉味。”孔子欲恢复周礼,其实是不现实的,如同晏婴劝谏齐景公不可重用孔子:“今孔子盛容饰,繁登降之礼,趣详之节,累世不能殚其学,当年不能究其礼。君欲用之以移齐俗,非所以先细民也。”(《史记·孔子世家》,1911 页)说孔子的这一套理论,学一辈子也学不明白,就是单纯学礼仪,一年时间也难以学会,想要用这个礼来移风易俗,是迂阔的,难以行通的。以后,景公“敬见孔子,不问其礼”。此八个字,与子贡所说“夫子之道至大也,故天下莫能容夫子”(《史记·孔子世家》,1931 页),可以视为孔子一生政治生涯的缩影和写照。正是在这一背景之下,孔子由积极的入世从政转向了教育。大约在三十岁左右的时候,开始正式兴办私学教育,四十岁左右的时候,修诗书礼乐,“故孔子不仕,退而修诗书礼乐,弟子弥众,至自远方,莫不受业焉。”(《史记·孔子世家》,1914 页)五十岁左右的时候,鲁用孔子,其势危齐,五十六岁,由大司寇行摄相事。随后,适卫、陈、宋、曹、郑、蔡、楚等国,周游列国十四年,弟子几十人随行,孔子的私学,遂为流动的学校,在社会人生中教学相长。

第二节 《论语》中的士

通过对《论语》的考察,可以进一步知道在孔子时代对士的认识。在《论语》中,作为理想人格的代称,主要是“君子”,君子是天子、诸侯、卿大夫、士中的人格理想的总称,或是代称。“士”的出现次数并不多,但也有将近 10 次的出现频率,而且开始作为一个阶层的理想人格来阐发,这正吻合于士阶层刚刚兴起阶段的情形。

曾子曰:“士不可以不弘毅,任重而道远,任重而道远。”(《泰伯篇第八》,94 页)

子张问:“士何如斯可谓之达矣?”子曰:“何哉,尔所谓达者?”子张对曰;“在邦必闻,在家必闻。”子曰:“是闻也,非达也。夫达

者，质直而好义，察言而观色，虑以下人。在邦必达，在家必达。”（《颜渊篇第十二》，154 页）

子贡曰：“何如斯可谓之士矣？”子曰：“行己有耻，使于四方，不辱使命，可谓士矣。”曰：“敢问其次？”曰：“宗族称孝焉，乡党称弟焉。”曰：“敢问其次？”曰：“言必信，行必果。”（《子路篇第十三》，165 页）

子路问曰：“何如斯可谓之士矣？”子曰：“切切偲偲，怡怡如如，可谓士矣。”（《子路篇第十三》，169 页）

子曰：“士而怀居，不足以为士矣。”（《宪问篇第十四》，171 页）

子贡问为仁，子曰：“工欲善其事，必先利其器。居是邦也，事其大夫之贤者，有其士之仁者。”（《卫灵公篇第十五》，197 页）

子张曰：“士见危致命，见得思义，祭思敬，丧其哀，其可已矣。”（《子张篇第十九》，242 页）

孟子使阳肤为士师。问于曾子。曾子曰：“上失其道，民散久矣。如得其情，则哀矜而勿喜。”（《子张篇第十九》，248 页）

以上引述共计八条直接涉及“士”的资料，其中主要的问题，是涉及如何成为一名士，或说是应该具有什么样的品格才能成为一名优秀的士？孔子本身就是一名士，或说是这一时代最为伟大的士，以及最为伟大的士的导师。孔子是这个士阶层逐渐形成、兴起而成为华夏民族文化主体时代的重要推手和导师。孔子兴办私学，也是千百年教育史的典范，而如何成为士，自然也就成为了师生之间热烈讨论的一个话题。此处的“士”，已经不仅仅是此前时代天子、诸侯、卿大夫、士的一个具体阶层，而是代表着这一个时代的文化精神、文化品位的新兴文化阶层，后来宋代范仲淹“先天下之忧而忧，后天下之乐而乐”的士大夫阶层与此相像。孔子时代和北宋范仲淹、苏东坡时代，有着惊人的相似点，只不过，孔子时代还仅仅是从贵族时代蜕变出来的一个文化阶层、受到良好教育的时代精英阶层，而北宋时代则是科举制度之下的士大夫阶层：先秦时代士阶层（以孔子为奠基人）——北宋时代科举制度之下的士大夫阶层（以范仲淹、苏东坡为代表）——现当代教育体制之下的知识阶层（以王国维为界碑），此三大历史阶段，正是中国教育史、文化史宏观走向的一个精要勾勒。

从孔子师生的对话中不难看出，孔子和弟子们热切地讨论着："士不可以不弘毅，任重而道远。"这个时代，礼崩乐坏，作为士的培养学校，作为一名随时准备出仕为士的弟子，首先要锤炼"弘毅"的品格，因为"任重而道远"。士，已经不仅仅是要作为谋生的手段，而是要完成以天下为己任的历史责任和道德担当。当子张问："士何如斯可谓之达矣？"，并回复"达"就是"在邦必闻，在家必闻"，孔子回答说："是闻也，非达也。夫达者，质直而好义，察言而观色，虑以下人。在邦必达，在家必达。"所谓达，不是闻，闻是名声，达，需要落到实处，就是要"质直而好义，察言而观色，虑以下人"，这是品格的论述，而子张提到的"在家必闻，在国必闻"，则侧面透露出来士的主要两大身份和社会地位，在朝廷做官，或是在大夫家中作为家臣。

当子贡再次问："何如斯可谓之士矣？"孔子回复曰："行己有耻，使于四方，不辱使命，可谓士矣。"曰："敢问其次？"曰："宗族称孝焉，乡党称弟焉。"曰："敢问其次？"曰："言必信，行必果。"子贡三问，孔子三答，三答的前两种涉及士的几种不同职业："使于四方"，是为外交使节，"宗族""乡党"则显示在宗族和乡里担任职责；"行己有耻""言必信"等，则为作为士的品格。子曰："士而怀居，不足以为士矣"，则显示了士要以天下为己任，出游四方的品行；在回复子贡问"为仁"的问题的时候，孔子曰："工欲善其事，必先利其器。居是邦也，事其大夫之贤者，有其士之仁者。"它已经把孔子儒家思想的最高准则和最高境界"仁"和"士"应具备的品格相提并论；此外，孟子使阳肤为士师等，则涉及到了士的职业之一，"士师"一般解释为司法官员，可备一说但应并非原始本意。从外交使节、司法官员、士师，到士大夫家臣，再到能受到乡党赞美的地方机构，还有很多没有提及的职业，都在急需大量的具有专业知识，同时具备弘毅、仁义、见得思义的人才，也就是这个时代兴起的士。孔子代表的新兴的私人办学，成为这个时代重要的文化源泉和推动力。

士不仅仅是中国教育史的开创者，是中国教育史开端的主体构成，先是受教育者、被培养者，随着私学的兴起，渐次成为独立的教育者，成为"士师"；不仅如此，先秦时代的士，同时也是中国文学史的开创者。从诗三百所

涉及的“士”中，也同时可以看到，其中明确记载诗三百的作者，基本上都是士。《大雅·烝民》中“吉甫作诵，穆如清风”，明确记载了尹吉甫作诵，则诗三百除了周公、召公等所作之外，主要应为当时杰出之士所作。《崧高》《疏》《毛序》：“尹吉甫美宣王也。”《笺》：“尹吉甫、申伯，皆周之卿士也”；《巷伯》：《毛序》：“刺幽王也。寺人伤于谗，故作是诗也。”“寺人孟子，作为此诗。”寺人也同样是士。《笺》：“寺人，内小臣也。奄官上士四人，掌王后之命。”寺人为奄官上士，也是士之一。一些没有署名的诗作，也应是士的作品。如《北山》“陟彼北山，言采其杞。偕偕士子，朝夕从事。”《毛序》：“大夫刺幽王也，役使不均，己劳于从事，而不得养其父母焉。”诗三百中凡是大夫之作，皆为士之作，同此，诗作之中的主体内容，也多为表达士的思想、情趣、生活等。《魏风·园有桃》：“不我知者，谓我士也骄。”“不我知者，谓我士也罔极”；《唐风·蟋蟀》中的“好乐无荒，良士瞿瞿”，写出了士的政治情结；而《郑风·女曰鸡鸣》中的“女曰鸡鸣，士曰昧旦”，《郑风·褰裳》中的“子不我思，岂无他士”，则写出了士的爱情生活。

随后的孔子、孟子，都是当时最为伟大的士的代表，《论语》《孟子》的作者，无不是当时随后的优秀的士。进一步说，周公礼乐制度的制定，不仅仅奠基了中国儒家礼教的政治制度，而且奠定了中国思想史、文学史的发端，同时也奠定了文言文的写作方式。礼乐制度的繁杂和文言文写作的难度，决定了政治人才的培养和选拔的方式，先秦时代政治、文学、文字、音乐、哲学、思想、文化的一体性，决定了先秦时代“六经”代表的中国思想史、文学史、音乐史、哲学史的六部经典，必定都是士的作品，都是士阶层兴起的产物。

第三节 《论语》的文体

《论语》是孔子门徒的真实的语录体纪录：全书二十章，不仅仅各章之间似乎没有联系，仅仅是对孔子话语的分门别类的分类，每段语录之间似乎也没有明确的关系。但其实是一个整体，需要阅读者独具慧眼，才能将一条条分散的对话连缀起来，从而形成孔子整体的教育思想和教育体系，同时从文学的角度也能显示孔子以及弟子们的性格形象画图。

书中所记载的孔子言论及其行为，主要是围绕着一个“儒”字来表现。儒家作为一个哲学派别和一种中国所独有的人文思潮，并非开端于孔子，孔子是集大成者。应该说，儒家思想是华夏民族自其产生以来逐渐形成的民族集体意识，从后人记载的尧舜禹的思想和行为，譬如尧舜禹之间的禅让，大禹三过家门而不入等，都可以进入到儒家的思想典范之中，而且，也确实成为后来儒家不断提及并加以深化加以神话的历史典范，以致于后来者难以断定尧舜禹时代这些伟大功业的真实性。

但至少从有文字记载以来，包括武王伐纣，有着鲜明儒家治国方略的周公制礼作乐以来，基本都可以视为是儒家思想的实践史和创造史、传播史，周公制礼作乐以来所产生的所谓“六经”，都是儒家思想的经典著述。产生于孔子之前的诗三百，典型地记载了儒家文化的演变史，这些都无疑是发生在孔子之前的儒家文化遗产。到了孔子参与其中的春秋之际，已经是进入到儒家思想制度从西周初期制礼作乐的繁盛到春秋时代礼崩乐坏的先秦后儒家时代，孔子著《春秋》，与左丘失明乃作《国语》，皆为一代士人对儒家体制和道统如流星陨落的愤懑和追恋的文化表现。

因此，《春秋左氏传》是用对历史的文字记载来阐发儒家的微言大义、是非标准，而《论语》记载下来的孔子的语录行状，则是孔子对儒家思想的伟大发展和深刻阐发。也可以说，自古以来的儒家思想，都是历史的阐发、行为的阐发，自从孔子出来，才开始了第一次理论性的总结，华夏民族第一次有了儒家哲学的伟大导师，这是孔子之所以被称之为儒家哲学奠基人的原因。

从《论语》的选材来说，无疑是非常精辟的，孔子所说的每一句话，几乎都是一个哲学的命题，它涉及社会人生的诸多方面。从写作方式来说，可以分为语录体、有简单背景语录体、对话语录体、有故事情节对话体等多种方式，而且，呈现了由简单而较为复杂的文体演变历程。

（1）语录体：子曰：“述而不作，信而好古，窃比于我老彭。”子曰：“君子坦荡荡，小人长戚戚。”子曰：“兴于诗，立于礼，成于乐。”子曰：“君子和而不同，小人同而不和。”等，都是非常经典的语录格言，富于哲理

而引人思考。

（2）简单背景语录体：如：子在川上曰："逝者如斯夫！不舍昼夜。"虽然仅有"子在川上曰"聊聊数字，却点染出来孔子身之所在的大致背景，富有文学性和画面感。

（3）故事背景下的对话语录体：如《阳货》第十七中的"阳货预见孔子，归孔子豚。孔子时其亡也，而往拜之。遇诸涂。"已经具有简单的情节，对话也有趣；又如《微子》第十八中的"长沮、桀溺耦而耕。孔子过之，使子路问津焉。"长沮、桀溺、子路三人的对话，以及子路与孔子的对话，传达出较为丰富复杂的信息。

从论语的结构来看，该书呈现明显的先易后难的变化，前面的篇章，较多为单纯的语录体纪录，后面出现一些较为复杂的故事背景，显示出来著作者是在较长时间之内完成的。其中后面两章，较多以子张等弟子为中心的对话，应该与该书的著作者有关。

第四节 《论语》中的教育思想

孔子是中国最早的私学教育的伟大导师，而《论语》也相应提供了研究中国早期私学教育的原始材料，从《论语》的师生对话中，可以足见孔子的教学内容和教育方法。

一、学习的快乐与社会人生的终极教育

"学而时习之，不亦说乎？有朋自远方来，不亦乐乎？人不知而不愠，不亦君子乎？"这段话语包含了人生的三个重要方面：

首先是培养快乐的学习方式，唯有以快乐的、审美的、兴趣的、主动的求学方式，才会有持之以恒的求知人生，才会成为真正的人才。"学""习""悦"三者之间，既有区别，又有联系。"学"类似于系统的书本学习、理论学习，"习"类似于反复的实践，类似于学生的模拟和作业。此两者不论是"学"还是"习"，都需要一以贯之的"悦"。现在的中小学生自幼儿时代开始便承受沉

重的作业负担，强迫性的功利性的课程作业，都有违于孔子的“学而时习之”的教育思想，反观美国式的快乐童年、审美式的、兴趣培养作为重心的教育方式，反而吻合于中国古代孔子的教育思想。

其次，“有朋自远方来，不亦乐乎？”是讲人和社会的关系。学而时习之的快乐，将会培养为闭门的、自我的、封闭的书斋人生，而人是不能真正脱离社会的。孔子虽然主张重视学习、重视教育，但却主张直面人生、直面社会，是一个出世的人生哲学。

> 长沮、桀溺耦（音偶）而耕，孔子过之，使子路问津焉。
>
> 长沮曰：“夫执舆者为谁？”子路曰：“为孔丘。”曰：“是鲁孔丘与？”曰：“是也。”曰：“是知津矣。”
>
> 问于桀溺。桀溺曰：“子为谁？”曰：“为仲由。”曰：“是鲁孔丘之徒与？”对曰：“然。”曰：“滔滔者天下皆是也，而谁以易之？且尔与其从辟人之士也，岂若从辟世之士哉？”耰而不辍。
>
> 子路行以告，夫子怃（音吾）然曰：“鸟兽不可与同群，吾非斯人之徒与而谁与？天下有道，丘不与易也。”（《微子篇》第十八）

“鸟兽不可与同群，吾非斯人之徒与而谁与？天下有道，丘不与易也”，正可以视为孔子的人生宣言，首先是鸟兽不可以同群，人不可以与鸟兽同群，而要与人同群，正因为天下无道，才不能隐，而要“士不可以不弘毅”，“任重而道远”，去改变社会。

再次，“人不知而不愠，不亦君子乎？”学问日进，道日深远，人不能知，人人之间不能理解，但却不以之为抑郁，不以之为烦恼，如长沮桀溺对孔子的嘲笑和不理解，是一种不知，孔子不以为之为烦恼；如弟子颜渊之贤，而未能尽知孔子之道，只能是仰之弥高，钻之弥坚，孔子也不以为愠。

三者之间，“学而时习之”“有朋自远方来”“人不知”，“喜悦”“快乐”“审美”为之核心，为之主要，正阐发了孔子基本的人生纲领。

孔子谈学习的快乐，也主张学习的快乐，类似后来者所说的审美人生，审美读书。孔子的教育目的，包含有“学而优则仕”的儒家治国的功利目的，但也包含有学习快乐的审美内容。子曰：“知之者不如好之者，好之者不如乐之者。”（《雍也》）只有达到了乐之者乐此不疲的境界，才有可能成为真正的人才。

这种教育方式如同颜渊所赞美的："仰之弥高，钻之弥坚，瞻之在前，忽焉在后。夫子循循然善诱人，博我以文，约我以礼，欲罢不能。"（《子罕》第九）

二、启发式教育与讨论式教育

孔子的教育，是什么样的教育模式？与后来的学校教育的方式之间有什么关系？孔子曾经说："自行束修以上，吾未尝无诲焉。"（《述而》第七）古者学术在官，事师必须宦学，入官乃能学艺。私家讲学之风，自孔子开之。自行束修，未尝无诲。故贫如颜渊、原思，亦得入门受业。

从孔门师生对话所探讨的话题基本可以验证，主要是先秦时代的"六经六艺"，譬如怎样认识《诗经》：诗三百，一言以蔽之，曰：思无邪。（《为政篇》）怎样认识生命有限而追求无限的人生哲学：子曰："朝闻道，昔死可矣。"（《理仁篇》）一般来说，较少形而下的具体知识，更多是形而上的规律性认知，譬如对于儒家哲学的仁义礼智信忠孝廉耻等的体会认知。而教育方法，总体来看，孔子的教育主要是师生对话式、讨论式，特别是弟子主动思考、主动发问的形式。子曰："不愤不启，不悱不发。举一隅不以三隅反，则不复也。"

> 子见南子，子路不悦。夫子矢之曰："予所否者，天厌之，天厌之。"（《雍也篇》第六）

孔子去见有淫行的卫灵公夫人南子，子路为此不悦。孔子指天发誓说："我的行为要是不合礼不由道，天会厌弃我。"在这里，孔子和子路的关系，完全显示出了平等的师生关系，或说是师生关系之间平等的朋友关系。

孔子有时候会以自我人生的经历过程作为范本来给予规律性的总结，这其实也是一种启发式教育和讨论式教育：

> 子曰："吾十有五而志于学，三十而立，四十而不惑，五十而知天命，六十而耳顺，七十而从心所欲不逾矩。"（《为政篇》第二）

十有五而志于学，青少年时代立志，乃为成才之根本，人生后来能否成才，能成为何样的才，基本上在青少年时代的立志上已经决定。有了这个始发点，以后的三十而立，四十而不惑，五十而知天命，就会成为必然的、水到渠成的、自然的结果。

更多的教育方式，是通过问答方式，主要是通过对弟子的提问所作出的回答。孔子曾经说:“吾与回言，终日不违，如愚。退而省其私，亦足以发。回也不愚。”(《为政篇》第二)说自己和颜回谈话，谈话一天而没有问难，只有听受，如同愚人。但仔细观察颜回离开老师之后的言行，也能有所启发，有他独到的理解，因此说“回也不愚”。可知，孔子的教育，主要是类似当下导师指导博士生的方式的讲授。

终生为师的教育体制：按孔子的教育体制，弟子们是多少年的在学时间呢？我们的研究结果，是无所谓在学还是毕业，是一种终身教育体制。换言之，一日为师，终身为师。一般的想象，应该是弟子在学期间，培养出世为官的各种能力，一旦卒业为官，就只能说是过去曾经的师生关系。但从《论语》来看，并非如此。如：

> 冉子退朝，子曰:“何晏也?”对曰:“有政。”子曰:“其事也?如有政。虽吾不以，吾其与闻之。”(《子路篇》第十三)

冉有时为鲁国季氏宰，退朝，谓退于季氏之私朝。可知，冉有仕于季氏而犹在孔门，退朝稍晚，师生之对话，见出师生弟子亲如父子家人。

又如：

> 子夏为莒父宰，问政。子曰:“无欲速，无见小利。欲速则不达，见小利则大事不成。”(《子路篇》第十三)

莒父，为鲁邑名，时子夏为莒父宰，来请教为政之道。则类似于现代的顾问关系，但也是终生之师生关系。

群组讨论的方式:《论语》中的师生对话，主要是一对一的对话居多，其次有一些三人之间的对话，但也有群组性质的多人对话讨论，其中《先进》第十一中的《子路、曾皙、冉有、公西华侍坐》可谓之经典：

> 子路、曾皙、冉有、公西华侍坐。
>
> 子曰:“以吾一日长乎尔，毋吾以也。居则曰‘不吾知也。’如或知尔，则何以哉?”
>
> 子路率尔而对曰:“千乘之国，摄乎大国之间，加之以师旅，因之以饥馑，由也为之，比及三年，可使有勇，且知方也。”
>
> 夫子哂之。“求，尔何如?”
>
> 对曰:“方六七十，如五六十，求也为之，比及三年，可使足民。

如其礼乐，以俟君子。”

“赤，尔何如?”

对曰：“非曰能之，愿学焉。宗庙之事，如会同，端章甫，愿为小相焉。”

“点，尔何如?”鼓瑟希，铿尔，舍瑟而作，对曰：“异乎三子者之撰。”

子曰：“何伤乎？亦各言其志也！”

曰：“暮春者，春服既成，冠者五六人，童子六七人，浴乎沂，风乎舞雩（音于，祭天祈祷雨水之地），咏而归。”夫子喟然叹曰：“吾与点也。”

子路、曾点（字皙）、冉求（字子有）、公西赤（字子华，有外交才能）四弟子侍坐于孔子，孔子发起话题，让大家各自谈谈自己的志向。孔子与弟子之间亲密无间，放松而自然的讨论场景如在眼前。子路、冉有希望从政治理国家，公西华则希望参与诸侯之间的外交，唯独曾皙的志趣说是在暮春之际，换上新的春装，与一帮年轻人到沂河沐浴，登上河边的舞雩台，让风儿吹干头发和衣服，然后，歌咏而还。这显然是描述了去做教师的愿景，同时也是一种诗教的模式。在审美的自然状态下，传达一种审美的人生方式。从事教育的、诗教的人生理想，相对于子路等人的从政理想，是一种归隐的人生态度。孔子“喟然叹曰”：“吾与点也”，则显示了孔子在政治理想四处碰壁之下的深邃体味。

社会实践的游学教学：孔子周流在外，弟子几十人跟从，一路上的切磋讨论，孔子的学校成为了游学的流动学校。如在陈绝粮，从者病，莫能兴。子路愠见，曰：“君子亦有穷乎？”子曰：“君子固穷。小人穷，斯烂矣。”孔子率领其弟子们在魏国之际，卫灵公问孔子兵阵之事，孔子回复说：“俎豆之事，则尝闻之矣。军旅之事，未知学也。”明日遂行。

孔子会针对不同的弟子，不同的材质，同一个问题，给予不同的答案：

子路问：“闻斯行诸?”孔子的回复说：“有父兄在，如之何其闻斯行之?”冉有问：“闻斯行诸?”孔子的则答复说：“闻斯行之”。“求也退，故进之。由也兼人，故退之。”推而广之，当下文史哲领域中的很多问题，都是一种仁者见仁、智者见智的性质，不仅仅是诗无达诂，很多的问题都在探索之中，而我们的考试制度曾经一度要求学生死记硬背，这也是有诸多不当的。

综上所述，孔子的启发式教育、讨论式教育、实践性教育、人生社会性教育、个性化教育对当下中国教育的弊端，则不啻为一剂良药。

第十六章
战国时期诸子散文的演变：《墨子》《孟子》《老子》《庄子》《荀子》

第一节　概说

如前所述，先秦散文的起源发生历程，从殷商的甲骨文和青铜器铭文，是原始的文字记事阶段，到西周时代发生第一次飞跃，礼乐制度的兴起，造就了中国文学的极大发展，到《春秋》而一变，《左传》之记史，《论语》之记言；至战国为“古今一大变革之会”（王夫之语），中国文学首次出现系统之论著，由《墨子》之无文质朴，到《孟子》之纵横捭阖，到《老子》之简约深邃，《庄子》之汪洋恣肆，正是一个散文演变史飞跃的历程。从著述方式而言，《论语》《墨子》等尚非诸子之所撰述，以《孟子》为标志，孟子与弟子万章合作著书，参与著述，乃为诸子参与写作之开端（孔子著《春秋》属于编书之列，不在其中），但仍然残留语录体之痕迹；《老子》是否自撰，虽有争议，但却是一个专著的整体，从著述史等多方面考察，可以确认为老子所著述；《庄子》《荀子》《韩非子》则已经分明是个人撰写的博大精深的著作。能够继承并光大孔子儒家思想的主要是孟子和荀子，虽然他们也携带着浓郁的战国时代特有的思想痕迹。

春秋战国时代的百家争鸣，有一个自然发展演变的过程：儒、墨、道、法四家哲学，不仅仅是春秋时代最为重要的四家哲学思想，而且儒、墨、道、法也是一个正确的时间次序。从周公到孔子，中国只有儒家思想，中国的政治制度也只有儒家政治，中国的文化、文学、哲学，也仅仅有儒家独家存在；孔子去世然后墨子出生，遂有墨家哲学出现。墨子出生在鲁国，自然也从小受到的是儒家教育，不仅仅是儒家教育，而且墨子年轻时代的职业，也是从事儒家的职业，是负责祭祀的工作。可以说，墨家思想源自于儒家而走向了与儒家思想抗衡的哲学道路。墨子的“兼爱”思想、“非功”思想、“节葬”思想等，无不出自于儒家，但他痛感儒家思想的不足，特别是儒家思想归根结底是统治者的思想，是贵族的思想。而墨子一直在社会的下层，他的名字“墨”，也被很多学者认为是一种刑罚的代名词，因此，他的思想从孔子的“仁爱”之说，而走向了墨家要求人人平等的“兼爱”思想，并由此出发而产生反战的“非功”思想，以及适应广大民众的“节葬”等思想。

当然，从广为宏观的文化背景而言，华夏民族首次出现了对于儒家思想的反拨，这也是有周王朝政治体制衰落的折射，是儒家统治物极必反的必然。由墨家开始，才有了对于华夏民族正统思想是儒家一统的反思，并形成为一种思潮，从这个角度而言，墨家思想功不可没，它极大地开启了华夏民族的哲学视野，开创了战国时代百家争鸣的伟大思想解放运动。

墨子死而孟子生。孟子之时，正是墨家学说盛行的时代。孟子的伟大历史使命，是重新树立并发展了周公、孔子以来的儒家学说，从而使得华夏民族重归儒家思想的哲学范畴。

墨子首先开创了华夏民族对于儒家思想的批判反思运动，居功甚伟，孟子恢复了儒家思想在华夏民族思想史上的正统地位，乃为又一个伟大的里程碑，两者皆为伟大——不论是何种伟大的哲学思想体系，都需要一次次的批判运动，才能使其得以兼容并收，扩展其疆域，加深其深度，孟子所说的“天将降大任于斯人，必先苦其心志”也同样可以适用于思想体系的锻造。非墨子则无后来之诸家学说之于儒家思想的反思批判，非诸家思想之于儒家思想的反思，则无孟子、荀子之于儒家思想的捍卫和发展，正反之道，一张一弛，曲折而前。孟子之所以塑造尧舜时代的儒家教育与儒家道统，也正是在面对墨家以及随后出现的道家对儒家哲学的批评的压力之下所作出的反应。

孔子、墨子、孟子三大哲人巨匠，有着共同的特点，他们都是一个时代著名的教育家，都是私人教育，只不过墨子的教育，更为平民化，也正因此，墨

子的弟子从私人教育的师生关系而走向了社会关系。所谓先秦诸子，孔子之前并无私家著作，亦无先秦诸子。孔子死而墨子生，墨子死而孟子生，孟子之后，方有老子、庄子及法家诸子，儒墨道法，并非其重要性的排列，乃为其产生时代之自然次序也。

同此，孔子之前，并无诸子针对儒家思想的反思和批评，首开对儒家思想批评和反思的，正是墨子。墨子来自于儒学而走向批判儒学，并自成一家而为墨家之创始人。正由于有了墨子之于儒家的批判，才有了先秦时代诸子百家各自著书立说，各成自家体系的局面。孟子位于墨子之后，以孔子卫道者的身份出现，这也同时决定了孟子的学说及其文风的辩驳无碍、善用比喻、讲述故事等文风的形成。孟子批评了墨子，但墨子对西周以来已经形成数百年之久的儒家一统哲学思想给予反思和批评，无疑启发了后来者，因此，才会有以无为、道德、养生为核心思想的道家哲学的兴盛，也会产生以极端功利主义的法家哲学思想的兴盛，至于其他诸家学说，乃在此四家学说之间也。因此，墨子及墨家思想，实为先秦由儒家一统而转向诸子百家各立学说之关键，其地位甚为重要，“由战国至汉初，人多以孔墨并称。但《史记》对于墨子之记载，则极简略，盖司马迁作《史记》时，思想家已成为儒家之天下。故孔子跻于世家，而墨子不得一列传。”①

到了道家出现的时候，因为其理论中心在于无为，因此，老子、庄子似乎都不曾兴办教育，而仅仅是以个人著作方式鸣世。老子未曾听说有弟子，孔子问学老子，纯属庄子的寓言故事，庄子书中的人物，如惠施等，都是朋友的关系。

因此，老庄的出现，用现代的教育体制来诠释，也可以说是开始出现纯粹的科研型、著作型的学者。他们的思想已经不主要依靠弟子的薪火相传，而主要依靠书文化的载体来传播其思想，是故，其著作文字更为具有文学性、诗性，以便于广泛传布。

战国中后期，法家思想盛行，在其形成过程中，一开始仅仅是个人的探索阶段，如商鞅变法的法家实践哲学、韩非子则以著书立说方式阐发法家思

---

① 冯友兰:《中国哲学史》，中华书局1961年版，第106页。

想，荀子则开始私人办学，以私人教育方式和私人著述方式探索儒家和法家的利弊。

随着法家哲学的国家化，秦始皇一统秦国，中国的私人教育和私人著述以及百家争鸣的状态也就结束了。

第二节　《墨子》

孔子死而墨子出，墨子出于儒而走向儒家的反面，这一点，不仅仅表现在其哲学思想体系中，也同时体现在私人教育的方式和性质上。

墨子出生的时间，或云前486年，或云前479年，则正为孔子卒年（钱穆《墨子年表》为前479年—前381年），其卒年乃为大约之时间。墨子或云宋人，或云鲁人，孙诒让考定为鲁人（《墨子后语》卷上），似亦可为定论。《汉书·艺文志》记载："墨家者流，盖出于清庙之守。"《吕氏春秋·纪·仲春纪》记载，"鲁惠公使宰让请郊庙之礼于天子，桓公使史角往，惠公止之。其后在于鲁，墨子学焉。"（《四部丛刊本》，10页）可备一说。《淮南子》："墨子学儒者之业，受孔子之术，以为其礼烦扰而不悦，厚葬糜财而贫民，久服伤身而害事故，故背周道而用夏政。"（《淮南子·要略》）综上，墨子出生在儒学盛行之时代，孔子私人办学教育亦已蔚然成风，墨子出于儒家孔学而出之，大抵不错。

《墨子》一书是墨子及墨家学派的言论汇集。墨子姓墨名翟（或以为墨非其姓），其生平事迹略见于《史记·孟子荀卿列传》：盖墨翟，宋之大夫，善守御，为节用。或曰并孔子时，或曰在其后。

墨子一生行迹，散见于《墨子》书中，其《贵义篇》云："翟上无君上之事，下无耕农之难。"应该是春秋战国之际士阶层之崇尚民本思想的思想家。《墨子》十章，自成体系，主张节用、节葬、主张兼爱、非攻，尚贤、尚同，"选天下之贤可者，立以为天子。"这些思想，既有与孔孟相通的，如民本思想，也有和孔子思想相异的，类似当时社会的侠义集团。

墨子的思想到了汉代已经几近失传，司马迁已经不详其事迹，主要原因，除了《墨子》一书言之不文之外，还因为墨子的思想不能代表华夏民族的主流

思想，只能是特殊历史时期特殊的文化现象的存在。

《墨子》书中，引《诗》《书》处不少，孔子聚徒讲学，开一时风气，墨子既为鲁人，则其在此风气之中，学诗书，受孔子之影响，乃当然应有之事。且孔子本亦有尚俭节用之主张，如“礼与其奢也宁俭”（《论语·八佾·卷二》）。因此，也可以说，墨学起源于鲁之孔学而又批判于孔学。

墨子为宋大夫，故云墨学也与宋有关。墨学主张兼爱非攻，兼爱非攻，盖宋人之蔽，然“兼爱之说胜，则士率不战”（《管子·立政》），故墨子虽然主张兼爱非攻，却为始讲守御之法之人。

旧说墨子姓墨名翟，近人始有谓：“古之所谓墨者，非姓氏之称，乃学术之称也。”（江瑔《读子卮言》），墨乃古代刑法之一，刑徒乃奴役之流。（钱穆《墨子》第一章）墨子节用、短丧、非乐等见解，皆与当时大夫君子之行事相反，其生活刻苦，“以自苦为极”（《天下篇·庄子卷》），又与劳工同，故从其学者，当时称之为墨者，意谓此乃刑徒奴役之流耳。墨子之主张为“贱人之所为”。

墨子反贵族而因及贵族所依之周制，故其学说，多系主张周制之反面，因儒家以法周相号召，故墨子自以其学说为法夏以抵制之，盖当时传说中之大禹，本有节俭勤苦之名。总体来说，墨子之学说，可以视为是以平民之观点，以主张周制之反面。

《墨子》一书并非墨子之作，中国之诸子著书立说的年代，不仅孔子之前无，孔子之后也还要非常久远的时间，才开始真正地进入到士人著作的年代。

清人俞樾《墨子序》：

> 孟子以杨、墨并言，辞而辟之，然杨非墨匹也。杨子之书不传，略见于列子之书，自适其适而已，墨子则达于天人之理，熟于事物之情。又深察春秋战国百余年间时事之变，欲补弊扶偏，以复之于古。郑重其意，反复其言，以冀世主之一听。虽若有稍诡于正者，而实千古之有心人也。尸佼谓孔子贵公，墨子贵兼，其实则一。韩非以儒墨并为世之显学，至汉世尤以孔墨并称，尼山而外，其莫尚于此老乎？墨子死，而墨分为三……近观尚贤、尚同、兼爱、非功、节用、节葬、天志、明鬼、非乐、非命，皆分上中下三篇，字句小异，而大旨无殊。此乃……三家相传之本不同。……墨氏弟子网罗放失，参考异

同，具有条理。[①]

孔子之后，儒墨同为当时之显学，《吕氏春秋·尊师篇》："孔墨徒属弥众，弟子弥丰，充满天下。"孔子弟子七十，而《淮南子》则云："墨子服役者百八十。"《公输篇》记载墨子说楚王："臣之弟子禽滑釐等三百人在宋城上。""是墨徒之盛，犹逾洙泗。"[②]原因不仅仅是由于墨子晚于孔子，更因为两者所代表阶层之不同，宗旨之不同，盖孔子虽然声称"有教无类"，但实际上仍然是代表贵族利益，代表为王侯培养士阶层，而墨子其立场，却在于民众，其教育的方式，也已经不仅脱离了西周以来的官府办学，亦远远脱离了孔子的私人教学模式和师生关系，师生之间，俨然黑社会之党首与信徒之关系，而成为一种社会准军事集团的关系，这种关系坚强有力，组织严密，同时由于站在民众立场，因此，下层会众信徒众多，也是必然之势。

墨子弟子之出处行动，皆须受墨子之指挥，弟子出仕后如所事之主不能行墨家之言，则须自行辞职，入仕后之收入，须分以供墨者之用。《淮南子》："墨子服役者百八十人，皆可使赴火蹈刃，死不旋踵。"墨子之首领，名曰"钜子"，《庄子·天下篇》谓墨者"以钜子为圣人，皆愿为之尸，冀得为其后世。"墨子为第一任钜子，此外，见于《吕氏春秋》者，有孟胜、田襄子等。墨者之团体内，纪律极严，钜子对于犯墨者之法者，且有生杀之权。[③]

由是可知，墨子之思想，代表平民阶级，其宗旨亦在民众，故其组织，已经类似后来之五米道之属，是不利于社会的长治久安的，也不利于华夏文化之稳定和谐发展，故在秦汉之后，已经不再列于主流文化之中，在司马迁的《史记》中，孔子见于《世家》，老子等诸子见于列传，而墨子不得列于列传。

第三节　《孟子》

孟子（前385—前304年），《史记·孟子荀卿列传》："孟轲，邹人也，受业

① 俞樾：《诸子集成·墨子闲诂·墨子序》，上海书店影印1986年版，第1页。

② 钱穆：《先秦诸子系年》，商务印书馆2001年版，第209页。

③ 冯友兰：《中国哲学史》，中华书局1961年版，第113—114页。

于子思之门人。道祭通，游事齐宣王。宣王不能用，适梁。梁惠王不果其言，则见以为迂远而阔于事情。当是时，秦用商君，富国强兵；楚卫用吴起，战胜弱敌；齐威王宣王用孙子、田忌之徒，而诸侯东面朝齐。天下方务于合纵连横，以攻伐为贤，而孟轲乃述唐虞三代之德，是以所如者不合，退而与万章之徒，序诗书，述仲尼之意，作《孟子》七篇。"

由此记载可知孟子生平大略，也可知《孟子》一书为孟子参与并与弟子合作之作。中国之散文，由甲骨之占卜记载，到周公之记载上古夏商之历史，再到孔子记载先人之历史，孔子弟子记载孔子之言行，到孟子乃为第一次出现有系统来论证阐发思想，虽然还是师生合著之作，散文史的演变历程其线索是异常清晰的。但《孟子》一书，虽然有孟子本人之参与撰写，较之《论语》有长足之进展，但仍未臻于系统著书立说之境地，此一点似可成为《老子》晚于孟子时代之旁证之一。

《孟子》一书，实开战国时代汪洋恣肆、辩说无碍之先河。多运用譬喻说理，譬喻不足，更扩张为讲说故事，以一个故事来阐发一个道理。如《王顾左右而言他》《齐人有一妻一妾》：

> 齐人有一妻一妾而处室者，其良人出，则必餍酒肉而后反。其妻问所与饮食者，则尽富贵也。其妻告其妾曰："良人出，则必餍酒肉而后反；问其与饮食者，尽富贵也，而未尝有显者来，吾将瞯良人之所之也。"
>
> 蚤起，施从良人之所之，遍国中无与立谈者。卒之东郭墦间，之祭者，乞其余；不足，又顾而之他——此其为餍足之道也。
>
> 其妻归，告其妾，曰："良人者，所仰望而终身也，今若此！"与其妾讪其良人，而相泣于中庭，而良人未之知也，施施从外来，骄其妻妾。
>
> 由君子观之，则人之所以求富贵利达者，其妻妾不羞也而不相泣者，几希矣。

《孟子》中所阐发的思想，秉承孔子而有所发展，可以视为是战国时代儒家思想演变的必然。孔子更为强调君臣父子的儒家秩序，而孟子更为强调民本思想，强调民在社稷之中、君民关系中的地位，提出"民为贵，社稷次之，君为轻”(《尽心下》)，提出“人皆可以为尧舜”(《告子下》)，提出“不以仁政，不能平治天下”(《离娄上》)，“保民而王，莫之能御也”(《梁惠王上》)并反复描绘他的理想国：

五亩之宅，树之以桑，五十者可以衣帛矣。鸡豚狗彘之畜，无失其时，七十者可以食肉矣。百亩之田，勿夺其时，数口之家可以无疾矣。谨庠序之教，申之以孝悌之意，斑白者不负载于道路矣。七十者衣帛食肉，黎民不饥不寒，然而不王者，未之有也。(《梁惠王上》)

正由于孟子的儒家思想充沛于中，“善养浩然之气”，因此才显示出锋芒毕露，气势凌人，高屋建瓴，纵横捭阖，正如同他自己所说：“予岂好辩哉？予不得已也。”(《滕文公下》)所谓笔端常带感情，“当今之世，舍我其谁”(《公孙丑下》)，除了善用比喻之外，大量使用排偶句式，又用推理类比的方式等，皆为《孟子》的艺术特色。

第四节　《老子》

学术界对于老子其人及《老子》(或称《道德经》)有很多争论，迄今为止，尚未形成定论。《老子》一书五千言，何时何人所作，并未有定论，一般多认为是老子所作，事出于《史记·老子传》：

老子者，楚苦县厉乡曲仁里人也，姓李氏，名耳，字聃，周守藏室之史也。

孔子适周，将问礼于老子。老子曰：“子所言者，其人与骨皆已朽矣，独其言在耳。且君子得其时则驾，不得其时则蓬累而行。吾闻之，良贾深藏若虚，君子盛德，容貌若愚。去子之骄气与多欲，态色与淫志，是皆无益于子之身。吾所以告子，若是而已。”孔子去，谓弟子曰：“鸟，吾知其能飞，鱼吾知其能游；兽，吾知其能走。走者可以为罔，游者可以为纶，飞者可以为矰。至于龙吾不能知，其乘风云而上天。吾今日见老子，其犹龙邪！”、

老子修道德，其学以自隐无名为务。居周久之，见周之衰，乃遂

去。至关，关令尹喜曰："子将隐矣，强为我著书。"于是，老子乃著书上下篇，言道德之意五千余言而去。莫知其所终。

或曰，老莱子以楚人也，著书十五篇，言道家之用，与孔子同时云。

盖老子百有六十余岁，或言二百余岁，以其修道而养寿也。

自孔子死之后百二十九年（徐广曰：实百一十九年），而史记周太史儋见秦献公曰："始秦与周合，合五百岁而离，离七十岁而霸王者出焉。或曰儋即老子，或曰非也，世莫知其然否。老子，隐君子也。

老子之子名宗，宗为魏将，封于段干。宗子注，注子宫，宫玄孙假，假仕于汉孝文帝。而假之子解为胶西王卬太傅，因家于齐焉。

世之学老子者则黜儒学，儒学亦黜老子。"道不同不相为谋"，岂谓是邪？李耳无为自化，清静自正。①

根据此说，老子名李耳，字聃，见周之衰，欲要归隐，至关，被令尹喜强为著书，（尹氏，周王朝史官，职掌书写王事。《尚书・大诰》："肆予告我友邦君越尹氏、庶士、御士曰：'得吉卜。'"②）于是，老子写下《道德篇》上下五千言而去。这个记载颇有诗意，也有小说戏剧色彩。此说不可信，兹先从《老子》的作品论起：从《老子》的写作内容和技巧而言，已经具备相当成熟论说著作的水准，和文字简单的《论语》相互比较来看，两者之间不是一个时期的作品。

著作时代：或说《论语》《墨子》都未曾称引《老子》，到《韩非子》《战国策》称引《老子》，而认为老子或为战国末期人（参见梁启超）；或说《论语・卫灵公》："无为而治"，这一思想和说法正是来自于老子；又《说苑》中记载叔向引老聃话语"天下之至柔"云云，而证明《老子》一书在孔子之前，因为叔向是与孔子同时代的晋国人。

这里需要辨析：首先，《论语》中出现与老子思想吻合的话语不足为奇，正如儒家思想并非为孔子所缔造，道家思想也非最早源于当下所见的《老子》。儒、道两家的思想，都是华夏民族在漫长历史岁月之中逐渐形成的思想体系；

① 司马迁：《史记》，中华书局 1982 年版，第 2140 页。

② 慕平译注：《尚书》，中华书局 2009 年版，第 156 页。

其次,《说苑》所载叔向的话语，不能证明确为叔向所言，而要研究所引出处之著作的时间,《说苑》为东汉后期刘向所编，东汉人记载春秋时期人的话语，一不可信,《说苑》为杂史小说集，二不可信。

《老子》一书，乃为自足之思想论著，自成体系，自成规模，全书五千言，都围绕一个“道”字展开论证，更兼采用诗性话语，绝非与孔子同时之作。因此，或者是对老子其人的记载在时代方面有问题，或者是老子仅仅是《老子》的奠基者，经过春秋末期到战国初期时代的士人撰写而成。但从各方面来看，老子著《老子》应该不错，否则不会如此紧密地将老子其人与这部著作联系在一处。老子生活的时代若是在战国时期，则《老子》也就应该随之产生在战国时代。单独从《老子》著作本身的特质而言，必定应是战国中期的作品。就其各种记载的蛛丝马迹而言,《老子》晚于《论语》，也要晚于《孟子》，但理应早于《庄子》。总之,《老子》可以视为中国第一部阐发哲学思想的专著，也是第一部系统的散文专著。

如果用一个字来概括孔子思想，则可用“仁”字；如果用一个字来概括老子思想，则为“道”字。

《老子》开篇第一章即云：

> 道可道，非常道，名可名，非常名；无名天地之始，有名万物之母。故常无欲，以观其妙，常有欲，以观其徼。此两者同出而异名，同谓之玄，玄之又玄，众妙之门。

所谓“道”，实为一个虚拟的概念，正因为其为虚拟概念，固有无限之空间，有无限之内涵。它可以视为是宇宙之间万事万物的总和之存在，随之而有宇宙之间万事万物的总和之存在的总规律，或说是基本规律。西方基督教在将西方的基督教教义中的上帝翻译为道。

不仅仅“道”是玄虚的，是不可落入言铨的，是可以意会而不可言传的，而且《老子》中的很多话语，也同样是不可翻译的，它是多样性的含义意蕴的虚拟表达。

道，如果可以表述，可以用语言道来，那就不是常道了；作为“道”的名称，如果可以以名来界说，那也就不是“常名”了。无，是天地的原始；有，是万物的根源。因此，常无欲以观照道。无和有，同一来源而不同名称，都是

异常幽深玄妙的，玄之又玄，正是一切奥妙的门径。

当然，这仅仅是一种翻译方法，不但是翻译不能落在言诠，就是句读，也是不能确认的。也有学者提出，这两句应该这样句读：

道可？道非？常道；名可？名非？常名。

道，是可以言说的吗？道，是不可以言说的么？这就是道的常道。这样解读，似乎也可自圆其说。这正是道的玄妙之处。孔子处处讲现世之人伦关系，老子反其道而行之，处处讲究天地宇宙之间的玄妙虚无。无名，是天地宇宙的开始；有名，是天地万物之母。天地开始的时候无名时代，天地万物产生的时代，开始有名。有无相生，难易相成，是也。

所以，道，是产生宇宙的实体，也是宇宙产生万物产生的规律。实际上是不能用一个落入言诠的字来概括的，但又不能不用一个实体的字来说明它，因此，暂且用“道”字来代表。

有物混成，先天地生。寂兮寥兮，独立不改，周行而不殆，可以为天下母。吾不知其名，字之曰“道”，强为之名曰“大”。大曰逝，逝曰远，远曰反。故道大、天大、地大、王亦大。域中有四大，而王居其一焉。人法地、地法天、天法道，道法自然。（二十五章）①

有一物天然浑成，先于天地而生。它静而无声，动而无形，特立独行，周行而不知止息，这正是天地之母。我不知其名，勉强为之字曰道，强为之名曰大。它无所不包，无边无际，因此称之为逝，逝则周流不息，由逝而远，逝逝不已，逝远而返，乃至无穷。因此，道大、天大、地大、人大，宇宙域中四大，而人居其一焉。人法于地，地法于天，天法于道，道法于自然。道法自然，就是讲了道呈现出来的自然规律。

可以看出，《老子》开篇，其实就是五千言全书的概论，或说是总论，或说是主要论点，放置在这样开篇的位置，可谓是“片言以居要”，以下全书，都是对这一本质性概括的具体阐发，或说是枝节性问题的阐发。如此的全书结构，不用说此书其他方面的思想高度和艺术高度，怎么会产生在孔子时代那种微言大义的时代呢？或说是怎么可能产生于《论语》的感性的语录体写作方式

① 《诸子集成·老子本义》，第 14 页。

的时代呢？

再看《老子》第二章：

天下皆知美之为美，斯恶已；皆知善之为善，斯不善已。

故有无相生，难易相成，长短相形，高下相倾，音声相和，前后相随。是以圣人处无为之事，行不言之教；万物作焉而不辞，生而不有，为而不恃，功成而不居。夫唯弗居，是以不去。①

天下皆知美之所以为美，丑就产生了；皆知善之所以为善，就不善了。有和无是互相生成的，困难和容易是相互生成的，长和短是相互比较而言的，高和下是相互呈现的，音和声是相合的，前和后是相随的。因此，圣人处于无为之事，行的是不言之教；万物兴起而不造作事端；生养万物而不据为己有；作育万物而不自恃己能；功业成就而不自我夸耀。正因不自我夸耀，所以他的功绩不会泯灭。

无为，是《老子》的核心思想之一，与道相辅相成。道是本体论，无为则是方法论，同时也是存在论。天地之间，原本就是按照自身规律自行运转的，无须人为。无为思想也是笼罩全篇的哲学思想。无为，正是针对儒家的有为而言的，如：

为学日益，为道日损。损之又损，以至于无为。

无为而无不为，取天下常以无事，及其有事，不足以取天下。（四十八章）

如果说，第一章显示了《老子》作为哲学专著、散文专著的总论特征，显示了专著特征，第二章则显示了这一著作的第二特征和第三特征。第二章延续第一章所阐发的“道可道，非常道”“玄之又玄，众妙之门”的道，进行深入阐发，或说是就宇宙万物以及人类社会的基本构成方式及其演变规律进行阐发。如果说，第一章重在阐发道的宇宙存在论，第二章则重在阐发道的起源发生演变的方法论。这一方法论是以辩证思维作为其哲学的基本思想：宇宙万物，皆为相对而存在，美与恶、善与恶，乃至有无、难易、高下、音声、前后等，莫不如是。这就哲学深度而言，无疑比《论语》中阐发的单向的儒学思维

① 《诸子集成·老子本义》，第2页。

更为深邃，更为哲学化。这一点再次证明了《老子》是一部有系统的哲学专著，而其文学价值更可以视为是第一部系统阐发哲学思想的散文专著。

但其实说是散文专著，也并不准确，至少是并不完全准确，从这一段文字来说，无疑也是精美的诗，是异常精美的散文诗。它不仅仅是以诗三百以来形成的四言句式作为主体："有无相生，难易相成，长短相形，高下相倾，音声相和，前后相随"，而且其中富有诗歌的韵律节奏，某些句子还有天然的韵脚，生、成、形、倾，读之令人不觉手之舞之，足之蹈之。

《老子》具有诗性美，这正是其显著的艺术特征之一。《老子》善用比喻，有很多的格言警句，多用譬喻的方式阐发，形象生动，如"上善若水"（第八章）；"天下莫柔弱于水，而攻坚强者莫之能胜"（七十八章）；"夫唯不争，故天下莫能与之争"，"治大国若烹小鲜"（六十章）；"合抱之木，生于毫末；九层之台，起于累土。千里之行，始于足下"（六十四章）；"祸兮福之所倚，福兮祸之所伏"（五十八章）；"信言不美，美言不信。善者不辨，辩者不善"（八十一章）。

老子创造了很多的经典成语，如（1）自知之明，33 章：知人者智，自知之明。（2）慎终如始，64 章：慎终如始，则无败事。（3）和光同尘，56 章：和其光，同其尘。（4）知雄守雌，28 章：知其雄，守其雌，为天下溪。（5）知止不殆，44 章：故知足不辱，知止不殆，可以长久。（6）大巧若拙，45 章：大直若屈，大巧若拙，大辩若讷。（7）被褐（音批喝）怀玉，70 章：是以圣人被褐怀玉。（8）见素抱朴，19 章：见素抱朴，少私寡欲，绝学无忧。（9）虚怀若谷，15 章：敦兮其若朴，旷兮其若谷。（10）大器晚成，41 章：大方无隅，大器晚成，大音希声，大象无形。（11）知足常乐，46 章：祸莫大于不知足，咎莫大于欲得，故知足之足，常足矣。

这些精彩论述，除了为华夏民族创造了经典的成语之外，读其引文，深为其文辞之美、哲理之深而震撼，再次验证其不可能为孔子时代的作品。从《老子》所阐发的哲学思想体系以及政治思想体系而言，正面阐发者，皆为春秋时代之思想，其所批判者，皆为战国初期之现状也。如：

> 我有三宝，持而保之。一曰慈，二曰俭，三曰不敢为天下先。……今舍慈且勇，舍俭且广；舍后且先，死矣！（六十七章）

激愤之情，溢于言表，正是对春秋末期到战国初期，礼崩乐坏之后，弱肉强食、虎狼之师征伐不已现状的批判。

以上从《老子》著作本身的情况进行了分析，得出的结论是《老子》不可能为孔子时代的著作，而应该是《孟子》稍后、《庄子》之前的著作。此为内证。

综上所述，从多方面的考量来看，老子不会生活于孔子之前，《老子》不可能产生于《论语》之前。

1. 从著述史的角度来看，孔子之前尚无个人著述的先例：综述前文所论，中国文化史之起源发生的历程来看，殷商时代固然没有著述，到西周制礼作乐之后，著述专著的观念也是一个漫长岁月渐次形成的历程。一开始可能仅仅是《尚书》中的一些篇章，由于制礼作乐对人才提出需要，于是，专门培养儒家人才的教育制度产生，士阶层兴起。于是，华夏之第一部著作编纂而成，即为《尚书》，诗三百也是经历漫长岁月的诗篇的写作史历程，才会出现《诗经》的编辑和传播。而《老子》是一部系统阐发哲理思想的专著，更不可能早于这一个阶段的编书、编著性质。

2. 从教育史的角度来看，孔子是中国私学教育的奠基人，私人著述是私学教育的产物：孔子之前，皆为学在官府的阶段。关于“学在官府”：清代学者章学诚对此有精彩之论述：“有官斯有法，故法具于官；有法斯有书，故官守于书；有书斯有学，故师传其学；有学斯有业，故弟子习其业。官守学业，皆出于一，而天下以同文为治，故私门无著述文字。”这一段论述，当以“官守学业”为之总纲，但非独论了“官守学业”、学在官府，而且，阐发了官—法—书—学—业的逻辑因果关系。国家的治理是原点，是基础，是始发点，由于政治治理的需要，于是需要有官员，而官员需要法度、法则的指导，于是，产生了书籍，书籍产生之后，必然会产生学问、学术，而学问学术不是人人可以读懂的，所以，师这一社会分工产生，来传授学问，阐释疑惑，有人需要学习，就有了学业，就有了学生弟子来学习。所谓“官守于书”“官守学业”，“皆出于一”也。因此，民间私门是没有著述的。这段论述，逻辑紧密，论证严谨，结论斩钉截铁。同此，既然在西周时代，学术、教育、学业、著述，皆在于官府，在于贵族内部，则一向所说的譬如诗三百采诗与民间就不攻自破了；同时，个人著述而非代表官府立场的著述，也就失去了历史的土壤。老子为周室守藏吏，拥有大量的图书资源，但这并不意味着就可以以私人身份来阐发个人的哲学思想，至少从当下的史料来看，还没有任何可以证明诸子著书立说的旁证。从教育史的角度来看，任何一部教育史都在揭示这样的一个事实，那就是孔子才是私人教育的发端，而私人教育的发端，实际上正是私人著述、阐发思想的思想史的开端。

3. 从思想史的发展历程来看，儒家思想产生于前，源远流长，道家思想产生于儒家思想之后，孔子的时代前后，并无其他道家思想产生的旁证，不能形成有机的源流体制：当然可以说，道家思想就其源头来说，可能伴随着儒家思想的起源发生就开始有所萌芽，有学者认为，后来一向所说的黄老思想，可以证明道家思想在三代之前就产生了，并一直延续着。但这种说法毕竟没有原典的第一手史料，基本都是战国时代到汉初时代对远古文化的追忆，不能作为绝对的证据。这种无为思想，理应有之，作为构成华夏远古哲学思想的对立统一的一极而始终存在，但老子的出现，《老子》的产生，都不是这种原始无为思想阶段所能产生的文化现象，必定是需要一个大的道家思想文化思潮的背景才能众星捧月一般涌现出来的。

而儒家思想起源、发生以及演变历程，从周公到孔子，却是一一清晰可辨的，从《尚书》到诗三百，再到孔子、孟子，前有浮声，后有彻响，前有古人，后有来者，儒家思想是一个由西周建国总结殷商敬鬼神反其道行之而产生的一整套思想理论体系，华夏民族找到了吻合于自身民族合理、和谐、稳定发展的治国哲学。因此，它始终是国家哲学、民族哲学。道家思想与儒家思想对立统一、对立互补，它补充了儒学之不足，从而使儒家思想成为更为完满、丰富、富于张力的哲学体系，但补充的哲学，必然发生在主体的哲学体系之后，特别是时代发展到战国时代这样的一个杀戮的时代、血腥的时代，时代呼唤着退避的哲学、无为的哲学，从而在战国时代产生道家思想的哲学思潮，有着其必然的外在、内在的依据和条件。

4. 从诸子百家的个人著述史，可以验证《老子》不可能产生于《论语》之前这一推断。先秦散文的起源发生历程，从殷商的甲骨文和青铜器铭文，是原始的文字记事阶段，到西周时代发生第一次飞跃，礼乐制度的兴起，造就了中国文学的极大发展，到春秋而一变，《左传》之记史，《论语》之记言；至战国为“古今一大变革之会”(王夫之语),中国文学首次出现系统之论著,由墨子之无文质朴,到孟子之纵横捭阖,到老子之简约深邃,庄子之汪洋恣肆,正是一个散文演变史飞跃的历程。《墨子》《孟子》尚非孟子等人撰写,《老子》是否自撰,虽有争议,但却是一个专著的整体,《庄子》《荀子》则已经分明是个人撰写的博大精深的著作。能够继承并光大孔子儒家思想的,主要是孟子和荀子,虽然他们也携带着浓郁的战国时代特有的思想痕迹。

5. 从《论语》的体例可以证明《老子》在其后:《论语》是孔子门徒的真实的语录体纪录,全书二十章,不仅仅各章之间似乎没有联系,仅仅是对孔子话语行状的分门别类的分类,每段语录之间似乎也没有明确的关系。从《论语》的选材来说,无疑是非常精辟的,孔子所说的每一句话,几乎都是一个哲学的命题,它涉及社会人生的诸多方面,参看下文。从写作方式来说,可以分为语录体、有简单背景语录体、对话语录体、有故事情节语录体等多种方式,而且,呈现了由简单而较为复杂的文体演变历程。

《论语》作为孔子弟子的集体创作,显示了诸子作为个人著述的方式尚未形成,否则,如果孔子生前见过《老子》,孔子不会仅仅是“述而不作,信而好古”,而孔子如果生前曾经向老子问礼,也不会在整部《论语》中没有任何的引述或是蛛丝马迹。

《史记·孟子荀卿列传》:“孟轲乃述唐虞三代之德,是以所如者不合,退而与万章之徒,序诗书,述仲尼之意,作《孟子》七篇。”由此记载可知,《孟子》一书为孟子所参与与弟子合作之作。中国之散文,由甲骨之占卜记载,到周公之记载上古夏商之历史,再到孔子记载先人之历史,孔子弟子记载孔子之言行,到孟子乃为第一次出现有系统来论证阐发思想,虽然还是师生合著之作,散文史的演变历程其线索是异常清晰的。但《孟子》一书,虽然有孟子本人之参与撰写,较之《论语》,有长足之进展,但仍未臻于系统著书立说之境地,此一点,似可成为《老子》晚于《孟子》时代之旁证之一。

司马迁《史记》常常记载互相矛盾的历史,我们重回《老子列传》的全文加以研究(见254页引文)。

孔子死后129年,约为公元前350年,也出现一位名为儋的周太史,而这位老儋,也被称之为老子,而这个时间正吻合于笔者此前根据《老子》的写

法，断言该书写作于《孟子》之后，《庄子》之前，时间分毫不差。再看司马迁所说的老子后代情况，老子之子，注意：这里已经不是说或说的老子，而是正面介绍老子的后代，老子的儿子名宗，为魏将，显然是三国分晋之后的战国时代人物，而老子八代孙假，已经是汉文帝人物。汉文帝在位时间为前180—前157年，从前350年到前约180—前157年左右，约为170—190年左右，八代人如果平均22年一代人，正好准确。

换言之，司马迁实际上记载了两个老子：老聃、老儋，一个是就连孔子都需要向之问礼的老子，没有准确的时间、背景和家族后代情况，但却有一个美丽动听的故事；另一个老儋，有准确的生活时间，在前350年间，出现在秦献公面前，说了一句“始秦与周合，合五百岁而离，离七十岁而霸王者出焉”这样的预言；并且准确记载了这个老儋后代的情况，验证了此一个老儋正是生活在前350年间。

这里，其实很显然，前一个老聃，是传说中的老聃，也是司马迁乐于看到的老聃，为孔子师的老聃；后一个老聃，则是历史上真实的老聃，是有司马迁为之做族谱的老聃。那么，司马迁为何明知后者才为真的老子，却要记载两个老聃，使得后来人都以为前者为信史实录呢？且看司马迁结尾一段：

> 世之学老子者则黜儒学，儒学亦黜老子。“道不同不相为谋”，岂谓是焉？李耳无为自化，清净自正。①

司马迁时代以及司马迁父子，都尊崇老子道学，反对汉武帝穷兵黩武，反对罢黜百家，独尊儒术，而司马迁也明确说明自己著书立说，是要“成一家之言”，因此，抬高老子，神话老子，也就自然在其中了。因此，结尾处司马迁再提及老子，他已经不知道该用老聃还是老儋，索性用李耳这一个相对两者为中性的名字。事实上很显然，后者才是真正的老子。

最后的一个问题，那么老子所著之著作，应该为《道德经》还是《老子》，在明确了司马迁为了抬高道家的历史地位，有意编写了一个孔子向之问礼的老子，因此，我们可以得出初步的结论：（1）老子，名为老儋，因为任职周守藏室太史令，也称之为太史儋，大约生活在战国中期，公元前350年

① 司马迁：《史记·老子列传》，中华书局1982年版，第2143页。

左右;（2）老子为老儋，李耳并非老子的真实姓名，或说当时无李姓而有老姓：老聃，姓老，名聃，《世本》：“颛顼子有老童”，《风俗通意》：“老氏，颛顼子老童之后”，《左传·成公十五年传》：“宋有司马老佐”，又《昭公十四年传》：“鲁有司徒老祁”，而春秋二百四十年间无李姓。（参见唐兰《老聃的姓名及时代考》，高亨《老子正诂·前记》等）联系司马迁《老子列传》的前后记载，乃为有意抬高道家地位，既然老聃乃为虚构，老儋又非马迁所愿说明，为叙述方便，不得不模棱两可，而编制第三个人名乃为李耳。（3）老子所著之书，书名为《老子》还是《道德经》，考察斯时诸子著作，并无有以书中主题作为书名者，从《孟子》到《墨子》《庄子》《荀子》《韩非子》，一直到西汉时代《淮南子》，都以人的姓氏而为书名标志。后世之所以改为以《道德经》为名，正源于司马迁的文字，文中特意强调“老子乃著书上下篇，言道德之意五千余言而去”，暗示了其书名为《道德》。（4）《老子列传》中所记载的孔子问礼于老子，明显为马迁之编撰：

> 孔子适周，将问礼与老子。老子曰：“子所言者，其人与骨皆以朽矣，独其言在耳。……去子之骄气与多欲，态色与淫志，是皆无益于子之身。吾所以告子，若是而已。”孔子去，谓弟子曰：“鸟，吾知其能飞，鱼吾知其能游；兽，吾知其能走。走者可以为罔，游者可以为纶，飞者可以为矰。至于龙吾不能知，其乘风云而上天。吾今日见老子，其犹龙邪！”

首先是抬高老子，树立老子为孔子之师的形象，而老子则对孔子谆谆教诲：“去子之骄气与多欲，态色与淫志，是皆无益于子之身。吾所以告子，若是而已”，而孔子的话语，正是战国时代游士之风下的话语，连续排比鸟鱼兽，最后，借助孔子之口赞赏老子是“乘风云而上天”的龙。如果孔子和老子这样两位时代性质的大师会面，又有如此精彩的对话，孔门弟子的《论语》又焉能毫无蛛丝马迹呢?

司马迁明知老子应该为战国中期的人，又要编纂孔子问礼老子的故事，不得不杜撰老子的年龄，为了将真假老子合一，先写一个或曰的“老莱子”，随后说老子的年岁是一百六十岁，又索性或云为二百岁。

近年出土了简本《老子》，郭沂发表有《从郭店楚简老子看老子其人其书》

一文，认为："1993年湖北荆门郭店出土了战国《老子》，……简本《老子》不但优于今本，而且是一个原始的、完整的版本，它出自春秋末期与孔子同时的老聃，而今本《老子》则出自战国中期与秦献公同时的太史儋。"这个结论看似来自于出土竹简，证据确凿，但实际上却是对出土逐渐的以意逆志的解释的结果。从其论证的简本的内容来看，主要是：一、简本优于今本；二、简本是一个原始传本；三、简本是一个完整传本；四、从简本到今本。其中只有第四个问题可能会涉及简本的产生时间问题，但作者也仅仅是论证了：简本内容皆见于今本，今本一是将原来的上中下三篇改为道经、德经两篇，二是重新调整章次，三是对原有章节进行分合，……六是增加大量新章。如此等等，皆不能证明老子就是孔子问礼的老子，也不能证明简本《老子》就是孔子问礼的老子之作。至于《庄子·天下篇》引老子之语，"知其雄，守其雌"，《韩非子》引述《老子》原文24条，之中仅有8条见于简本《老子》，这些都不能证明作者的结论，反而说明了《老子》简本和今本，都是战国时代的书。同一人不同人生阶段的增补修改，或者是后人有所增补编辑，原本就都是不足为奇的事情。

第五节 《庄子》

庄子，姓庄，名周。庄子生前默默无闻，提及庄子，除了"庄子蔽于天而不知人"的批评性话语之外，无人道及。最早记录庄子的，是司马迁《史记·老子韩非列传》：

> 庄子者，蒙人也，名周。周尝为蒙漆园吏。与梁惠王、齐宣王同时。其学无所不窥。然其要本归于老子之言。故其著书十万余言，大抵率寓言也。作《渔父》《盗跖》《胠（读音去）箧》，以诋訾孔子之徒，以明老子之术。……皆空语无事实。然善属书离辞，指事类情，用剽剥儒墨，虽当世宿学不能自解免也。其言洸洋自恣以适己，故自王公大人不能器之。[1]

① 司马迁：《史记·老子韩非列传第三》，中华书局1982年版，第2143页。

“庄子者，蒙人也。”一般认为是宋之蒙人。其生活时代大约为战国中期，约与梁惠王、齐宣王同时，《庄子》中对魏文侯、魏武侯都称谥号，对惠王先称其名，又称其王，认为庄子约略生活于魏文侯到惠王期间（魏惠王前 369 年即位，则庄子应该生活在此前后）。《庄子》中多次提及漆的使用，也常引述一些工匠，如《人间世》中的“漆可用，故割之”，《养生主》中的庖丁解牛等，说明庄子对工匠工作比较熟悉。庄子尝为漆园吏的记载有一定根据，长期生活于下层。朱熹说：“庄子在当时也无人宗之，他只在僻处自说。”（《朱子语类》卷一百二十五），惠施可谓是庄子平生唯一的挚友。《徐无鬼》中讲“庄子送葬，过惠施之墓”，不禁感伤，以匠石运斤的故事表达自己“无以为质”“无以言之”的寂寞心境。

《庄子》应该在先秦时代就已经成书，汉代《庄子》五十二篇十万余字，当下看到的三十三篇本《庄子》，是经过西晋郭象删定后流传下来的。今本《庄子》内篇七、外篇十五、杂篇十一，这是由郭象所划定的。

《庄子》一书，在中国文化史、文学史的演变中，如同《老子》一样，同样具有里程碑的地位。先秦时代，自从产生书这种文化以来，都是对现实政治的真实记录。不论是记言记事，不论是记载历史还是记载当下，都是对华夏重大政治问题、军事事件以及人物的真实记录，从《尚书》到《春秋左氏传》，《论语》《孟子》等无不如是。从《老子》开始一大变化，是哲学家思想的系统阐发，但所阐发的论据，介乎于真实与假想之间，介乎于社会与宇宙之间，这也正是对《庄子》的开启之处——《庄子》虽然也是哲学家的系统阐发，但却多游离于现实世界之外，凭借着想象的翅膀，翱翔于浩瀚的宇宙之中，前文所谓庄子之汪洋恣肆，“以谬悠之说，荒唐之言，无端涯之辞”达到“独与天地精神往来”的艺术境界，正是一个散文演变史飞跃的历程。

鲁迅曾经评价屈原《楚辞》为“其言甚长，其文甚丽，其思甚幻，其旨甚明”，转移到庄子身上，正为吻合。

《庄子·逍遥游》为其开篇之作，开篇即云：

> 北冥有鱼，其名为鲲。鲲之大，不知其几千里也。化而为鸟，其名为鹏。鹏之背，不知其几千里也。怒而飞，其翼若垂天之云。是鸟也，海运则将徙于南冥。南冥者，天池也。

其所描述者，皆为凭空之创造，无所依傍，不论是鲲鹏，还是南冥，还是以下所讲的神话一般的故事，全都是新奇之物，全都出自于庄子的想象世界。而其描述，又是何等的美妙，何等的浪漫！“北冥有鱼，其名为鲲，鲲之大，不知其几千里也；化而为鸟，其名为鹏，鹏之背，不知其几千里也。”在清晰而舒缓的语言节奏里，从容展开神话的画面，以重复的笔法，推进着情节的展开，引入南冥、天池。

《齐谐》者，志怪者也。《谐》之言曰：“鹏之徙于南冥也，水击三千里，抟扶摇而上者九万里，去以六月息者也。”野马也，生物之以息相吹也。

《庄子》一书，分明是谬悠之说，但作者偏偏要引经据典，以证其实，而欲要引述经典，就要先解释这一经典，之所以需要先铺垫解释，正因为这一经典同样处于庄子的创造，而非实有，因此说，有一本书名为《齐谐》，这是一本志怪的书。志者，记载也，记载奇异事情的书，其实，在《庄子》之前，华夏文化还仅仅有记载现实的书，还未有专门记载奇异事情的书，如果有之，《庄子》为其肇始也，为其权舆也。志怪，以后成为中国古代小说的名称，只不过，没有认识到这一名称来自于此。

引述《齐谐》，该书记载：鲲鹏在其迁徙到南冥的时候，水击三千里，而后环绕着旋风飞升到九万里的高空，然后，乘着六月的大风而去。野马般的游气，飞扬的尘埃，都是从生物鼻孔中呼出的气吹拂而飘动着。

明明是想象构思的境界，却偏要将这种假想境界描绘成为真实的场景，不仅仅先引经据典，还要给予极为细腻的场景，具体的时间：六月的海风、水击三千里，抟扶摇而上者九万里，野马在草原奔驰的尘埃，生物鼻孔里面呼出的气息在漂浮。

这些还都是恢宏的远景，以下再进一步渗入到近镜头的细腻场景，渗入到细节之中：

天之苍苍，其正色邪，其远而无所至极邪？其视下也，亦若是则已矣。且夫水之积也不厚，则其负大舟也无力。……小知不及大知，小年不及大年。奚以知其然也？朝菌不知晦朔，蟪蛄不知春秋。

……且举世而誉之而不加劝，举世而非之而不加沮；定乎内外之分，辩乎荣辱之境。……故曰：至人无己，神人无功，圣人无名。

《庄子》的风格特色，其后学在《天下》篇中给予了极好的概括：

寂漠无形，变化无常，死与生与，天地并与，神明往与！芒乎所之，忽乎何适，万物毕罗，莫足以归。古之道术有在于是者，庄周闻其风而悦之。以谬悠之说，荒唐之言，无端崖之辞，时恣纵而不傥，不以觭（同奇，一端）见之也。以天下为沉浊，不可与庄语，以卮言为曼衍，以重言为真，以寓言为广，独与天地精神往来，而不敖倪于万物，不谴是非，以与世俗处。其书虽瑰玮，而连犿（音帆，宛转的样子）无伤也。其辞虽参差，而諔诡可观。彼其充实不可以已，上与造物者游，而下与外死生、无终始者为友。①

所谓寓言、重言、卮言，其意义庄子在《寓言》篇中也已经作出了解释："寓言十九，重言十七，卮言日出，和以天倪"。

寓言，寄托寓意的言论；重言，谓先哲时贤或书中之言；卮言，指作者那些不着边际的言论；日出，谓天天有所出现；天倪，自然的分际。意思是说：寓言在书中占有十分之九，重言占据十分之七，卮言天天有所出现，合于自然的分际。

"寓言十九，藉外论之"，假借外人之口，仿佛意见皆非已出，自家不必参与是非争论之场。重言，则是引重古人之言，引古人以为证也。卮言，历来解释不同，"一切付之无心，初非争执是非，固有言一如无言也。"清人陆树芝《庄子雪》诠释为近。

《庄子》提出了"寓言""重言"和"卮言"三个概念，这都是言语的表达方式。寓言就是利用客观的人或物以及他们身上所发生的故事和言谈来表现事理表达思想言论，这是一种以客观性为依据的言语方式，但是这种客观性是相对的，《庄子》中的寓言大多不是历史事实，而是借用其人来言我意，也就是说，《庄子》这里借用寓言不是为了记录历史，而是利用寓言来表述含义，这是一种意义世界，不是一种现实世界。这种本质和外象的比较上，《庄子》注重的是本质；

① 方勇译注：《庄子》，中华书局2011年版，第583页。

重言是指搬用历史上的名人所说的言语来表述思想言论，这是一种以主观经验为依据的言语方式，当然这种言语方式也是源自于历史名人对于客观现实的一种认识，本源也是客观性的事物，只是它作为一种固定的语言形态而存在。这种“十九”“十七”是一个相对的，这就是现实与言语之间的差距问题，通俗意义上即可信任度，因此两者的关系也就很明确，重言是寓言的一个组成部分，重言的引用是为了更好地服务于寓言，使其表达上更加具有正确性，它是寓言当中名人多言语的重要言论。而这里《庄子》要突出的是卮言，卮言也就是一种不拘于时代空间因时因地而变化的言语，它是一种出自于内心的但不带有任何主观评断的言语方式，它是言语者无心状态下所说的言语，没有固定的指代评议，具有非常强的流动性，就像是风和水一样，不拘泥于形态上有什么规定，是一种打破世俗语言规则的随心所欲的言语方式。它与寓言和重言的关系就是，利用寓言和重言是卮言的两种表现方式，在《庄子》中，寓言和重言都是不能作为历史事实来考据的，也就是说，这里的寓言和重言，是庄子个人的一种内心言语，只是借用其人而已，这是一种自由畅达的表述方式。

这三种语言表达方式都是源自于庄子那种自由豁达的性格，不拘泥于任何的约束和规则，唯我而定，顺其本真，顺乎自然的性格。此外，在这篇文章中他提出了“不言则齐”的思想，即不去言语评说，万物也就平等一样了，没有评论判断，也就无所谓是非对错，那么也就都处于一种平等的水平线上，没有高低上下的见解之分，都是自然的一种本真状态，也就是“齐”。

从上面可以看出，《庄子》在论述中明显地表现出了自己对于言语表达局限性的看法，然而也提出了对语言利用上的问题，那就是语言可以被用来表达意思，这在后面的《天下》一篇中有提及，“以卮言为曼衍，以重言为真，以寓言为广。……其理不竭，其来不蜕，芒乎昧乎，未之尽者。”由此看来，《庄子》对于语言和现实意义的辩证关系的分析是十分清楚的，在它的思想中将语言的表意性和工具性联系在一起，即利用语言，却不拘泥于语言的言语观。

《庄子》之妙，前文已经显示其大概，“朝菌不知晦朔，蟪蛄不知春秋。”“且举世而誉之而不加劝，举世而非之而不加沮，定乎内外之分，辨乎荣辱之境。”“至人无己，神人无功，圣人无名。”这些格言警句以其惊世骇俗之论，深邃之内涵，警人之哲理，而使人读之心旷神怡，神清气朗，为之拍案叫绝。更有文学的笔法，令人称绝。《齐物论》中摹写天籁，连用“似鼻、似口、似耳、似枅（音机，方孔）、似圈（杯圈）、似臼、似洼者、似污者”来比拟，一气贯下，气势如虹。说这天籁之风就像是两孔并列如鼻，扁口横生如口，旋孔斜穿如耳，或像是横木上的方孔，有的像是杯圈，有的像是舂（音充）臼，有的像是深广的水池，有的像是浅平的泥坑，有的像是激流水声，有的像是响箭声，有的像是叱牛声，有的像是吸气声，有的像是高叫声，有的像是号哭声，有的像是狗吠声……这其实已经是后来汉赋的形态。

更有无数故事穿插其中，如《朝三暮四》(《齐物论》),《庄周化蝶》：

> 昔者庄周梦为胡蝶，栩栩然胡蝶也。自喻适志与，不知周也。俄然觉，则蘧蘧然周也。不知周之梦为胡蝶与，胡蝶之梦为周与？①

总体而言，老庄思想的出现，特别是庄子思想的出现，体现了战国时代血腥屠杀战争时代给知识士人的投影，西周时代的礼乐制度所带来的儒家温情脉脉的面纱被赤裸裸的血腥现实所粉碎，士人在儒家人伦教化的人生观之后，在探索一条退避现实、独与天地精神往来的新型道路。因此，庄子的这种“不知周之梦为蝴蝶与，蝴蝶之梦为周与”的超越现实的境界，就可以理解为华夏民族文化的必然选择。

有学者说：老庄文本提供给读者的大量语言的图像性，根源于其诗性语言特质，这也是其所代表之道家学术异于诸家的文学价值所在。对此，西方学者如德国思想家卡尔·雅斯贝尔斯评《老子》：“超越了整个宇宙，也超越了作为世界秩序的道”，是“充满可能性的虚空”……马丁·布伯则在其《道教》中直谓：“老子之言绝非我们称之为语言那种东西，而是如同轻风掠过海面时，取之不尽的海水所发出的澎湃声。”这些说法亦可兼括《庄子》，是诗性语言的指向……

老、庄在特定存在的语境中，却以一种超脱的心理去语境化的存在，建构了具有虚化意识的语言图像。②

---

① 方勇译注：《庄子》，中华书局 2011 年版，第 42 页。

② 许结：《论老庄语言图像的拟人化谱系》，《求索》2017 年第 4 期。

第六节 《荀子》

一、概说

荀子（约前313—前238年），名况，字卿，战国时代赵国人，年五十游学于齐，曾为齐国稷下祭酒，当齐襄王时，“最为老师”，后来到楚国，春申君任他为兰陵令，晚年家居兰陵，教授弟子并从事著述，李斯、韩非都是其弟子。荀况或为周郇伯（周文王子，封于郇）之后，师承关系则或为孔子再传弟子子弓之后。师承关系，是中国教育的另一种特色的教育方式之一。孟子讲王道，以德服人，荀况王霸兼有。今传《荀子》一书，大部分为荀况本人所作。其弟子除了韩非、李斯之外，还有毛亨、张苍等。可知，荀子其人一生，主要都以学者、老师为职业，故对教育、学习，有着深刻的理解。

本节以“诸子论文写作之始”来作为荀子在先秦散文史中的界碑，这并非意味着，荀子之前无论文，而只是意在强调指出，先秦散文史，发展到荀子手中，严格意义上的论文写作方式方才开始形成。不妨稍作回顾：从《尚书》到春秋左传，是中国散文史历程之中的史书的阶段，散文重在对历史或是当下史的记载；《论语》以来，进入到儒、墨、道、法的诸子阶段，重在记载诸子的哲学思想，从《论语》的只言片语的零星记载，到《孟子》的汪洋恣肆，《老子》的哲理箴言，以零星闪光之片段而为专著，以众星拱月方式形成哲学思想的一个完整世界，可以视为是以整体专著的形态阐发思想，但也还不是具有现代意义上的论文式的写作方式。《庄子》的写作，各章之间，可以连缀而为整体，亦可独立而出，拆分来可以视为一篇篇论说，一篇篇在想象世界遨游的哲理思考，具有了论文思辨之雏形。

真正可以称之为奠定先秦散文史演变历程之中的论文写作范式的界碑，当以荀子为之。荀子著有《荀子》三十二篇，基本皆为各自独立，但又互相呼应的论文集。每一篇皆以一个中心论题加以论证，如《劝学篇》即为对“劝学”的论证，《天论》即为一篇较为系统的对“天”的论证，而且，往往能片言以居要，开篇就明确阐发中心论点。《劝学》开篇：“学不可以已”，此即为论点；

《天论》开篇："天行有常，不为尧存，不为桀亡"。随后，即就其核心论点采用譬喻、引述等多种手法作为论据，来层层深入地展开论证。如以"青，取之于蓝，而青于蓝；冰，水为之，而寒于水"来总括"学习"的重要性；以"吾尝终日而思矣，不如须臾之所学也；吾尝跂而望矣，不如登高之博见也"来论证学习与思考之间的辩证关系。全文简析参见后文。

二、《劝学篇》

荀子《劝学篇》，可以视为中国第一篇全面论证教育与学习的学术论文和文学美文，此前，孔子、孟子对教育与学习都有所揭示，但多为片言只语，未成系统，而且，孔孟之论，更为站在学习与从仕的关系的角度出发，而荀子此论，则有专业教育的色彩。荀子的哲学思想，可以视为是中国进入到战国后期的一次总结，因此，其学说中的思想，可以明显看到儒墨道法诸家思想的痕迹，其中尤其值得提及的，是荀子对于儒家教育的核心问题——学有系统的、经典的阐发。其《劝学》：

君子曰：学不可以已。青，取之于蓝，而青于蓝；冰，水为之，而寒于水。木直中绳，輮以为轮，其曲中规；虽有槁暴，不复挺者，輮使之然也。故木受绳则直，金就砺则利，君子博学而日参省乎己，则知明而行无过矣。

故不登高山，不知天之高也；不临深溪，不知地之厚也；不闻先王之遗言，不知学问之大也。干、越、夷、貉之子，生而同声，长而异俗，教使之然也。诗曰："嗟尔君子，无恒安息。靖共尔位，好是正直。神之听之，介尔景福。"神莫大于化道，福莫长于无祸。

吾尝终日而思矣，不如须臾之所学也；吾尝跂而望矣，不如登高之博见也。登高而招，臂非加长也，而见者远；顺风而呼，声非加疾也，而闻者彰。假舆马者，非利足也，而致千里；假舟楫者，非能水也，而绝江河。君子生非异也，善假于物也。

南方有鸟焉，名曰蒙鸠，以羽为巢，而编之以发，系之苇苕。风至苕折，卵破子死。巢非不完也，所系者然也。西方有木焉，名曰射干，茎长四寸，生于高山之上，而临百仞之渊，木茎非能长也，所立

者然也。蓬生麻中，不扶而直；白沙在涅，与之俱黑。兰槐之根是为芷，其渐（浸渍）之滫（音羞，臭汁，一说是尿），君子不近，庶人不服。其质非不美也，所渐者然也。故君子居必择乡，游必就士，所以防邪辟而近中正也。

物类之起，必有所始；荣辱之来，必象其德。肉腐出虫，鱼枯生蠹；怠慢忘身，祸灾乃作。强自取柱，柔自取束；邪秽在身，怨之所构。施薪若一，火就燥也；平地若一，水就湿也。草木畴生，禽兽群焉，物各从其类也。是故质的张而弓矢至焉，林木茂而斧斤至焉，树成荫而众鸟息焉，醯酸而蜹聚焉。故言有召祸也，行有召辱也，君子慎其所立乎！

积土成山，风雨兴焉；积水成渊，蛟龙生焉；积善成德，而神明自得，圣心备焉。故不积跬步，无以至千里；不积小流，无以成江海。骐骥一跃，不能十步；驽马十驾，功在不舍。锲而舍之，朽木不折；锲而不舍，金石可镂。蚓无爪牙之利，筋骨之强，上食埃土，下饮黄泉，用心一也。蟹八跪而二螯，非蛇鳝之穴无可寄托者，用心躁也。是故无冥冥之志者，无昭昭之明；无惛惛之事者，无赫赫之功。行衢道者不至，事两君者不容。目不能两视而明，耳不能两听而聪。螣蛇无足而飞，鼫鼠五技而穷。《诗》曰："鸤鸠在桑，其子七兮。淑人君子，其仪一兮。其仪一兮，心如结兮！"故君子结于一也。

昔者瓠巴鼓瑟而流鱼出听；伯牙鼓琴而六马仰秣。故声无小而不闻，行无隐而不形；玉在山而草润，渊生珠而崖不枯。为善不积邪？安有不闻者乎？

学恶乎始？恶乎终？曰：其数则始乎诵经，终乎读礼；其义则始乎为士，终乎为圣人。真积力久则入，学至乎没而后止也。故学数有终，若其义则不可须臾舍也。为之，人也；舍之，禽兽也。故书者，政事之纪也；诗者，中声之所止也；礼者，法之大分，类之纲纪也。故学至乎礼而止矣。夫是之谓道德之极。礼之敬文也，乐之中和也，诗、书之博也，春秋之微也，在天地之间者毕矣。

君子之学也，入乎耳，着乎心，布乎四体，形乎动静；端而言，蝡而动，一可以为法则。小人之学也，入乎耳，出乎口；口耳之间则四寸耳，曷足以美七尺之躯哉！

古之学者为己，今之学者为人。君子之学也，以美其身；小人之学也，以为禽犊。故不问而告谓之傲，问一而告二谓之囋（音赞，繁碎）。傲、非也，囋、非也。君子如响矣。

学莫便乎近其人。礼乐法而不说，诗书故而不切，春秋约而不速。方其人之习君子之说，则尊以遍矣，周于世矣。故曰：学莫便乎近其人。

学之经莫速乎好其人，隆礼次之。上不能好其人，下不能隆礼，安特将学杂识志顺诗、书而已耳。则末世穷年，不免为陋儒而已。将原先王，本仁义，则礼正其经纬蹊径也。若挈裘领，诎五指而顿之，顺者不可胜数也。不道礼宪，以诗书为之，譬之犹以指测河也，以戈舂黍也，以锥餐壶也，不可以得之矣。故隆礼，虽未明，法士也；不隆礼，虽明察，散儒也。

问楛者，勿高也；告楛者，勿问也；说楛者，勿听也。有争气者，勿与辩也。故必由其道至然后接之；非其道则避之。故礼恭而后可与言道之方，辞顺而后可与言道之理，色从而后可与言道之致。故未可与言而言谓之傲；可与言而不言谓之隐；不观气色而言谓之瞽。故君子不傲、不隐、不瞽，谨顺其身。诗曰："匪交匪舒，天子所予。"此之谓也。

百发失一，不足谓善射；千里蹞步不至，不足谓善御；伦类不通，仁义不一，不足谓善学。学也者，固学一之也。一出焉，一入焉，涂巷之人也；其善者少，不善者多，桀纣盗跖也；全之尽之，然后学者也。

君子知夫不全不粹之不足以为美也，故诵数以贯之，思索以通之，为其人以处之，除其害者以持养之。使目非是无欲见也，使耳非是无欲闻也，使口非是无欲言也，使心非是无欲虑也。及至其致好之也，目好之五色，耳好之五声，口好之五味，心利之有天下。是故权

> 利不能倾也，群众不能移也，天下不能荡也。生乎由是，死乎由是，夫是之谓德操。德操然后能定，能定然后能应。能定能应，夫是之谓成人。天见其明，地见其光，君子贵其全也。[①]

这是一篇宏观大论，系统阐发儒家的教育思想，首先论证学之不可以已，学之于人生之重要。此外，《劝学》一文，全文逻辑严谨，论点论据论证，比喻形象生动，全篇一气贯下，气势如虹。起首开篇即言："君子曰：学不可以已"，作为全篇之眼目，之观点，当头断喝。为何学不可以已？荀卿连用数个比喻：

> 青，取之于蓝，而青于蓝；冰，水为之，而寒于水。木直中绳，輮以为轮，其曲中规；虽有槁暴，不复挺者，輮使之然也。故木受绳则直，金就砺则利，君子博学而日参省乎己，则知明而行无过矣。

只有学习，一个人才能进步，才能飞跃，才能不停留在青、在水，也只有学习，才能完成一个原本性恶的人而为一个完美的人，就像是"木受绳则直，金就砺则利，君子博学而日参省乎已，则知明而行无过矣。"

只有学习，才能知道天之高、地之厚，才能不为井底之蛙，学和思之间的关系如何？"吾尝终日而思矣，不如须臾之所学也；吾尝跂而望矣，不如登高之博见也。"思不能代替学，学习是人成长进步的登高、顺风、舆马、舟楫："登高而招，臂非加长也，而见者远；顺风而呼，声非加疾也，而闻者彰。假舆马者，非利足也，而致千里；假舟楫者，非能水也，而绝江河。君子生非异也，善假于物也。"

学习，不仅仅是面对书本的学习，更为重要的，是选择好的学习环境，好的教师和同学："故君子居必择乡，游必就士，所以防邪辟而近中正也。""草木畴生，禽兽群焉，物各从其类也。"

学习是一个渐近的过程，是一个终生进步的过程："积土成山，风雨兴焉；积水成渊，蛟龙生焉；积善成德，而神明自得，圣心备焉。故不积跬步，无以至千里；不积小流，无以成江海。骐骥一跃，不能十步；驽马十驾，功在不舍。锲而舍之，朽木不折；锲而不舍，金石可镂。"

---

① 根据上海涵芬楼影印《荀子集解》。

“古之学者为己，今之学者为人”，学习的最高境界，是忘记了功利目的的学习，是为己的、审美的学习，达到了这种境界，学习、学术、学业就成为了作为一个人终生的人生方式、生命的依托、取之不尽，用之不竭的审美的渊薮。

从对《荀子·劝学篇》的分析来看，中国的教育发展到荀子时代，达到了一个较为繁荣的阶段，读书、学习、教育成为了一种风尚，而这种风尚的原因，一方面与教育的发展有关，另一方面，战国时代士的地位急剧提升，帝王对有一技之长的士的敬重，都有直接的关系，如燕昭王筑黄金台以待贤士，孟尝君、春申君、信陵君等养士成风，苏秦张仪刻苦读书而入相拜将，史料中对苏秦嫂子前倨傲而后谦恭的故事，都形象说明了这一点。因此，到战国后期，教育更为兴盛。

荀子之后，论文写作的方式在《韩非子》等法家手中，得到了进一步的张扬广大，成为后诸子时代散文的特色。

第十七章
屈原楚辞

第一节 概说

楚辞是以屈原为代表的楚国人创造的一种介于诗、文之间的文学形式，是先秦时代诗三百和诸子散文演变整合而来的产物，也被称之为辞赋、骚赋，是赋体文学形式的发端。由于产于楚地，因此被称之为楚辞；从汉代开始，《楚辞》又成为屈原等人作品的总集名。东汉王逸的《楚辞章句》，是现存最古、最为完整的《楚辞》注本，收录有屈原、宋玉，以及西汉贾谊直到自己的相关作品。其中屈原的作品有：《离骚》一篇，《九歌》十一篇，《天问》一篇，《九章》九篇，《远游》一篇，《卜居》一篇，《渔父》一篇，共计25篇。

一、“楚辞”概念的产生过程

“楚辞”这一概念最早见于西汉前期，汉人有时称其为“辞”或“辞赋”。

先秦时代的韵文有歌、诗、颂、赋等名称，楚辞之辞，作为文体名称，尚不见于先秦。汉代对于屈原作品的称谓，至少有辞、赋、骚三个名称。

最早称呼屈原作品为辞的，是司马迁的《史记·屈原贾生列传》：

> 屈原既死之后，楚有宋玉、唐勒、景差之徒者，皆好辞而以赋见称。

“皆好辞而以赋见称”，在屈原这里，辞赋各有不同的内涵。辞，代指其文学作品，一起文辞指代、指称其全部作品；赋，则为一种脱离音乐的创作、传播形式，来自于“不歌而诵谓之赋”。

《酷吏列传·张汤传》：

> 始，长史朱买臣，会稽人也，读《春秋》。庄助使人言买臣，买臣以楚辞与助俱幸。

这里将屈原的作品称之为楚辞，辞，指的是文体，冠以楚，说明其地域性。有学者认为，称呼屈原作品为楚辞，与屈原在作品中每每称呼自己言志抒情为“辞”：《离骚》：“就重华而陈辞”，《九章·抽思》：“结微情以陈词兮”，《九章·思美人》：“因归鸟而致辞兮”等。① 可备一说。但屈原称自己作品中为辞，也可能是一种自然的说法，不一定与汉人称之为楚辞有关。正如以后唐宋词之称之为辞、词，源自于歌诗、歌词之意，楚辞之辞，作为文体名称，也应与楚辞之楚乐、楚歌、楚舞、楚声、楚韵有关。换言之，屈原作品是这些楚乐、楚歌的歌词，为楚声、楚韵的歌诗。

楚辞在汉代也被称之为赋，同样最早也见于司马迁《屈原列传》：“乃作《怀沙》之赋”，班固《汉书·艺文志》：“屈原赋二十五篇”，其《后序》曰：“大儒孙卿及楚臣屈原离谗忧国，皆作赋以风。”《汉书·贾谊传》：“屈原，楚贤臣也，被谗放逐，作《离骚赋》。”可知，屈原作品在汉代以辞赋并行，并不统一，以后，逐渐合二为一，称之为辞赋。之所以两者并称，正因为屈原作品内含诗歌、散文两种因素，其中辞，更多指向其音乐性、诗歌性；赋，则更多指向其散文性。就文体演变来说，屈原辞赋实开后来汉赋之先河。

二、楚辞的地域文化性

宋代学者黄伯思《翼骚序》这样的文章，说：“屈宋诸骚，皆书楚语，作楚声，纪楚地，名楚物，故可谓之楚辞。”所谓“书楚语”，指楚辞用的是楚国的方言，楚辞中有大量的楚地方言。如：《离骚》：“扈”就是楚地方言，是个发语词，没有什么实在意义，就是“江蓠与辟芷”。此外还有“羌”字，“凭”（作为发语词为楚地方言）字等等。

作楚声：楚国的音乐是声，另外楚地方言的发音。楚辞与楚国的地方音乐有着极为密切的关系，如《楚辞·九歌》，其前身一说是当时楚地流行的歌曲，

① 褚斌杰：《楚辞要论》，北京大学出版社2003年版，第95页。

楚辞就在这种楚歌、楚声和楚舞的氛围、节奏中舞蹈中形成的。隋唐时期，还有人能用楚声读楚辞，如有个和尚释道骞“能为楚声，音韵清切”(《隋书·经籍志》)。至于“纪楚地、名楚物”，我们在楚辞作品中随处可以看到。如：《涉江》“令沅湘兮无波，使江水兮安流”，“沅、湘”，都是楚地地名；《离骚》“畦留夷与揭车兮，杂杜衡与芳芷”，这些植物都是楚国的特产。

可以概括说，楚辞是楚国文化的产物，是楚国的语言、宗教、哲学、音乐、民俗、艺术结晶的产物，其产生与北方的《诗经》有迥然不同的美学追求。楚辞以丰富的想象、华美的文采、变化万端的形式、浓郁的宗教气氛，以及大量采用入诗的神话传说等形成独特的南国文学样式。

《诗经》的结束大约在公元前600年，距离屈原时代有相当长的一段时间，中间这段也就是战国时代为何没有诗歌？此外，屈原楚辞从哪来？这些问题都值得思考。

第二节　楚辞的产生及其继承

屈原楚辞的出现，是个怪异的现象——它似乎是个无父无母的生命，前无古人，后无来者——就楚辞的诗性特征而言，屈原是中国诗史之第一人，诗骚的文体特征相差甚远，因此，楚辞作为诗歌体裁前面似乎并无可以借鉴者：从狭义的诗史角度来说，诗骚相继，诗后而骚，诗三百似乎就是屈原楚辞的唯一借鉴，也是屈原之所以能够得以产生的唯一源泉。但诗、骚似乎是两个系统，鲁迅所说的“较之于诗，其言甚长，其思甚幻，其文甚丽，其旨甚明”，则诗、骚之间，不仅长短不同，幻想的与写实的不同，瑰丽的与平朴的不同，意旨含混的与因自成体系而旨意甚明不同，那么，屈原何以在华夏诗史前无古人的状况下，突然能出现如此伟大的诗人，产生如此丰富的诗作？

只有将诗文视为一体，从大诗史、大文学史的角度加以探求，才有可能寻求到屈原楚辞的前因后果。也就是说，首先要寻绎诗骚之间的继承纽带，同时也不仅将诗三百作为屈原的借鉴物，而且要将先秦散文的诗歌因素考虑在内，才能得到答案。

屈原楚辞，不承北方系统的诗三百的理性精神，而是继承发扬了殷商以来的鬼神想象的文化，在《庄子》的《逍遥游》等篇章中，无疑已经创造出很多上古的神话传说。屈原“博闻强记”，其中包括“日月列星安属？地何倾东南？”之类的天文地理方面的远古想象，也包括“后羿羲和谁载？上下未形何考？遂古初谁传？”之类的人文历史。后羿、羲和之类的人物是完全的神话，还是历史之记载，或者是历史其人的神话写作？这些事情作为结论暂且并不重要，重要的是屈原将他们的故事一一用辞赋的形式记载了下来。创作出来规模宏大、想象瑰奇的骚体史诗。它既然属于诗文未分的混沌状态，其源头也就不能说仅仅是诗三百的继续，而是屈原之前一切散文，一切文字，一切文化，包括口耳相传的传说文化的集成。

作为规范诗之所以有别于散文以及其他文学形式的诗本体而言，一开始反而是宽泛的，天真无邪，无所忌讳。《诗经》作为我国第一部诗歌总集，其时间跨度甚长。诗文之别，是个不断变化的概念，就最原始的、最根本的两大区别来说，一是是否有韵，二是奇散与骈偶之别。也就是说，诗歌从散文母体中分离出来，首先是这两大形式的因素；其次，才开始涉及表达的内容之别，抒情叙事之别等等。从唐宋时代所批评的“以文为诗”来说，主要是用散行单句的散文来冲决近体诗的整齐美，但也开始涉及作诗方式（议论替代意象，才学替代情感等等）、诗歌表现内容等更为深入的问题。就声律与骈散关系而言，诗三百与《易》《书》等先秦散文也是错综交杂，相互出现后来应该属于对方的特质：“声律之用，本于性初，发之天籁。故古人之文，化工也；自然而合于音，则虽无韵之文，而往往有韵，《易》《书》是也。苟其不然，虽则有韵之文，而时亦不用韵，如《诗》是也。《诗》为有韵之文，而三百篇之中，有两三句不用韵者，有全章不用韵者，亦有全篇无韵者，难更以仆数。而文则四言单行，时出俪偶，体格略与《书》同。然则后世有作，韵文多为偶，而散文多用奇。而在三代以上，韵文不尽偶，而散文不必奇。观《易》《书》《诗》三经，文章之美，凝重多出于偶，流美多出于奇；体虽骈，必有奇以振其气，势虽散，必以偶以植其骨。仪厥错综，致为微妙已。”①

① 钱基博：《中国文学史》，中华书局 1993 年版，第 17 页。

一、先秦散文的诗歌因素

先秦散文的诗歌因素，大体三种，“故古人之文，化工也；自然而合于音，则虽无韵之文，而往往有韵，《易》《书》是也。”《周易》《尚书》，乃是远古散文的具有天籁诗律的性质，譬如《尚书》的“谦受益，满招损”，《周易》的“二人同心，其利断金”“同心之言，其臭如兰”（《系辞传》）；第二类如《左传》，《左传》中除大量引诗，还有大量的赋诗。这些赋诗，常有在三百篇之外的诗作，如隐公元年：公入而赋：“大隧之中，其乐也融融。”姜出而赋：“大隧之外，其乐也洩洩。”遂为母子如初。（此疑各人随口吟其自作词句）在先秦诗歌中，除了诗三百和楚辞之外，是否还有其他诗歌，这是一个值得研究的问题；先秦诗歌的政治性、使用之广泛性，可见一斑。

赋有二意，郑玄曰：“赋者或造篇，或诵古。”[①]或引谚语，谚语是另一种诗歌的形式，如隐公十一年：周谚有之曰：“山有木，工则度之；宾有理，主则择之。”引用周代之谚语，很有意思，谚语可以视为当时民间流传之诗歌的一种，“度、择为韵，古音元音相同。”度，治木谓之度。《诗经·鲁颂·閟宫》：“徂徕之松，新甫之柏，是断是度，是寻是尺”，可参见。当时，腾侯、薛侯来朝，争长。薛侯曰：“我先封。”腾侯曰：“我，周之卜正也，薛，庶姓也，我不可以后之。”隐公使羽父请于薛侯，使用周谚，来加以决断，使“薛侯许之，乃长腾侯”，很有说服力。桓公十一年：既而悔之，曰：“周谚有之：‘匹夫无罪，怀璧其罪。’吾焉用此，其以贾害也？”

按：记载虞叔有玉，虞公求之焉。虞叔弗献，故引用周谚以说服之。周谚此处起到启发自我之作用。由上推论，先秦诗歌，作为非纯诗，是散文性的诗歌，是记载历史、总结历史文化经验教训的文字，由于要上升到一定的思想高度，又有哲学的意味，所以，《诗经》是先秦时代文史哲结合的产物，是文史哲凝练的结晶。

---

① 杨伯峻编著：《春秋左传注》，中华书局1981年版。

二、楚辞来源于诸子散文

再比较《庄子》《老子》《论语》《周易》等典籍，可以看到老庄乃是散文诗歌，是哲学的诗意表达；就能明白《史记》为何是“无韵之离骚”，原来是有由《左传》以来诗文混合的传统而来；再注意汉魏之后，诗文之分路；则诗文之一统，在另一种文字中转世，那便是汉赋。六朝文学的华美思潮，以及六朝诗人的聪明才智，并没有使用到纯粹的诗歌上，而是主要用在骈文赋体上；唐诗是骈文赋体和诗歌结合并反拨的产物。至此，诗文完全分离，纯诗形成，纯文形成；韩愈古文运动和诗歌变革，实际上是要求纯诗再次与散文联手。

给予屈原直接启迪的，是老、庄之作，《老子》之所以被称为哲理诗，其中的对偶之美、韵律之美，以及短节精练的特点，无不使其具有诗歌特征。《庄子》篇幅长而想象壮伟，正是屈骚的直接源头。“野马也，尘埃也，生物之以息相吹也。”其诗律节奏似后来之词，顿挫在“也”的重复上；“朝菌不知晦朔，蟪蛄不知春秋”，对仗之美，试比较楚辞“朝饮木兰之坠露，夕餐秋菊之落英。”“鹪鹩巢于深林，不过一枝；偃鼠饮河，不过满腹”，对比对仗以及比喻，还有哲理的睿智，都是诗的因素；“何不树之于无何有之乡，广莫之野，彷徨乎无为其侧，逍遥乎寝卧其下”（以上均见《逍遥游》），不是工整的对仗，属于意对，但数句连绵而下，一气贯通，更兼此句警人，余香满口，诗意盎然也。“千里之远，不足以举其大；千仞之高，不足以极其深。”（《庄子·秋水》）“形固可使如槁木，而心固可使如死灰乎？”（《齐物论》）再看屈原之后贾谊的《鹏鸟赋》：“其生若浮兮，其死兮若休。淡乎若深泉之静，泛乎若不系之舟”，再看苏轼的诗句：“身似已灰之木，心似不系之舟”，我们不难得出结论，庄子、屈骚、汉赋，可以说都是诗歌之一种，当然，若从纯诗的角度严格区分，它们也都可以算作散文。庄子和汉赋，可以说是屈原楚辞的前声余响。

与屈原约略同时的荀子《劝学篇》：“积土成山，风雨兴焉；积水成渊，蛟龙生焉；积善成德，而神明自得，圣心备焉。故不积跬步，无以致千里；不积小流，无以成江海。骐骥一跃，不能十步；驽马十驾，功在不舍。锲而舍之，朽木不折；锲而不舍，金石可镂。”（《劝学篇》）将论文式的抽象道理，以精美的语言阐述，具有形象的比拟，排比的句式，工整的对仗，整齐的节奏等等，这显然是比散文更为精练，更为具有文学性、审美性，也就是说，更像是诗。

当然，屈原楚辞比之《左传》庄周，就更为诗化。我们也因此称屈原为华夏诗史之第一大诗人。诗骚并称，横向而言，可以视为中国诗歌的两大源头，纵向来看，诗三百又应该对楚辞有着启迪和铺垫的作用。从屈原楚辞作品来看，屈原对于诗三百有所继承是在情理之中的。

从诗三百"兮"的分析，可以看出诗三百到楚辞诗体形式的转型过程。初步可以有一个这样的判断，就是"兮"这个感叹词，在诗三百中的基本规律，就是《颂》和《大雅》基本不用，除非诗的写作者想要表达极为愤怒的心情，"兮"，表示了一种极端的抒情，《小雅》开始渐渐地用一点，如《小雅·蓼莪》："父兮生我，母兮鞠我"，当需要感叹词的时候，往往用"矣"或"斯"来表达感叹，如《小雅·何人斯》："彼何人斯，其心孔艰"，《小雅·采薇》："昔我往矣"，《小雅·出车》："于彼牧矣"等。到十五《国风》中才开始普遍使用"兮"。而在十五《国风》中，"兮"的使用频率也有规律，就是位于南方地域的诗作中，"兮"字的使用频率高，如郑卫之音，包括鄘风、邶风，而位于北方的《秦风》基本不用；同时，受到郑卫之风影响深重的地域，如《齐风》，也同样采用较多的"兮"字。

总体来说，从时间上来说，写作时间较早的诗作不用或者较少采用"兮"，而越往后的诗作采用越多。

从音乐性质来说，雅颂音乐属于雅乐，是周王室郊庙祭祀的音乐，非常的庄严肃穆，当它需要感叹词时多用"矣"等，而十五《国风》，特别是南方地域的诗作，大量用"兮"来强调抒情性，特别是男女情感，更为明显采用"兮"。从这个基本规律来看，诗三百的艺术形式与屈原楚辞之间，通过"兮"字大量使用，两者之间具有逐渐演变的连接关系。

三、楚辞与诗三百的联系

就具体作品的风格样式来说，《橘颂》可以视为诗骚之间的关联作品，郭沫若认为："《橘颂》作得最早，本是一种比兴体，前半颂橘，后半颂人，所颂者不知究系何人。这里找不出任何悲愤的情绪，而大体上是遵守着四字句的古调，其余的八篇气象和格调都迥然不同。”[①] 大致不差。

可惜与《橘颂》相似的四言诗太少，这样，就给对于诗骚之间关联问题的研究带来难度。屈原之《天问》，也可以视为另一篇与《诗经》的诗体形式有关联的作品，是在四言基础上的写作：

曰：遂古之初，谁传道之？上下未形，何由考之？冥昭瞢暗，谁能极之？冯翼惟象，何以识之？

每句都是疑问，一气贯通的疑问，形成某种排山倒海般的气势，每句的结尾都以“之”字结束，既有了诗的韵律，又在实际上使用散文的手法，使之容易表达。

第三节　屈原生平及其作品背景

屈原生平，以《离骚》最为可信。有关屈原之生平，最为可信而重要的是其《离骚》之前八句：

帝高阳之苗裔兮，朕皇考曰伯庸。

高阳，颛顼有天下时的称号，颛顼是楚国的远祖，所以屈原开头就说我是远古大帝颛顼的苗裔。楚国始祖叫熊绎，是颛顼的后人。后来侍奉周成王，封于楚。尧舜禹时代，中华民族文化发祥地恰恰是在长江流域，南方比较发达，由于周代兴起于北方，又是礼乐制度之始，所以中国文化受周代影响非常深远，中国文化发展经历了一个先南方再北方然后又向南方发展的过程。到了楚武王熊通儿子瑕，受封于屈，遂以屈为氏族，屈原就是屈瑕的后代，高阳出生之地相传是在昆仑一带，屈子常以西方昆仑作为自己的一个寄托，经常想象昆仑是自己远祖的出生之地，譬如有“登昆仑兮食玉英，与天地兮比寿，与日月兮齐光”(《九章·涉江》)。又一说，楚国与苗族同祖颛顼，楚人为苗族后裔等。皇考，一说指的是远祖，一说指的是曾祖，或指远祖，或指先父，莫衷一是。

清代学者张德纯说：“首溯与楚同源共本，世为宗臣。便有不能传舍其国，

① 郭沫若：《屈原研究·屈原身世及其作品》。

行路于君之意。”屈原起首就说明自己和楚国同源共本之意，清代学者马其昶《屈赋微》：“死国之志，已定于此。”《离骚》结尾云：“从彭咸之所居”，是首尾呼应的。

三四句：“摄提贞于孟陬兮，惟庚寅吾以降。”摄提，为摄提格的省称。《尔雅·释天》解释：“太岁在寅，曰摄提格”，在一年之中，它随着斗柄指向四季不同的方位；贞就是指向，指向孟陬这个时候，孟陬是寅月，在这个时代是以寅月作为首月，屈原意谓：自己出生在寅年寅月寅日。近代学者浦江清，他推算屈原出生于楚威王元年（前339年）正月十四，死于顷襄王二十一年（前278年）。刘师培等几位学者根据夏历推断，屈原出生在公元前343年，也有学者更进一步考察，认为他是前342年夏历正月，还有前341、340年多种说法。

“皇览揆余初度兮，肇锡余以嘉名”，皇，光明，皇考，对亡父敬称，代指皇考。皇考根据我的出生时刻，赐予我一个美好的名字。“名余曰正则兮，字余曰灵均”，他给我起的名字叫正则，字叫做灵均。屈原的名字叫“平”，“原”是他的字。“平”的意思是公平，而正是公正，公正又有法则就是平的意思。而屈原的字叫原，原本指高而平坦的土地。“高平曰原，故名平而字原，正则、灵均各释其义，以为美称耳”（朱熹《楚辞集注》）。灵均：灵，指神，美，美好；均，地势均衡平坦。美好而平坦的地势，正隐括了“原”字的涵义。

东方朔《七谏》：“平生于国兮，长于原野”，屈原《惜诵》：“思君其莫我忠兮，忽忘之贱贫”，有学者认为这些资料亦可说明屈原于楚怀王时候，家族已非近宗，认为屈原虽然出生于国都城，但却在原野度过其童年时代，但其实不一定如此。

《史记·屈原贾生列传》记载了屈原的任职，首先是左徒：“为楚怀王左徒。博闻强志，明于治乱，娴于辞令，入则与王图议国事，以出号令；出则接遇宾客，应对诸侯，王甚任之。”左徒，《楚世家》：“楚使左徒侍太子于秦，……考烈王以左徒为令尹，封以吴，号春申君。”春申君黄歇，曾经以左徒身份升迁为令尹，可知，左徒地位之高，仅在令尹之下。《春申君列传》记载黄歇“游学博闻，事顷襄王。顷襄王以为辩，使于秦。”《屈原列传》也记载屈原“博闻强识，明于治乱，娴于辞令”，亦可知左徒为其时之名士学者，出使外交。春申君、屈原皆为楚之同姓，皆为贵族，左徒亦应为贵族才可担当。

屈原另外担任三闾大夫。《渔父》："屈原既放，游于江潭，行吟泽畔，颜色憔悴，形容枯槁。渔父见而问之曰：'子非三闾大夫欤？何故至于斯？"三闾大夫，掌管的是王族三姓，曰昭、屈、景三个贵族大姓。三姓聚居之所曰闾。掌管三大宗族事物的职务，不仅要通晓宗教典章制度，而且必须能够通神，是主持宗教祭典"神授"的主祭师。屈原一生政绩，不出政、教两端：所谓辅佐怀王，图议国事，造为宪令；外交上，他曾两使于齐，接遇宾客，应对诸侯，并负责教育胄子。屈原作品中多次提及他的教育："余既滋兰之九畹兮，又树蕙之百亩；畦留夷与揭车兮，杂杜衡与芳芷。冀枝叶之峻茂兮，愿俟时乎吾将刈。"这一情况和屈原的美政纲领是一致的，是举贤任能，修明法度，是要以新兴的士阶层来改革贵族世袭体制。

屈原和当时楚国贵族之间的矛盾，从表面上看表现在屈原主张联齐抗秦，怀王和令尹子兰、靳尚等主张和秦国修好等，其实，本质上正是屈原代表了新兴的士阶层和贵族之间的矛盾。新兴的士阶层，必然要打破传统的贵族血统等级制，而实行用人唯贤，举贤授能，改变贵族因袭制度而为郡县制度等等。

屈原在开始时是得到楚王的信任的。《史记·屈原贾生列传》记载：怀王使屈原造为宪令，屈平属草稿未定，上官大夫见而欲夺之，屈平不与，因馋之曰："王使屈平为令，众莫不知；每一令出，平伐其功，曰：以为非我莫能为也。王怒而疏屈平。"于是，屈平"信而见疑，忠而被谤，能无怨乎？屈平之作《离骚》，盖自怨生也。"秦国遣张仪离间齐楚关系："楚诚能绝齐，秦愿献商於（秦楚接壤之地）之地六百里。"怀王"遂绝齐"，待"使如秦受地"，张仪诈之曰："仪与王约六里，不闻六百里。"怀王怒，伐秦，大败，而齐竟怒，不救楚。明年，秦愿归还议中之地以和，楚愿得张仪，仪认为"以一仪而当汉中地，臣请往如楚。"如楚，厚币靳尚及宠姬郑袖，竟释张仪。屈平既疏，不复在位，使于齐，顾反，谏王杀仪而未及。后，秦请怀王赴秦，怀王稚子兰劝王行，入武关，秦伏兵绝其后，留怀王以求割地，后怀王死于秦而归葬。怀王时期，屈原是否被流放？也就是说，屈原一生是两次流放还是一次流放？有学者根据班固《离骚赞序》："屈原初事怀王，甚见信任，同列上官大夫始害其能，谗之王，王怒而疏屈原。……顷襄王，复用谗言，逐屈原在野。"因此认为，"屈原终怀王朝只是被疏，并未被放逐。"（参见褚斌杰《楚辞要论》）

长子顷襄王立，弟子兰为令尹。子兰与上官勾结，短屈原于顷襄王，王“怒而迁之”，将屈原流放至更僻远的地区，《涉江》记叙了行程：“朝发枉渚矣，夕宿辰阳”，“入溆浦儃徊兮，迷不知吾所如。山林杳以命名兮，乃猿穴之所居”。极偏远，极荒凉，心情亦极忧郁。这次流离在阮、湘一带约有五年之久。他回答渔父之问：“举世皆浊我独清，众人独醉而我独醒，是以见放。”对渔夫的“何不随其流而扬其波”“何不哺其糟而啜其醴”？答以“新沐者必弹冠，新浴者必珍振衣，人又谁能以身之察察，受物之汶汶者乎！”乃作《怀沙赋》，怀石自投汨罗而死。

屈平一生深以“蝉翼为重，千钧为轻。黄钟毁弃，瓦釜雷鸣，谗人高张，贤士无名”为恨，其政治理想可以“美政”二字概括之：“既莫足与为美政兮，吾将从碰咸之所居。”美政其内涵有三：（1）圣君贤相：“不抚壮而弃秽兮，何不改乎此度”；“彼尧舜之耿介兮，既遵循而得路；何桀纣之猖披兮，夫唯捷径以窘步。”耿介，光明正大；遵，循；猖披，本指穿衣而不系带之貌，引为放纵自姿之貌。（2）民本思想：“长太息以掩涕息，哀民生之多艰”；“愿灵修之浩荡兮，终不察夫民心。”灵修，代指楚王；浩荡，放肆纵姿貌。（3）举贤任能，修明法度：“举贤而授能兮，循绳墨而不颇。”颇，偏颇。屈原为此“美政”理想，不惜献身：“余固知謇謇之为患兮，忍而不能舍也。指九天以为证兮，夫唯灵修之故也。亦余心之所善兮，虽九死其犹未悔。”

屈原作品分析：

屈原的作品，据《汉书·艺文志》所述为25篇，其具体篇目，据王逸《楚辞章句》为：《离骚》、《九歌》（11篇）、《九章》（9篇）、《天问》、《远游》、《卜居》、《渔夫》等。屈原的代表作是《离骚》。《离骚》也可以说是我国古代最优秀的诗作之一。全诗370多句，42400多字，是我国古代最长的抒情诗。后人也有用“骚”来代表屈原或楚辞的总称。有时风、骚并举则分别代指《诗经》和楚辞。

“离骚”之义，解者甚众，要者有二：司马迁：“离骚者，犹离忧也。”（《屈原贾生列传》）以“忧”释“骚”。班固进一步发挥此说：“离，犹遭也；骚，忧也。明已遭忧作辞也”（《离骚赞序》），以“离”为“罹”，因解作“遭”。此为一说；王逸：“离，别也；骚，愁也。”（《楚辞章句》）此说最为平朴简洁，当更近乎诗人原意。后人大抵从此二说。如朱熹从前说，清人蒋骥从后说，也有释为“牢骚”之通转，也有释为古乐曲之总名“劳商”（如游国恩），也有牢骚之意。所作之年代，大多认为是在怀王末期，诗人40岁左右“见疏于怀王之时”。司马迁：“屈平疾王听之不聪也，谗谄之蔽明也，邪曲之害公也，方正之不容也，故忧愁幽思而作《离骚》”；“信而见疑，忠而被谤，能无怨乎？屈平之作离骚，盖自怨生也。”（《史记·屈原贾生列传》）

《离骚》为屈原之代表作，也是中国古代最优秀、最长、内容最丰富的抒情诗作之一。她的内涵丰富而深沉，集中表现了诗人忧国忧民、“美政”理想不能实现的苦闷，并带有很强的自传性质，描绘了诗人高洁的、不肯与世浮沉的内心世界。有人将《离骚》所代表的诗人复杂的思想性格，概括为爱国思想、法制精神和修士观点这样三个。这种内心世界的表现，一方面有直接的倾诉，一方面又大量地使用比兴手法、意象方式。其意象可分为三群：自然意象群（花草禽鸟）、社会意象群（古今人事）、神话意象群（神话传说），而诗人之自我形象则在此意象三界中自由出入，时而香草美人，时而上天入地，时而现实政坛，时而浪漫无垠。诗人跌宕的情感融化在一种既汹涌澎湃而又回环往复的抒情节奏中，某种执著的情绪在类似的句组中反复出现，诗人反复述说着自我的高洁，反复申诉着群小的嫉贤妒能，似一个慈祥老者，在娓娓讲述着一个古老而又动人的故事。既缠绵悱恻，又惊心动魄。全诗的结构，可视为由“述怀”“追求”“幻灭”三大部分组成（参用陈伯海先生说）。

诗篇开头至“岂余心之可惩”为第一部分，主题是“往事的回顾”“生平的回顾”，可简言之“述怀”。第一节自开头至“来吾道夫先路”，总叙身世怀抱，追溯祖系，生辰吉祥、名字嘉美。其中起首八句，是考察有关屈原生平之最少的可信的资料。已见前节。以下表述自己的后天修养：“纷吾既有此内美兮，又重之以修能。扈江离与辟芷兮，纫秋兰以为佩。……朝搴阰之木兰兮，夕揽洲之宿莽。日月忽其不淹兮，春与秋其代序。惟草木之零落兮，恐美人之迟暮。”

第二小节自“昔三后之纯粹兮”至“愿依彭咸之遗则”，对自己的政治理想和遭遇进行了具体的陈述。先写致君尧舜的理想：三后，指夏禹、商汤、周文王。以“尧舜耿介”而“遵到得路”与“桀纣猖披”以致“捷径窘步”相对

比；以“党人偷乐”以致“路幽昧险隘”与“岂余身之惮殃”，心中所念者唯“恐皇与之败绩”进行第二层次的对比；以自己“忽奔走以先后”“及前王之踵武”与楚王“荃不察余之中情”“反信谗而话齑怒”进行第三层次的对比，从正反两方面申述自己的理想，再从正面指天发誓：“指九天以为正兮，夫唯灵修之故也。”再写自己曾致力于人才的培养，以推行政策的事业，但却遭到失败，这些人纷纷堕落变节，一片众芳污秽，而自己仍坚持操守，以死殉志：“忽驰骛以追逐兮，非余心之所急。老冉冉其将至兮，恐修名之不立。”

第三小节自“长太息以掩涕兮”至“岂余心之可惩”，写政治斗争失败后的心情。第一个层次至“固前圣之所厚”，表白自己不能与恶浊环境相妥协的操守：“亦余心之所善，虽九死其犹未悔……众女嫉余之娥眉兮，谣诼谓余以善淫。……宁溘死以流亡兮，余不忍为此态也！”第二个层次：“悔相道之不察兮”到“岂余心之可惩”。从另一角度揭示自己“进取”与“归隐”的矛盾，诗人设想一种独善其身的道路：“进今不入以离尤兮。退将复修吾初服。制芰荷以为衣兮，集芙蓉以为裳。……虽体解吾犹未变兮，岂余心之可惩！”离尤：“离”犹“罹”；“尤”，过失，犹言“获罪”；“惩”，古读平声，怨艾。

第二大部分：追求。自“女媭之婵媛兮，申申其詈予”至“余焉能忍而与此终古”。媭，王逸认为指阿姊，《说文》引贾逵说：“楚人谓姊为媭”。另一种则解为侍妾，如汪瑗《楚辞集解》：“媭者，贱妾之称”。郭沫若引申为侍女。“婵媛”，是“啴”的假借字。《说文》：“啴，喘息也”，指呼吸急促。“申申”，王逸：“重也”，犹言“狠狠地”。“詈”，责骂。以下由写实转入虚拟，由现实转入浪漫的世界。诗人上下求索，现实的世界使诗人“沾余襟之浪浪”，就将目光转向天界：“朝发轫兮苍梧兮，夕余至乎县圃……吾令帝阍开关兮，倚阊阖而望予。”诗人幻想的翅膀一旦展开，就如同巨大的宇宙飞船一般启动，卷起了巨大的狂飙，早晨启行而夕阳时则已抵达西方昆仑山的悬圃。诗人命令驾驶太阳车之神羲和放慢前进的速度，在太阳洗浴的咸池饮马，系马于太阳升起的扶桑。诗人潇洒地折一枝若木的枝条拂拭（一说遮蔽）太阳，在此徘徊徜徉。月神望舒在前开路，风神飞廉在后奔走，鸾鸟凤凰，雷师丰隆随其左右，诗人统帅的大军何等威风！诗人行至天帝的门前，令守天门者打开大门，而帝阍却懒洋洋地倚着天门无动于衷地望着我！这是何等强烈的反差、对比！诗人从理想的天国

跌入严酷的现实。"'不意天门之下，亦复如此'，于是去而他适也。"（朱熹语）

诗人转而求女："忽反顾以流涕兮，哀高丘之无女。"高丘无女，于是追求宓（伏）妃（洛神）、有娀之佚女。有娀，国名，指简狄。契之母，商族之始祖。佚，美。相传简狄吞玄鸟（即燕）之卵而生契，为商人之始祖。郭沫若认为"玄鸟"即凤凰。"吾令鸩为媒兮，鸩告余以不好。""心犹豫而狐疑兮，欲自适而不可"。（鸩，有毒的鸟，传说羽有剧毒，饮之即死）于是，诗人欲"及少康之未家兮，留有虞之二姚。"有虞：国名，舜之后裔，姚姓。相传夏后相之子少康逃至有虞。有虞将两个女儿即二姚嫁给他。诗人说"趁着少康还未成家，我先聘定有虞氏之二姚吧！"但"理弱而媒拙"，又以失败告终。

总之，诗人之求女，或由于美女本人"美而无礼"，或受美人作梗，皆未获成功。"闺中既已邃远兮，哲王又不寤"。"寤"同"悟"。于是有"怀朕情而不发兮，余焉能忍此终古！""发"，作"伸"解，犹言"抒泄"。此部分写诗人叩天阍，求下女，极写己之不容于君，不获知于世。

第三大部分：幻灭。自"索藑茅以筳篿兮，命灵氛为余占之"至"仆夫悲余马怀兮，蜷局顾而不行"（藑，音琼，茅，灵草；筳，音亭，折断的小竹子；篿，音专，以灵草编结藑竹以占卜；灵氛，古之善占卜者）。此段同样以虚拟的手法，揭示远游自疏与眷恋故国之情的对立，亦可题为"远游的彷徨"。向灵氛占卜，灵氛劝他"远逝而无所狐疑"，又请巫咸降神，巫咸也劝他周游求兮，于是决计远游。"何离心之可同兮，吾将远逝以自疏！"（既无可同心者，自当远逝以自疏）此行威风八面，浩浩荡荡："为余驾飞龙兮，杂瑶象以为车"（瑶，玉石；象，象牙）；"驾八龙之婉婉兮，载云旗之委蛇"（蜿蜒，龙的形体摆动之貌；委蛇，飘动貌）。但在高潮时戛然而止：

陟升皇之赫戏兮，忽临睨夫旧乡。

仆夫悲余马怀兮，蜷局顾而不行。

陟，自下而上也；升皇，日出之名。"今世俗谓西坠之日为落照，则东升之日名之曰'升皇'"；"赫者，言其赫赫然也"；"戏，同曦，日之光明也"（朱熹语）；"睨，音觅，旁视"；怀，谓马病伤也。《悼李夫人赋》："隐处幽而怀伤"，怀与伤同义，故连言之（马瑞辰语）；蜷局，诘屈不伸之状；顾，回顾，流连。以上写欲去国而终不忍之矛盾心境，在高潮中跌落，手法与"吾令帝阍开关兮，依闾阖而望予”相呼应。

最后，诗人以“乱”作结，为全诗之尾声：“乱曰：已矣哉！国无人兮既莫我知兮，又何怀乎故都？既莫足与为美政兮，吾将从彭咸之所居！”乱，乐歌之卒章，为终篇之结语。“‘始’者乐之始，‘乱’者乐之终。”（刘台拱《论语骈枝》）彭咸，传为殷时贤大夫，谏君不听，投水而死。屈原重申了美政理想及为之献身的决心。

《九歌》：屈原所作《东皇太一》《云中君》《湘君》《湘夫人》《大司命》《少司命》《东君》《河伯》《山鬼》《国殇》《礼魂》11篇总称为《九歌》。王逸《楚辞章句》说：“昔楚国南郢之邑，沅湘之间，其俗信鬼而好祠。其祠必作歌乐鼓舞以乐诸神，屈原放逐，窜伏其域，怀忧苦毒，愁思沸郁，出见俗人祭祀之礼，歌舞之乐，其辞鄙陋，因为作《九歌》之曲，而广异义焉。”

《九歌》之名，来源甚古。除《尚书》《左传》《山海经》外，屈原《离骚》有“启九辩与九歌兮，夏康娱以自纵”，“纵九歌而舞韶兮，聊假日以偷乐”，《天问》：“启棘宾商，九辩九歌”，可证九歌为传说中很古的乐章形式。有学者认为，屈原九歌，不会与古代九歌章数有关，也不会与古代九歌曲调相同。“新歌袭旧名者，古多有之”，“以其娱神这一点，结合《离骚》‘康娱’‘偷乐’之意而以九歌名之。”

王夫之《楚辞通释》，认为九为虚数，其中《礼魂》为送神曲，祭祀十神，其余十章分为三种类型：

天神——东皇太一（天神之主宰）、东君（太阳神）、云中君（云神）、大司命（主寿命之神）、少司命（主子嗣之神）

地祇——湘君、湘夫人、河伯、山鬼

人鬼——国殇（战亡将士之魂）

其中除了首尾两神为男性之外，其余皆阴阳二性相偶，闻一多《楚辞校补》有考证。屈原《九歌》实为具有雏形的赛神歌舞剧，《九歌》中呈现出大量的男女相悦之辞，即在宗教仪式、人神关系的幕纱下，表演着人类社会男女关系的话剧。[①]

① 汤炳正：《楚辞讲座》，广西师范大学出版社2006年版，第80页。

《九歌》是屈原借助人神关系演绎现实世界，借助男女情思，比兴君臣遇合的政治情怀。在《离骚》中，屈原已经形成了以男女比兴君臣，以花草寄托情爱的比兴系统，在《九歌》中，则是将这一比兴系统的具象化、戏剧化。在《湘君》《湘夫人》这一组恋情诗中，屈原借助湘君和湘夫人约会的场景，抒发对楚王的思恋之情。湘君、湘夫人都是湘水之神，相传帝尧之女娥皇、女英为舜帝二妃，舜帝巡视南方，二妃没有同行，追至洞庭，听说舜帝死于苍梧，自投湘水而死，遂为其神。湘君是舜帝，而湘夫人是二妃。

《湘君》首章：

> 君不行兮夷犹，蹇谁留兮中洲？美要眇兮宜修，沛（穿疾行貌）吾乘兮桂舟。令沅湘兮无波，使江水兮安流。望夫君兮未来，吹参差兮谁思！

译文：湘君啊，你为何久久不至，徘徊豫犹？湘君啊，你为谁不来久久，徘徊水洲？你可曾望到——我那美的容貌、要眇宜修？你可曾望到——我那水中疾行的桂舟？令沅湘啊风平无波，使江水啊缓缓静流。远望夫君啊未来，吹洞箫啊解我心忧！

首一段极写屈原对于楚君的思念，将政治上的哀思，凝化而为夫妇恋人的系念，就使抽象之言志，化蝶而为感人的神话戏剧场景。

《湘夫人》开篇一节：“帝子降兮北渚，目渺渺兮愁予。嫋嫋兮秋风，洞庭波兮木叶下。”则从湘君角度来写对湘夫人的系念，可以理解为屈原对往昔与楚王之间“初既与余成言兮”蜜月时期的追忆。

《山鬼》：“若有人兮山之阿，被（同披）薜荔兮带女萝。既含睇兮又宜笑，子慕予兮善窈窕。乘赤豹兮从文狸，辛夷车兮结桂旗。被石兰兮带杜衡，折芳馨兮遗所思。”“子慕予兮善窈窕”，正是当年与楚王之间君臣遇合的诗意的、神话的、戏剧性的写照；而第二段“余处幽篁兮终不见天，路险难兮独后来。表独立兮山之下，云容容兮而在下。……岁既晏兮孰华予！”正是屈原“众人皆醉而我独醒”的孤独心境的艺术表达；结句：“风飒飒兮木萧萧，思公子兮徒离忧。”这是“离骚”之意的再次表述。

《九歌》多神话幻想世界，是以神话世界表达现实的悲哀；《九章》则多为诗人的现实世界；《湘夫人》则我们会直觉地将其视为发生在一个美丽的现实世界的爱情故事；而《九章》中的《涉江》，我们也会看到诗人上天入地的幻想，一旦失意，屈原的思绪翅膀，就即刻展翅高翔，于是，“驾青虬兮骖白螭，吾与重华游兮瑶之圃”，进入了一个幻觉世界。但就总体而言，《九歌》多写神话，歌者多巫祝，《九章》多些现实，诗中多直接写作自我。

《九章》，为屈原一组诗的总称，包括《橘颂》《惜诵》《涉江》《哀郢》《抽思》《怀沙》《思美人》《惜往日》《悲回风》九篇作品。

《橘颂》写作时间最早，也最为具有和诗三百写作方式衔接的痕迹：

> 后皇嘉树，橘徕服兮。受命不迁，生南国兮。深固难徙，更壹志兮。绿叶素荣，纷其可喜兮。曾枝剡棘，圜果抟兮。青黄杂糅，文章烂兮。精色内白，类任道兮。纷緼宜修，姱而不丑兮。嗟尔幼志，有以异兮。独立不迁，岂不可喜兮？深故难徙，廓其无求兮。苏世独立，横而不流兮。闭心自慎，终不失过兮。秉德无私，参天地兮。愿岁并谢，与长友兮。淑离不淫，梗其有理兮。年岁虽少，可师长兮。行比伯夷，置以为像兮。

整齐的四言，无疑是诗三百的形式，但是，就其写作方法而言，无疑比之诗三百有着很大的进步。

首先，这是一篇标准的咏物诗，也可以说是中国诗史的第一篇咏物诗。诗三百以比兴手法著称，但却不是真正意义上的咏物诗。譬如“桃夭”之桃，“卷耳”之“卷耳”，都不是具有人格意义的物。“桃之夭夭，灼灼其华”，乃是以桃比兴它物，至于所比兴之为何物，则可以见仁见智，或说是歌咏新婚，或说是“以桃为图腾的群体的祭祀礼拜”[①]，比兴之物，往往是诗篇中的外景，其中并不含有某种意趣灵魂，譬如“采采卷耳，不盈顷筐”，诗人之意，并不在歌咏卷耳，也不在于歌咏卷耳内含的意味，而是在于引发“嗟我怀人，置彼周行”的咏叹，可以说，比兴之物，乃是“王顾左右而言他”，而所谓咏物诗，所咏之物乃是诗人人格的外化，诗人是有意将所咏之物人格化。

如果说，曹操的《观沧海》是我国第一篇独立意义上的山水诗，屈原的《橘颂》则可以说是第一篇咏物诗。《橘颂》完全就是屈原其人的志向情趣的一

---

① 张岩：《简论汉代以来诗经学中的失误》，《文艺研究》1991 年第 1 期。

个形象表达："受命不迁，生南国兮。深固难徙，更壹志兮""嗟尔幼志，有以异兮。独立不迁，岂不可喜兮？深故难徙，廓其无求兮。苏世独立，横而不流兮""闭心自慎，终不失过兮。秉德无私，参天地兮"，这些警辟的诗句，完全是屈原人格的写照和象征。同时，屈子精神也就在《橘颂》中，得到了一种外化的形式，也就得到了一种具有诗意的表述媒体，为以后的意象方式寻求到了途径。此为第一点不同。

其次，可以看到，屈原的诗句，比之诗三百，更为通俗易懂，节奏更为紧密，更有一种一气呵成的诗意快感。这种审美效果的获得，主要是通过赋体的铺排方式达到的。诗三百很少铺排，大抵因为整个华夏文化尚在幼年阶段，尚未成熟，虽然有着"七龄思即壮，开口咏凤凰"的早熟和天资，毕竟缺乏阅历的磨练和作诗技巧的成熟，而屈原则如同少年俊杰，伸展想象的翅膀，因此，他会有这种铺陈的需要。他会在颂橘中，将橘树从产地、色泽、果实、绿叶、文章、美丑等多种角度加以铺排修饰，描写阐发，同样在相对写人时，也会从"独立不迁"的独立求异人格、"闭心自慎"的修炼精神、"秉德无私"的天地精神（"天无私覆，地无私载"）等铺叙开来，一气呵成。同时，铺排手法全面地影响着语言方式、修辞方式等，在屈原楚辞中可以看到，语言的密度大大增加，每句之间意思的衔接更为紧密，因此，它的意思也就更为好懂了，这也是鲁迅说的"其旨甚明"的原因之一。

写自我也有两大类，一是抒情，二是描述某些经历，即写景叙事。

《惜诵》题意，洪兴祖："惜诵者，惜其君而诵之也"，简明而恰切，特别是指出"诵"，即为诗三百时代"矇诵"之意，体现了与诗三百列士献诗的继承性质和言志性质。蒋骥"惜诵，盖二十五篇之首也"，可备一说。

> 惜诵以致愍兮，发愤以抒情。所作忠而言之兮，指苍天以为正。令五帝以折中兮，戒六神与向服。俾山川以备御兮，命咎繇使听直。
>
> ……
>
> 思君其莫忘我忠兮，忽忘身之贱贫。事君而不贰兮，迷不知宠之门。忠何罪以遇罚兮，亦非余心之所志。行不群以巅越兮，又众兆之所咍（音嗨阴平，讥笑）。

大意为：以痛惜的心情陈述我的不幸，满怀愤怒就会不得抒发真情。我所

陈述的都是忠言逆耳，我愿指九天来为之作证。让五帝作出公正的判决，请日月星水等六神作证。使山川之神前来陪审，让皋陶来最后断案。

……

有谁会比我更为忠心，从不想因此而遭受贱贫。只知道侍奉君王忠心不二，沉迷于此而不知道邀宠的途径。尽忠为何反要遭受惩罚，这实在出乎我的情志。不能随俗就会摔跤，还要受到大家的取笑。

此一种写法，实在是《离骚》之雏形，所谓“一篇之中，三致志焉”，诗人在反复诉说自己对于楚王的忠贞，可以说是不厌其烦也。开篇即云：“惜诵以致愍兮，发愤以抒情”，比之诗三百时代的“诗言志”观念，有联系也有不同。因忧愤而抒情，也因忧愤而叙事写景，忧愤，是屈子写作之根源。也就是说，屈原写作了这么多的作品，都是不得已而为之，写作的本意，并非为了文学的、审美的目的，而是为了政治的、功力的目的，其结果却是功力的、政治的目的没有达到，文学上却获得了空前的成功。屈原现象，也就奠定了中国诗歌的非专业写作，以文章为余事，以诗词为陶写之具的路数，奠定了诗人的深重忧患意识。

但就具体写作而言，满腔忧愤，若无托寄，终为荒谬之说，无端崖之辞。《惜诵》起首约44句，均为凭空抒情，因此，令人难以卒读。如朱熹所注意到：“此篇全用赋体，无他托寄”，幸亏到“昔余梦登天兮，魂中道而无杭”，描写自己的一个梦境，梦中“吾使厉鬼占之兮”，曰：“有志极而无旁”巫祝说我有志达到目的，但没有帮援，“故众口其铄金兮，初若是而逢殆”。因此，巫祝劝告屈原要惩羹吹齑：“惩热羹而吹齑兮，何不变此志也？”这样，《惜诵》在梦境与巫祝的对话中得到了艺术展现。

关于《涉江》，王逸：“迁屈原于江南”，此诗为屈原叙述自己渡江南行之作。饶宗颐《楚辞地理考》：“楚江南，……惟其在楚为遐壤，于是，以为黜臣窜逐之所。”江南历来为楚放逐罪臣之所。此篇约为顷襄王七年至十二三年之际，屈原流放江南所作。写作了屈原从鄂渚到溆浦的流放历程，虽有想象梦境，全篇却以写实为主，可以视为中国最早的游记，只不过，其游历并非旅游，而是流放。

《涉江》写法一如《离骚》，反复陈说自己对于楚王的忠诚，可以视为一篇压缩版、精华版的小离骚。全篇除了对于自己家世的诉说之外，仍然始终不离开对自我形象的描绘。《涉江》与《离骚》不同的写法：骚赋全篇架空而来，在整体赋诵的框架上架构意象群，并无多少实景描写，《涉江》一篇，却反其道而行之，开篇一段虽仍凌虚蹈空，诉说铺写自己的高洁伟岸，但却很快进入到实地场景的描绘：

余幼好此奇服兮，年既老而不衰。带长铗之陆离兮，冠切云之崔嵬。被（同披）明月兮珮宝璐。世溷浊而莫余知兮，吾方高驰而不顾。驾青虬兮骖白螭，吾与重华游兮瑶之圃。登昆仑兮食玉英，与天地兮比寿，与日月兮齐光。哀南夷之人莫余知兮，旦余济乎江湘。

开篇一段，全为诉说结尾两句“哀南夷之人莫余知兮，旦余济乎江湘”，即涉江之因，涉江之事。引发涉江之因果，在于特立独行之品性：“余幼好此奇服兮，年既老而不衰。带长铗之陆离兮，冠切云之崔嵬。被明月兮珮宝璐”，此写自己自幼喜爱奇服，以譬喻自己与众不同的性格；“世溷浊而莫余知兮，吾方高驰而不顾。驾青虬兮骖白螭，吾与重华游兮瑶之圃。登昆仑兮食玉英，与天地兮比寿，与日月兮齐光”，既然与众不同，则必有知己可以同行者，乃与重华舜帝同游，乃为天地比寿，乃与日月齐光。

《涉江》之文学性、诗意性，显然较之《离骚》有着飞跃，它不仅更为精炼，而且更为诗意化、形象化，开篇一段，虽然仍从议论铺陈而来，却句句落在实处，说自己不同凡俗，则落实在“自幼好此奇服”，说自己之“奇服”，则必铺陈其服饰之何以奇特：“带长铗之陆离兮，冠切云之崔嵬。被（同披）明月兮珮宝璐”，分别以长铗、切云之冠、明月宝璐之佩饰，此三者为外形，继之以“世溷浊而莫余知兮，吾方高驰而不顾”之虚写其精神状态，点明奇服之原因；然后，再接续“驾青虬兮骖白螭，吾与重华游兮瑶之圃。登昆仑兮食玉英，与天地兮比寿，与日月兮齐光”之所乘骑，而乘骑者竟然皆为神话之中的青虬、白螭，伴游者重华舜帝，所游之地乃为昆仑、瑶之圃，所品食者乃为玉英，真是“与日月争光，可也”。

进入第二段落，方从神仙世界而转入到现实世界：

乘鄂渚而反顾兮，欸秋冬之绪风。步余马兮山皋，邸余车兮方林。乘舲船余上沅兮，齐吴榜以击汰。船容与而不进兮，淹回水而凝滞。朝发枉陼兮，夕宿辰阳。苟余心之端直兮，虽僻远其何伤？

其中不论是鄂渚、辰阳之地，秋冬绪风、山皋方林、舲船、沅江、齐击汰之吴榜、容与而不进之船，皆为眼前之真实写照。其中对于水上舟行的描写："船容与而不进兮，淹回水而凝滞"，对于其后对溆浦山林雨雪的描写："山峻高以蔽日兮，下幽晦以多雨。霰雪纷其无垠兮，云霏霏而承宇"，皆与人以凄恻徘徊之美。华夏文化其后的情景交融，萌生在此。

"发愤抒情"，有时候也可以感动人，像《抽思》的"心郁郁之忧思兮，独咏叹乎增伤。思蹇产之不释兮，曼遭夜之方长"，其中有"独咏叹"之类的似有似无的形象，类似宋诗的抽象的意象，而抽象的情感，也有物化的意思，"思蹇产之不释"，像是宋词中的"此情无计可消除"，"剪不断，理还乱"，都是同样的手法。抽思，是抽绎情思的意思，将蕴藏在内心深处像乱丝一样的情思抽绎出来，本身就是此意。

《抽思》还有值得注意的是"美人"的使用。"结维情以陈词兮，矫以遗夫美人"（将凝聚的隐情，吟诵成为诗章，呈献给我心中的美人，矫，举。）"与美人之抽思兮，并日夜而无正"（无正，无人评判）。但也不拘于美人的喻象，再使用鸟的象征："有鸟自南兮，来集汉北。……既惸（音穷）独而不群兮，又无良媒在其侧。"分明是描述孤独不群之自我。"愿径逝而未得兮，魂识路之营营"，描述心中的生死矛盾情结，所以，"道思作颂，聊以自救兮。"

《思美人》则承继《抽思》之美人而来，如蒋骥所说，此篇"大旨承《抽思》立说，然《抽思》始欲陈词美人，终曰斯言谁告；此篇始言舒情莫达，终欲以死谏君。"由于比兴明确，故诗人起首便说："思美人兮，揽涕而伫眙（音遗，凝视，另音为赤）。媒绝路阻兮，言不可结而诒（音遗，寄赠致意）"随后，便延续"思"字生发开来："愿寄言于浮云兮，遇丰隆（云神）而不将。因归鸟而致词兮，羌迅高而难当。"云神与归鸟均不能担当信史，可知诗人与美人（楚王）之间的言路阻隔，于是写出自己"登高吾不说兮，入下吾不能"的悲剧命运。

《怀沙》是屈原晚年的作品，其中一个重要的命题，就是对于命运归宿的苦苦思索，是对于自沉江水的迷执与反复诉说，从这点来说，雅颂是华夏民族商周时代的史诗，而屈骚则是战国时代屈原的个人历史的史诗，雅颂是过去时的、完成时的史诗记载，屈骚则是现在进行时的个人心路历程的再现。他既有纯主观的发愤抒情，也有个人史诗似的客观记载。由于有了这些记载，使后人得以清晰屈原的生平，清晰屈原以死明志的举动和心态。《怀沙》起首便说："滔滔孟夏兮，草木莽莽。伤怀永哀兮，汩（音玉，疾行貌）徂南土。"起首便说明是暑气蒸腾的孟夏（农历四月），是屈原决死而未死之际，"汩徂南土"则说明地点，这便有史诗叙事的性质。结尾说："怀志抱精，独无正（证）兮"，再次表达自己无人理解的孤独。因此，"定心广志，余何所畏惧兮？""知死不可让，愿勿爱兮。"似乎无可挽回，死心已定。

就像是精彩的武侠小说，看似结局已定，忽出波澜。清人蒋骥认为《悲回风》写于《怀沙》之后，《惜往日》之前。当然，这里也有不能自圆其说之处，《悲回风》写的是秋季："悲回风之摇蕙兮，心冤结而内伤"，如此说成立，则《怀沙》应作于去岁之夏，但屈原之自沉情结又过于漫长。蒋骥说："前半反复开合，无非决计为彭咸意；……末章猛然自省，又不欲遽为彭咸。此汨罗之沉，所以不于秋，而于来岁之夏也。"（《山带阁注楚辞·楚辞余论》卷下）但无论如何，屈原显示了他的这种矛盾心境，从而为历史提供了真实和细节："骤谏君而不听兮，任重石之何益？心絓结而不解兮，思蹇产而不释。"蹇产，诘屈，抑郁不平。直到《惜往日》，被认为是屈原的绝笔之作（蒋骥："《惜往日》，其灵均绝笔欤？"），屈原才终结了他的这种自杀情结："宁溘死而流亡兮，恐祸殃之有再。不毕词而赴渊兮，惜壅君之不识。"余音袅袅，弥漫着不毕词而赴渊的遗憾，以及对于闭目塞听的君王制造自己终生悲剧命运的愤懑。

关于楚辞之于音乐的关系，《离骚》《九章》都应该是离开音乐的，只有《九歌》属于音乐剧。关于《九歌》，颇有学者认为，其作者并非屈原，认为《九歌》是王逸将其编入楚辞的，其实应该是汉初的祭祀歌词。屈原身在楚国，属于长江文化，为什么歌咏河伯？河伯应该是黄河的歌咏，还有《九歌》中，有的是独唱，有的是对唱，这些似乎都有一定的道理，但是，《九歌》中的华章丽句，那样纯熟的写作技巧，其"帝子降兮北渚，目眇眇兮愁予。袅袅兮秋风，洞庭波兮木叶下"那样有人情味，那样令人感动，定非凡人所为，若有他人所作，则此人之水准应与屈原不相上下，而汉代诗歌，不用说汉初，就是整个两汉，也罕有优秀如屈原者。

第四节　楚辞的艺术特点

正如中国哲学发展的基本线索是由北方孔子为代表的儒家“儒道互补”一样，产生于北方的《诗经》和产生于南方的楚辞也同样对立而又互补，构成了中国诗歌史矛盾运动的两个源头。鲁迅在《汉文学史纲要》中曾评价屈原的作品：“逸响伟辞，卓绝一世，后人惊其文采，相率仿效，以其楚产，故称楚辞，较之于《诗》，则其言甚长，其思甚幻，其文甚丽，其旨甚明，其影响于后来之文章，乃甚或在三百篇之上。”这段精彩的论述，实可作为讲述楚辞问题之纲要。

“其言甚长”，包含两个方面：一是指诗的篇幅由短而长：《诗经》大多三言两语，较长的《七月》《氓》也不过80余句，而《天问》则达370余句，《离骚》则更是我国古代诗歌史上最长的抒情诗。“其言甚长”与“其思甚幻”“其文甚丽”“其旨甚明”是密切相关的。有了“甚幻”之“思”就必然要有长文方可展开；而要写“甚丽”之“文”表述“甚明”之“旨”，也必须要借助“甚长”之“言”为载体。

二是指句式之长。从句式上看，《诗经》大多是四言诗，“以两个音步为一诵读句，四个音步为一完整句。”（姜亮夫《楚辞论文集》），每两句有一个动词，表达一个相对完整的意思；而楚辞以五言加“兮”或六、七言加“兮”为主，以三音步（两音步加一间歇）为基本结构形式，每句有动词，可以表达一个相对独立的意思。《诗经》的每个音步多由双音节构成，而楚辞的音步则由单音节和双音节错综构成，从而构成了我国五言、七言诗歌结构的基础。五、七言多是由单音节和双音节错综而成：

试比较《诗经》首篇首句和《离骚》之首句：

关关——雎鸠，在河——之洲。窈窕——淑女，君子——好逑。

四句仅两个动词：第一句“在”，第二句“好”，节奏缓慢，表达意思容量小。

帝——高阳——之——苗裔兮，朕——皇考——曰——伯庸。

两个动词：第一句隐含有判断动词“是”，第二句“曰”字，节奏增，容量增大。由双音节一个音步变成单、双音节错综而成。

“其思甚幻”：奇特的想象、丰富的幻想正是屈骚的第二个特性。《诗经》大多写实，很少借助想象的翅膀，描绘出色彩斑斓、瑰丽夺目的艺术境界。譬如诗人在其代表作《离骚》中的这段描写：

> 吾令羲和弥节兮，望崦嵫而勿迫。路漫漫其修远兮，吾将上下而求索。饮余马于咸池兮，总余辔乎扶桑。折若木以拂日兮，聊逍遥以相羊。前望舒使先驱兮，后飞廉使奔属。

风伯月神无不供其驱遣，上天入地、路漫求索，无所不能。他诗中的主人公，不仅仅是现实中的自我——更是想象中的自我：凡是他那富于幻想的思维所能想象得到的，诗中的主人公都可以做到。当然，这种想象在总体上也受着现实制约，现实的悲剧也制约着诗中主人公的结局。只不过是以天上说人间，以神鬼说人类：“吾令帝阍开关兮，倚阊阖而望予”，“陟升皇之赫戏兮，忽临睨夫旧乡。仆夫悲余马怀兮，蜷局顾而不行。”即使在一些写实性较强的作品中，也无不时时闪烁着幻想的光辉，如《涉江》：“驾青虬兮骖白螭，吾与重华游兮瑶之圃。登昆仑兮食玉英，与天地兮比寿，与日月兮齐光。”

“其文甚丽”：一是语言的瑰丽。譬如屈原对诗人自我形象的描绘：“扈江离与辟芷兮，纫秋兰以为佩。”屈子之作，宛如豆蔻年华的少女，天生丽质，楚楚动人，更兼以修饰装扮：“纷吾既有此内美兮，又重之以修能”，“朝搴阰之木兰兮，夕揽洲之宿莽”。她上衣穿的是芰荷，下身着的是芙蓉：“制芰荷以为衣兮，集芙蓉以为裳”；身上佩带着五彩缤纷、鲜艳夺目的各种饰物，散发着清远的芳香：“佩缤纷其繁饰兮，芳菲菲其弥章”，有时她是“被薜荔兮带女罗”的山鬼，坐骑是美丽的走兽，赤身披着美丽的香草，手里拿着美丽的鲜花：“乘赤豹兮从文理，辛夷车兮折桂旗。被石兰兮带杜衡，折芳馨兮遗所思。”她含睇宜笑，要眇宜修，惊采绝艳。她的瑰丽，“令沅湘兮无波，使江水兮安流。”

二是指对偶、对仗、音韵、节奏之美。对仗、对偶之美，是中国古典诗歌的一个显著特点，特别是格律诗的特点。但是，这个特点并不是与生俱来的，而是在诗歌形成的过程中逐渐发展的。在《诗经》、汉乐府中，都还看不出这种追求。这种追求应说是始于楚辞。试看一句：“朝饮木兰之坠露兮，夕餐秋菊之落英。”“朝”对“夕”，“饮”对“餐”，“木兰”对“秋菊”，“坠露”对“落英”，不仅对得工整，而且已具有“前有浮声，则后须切响”的音韵节奏之美。这种特点，后来经过汉赋的大量练习，至唐诗而臻完善。特别是指明了对“赋”的艺术手法的发展。

“其旨甚明”，可说是楚辞的第四个艺术特点。这一点，指明了楚辞对《诗经》“赋比兴”的艺术特点的发展。鲁迅所说：“平心而言，不遵矩度”，正是指楚辞铺陈而直言之的艺术特点。应该说，楚辞对《诗经》在“赋”和“比兴”两个方面都有发展，所以，在这里顺便探讨一下楚辞对《诗经》在“比兴”与“赋”方面的发展。

首先看其对“比兴”的发展。可以说，中国是个自两周时代就已不自觉地注意到文学“形象”的问题。“比兴”手法的大量运用，使“主观情感与想象、理解结合在一起，而得到客观化、对象化，构成既有理智不自觉地干预而又饱含情感的艺术形象。”（李泽厚《美的历程》）不过，《诗经》的比兴手法，还只是一种不自觉地运用，比兴之物，还不过是为其主题服务的场景和道具，经常和情感主体并无内在联系。而楚辞的比兴，则使本体与客体具有了内在联系：

《诗经》由于是众多诗人的集体创作，各首诗之间所用以比喻的对象并无一致的、内在的联系，而楚辞是有主名的诗人之作，特别是在屈骚里，其比兴已具有一致性、连贯性，从而具有了整体象征性。诗人使全诗或是其全部作品，构成了一个巨大的比兴、意象系统。比如诗人以美女来象征自我：诗中的美女既是一个美丽的女性，又是一位忧国忧民的志士。在这个几乎笼罩全作的大系统里，诗人可以再引申无数的小的比兴、象征的分支。比如可以用“美人迟暮”来比喻自己对时光流逝、志不获骋的担忧：“惟草木之零落兮，恐美人之迟暮。不抚壮而弃秽兮，何不改乎此度”；用“众女嫉余之娥眉兮，谣诼谓余以善淫”来比喻君臣际遇、群小妒贤。

此外，以自然界的道路来说人生之路、治国之路：“彼尧舜之耿介兮，既遵循而得路；何桀纣之猖披兮，夫唯捷径以窘步”；“悔相道之不察兮，延伫乎吾将反。回朕车以复路兮，及行迷之未远”；“路漫漫其修远兮，吾将上下而求索”。还有，用自然界的花草禽鸟来分别比喻忠佞，如《涉江》中的“乱”：“鸾凤凤凰，日以远兮。燕雀乌鹊，巢堂坛兮。露申辛夷，死林薄兮。”

总之，诗人主观情感的抒发，通过比兴手法的大量运用，得到了形象的描述。这是构成楚辞“惊彩绝艳”的一个原因。如王逸所说：“《离骚》之文，依诗取兴，引类譬喻。故善鸟香草，以配忠贞；恶禽臭物，以比谗佞；灵修美人，以媲于君；莫不慕其清高，嘉其文采，哀其不遇，而愍其志焉。”（《楚辞章句·离骚经序》）楚辞不仅发展了《诗经》的比兴手法，而且也极大地发展了“赋”的手法，并使之成为了一种文学体裁。作为艺术手法的“赋”，与作为文学体裁的“赋”，是既有区别又有联系的。

对“赋”的发展，首先体现在“铺陈直叙”上，即对诗歌叙事表意能力的提高。《诗经》的“赋”还只能说是粗陈梗概，而楚辞则已经可以详细地描写、叙述，并使抒情与叙事得到完善的结合。如《离骚》就是抒情和叙事完美结合的艺术结晶体：叙事中有抒情、抒情中也有叙事。《离骚》起首便从自己的身世说开来，《涉江》的起首也是如此。所以，“赋”虽然自《诗经》始，主要发展成熟却始于楚辞。刘勰说：“赋也者，受命于诗人，拓宇于楚辞”，是也。“其言甚长、其思甚幻、其文甚丽、其旨甚明”的特点，必然使诗歌走向了作为文体的“赋”的道路，“铺陈”自然地导向了“铺张扬厉”的艺术手法和“铺采摛文”的美学追求，从而引起了作为文学体裁的“赋”的兴起。楚辞是汉赋的源头，这点是学术界早已公认的，如王夫之解释《九辩》：“其词激宕淋漓，异于风雅，盖楚声也。后世赋体之兴，皆祖于此。”清人纪昀在评《辨骚》时也说：“辞赋之源出于骚，浮艳之根亦滥觞于骚。”六朝华美的文风正是滥觞于楚辞，经汉赋之媒介而蔚然成风的。刘勰说屈骚之影响后人：“衣被词人，非一代也”，欣然。但是其最直接的结果就是：汉赋“枚、马追风以入丽，马、扬沿波而得奇。”

文学的审美属性是天生存在的，没有了审美，也就没有了文学，华夏文学史之于美的体认，源自楚辞，就是鲁迅所说的“其文甚丽”，到以后再有“诗赋欲丽”（曹丕《典论·论文》）“诗缘情而绮靡”（陆机《文赋》），进一步从理论上得到确认，并由此掀开华夏文化崇尚华美的历史时期。一直到近体诗的形成，其实都是这一思潮的产物。总之，楚辞的“其文甚丽”，就已经注定了华夏诗史的航船，必然地要驶向近体诗的港湾。

跋 语

孔子曾说："小子何莫学夫诗？诗可以兴、可以观、可以群、可以怨。迩之事父，远之事君，多识与鸟兽草木之名。"（《论语·阳货篇》）他甚至说："不学诗，无以言""不学礼，无以立"。两周时代是礼乐制度的时代，礼乐自然是国家的顶级制度，孔子强调学礼，在情理之中，何以如此强调诗的重要性？诗书礼乐，何以作为文学的诗书反而重要于作为国家政治的礼乐？孔子如此重视诗，为何自己无一首甚至一句诗作，孔子的七十二弟子也无一人写诗？孔子弟子最为擅长的几门学科：德行、言语、政事、文学，为何虽有文学却无文学的成就？如此种种，何以解释？

所有诸如此类的疑问，都源于对诗三百的误读，是由于不了解诗三百产生及其消亡的原因，不了解诗三百的根本性质。

不仅如此，我们不能解释的问题还有很多：诗三百是怎样发生的？为何会发生？诗三百的起源和中国散文、中国文学史、中国文化史之间的关系又是怎样的？诗三百写得如此之优秀，为何诗三百之后，在漫长的岁月中，从公元前600年左右到公元后的东汉末期建安时代之前，中国诗歌却成为了空谷足音？凡此种种，不真正读懂《诗经》，则不能回答；而如果不能回答这些问题，就不能真正了解中国文学史、中国文化史。

但要解开《诗经》神秘的面纱，又谈何容易？

先秦文学，一直被称之为零落的碎片，似乎还没有人将这零落的碎片串联起来。我们根本不知道中国文学是怎样起源的。一部先秦文学史，我们或者会安排神话作为开篇，把战国秦汉之际后人对上古神话的追溯作为文学史的开端，或者凭着想象从先入为主的理念出发，将汉魏晋时代对上古的追述作为上古本身的文学创作。我们只是大约知道诗三百的产生时间，却从来没有人尝试将诗三百的演变历程加以阐发，不仅是指出其中重要作品的产生时间和背景，而且凭借诗三百作品内在的逻辑关系将其发展演变过程串联起来。对于先秦散文，我们只知道老子和孔子同时代甚或稍早，却不能解释何以《老子》已经如此技巧娴熟、博大精深、自成体系，而被作为万世师祖的孔子却还停留在“述而不作”，只能以鲁《春秋》来阐发微言大义的古老史传文学的阶段。

难道先秦文学就真的是如此，是散落在历史尘埃中的碎片？难道先秦文学演变的历程真的就没有规律可循么？如果我们运用“原典第一”的学术原则，将中国最早的文字拿出来展示，殷商时代的甲骨文就会成为先秦文学史的第一个地标，一切殷商之前的作品，所谓诗三百中的《商颂》是殷商之作，所谓《尚书》中的《尧典》《禹贡》等篇，即刻就会成为神话；我们只要将诗三百按照一个颠倒过来的次序：《周颂》—《大雅》—《小雅》—十五《国风》审视，去除其中一些特殊的作品，去除一些时光交错的作品，再结合作品的用韵、分章、语词、手法等诸多客观标准，这些作品的产生时间和写作背景，也就一一浮出水面。如果我们采用内证、外证结合的办法，将中国散文的著述方法史、诸子思想的流变史、散文作品的写作方法史诸多方面依次排列下来，再结合司马迁《史记》列传中所记载的材料，就不难知道，司马迁记载了两个老子，一个是虚构的想象的老子，一个才是历史的、真正的老子，就会知道，老子其人及其著作《老子》产生在孔子之后一百多年的战国中期时代。一旦《老子》的产生时间后移一百多年，先秦时代的散文史的演变历程也就立刻清晰可辨、规律凸显。

于是，先秦文学真正可以称之为“史”了，一向被认为凌乱“碎片”的先秦文学，就被整理成为基本有规律可循并依照规律演变发展的先秦文学。这正是本书力求完成的任务。

本书是我自研究完成建安五言诗之后开始的新的研究课题，历时三年，主要研究工作是我在美国休斯敦大学期间完成的。自 2017 年上半年开始，我为中山大学珠海校区讲授“中国文学史”课程，在此期间形成了初稿。本书主要研究完成了两大问题：第一，诗三百的写作史，也就是中国诗歌的起源、演变

的历程。第二，先秦时代的散文史，特别是纠正了原来的某些错误认识，譬如一直认为老子是和孔子同时代的人。民国时期，虽然钱穆、冯友兰等大师们的研究已经证明了司马迁记载的和孔子同时代甚至还要稍早的老子，仅仅是神话传说而已，但这种观点并没有得到文学史、学术史的确认。本书较为深入地排出了诗三百作品的大体时间次序，同时也大体排出了先秦时代散文发展的次序：儒—墨—道—法。

本书名为《先秦文学演变史》，因而并未将先秦文学的一切文献纳入研究范围，而是仅选择那些在先秦时代具有创新意义的文学作品加以研究，以便突出其在这一时代文学史演变之中的独特地位。其中《尚书》和《诗经》，不仅仅是历史的文献和经学的经典，更具备先秦时代散文和诗歌的创始意义；《春秋》虽然较少文学意义，但要研究具备先秦叙事散文创始地位的《春秋左氏传》，则必须从《春秋》开始叙述和阐发，这是不言自明的；对于《周易》这样的笔者既不能确认其产生的准确时间，也不能指出其特有的文学创造的哲学著作，本书暂未涉及。其实，不只是《周易》，基于前面所论述的研究考虑，除了《论语》《墨子》《孟子》《老子》《庄子》《荀子》之外，《诸子集成》所收的其他作品本书也未涉及。

在这部书稿形成过程之中，笔者就本书主要研究先后在美国普度大学、荷兰莱顿大学、暨南大学、中山大学珠海校区、山西大学、华东师范大学、扬州大学、重庆大学等高校以及德国维藤大学举办的首届世界汉学论坛进行过演讲，引起了热烈的反响。本书此次公开出版得到了人民出版社的大力支持，感谢编辑提出的中肯意见，在此致以诚挚的谢意。但追求真理永无止境，笔者诚恳希望读者提出宝贵意见。

木　斋

2018 年 11 月

责任编辑：刘智宏　车金凤

图书在版编目（CIP）数据

先秦文学演变史 / 木斋著．—北京：人民出版社，2019.1

ISBN 978－7－01－018954－3

Ⅰ．①先…　Ⅱ．①木…　Ⅲ．①中国文学—古典文学研究—先秦时代

Ⅳ．① I206.2

中国版本图书馆 CIP 数据核字（2018）第 285505 号

先秦文学演变史

XIANQIN WENXUE YANBIAN SHI

木　斋　著

人民出版社 出版发行

（100706　北京市东城区隆福寺街 99 号）

环球（东方）北京印务有限公司印刷　新华书店经销

2019 年 1 月第 1 版　2019 年 1 月北京第 1 次印刷

开本：710 毫米 ×1000 毫米　1/16　印张：19.75

字数：320 千字

ISBN 978－7－01－018954－3　定价：56.00 元

邮购地址 100706　北京市东城区隆福寺街 99 号

人民东方图书销售中心　电话（010）65250042　65289539